BAJO LA LUZ DE LAS ESTRELLAS

Caleb Roehrig es un escritor y productor de televisión originario de Ann Arbor, Michigan. Como también ha vivido en Chicago, Los Ángeles y Helsinki, Finlandia, tiene un caso crónico de *wanderlust*, y puede recomendar las mejores vistas en más de treinta países cuando tienes un presupuesto ajustado. Anteriormente actor, Roehrig tiene experiencia en ambos lados de la cámara, con un currículum que incluye apariciones en cine y televisión, y también siete años en la salina que es la televisión *reality*. Para conseguir un sueldo ha estado en un campo de maíz congelado en ropa interior, ha salido de fiesta con una estrella del rock de verdad, ha hablado con un político plagado de escándalos y ha sido amenazado por un avestruz disgustado.

Nube de tags
Retelling – Ficción histórica – Romance LGBTQIA+
Código BIC: YFB | Código BISAC: JUV007000
Ilustración de cubierta: Margarita H. García
Diseño de cubierta: Nai Martínez

BAJO
LA LUZ
DE LAS
ESTRELLAS

Un retelling de Romeo y Julieta

CALEB ROEHRIG

 books4pocket

Argentina – Chile – Colombia – España
Estados Unidos – México – Perú – Uruguay

Título original: *Teach the Torches to Burn*
Editor original: Feiwel & Friends, un sello de Macmillan Publishing Group
Traducción: Leire García-Pascual Cuartango

1.ª edición en **books4pocket** Enero 2024

Nota: los nombres y rasgos personales atribuidos a determinados individuos
han sido cambiados. En algunos casos los rasgos de los individuos citados son
una combinación de características de diveras personas.

Copyright © 2023 by Caleb Roehrig
All Rights Reserved
Publicado en virtud de un acuerdo con Feiwel & Friends, un sello de Macmillan
Publishing Group, LLC a través de Sandra Bruna Agencia Literaria SL.
© 2024 de la traducción *by* Leire García-Pascual Cuartango
© 2024 *by* Urano World Spain, S.A.U.
Plaza de los Reyes Magos, 8, piso 1º C y D – 28007 Madrid
www.edicionesurano.com
www.books4pocket.com

ISBN: 978-84-19130-14-3
E-ISBN: 978-84-19936-63-9
Depósito legal: M-31.054-2023

Fotocomposición: Ediciones Urano, S.A.U.

Impreso por Novoprint, S.A. – Energía 53 – Sant Andreu de la Barca (Barcelona)

Impreso en España – *Printed in Spain*

Para mi hermana Debie, la mejor anfitriona.
Te echo de menos.

DIÁFANA INTRANSPARENCIA, FRÍA LAVA

1

La mañana rompe en el horizonte cuando llego a la cima de la colina a la que me lleva el sendero, los rayos cálidos del sol apenas comienzan a resquebrajar el oscuro firmamento, unas ráfagas de coral y dorado que levantan con delicadeza las nubes jorobadas, alejándolas del gris oscuro como si fuesen maderos a la deriva. Puedo ver cómo los primeros haces de luz de la mañana trazan las siluetas de las torres de la iglesia, los tejados y las copas de los cipreses que pueblan la colina de San Pietro.

Es sobrecogedor poder ver mi hogar de este modo, así de tranquilo, de hermoso.

De distante.

«No hay Verona sin Montesco y no hay Montesco sin Verona», ha dicho mi padre en más de una ocasión, cuando cree que necesita recordarlo. Durante siglos, nuestra familia ha sido sinónimo de esta ciudad, mis antepasados contribuyeron con su sangre, su oro y su trabajo a levantarla y a defenderla; y, para bien o para mal, Verona es el ancla a la que está atado mi propio legado. De generación en generación, el destino siempre les deparaba a los Montesco el estatus, el liderazgo y la devoción pública e inquebrantable. Mi padre hace que parezca un honor poder portar el apellido Montesco, pero a mí a cada día que pasa me parece más un peso aplastante. Solo tengo dos opciones de futuro: ser caballero o sacerdote, y debo estar a la altura de ambas posibilidades en todo momento. De lo contrario…

Pero si no hay Montesco sin Verona, entonces, ¿por qué me siento más yo mismo cuando por fin puedo verla de lejos? Qué cruel ironía, solo desde la distancia puedo apreciar su belleza: el resplandor disperso de los faroles, como si fuesen estrellas en la tierra; la suave calidez de las baldosas de terracota y del mármol rosado; los árboles puntiagudos y la hiedra trepadora, de un verde tan profundo que es casi negro.

Aquí no hay reglas ni exigencias. No hay expectativas que no pueda cumplir, ni un destino férreo del que no me pueda escapar, ni un futuro lleno de gestos vacíos, compañías tediosas o alianzas estratégicas. Aquí no hay ningún Romeo Montesco, solo hay un chico normal y una bóveda de aire indomable llena de colores en expansión y estrellas titilantes y moribundas.

Solo desde aquí, con los pies llenos de tierra y los faroles de la ciudad ardiendo contra el sol naciente, puedo entender por fin por qué mi padre siempre la llama «nuestra bella Verona» en todos sus discursos.

Aunque, según mi experiencia, sea un lugar de lo más injusto donde vivir.

Las campanas de la iglesia dan la hora cuando por fin llego a las puertas de la ciudad, con las piernas temblorosas por llevar kilómetros caminando con el estómago vacío. No puedo culpar a nadie más que a mí mismo de ello, por supuesto, pero aun así maldigo a la tierra por la distancia que me ha obligado a recorrer. Al fin y al cabo, como le gusta decir a mi padre: si no logras encontrar a alguien a quien culpar, no te estás esforzando lo suficiente.

Pero claro, él nunca cree que me esté «esforzando lo suficiente». De hecho, me he alejado de casa esta mañana por algo que me dijo ayer, después de que entrase en mi habitación y me encontrase coloreando un dibujo que había hecho de unas flores silvestres.

—Ya no eres un niño, Romeo —había declarado furioso, arrancándome la hoja de las manos y rasgándola por la mitad. Estaba destrozado, llevaba trabajando en esa obra desde hacía semanas—. Tienes diecisiete años a tus espaldas. Algún día serás el cabeza de esta familia ¡y espero que te comportes como tal! Se acabaron estos… pasatiempos frívolos. —Me lanzó los pedazos de mi obra de arte a la cara—. Cuando llegue el otoño te comprometerás a ser mi aprendiz y aprenderás a gestionar tus futuros asuntos, o bien te unirás al ejército del príncipe y aprenderás a ser un hombre.

Desde el día en el que cumplí dieciséis parece que no soy capaz de tomar ninguna decisión que no termine en un sermón por parte de mis padres, una letanía de recordatorios sobre mis deberes y obligaciones, como si pudiese olvidarlos. El peso de todo ello hace que se me revuelva el estómago mientras recorro el sinuoso sendero que me lleva a la parte trasera de nuestra villa, a pesar de que acabo de pasarme la mayor parte de la última hora desahogándome con el hombre más sabio que conozco.

Y, como siempre, *su* consejo ha sido enloquecedoramente confuso. «Al final de cada historia hay un nuevo comienzo». Lo que sea que eso signifique. Pero supongo que me merezco esos acertijos por irle a pedir consejo a alguien que habla con sus plantas.

Mis aposentos están en la segunda planta de nuestra casa, mis ventanas dan al huerto y a los jardines que aprovisionan las cocinas, y las paredes de piedra están veteadas por la hiedra trepadora. Siempre me han gustado las vistas que tengo desde allí, y en esta época del año son especialmente hermosas: un rico mar verde cubre la ladera de la colina, en la que se mecen las flores pastel que pronto se convertirán en fruto.

Sin embargo, para ser sincero, lo que más me gusta en este momento es que mis aposentos estén en el lado opuesto de la gran escalera de los de mis padres, por lo que no me podrán oír escalando por la pared de hiedra para volver a entrar. Técnicamente, no he hecho nada *malo*; a mi edad, no hay motivos para que no me dejen ir y venir a mi antojo de mi propia casa. Pero mis padres pocas veces necesitan algo tan prosaico como un motivo para sentir que los he decepcionado.

Tan ágilmente como puedo, comienzo a trepar el corto pero traicionero tramo por la pared de mi casa. Lo más probable es que la hiedra tenga más años que yo, con sus raíces volviéndose más robustas a cada año que pasa. Pero *yo* también he crecido con los años y los ruidosos crujidos acompañan cada paso que doy. Para cuando llego al alfeizar estoy sudando bajo la capa y no logro subir las contraventanas e internarme en la sala a oscuras lo bastante rápido.

La sensación de alivio se ve interrumpida con rapidez cuando me tropiezo con algo cálido, vivo y *furioso*. Escucho un gritito asustado, unas uñas me desgarran el cuello de la camisa, sin rozarme la cara por un pelo; y luego caigo al suelo en una maraña de brazos y piernas torpes, enredándome entre telas y siseos frenéticos.

Al tiempo que el dolor se familiariza con cada uno de mis tiernos huesos, una bola de furiosa pelusa anaranjada salta sobre mi pecho, corriendo hacia las sombras bajo mi cama. Siseo entre dientes y me incorporo entre gruñidos.

—¡Maldita seas, Hécate! ¡Ni siquiera vives aquí!

Para mayor sorpresa, recibo una respuesta de verdad.

—Solo voy a decir una cosa de los hombres Montesco: cómo os gusta una buena entrada dramática.

Se produce un movimiento en la oscuridad, hay una figura estirada sobre mi cama que se endereza lánguidamente, y la luz del amanecer, que va cobrando intensidad a cada segundo que pasa, enmarca sus rasgos: cabello pelirrojo, pecas, una barbilla fuente y una nariz respingona. La estampa me resulta tanto familiar como molesta.

—¿*Benvolio*?

—Buenos días, primo. —Me sonríe con dulzura pero su mirada tiene un brillo travieso—. Espero no pillarte en mal momento.

Pensamientos inconexos surcan mi dolorida cabeza y luego alzan el vuelo como las palomas. Ben, mi primo por parte de madre, vive al otro lado de Verona, y estoy seguro de que no habíamos quedado a estas horas de la mañana.

—¿Qu… qué haces aquí?

—Muy bien, supongo que podemos empezar por eso —acepta Benvolio, encogiéndose de hombros con paciencia—. Resulta que estaba… visitando a una amiga que vive en San Pietro y de camino a casa atajé por tu huerto. —Me sonríe, esbozando una sonrisa diabólica y llena de dientes—. Imagínate mi sorpresa cuando veo a alguien bajando por la pared bajo la ventana de los aposentos de mi querido primo e internándose en la noche como un ladrón, sin hacer el menor ruido y sin siquiera encender una cerilla para alumbrarse el camino.

La forma petulante en la que me sonríe hace que se me revuelva el estómago de los nervios. No tengo intención alguna de explicarle dónde he estado. Aunque entendería parte de la angustia que siento por el ultimátum de mi padre, no fue el único asunto por el que pedí consejo, y de ninguna manera le iba a contar toda la historia. Nervioso, retraso el hablar del tema por completo.

—Ben, eso fue hace prácticamente una hora.

—Fue hace *más* de una hora —responde con soltura, estirando los brazos sobre la cabeza—. Y llevo esperándote aquí desde entonces para poder saber a dónde se ha marchado corriendo bajo el abrigo de la noche mi primoroso y correcto primo.

Es tanto una pregunta como una acusación, por lo que vuelvo a cambiar de tema.

—Por favor, al menos dime que, esta vez, la «amiga» a la que has ido a visitar no era una de nuestras doncellas.

—¡Solo pasó una vez! —Se le sonrojan las mejillas, y yo me siento a la vez culpable y satisfecho—. Y me gustaría señalar que fue idea *suya*.

—Entonces, ¿quién es la afortunada que vive al otro lado de nuestro huerto?

—Emm. —murmura Benvolio, apartando la mirada—. Es algo reacia a que nuestra... *asociación* se sepa públicamente, y le di mi palabra de que lo mantendría en secreto, de ahí nuestra cita antes del amanecer. No sería muy caballeroso por mi parte traicionar su confianza. Estoy seguro de que lo entiendes —concluye con un gesto ligero.

—Creo que sí —respondo—. Me estás queriendo decir que está casada.

Benvolio pone los ojos en blanco.

—Bueno, ¡si lo dices con ese tonito suena fatal! Pero no es como si fuesen *felices*, Romeo. Le dobla la edad y la trata como si fuese una mascota exótica. ¡Ni siquiera se gustan!

—No tienes que darme ninguna explicación. —La mayoría de los matrimonios de Verona eran concertados y la estampa que Ben relata no es nada fuera de lo normal—. No soy tu guardián y lo que quiera que hagan tus amigas, casadas o no, no es algo que me corresponda juzgar.

Francamente, espero que se tome esa filosofía a pecho antes de que llegue al punto de colarse en mi dormitorio de nuevo; pero, por supuesto, mis esperanzas son vanas.

—Así es. —Se cruza de brazos—. Pero también sé que solo hay un puñado de motivos por los que el hijo de Bernabó y Elisabetta Montesco se escabulliría por su ventana a la luz de la luna como un vulgar gato callejero, y estoy cansado de esperar a que me des una explicación.

Pienso deprisa, con los dedos ocupados con la correa de la bolsa de cuero que llevo a la espalda, e intento inventarme una excusa.

—Estaba haciendo bocetos. Del campo.

La expresión de suficiencia de Benvolio se transforma en una de decepción. Y de sospecha.

—¿Saliste sigilosamente de tu dormitorio para irte a dibujar? ¿A oscuras?

—Cuando el cielo está despejado, el efecto de la luz de la luna reflejándose sobre el río es sobrecogedor —aseguro con seriedad y honestidad—. Mi padre no aprueba precisamente mi afición, así que he tenido que aprender a hacerlo a escondidas.

—Pues claro que no lo aprueba. —Ben frunce el ceño y a mí se me revuelve un poco más el estómago—. Es una afición para mujeres, Romeo. Está bien saber apreciar un cuadro o una estatua, pero hacer dibujitos de flores, árboles y otras cosas… eso es lo que hacen las mujeres para pasar el tiempo y embellecer sus hogares. No es una afición respetable para un caballero.

Me arden las mejillas y alzo la barbilla.

—Supongo que quieres decir entonces que Giotto di Bondone no es un caballero respetable, a pesar de haber diseñado el campanario de la catedral de Florencia, que ha sido aclamado como una obra maestra.

—No eres Giotto di Bondone —remarca sin dudar—. Eres Romeo Montesco, y tu destino no es diseñar campanarios. —Se pasa las manos por el cabello pelirrojo y suspira—. Te esperan grandes hazañas, primo, mucho más grandes de lo que la mayoría de nosotros podríamos soñar siquiera, y este tipo de comportamientos podrían herir tu reputación.

—Hablas como mi padre. —No puedo evitar que mi tono sea amargo. Una parte de mí se siente tentada a revelar el verdadero motivo por el que me escabullí a la luz de la luna: que fui a visitar a un monje porque necesitaba que alguien me *comprendiese*, por una vez, que me *tomase* en serio. Alguien con quien pudiese ser completamente honesto, a sabiendas de que sus votos le obligarían a mantener lo que le contase en secreto.

La gata atigrada naranja que frustró mi entrada elige se momento para reaparecer, saltando sobre el regazo de mi primo y frotando su rostro traicionero contra su pecho. Ronronea tan fuerte como la muela de un molino convirtiendo las castañas en harina, y Benvolio le rasca entre las orejas.

—Los pelirrojos siempre os apoyáis entre vosotros —refunfuño, cansado por la falta de sueño, pero agradecido por poder cambiar de tema.

—Pues claro que sí. —La voz de Ben se transforma en un arrullo sensiblero mientras acaricia a la pequeña bestia, que arquea la espalda con cada caricia. —Es un angelito. ¿Verdad que sí? ¿Quién es mi angelito? ¿Quién es mi angelito bigotudo? *Tú*.

Le balbucea tonterías de un modo realmente embarazoso y Hécate ronronea más fuerte. Alzo la mirada hacia el techo.

—Te haré saber que tu «angelito bigotudo» aquí presente se come su propio vómito y me muerde los dedos mientras duermo.

—Bueno, es una gata —replica Ben—. ¿Por qué la tienes si no te gustan los gatos?

—¡*No* la tengo! —exclamo—. Hécate no vive aquí, simplemente… apareció un día, afilando sus garras en mi cama y tratando de desollarme vivo, ¡y ahora se niega a irse! La he nombrado mi demonio personal.

—Bueno, puede que si fueses más amable con ella os llevaseis bien. —Ben hace una mueca y deja a Hécate en el suelo. Luego, se levanta y empieza a abrocharse los botones de su jubón—. Ahora, levántate, lávate la cara y sacúdete un poco ese polvo del camino. Pareces un caballo de arado y me avergonzaría que te viesen conmigo.

—¿Que te viesen? —Tengo la mente enturbiada por la fatiga, pero estoy seguro de que acaba de cambiar completamente de tema—. Ben, ¿de qué estás hablando?

—Tengo unos asuntos importantes que atender hoy en la ciudad, y necesito un acompañante. —Me sonríe con picardía—. Como sabes, mi padre se va a casar en seis semanas, y me ha pedido que me encuentre un «atuendo adecuado» para la ocasión. Por eso… —Con una floritura y una sonrisa pícara saca de su cinturón un monedero enorme que mueve de lado a lado como un péndulo—. ¡Me ha entregado una cantidad de dinero bastante obscena!

—Oh, no. —Es lo único que puedo decir.

—Espera que contrate los servicios de alguno de los mejores sastres de Verona y que le encargue un traje totalmente nuevo para llevar en ese bendito día pero *yo*, tan inteligente como soy, he encontrado a un hombre dispuesto a hacer el mismo trabajo por la mitad del precio, ¡lo que nos deja con una suma lo bastante considerable como para pasar el día dándonos un buen festín y tomándonos unas buenas cervezas!

—¿Así que tu plan es estafar a tu padre confiando en que un sastre de pacotilla no te estafe a ti a su vez? —Cuando Ben responde solo con un ansioso asentimiento me pellizco el puente de la nariz—. Escucha, por mucho que me encantaría poder participar en esta condenada conspiración, de verdad que…

—¿He dicho ya que puede que Mercucio se nos una?

Me quedo callado a mitad de frase.

—Oh. ¿De… de veras?

—Pensé que eso llamaría tu atención. —Lo dice con tono cortante pero leo entre líneas una docena más de significados antes de que siga hablando—. Sí, *de veras*. Sabes que no es alguien famoso, Romeo, por mucho que lo adores. Solo es una persona normal y corriente, como nosotros. Salvo que con unos modales a la mesa mucho peores.

—¡No le «adoro»! —protesto, sintiendo como me arden las mejillas.

—Sí le adoras. —Mi primo se encoge de hombros dentro de su abrigo y me dedica una mirada obstinada—. ¡Siempre lo has hecho! Incluso cuando éramos pequeños, siempre era «Mercucio *esto*» y «Mercucio *aquello*». Como si fuese el amigo que de verdad quisieses tener y yo el que estuvieses obligado a tolerar.

Se me ralentizan los latidos al darme cuenta de que estamos hablando más del ego de mi primo que de mí.

—No seas tonto, Ben. Pues claro que admiro a Mercucio, a pesar de sus malos modales a la mesa, pero tú eres mi primo favorito y siempre lo serás.

—Soy tu *único* primo a menos de dos días de viaje que no tiene diez años más o menos que tú —señala con un gruñido malhumorado—, pero acepto tus disculpas. Ahora, ponte algo menos sucio que esos harapos. Tenemos muchos locales que visitar y mi sastre no estará sobrio mucho tiempo más.

Con un gemido de autocompasión me vuelvo hacia mi armario.

—Está bien, *vale*. Puede que si tengo suerte tu sastre borracho te cosa la boca.

—Si tuvieses suerte habrías nacido con mi devastador porte.

Me sacudo el polvo de la capa y me cambio las calzas mugrientas, intercambiamos unas cuantas palabras más en la eterna batalla de ingenio que ninguno de los dos va a ganar jamás, y para cuando nos marchamos de mis aposentos he logrado que se olvide del motivo por el que se coló en ellos en primer lugar.

2

Sin embargo, la alegría que siento no dura ni siquiera el camino hasta la puerta principal. Estamos a medio camino, cruzando el patio central, cuando mi aterradora y sigilosa madre aparece sin previo aviso, surgiendo desde las sombras de la logia que conduce al salón, haciéndome soltar un gritito.

—¿Romeo? ¿Adónde vas tan temprano? —Frunce el ceño, mirándome como si esperase encontrar una confesión de mi culpabilidad escrita en mi rostro. Ahora me alegro el doble de haber arriesgado mi vida trepando por la hiedra, porque parece como si me hubiese estado acechando—. No irás a cazar, ¿verdad? Estarías todo el día fuera y necesito que lleves unas cartas de mi parte. Son muy importantes y estos nuevos sirvientes no pueden…

—Buenos días, tía Elisabetta —la interrumpe Ben con una sonrisa encantadora, algo que me hace agradecer el doble que esté aquí conmigo. Siempre ha sido el sobrino favorito de mi madre—. ¡Qué bien que estés despierta! Temía no poder verte hoy.

—¡Benvolio! —La expresión molesta de mi madre se suaviza al momento, transformándose en una sonrisa encantada—. No me había dado cuenta de que estabas ahí. ¿Qué te trae por aquí antes de que hayan llamado siquiera a misa? Y, Romeo, ¿por qué no me habías dicho que esta mañana vendría…?

—Me temo que eso ha sido culpa mía, no había avisado de que vendría —responde Ben, tomándole la mano y haciendo una profunda reverencia en una muestra exagerada de gracia—. Mi padre va a volver a casarse a finales del mes que viene y me temo que necesito que me confeccionen un nuevo traje apropiado para la ocasión, así que pensé en pedirle ayuda a Romeo. Al fin y al cabo, ¿quién mejor para pedir opinión sobre telas y trajes que un Montesco?

—Oh, por supuesto. —Y, dicho eso, la expresión de mi madre se vuelve a transformar por completo—. Me había olvidado totalmente de la próxima aventura de tu padre. Espero que sea un éxito.

Su sonrisa es tan agria que me hace apretar los labios a mí también. No le gusta el padre de Ben, un hecho que nunca se ha molestado en ocultar, nunca creyó que fuese lo suficientemente bueno para su hermana pequeña, Caterina. Y aunque su hermana murió en el parto, hace unos diecisiete años, sigue viendo este nuevo matrimonio como un acto de infidelidad.

—Me aseguraré de hacérselo saber —dice mi primo, tomándome del brazo y pasando junto a ella—. Pero tenemos que irnos ya. ¡El día nos espera!

—¿Cuánto crees que vas a tardar? —Madre recobra la compostura al instante y nos sigue mientras nos apresuramos, caminando sobre los adoquines—. Es de vital importancia que mi correspondencia llegue a sus destinatarios hoy y…

—Por desgracia, me temo que nos llevará bastante tiempo —vuelve a interrumpirla Ben, acelerando el paso—. Tenemos muchos sitios a los que ir y yo soy un zoquete para estas cosas. Además, mi padre ha insistido en que he de asistir a una horrible ceremonia en el juzgado y no puedo ir solo. —Suelta un suspiro de sufrimiento antes de seguir hablando—. Estas ridículas fiestas se llenan inevitablemente de muchachas de alta alcurnia a la caza de un marido, y necesitaré a alguien que me ayude a mantenerme alejado de los problemas.

Aunque en el resto sea un zoquete redomado, he de admitir que Ben sabe cómo convencer a la audiencia; en un santiamén, la actitud de mi madre cambia por completo.

—Bueno, supongo que puedo prescindir de Romeo por la tarde. Dios sabe que no le vendría mal asistir a una fiesta de vez en cuando con algunas de las damas casaderas de nuestra hermosa ciudad. ¿Sabes?, cuando tenía vuestra edad ya llevaba dos años casada y…

—… estabas a punto de dar a luz a tu primer hijo, sí, lo sabemos. —Trato de atemperar mi impaciencia—. Pero sigo siendo más joven que Padre cuando te conoció. Puede que me parezca más a él.

—Sí, bueno, quizás. —Ella resopla descontenta—. Para los hombres es distinto, por supuesto. No tenéis un reloj de arena sobre la cabeza agotando vuestro tiempo rápidamente y os podéis tomar todo el tiempo que queráis para crecer y asentar cabeza.

—Crecer es una pérdida de tiempo —replica Ben con rotundidad—, y nuestros huesos tendrán toda una eternidad para asentar cabeza cuando nos entierren. ¡Los hombres como Romeo y como yo estamos hechos para llevar vidas emocionantes, tía Elisabetta! Además, ¿quién evitará que me gaste todo mi dinero en apuestas y que me meta en peleas en las tabernas si mi primo me abandona por una esposa?

—¡Bromeas demasiado, sobrino! —Mi madre le señala con el dedo—. Hay más cosas en una vida emocionante que los juegos de azar y las costillas rotas, y no puedes seguir soltero para siempre. —Se vuelve hacia mí y añade—. ¿Y de verdad esas emociones baratas son más gratificantes que darle a tu pobre madre un nieto antes de que muera?

—Vas a vivir muchos más años que todos nosotros y lo sabes —respondo cortante, con ganas de dar por zanjado ese pensamiento—. Además, todavía no he conocido a una joven que consiga mantener despierto mi interés durante más de una temporada, ¡y mucho menos una que desee que sea la madre de mis hijos!

—Puede ocurrir mucho más rápido de lo que imaginas, querido —dice, casi con dulzura—. Y mejor que pase ahora, con una joven dama de posición adecuada, que si tu padre decide tomar esa decisión por ti.

Eso no es un consejo, sino una advertencia, y una rápida y caliente oleada de pánico me recorre entero. Otro aspecto más de mi futuro sobre el que no se me consultará, una elección inminente que tendré que tomar que, en realidad, no será en absoluto *mi* elección. Siempre he sabido que algún día me casaría, y siempre imaginé esa etapa de mi futuro como un retrato al óleo: yo, con aspecto distinguido, junto a una novia elegante, rodeados de nuestros hijos. Pero ese futuro siempre me ha parecido muy lejano y la mujer de mi imaginación siempre era una figura borrosa e indistinta.

Ahora, ese futuro se me está viniendo encima un poco más rápido a cada día que pasa, y sigo sin poder hacer que la novia de ese retrato imaginario adopte unos rasgos reconocibles. Hay muchas damas en Verona de cuya compañía disfruto lo suficiente, pero ninguna con quien me imagine compartiendo ese tipo de vida, ese tipo de confidencias, como las que comparten mis padres. Su propio matrimonio fue concertado, eran prácticamente dos desconocidos cuando se casaron, y el afecto que hoy comparten es algo que se ha ido construyendo con años de mutuo acuerdo.

Pero ¿y si yo no estoy hecho para ese mismo tipo de matrimonio?

Benvolio habla de las chicas del mismo modo en el que yo intento hablarle de la luz del sol: lo mágicas que son, lo indefinibles, lo exquisitamente hermosas que son en todas sus variantes; siempre está persiguiendo a múltiples amantes, y todas son seductoras e irresistibles a su modo. Pero yo nunca he sentido nada parecido por una chica. *¿Por qué nunca me he sentido así?*

—No temas, tía Elisabetta —dice Ben, empujándome hacia el vestíbulo. Sus modales siguen siendo tan refinados como siempre, pero le conozco lo suficiente como para percibir su creciente impaciencia—. Habrá montones de encantadores y *apropiadas* jóvenes damas en el juzgado, y me encargaré de que Romeo quede enterrado bajo todas ellas.

Cuando volvemos a estar en el exterior, bajo el cielo matutino vibrante y decorado con pájaros, respiro profundamente, llenando mis pulmones de aire fresco. El calor ya empieza a notarse incluso en estas primeras horas de la mañana, caldeando la arena dorada bajo nuestros pies y extrayendo un aroma embriagador y resinoso de los troncos de los cipreses que bordean el camino de entrada. Intento dejar que su aroma me llene y ahuyente mis preocupaciones. Pero tengo una sensación amarga en las entrañas, un trasfondo sombrío que tiñe todos mis pensamientos y del que no conseguiré librarme tan fácilmente.

—Si la tía Elisabetta se sale con la suya —murmura Benvolio en la voz más baja posible mientras recorremos el camino—, te atarán a tu lecho matrimonial para que no puedas hacer otra cosa más que concebir nietos.

—Si se hubiese salido con la suya hace tres años que estaría casado. —Un dolor sordo ha empezado a tomar forma en mi cabeza—. En cuanto cumplí los catorce empezó a incordiar a mi padre para que me buscase pareja cuanto antes.

—Este mundo es terriblemente injusto. —Ben niega con la cabeza, frustrado—. Tu madre está prácticamente *suplicándote* para que cortejes a todas las chicas guapas que se pongan en tu camino, ¡mientras que mi padre ha amenazado con castrarme si no dejo de hacerlo! No es justo.

—A mi madre no le importa si son guapas o no, o si me interesan en absoluto; solo le preocupa que sean elegibles y de posición apropiada. —Señalo cansado—. Quiere que encuentre una esposa, no placer. Si hiciese con las chicas lo mismo que haces tú, te aseguro que sería tan tirana como tu padre.

—Te ha dado permiso para ser un libertino y te quejas. —Vuelve a negar con la cabeza—. Sinceramente, Romeo, a veces es casi imposible entenderte.

Me trago cualquier respuesta que pueda darle y siento cómo ese trasfondo sombrío se expande. Aunque Benvolio es posiblemente mi mejor amigo, todavía hay muchas veces en las que parece que hablamos y pensamos de forma contradictoria y, últimamente, esos momentos son cada vez más frecuentes.

Teníamos siete años la primera vez que Ben se enamoró de una chica que se había enfadado con él por perseguir palomas en la plaza de la ciudad. Ella fue lo único de lo que sabía hablar durante semanas. Su cabello brillante, la forma en la que su mirada se iluminaba cuando le gritaba… estaba encaprichado de ella hasta las trancas.

A los trece años se enamoraba de una chica nueva cada semana. Al principio supuse que su perpetuo frenesí de deseo era por unas glándulas hiperactivas, pero entonces ese mismo síndrome empezó a poseer a todos nuestros amigos. Era una epidemia de locura por las chicas y, de algún modo, yo parecía ser el único inmune.

Pero al mismo tiempo había empezado a tener un montón de sentimientos confusos, intensos e imposibles de ignorar que no terminaba de entender.

Y la mayoría tenían que ver con nuestro buen amigo Mercucio.

Tenía dos años más que yo, era el hijo de un ilustre juez y el chico más extraordinario que conocía. Más alto y fuerte que todos nosotros, mucho más inteligente y considerado, más divertido y encantador, más interesante, más *presente*, de alguna manera. Y, sin duda, era el más apuesto de todos. No había ninguna otra persona en Verona, chico, hombre u otro más apuesto que Mercucio.

Estaba desesperado por impresionarlo, por ser su favorito, por ganarme su respeto. Quería *ser* él y solía practicar sus gestos y expresiones familiares en casa frente al espejo. En mis fantasías me levantaba una mañana transformado, no en una copia de Mercucio exactamente, sino quizás en alguien a quien él pudiese reconocer como a un igual.

Y entonces una noche soñé que Mercucio me besaba.

Me desperté sobresaltado, caliente y helado a la vez.

Lo que había soñado no era una presión casual de sus labios contra mi mejilla, sino un beso de verdad, dado con la misma pasión que aquellos de los que Mercucio solía contarnos que les había dado a las chicas en alguna de sus hazañas románticas. El sueño palpitaba en mi memoria, aterrador y excitante a la vez, y cada vez que me permitía revivirlo podía sentir cómo el calor me inundaba el estómago y la presión aumentaba entre mis piernas.

Fue ese momento en el que empecé a darme cuenta de que algo en mí era diferente.

Mi situación no es insólita. De hecho, por ejemplo, es un secreto a voces que el hermano del príncipe pasa considerablemente menos tiempo con su esposa que con el capitán de su guardia personal. Pero lo que un pariente del príncipe Escala haga en privado no es asunto de nadie, ni siquiera de su esposa. La gente sólo hablará de ello indirectamente o en susurros y siempre, siempre, con una pátina de escándalo.

No importa lo mucho que desee saber por qué siento esas cosas y lo que significan, o cómo se supone que tengo que darles algún sentido, también soy consciente de que jamás podré preguntarlo directamente. Pedir información al respecto sería visto como una confesión, y yo no soy hermano del príncipe. ¿Habrá sin duda algún motivo por el que esa verdad ha de permanecer oculta?

Mis padres esperan que me case y les dé herederos; mis amigos esperan que corteje a todas las damas que pueda y presuma de mis éxitos. Y, sin embargo, ninguna chica ha hecho que me flaqueen las piernas tanto como Mercucio. Y no tengo ni idea de qué dice eso de mí al respecto.

—Espero que no pretendas pasarte así de callado y melancólico todo el día —comenta Ben de forma abrupta, y yo levanto la mirada, dándome cuenta de que ya hemos recorrido bastante distancia mientras yo estaba sumido en mis pensamientos—. De lo contrario me arrepentiré de haberte elegido para compartir mis ganancias mal habidas. Al menos tu madre tenía ganas de hablar.

—Lo siento. —Luchando contra mis pensamientos, bostezo—. Estoy un poco cansado. Iba a echarme una siesta, pero alguien me ha obligado a que no lo haga.

—Lo único a lo que te he obligado es a pasar una tarde de placer y desenfreno, y nada menos que a costa de mi padre. —Me agarra del brazo y me sacude levemente—. Romeo, eres mi mejor amigo, y te quiero mucho, ¡pero a veces creo que odias pasártelo bien!

Refunfuño mi respuesta, esperando que se lo tome como una queja de buen modo, pero la verdad es que no sé muy bien qué responder. «Eres mi mejor amigo». Siempre he sentido lo mismo por él… pero ¿qué diría si supiese que el motivo real por el que no me apetece ir detrás de ninguna chica como hace él?

Está casi más interesado en mis relaciones románticas que mi madre, y cada vez que me insiste en que hable de ello, sobre si prefiero a las rubias o a las morenas, a las altas o a las bajas, a una hermana u otra, tengo que esquivar la pregunta, desviarla o mentirle. Esto ha ido poniendo distancia poco a poco entre nosotros, una distancia que parece ampliarse a cada día que pasa.

—Me divertiré cuando por fin digas algo divertido —replico, ocultando mis pensamientos preocupados tras una sonrisa pícara, algo que se me da muy bien—. O cuando ese sastre de pacotilla tuyo te pase el tétanos con un alfiler oxidado.

Ben me sonríe con malicia.

—Ese es un precio que estoy dispuesto a pagar siempre y cuando me dé la lana que necesito para desplumar a mi padre. ¡Y ahora deja de arrastrar los pies! Cuanto más tardemos en llegar, menos tiempo tendremos para beber.

Dicho eso, empieza a correr a toda velocidad por el camino, dejándome atrás para que lo persiga.

3

El sastre de Benvolio resulta ser tan cuestionable como imaginaba, ya que regenta su negocio en un cuartucho en uno de los barrios más despreciables de Verona. Todo huele ligeramente a moho y a comida en mal estado, hay manchas en las paredes y el hombre ya está medio borracho a pesar de lo temprano que es.

Sin embargo, parece saber lo que hace. Toma las medidas con rapidez y seguridad, hace las preguntas oportunas y nuestra visita acaba siendo sorprendentemente corta. Una vez cerrados los acuerdos y estrechadas las manos, Ben me lleva de vuelta a la calle, con una sonrisa de oreja a oreja.

—Y eso era todo lo que tenía que hacer hoy. ¡Ahora vamos a hacer alguna travesura! —Me pasa un brazo por los hombros—. He encontrado una taberna cerca de la Arena que tiene una cerveza decente y unas chicas excepcionales. Te prometo que tu padre no aprobaría a ninguna de ellas.

—¿Nos van a robar? —Estoy volviendo a eludir el tema, pero también es una pregunta seria; no hay nada que emocione más a Benvolio que ser aceptado como un igual en un local con cierto toque delictivo, y eso nos ha metido en más de un problema indeseado.

—Tienes que *vivir* un poco, primo —me insta—. Ya has oído a tu madre. Un día de estos el viejo Bernabó te va a elegir una esposa y estarás atrapado con ella para el resto de tus días. Si tienes suerte será rica, callada y agradable a la vista, pero una jaula dorada sigue siendo una jaula. —Su expresión es mordaz—. ¿De verdad crees que se va a preocupar por encontrarte una chica que de verdad te *guste*? ¿No prefieres al menos escoger tú la chica al menos mientras puedas?

Es una pregunta trampa y se merece una respuesta críptica.

—Haces que suene como pedir prestada una camisa o decidir qué comer. ¿Cómo puedes querer... *estar* con alguien a quien a penas conoces?

La respuesta de Ben es rápida y decisiva.

—La familiaridad genera desprecio. Observa lo aliviado que me siento al haberme librado por fin de Magdalena, a la que una vez amé profundamente, porque al final descubrí que la costumbre que tenía de reírse de sus propios chistes era intolerable. —Extiende las manos—. Tendrás una esposa aburrida durante años, así que más te vale divertirte un poco antes de que los cotillas de esta ciudad empiecen a hablar sobre tus asuntos privados.

—Sabes muy bien que ya he encontrado a una chica cuyo aspecto me agrada —señalo, aprovechando la oportunidad para recordarle una elaborada historia que he estado creando—. Rosalina Morosini es la joven más encantadora de Verona, probablemente incluso de todo el continente, y no tiene sentido que vaya detrás de ninguna otra chica que solo me decepcionaría al compararla con ella.

Es posible que esté siendo un poco demasiado efusivo, pero sigo siendo lo suficiente honesto como para que me crea. No se puede negar que Rosalina es de una belleza incomparable, con la mirada brillante, los labios llenos y una tez oscura que parece no haber portado jamás una herida. Mi propio primo ya lo ha comentado más de una vez, así que convencerle de estoy bajo su hechizo *debería* ser una tarea sencilla.

Pero, a pesar de lo que opine sobre el atractivo de Rosalina, Benvolio se limita a gemir como respuesta.

—Primo…

—Sé que te niegas a aceptar mis sentimientos porque crees que está fuera de mi alcance, pero no puedo evitarlo. —Frunzo el ceño de forma varonil—. ¿Cómo se supone que he de fingir interés en alguna mujer que solo posea una fracción de su belleza? ¿De su elegancia? Estoy loco por ella, Ben, y no tengo ningún deseo en buscar la compañía de alguna sustituta que sea menos que ella.

Benvolio pone los ojos en blanco.

—El único motivo por el que Rosalina está fuera de tu alcance es porque realmente lo *está*.

—Te falta fe en mí.

—Ha hecho voto de castidad.

Hago un aspaviento como si no tuviese importancia.

—Nadie es perfecto.

Sin embargo, en realidad, es gracias a ese mismo obstáculo por el que Rosalina Morosini es la mujer perfecta para mí. Mientras permanezca decididamente casta, es mi mujer ideal: intocable. Puedo suspirar por ella tanto como quiera y nunca nadie me pedirá una explicación sobre por qué no puedo cortejarla con éxito.

Ben no ha renunciado a intentar disuadirme.

—No es solo que esté fuera de *tu* alcance, ¡es que está fuera del alcance de *todos* los hombres! Estás intentando pescar en un estanque vacío y te aseguro que te marcharás con el anzuelo vacío.

Intento no sonar demasiado ridículo al responderle.

—¿Cómo eres capaz de observar de primera mano la perfección y aceptar tener algo menos que eso?

Ben se queda en silencio por un momento.

—Sé que piensas que soy una especie de sátiro libertino, loco por las mujeres, pero sí que soy capaz de entender lo que significa desear a alguien especial, primo.

Su tono solemne me pilla por sorpresa.

—No quería decir que…

—Sí, sí querías, pero no pasa nada. —Se ríe, restándole importancia, aunque no me mira a los ojos—. Todas las jóvenes son especiales a su manera, y supongo que me resulta demasiado sencillo desearlas, pero no quiero estar soltero para siempre. Algún día seré como mi padre, ¿sabes? Y espero que mi futura esposa, quienquiera que sea, sea alguien fascinante.

—Eso es lo que yo quería decir también —le digo en voz baja, porque soy consciente de que no estamos hablando de lo mismo en absoluto.

—Rosalina nunca será tuya —repone sin rodeos—. A menos que su padre la obligue a retractarse de su juramento para que la pueda casar, no hay futuro al que puedas aspirar. —Con un profundo suspiro, añade—. No es una antorcha que merezca la pena mantener encendida, Romeo. Y, algún día, muy pronto, tu padre te va a casar con alguien y perderás gran parte de esa valiosa libertad que tienes ahora para poder elegir a tus propias parejas.

Sus palabras me caen como un granizo encima, afiladas e hirientes, porque son más ciertas de lo que cree en realidad.

—No puedo simplemente deshacerme de mis sentimientos, Ben.

—¡Nadie te está pidiendo que lo hagas! —Me da un manotazo en la espalda intentando animarme—. El mundo está lleno de mujeres, y aunque algunas no puedan estar a la altura de la belleza de Rosalina, encontrarás que unas cuantas sí que la superan en encanto y vivacidad. Al fin y al cabo, hay cualidades más importantes en una mujer que la capacidad de parecer delicada aunque esté deprimida en medio de una cena.

—¡Sabes que eso es injusto para con ella! No se dedica a *deprimirse* en las cenas. —Sin embargo, me cuesta encontrar una respuesta adecuada, y no solo porque él tenga algo de razón. Al final, decido que la sinceridad es la mejor respuesta—. No encontrarás a una mujer que me atraiga más que Rosalina. Eso te lo garantizo.

—Esa es una apuesta que acepto encantado —responde. Me doy cuenta demasiado tarde de que, de alguna manera, he dicho algo que no quería decir—. Dame un mes, durante el que tendrás que venir a los sitios conmigo sí o sí, y sonreirás, y dejarás que te presente a gente nueva, y estoy seguro de que te puedo encontrar una chica que te hará olvidar a Rosalina. Si al final sigues pensando que es la única mujer decente de Verona, entonces me rendiré y te dejaré en paz.

A mi pesar, vacilo. Mi instinto inmediato es ver su oferta como una especie de broma de mal gusto, descartarla y distraerle para que piense en otra cosa… pero me es imposible resistirme a ese último comentario.

Enarco una queja y le pregunto para aclarar:

—¿Para siempre?

—Sí, sí. Te dejaré en paz para siempre —jura con tono dramático—. No me volveré a preocupar nunca más por tu perpetua y melancólica soledad.

Ignoro su sarcasmo, consciente de que es un trato con el diablo que no puedo permitirme rechazar. Por reacio que sea a aceptar pasarme un mes entero coqueteando con una joven tras otra para apaciguar a mi primo, mientras que a la vez evito cualquier posibilidad de entablar cualquier tipo de relación romántica, puede que sea el camino más corto, quizás incluso el *único* camino, hacia un futuro libre de esa presión para siempre.

Lo que más deseo es que Benvolio deje de preocuparse por mi falta de interés en las mujeres y, si para ello he de comprometerme a pasar las próximas semanas en una farsa de lo más alegre, es un precio que estoy dispuesto a pagar.

—Trato hecho.

—Te ofrezco ponerte a las mujeres más hermosas y de temperamento más dulce de toda Verona a tus pies y actúas como si fueses *tú* quien me está haciendo el favor. —Ben alza las manos en un aspaviento y las deja caer—. De verdad que a veces me cuesta entenderte, primo.

Al adentrarme en uno de los callejones que llevan al centro de la ciudad, de repente, me agarra del brazo y tira de mí hacia atrás.

—Por ahí no. Iremos hasta donde cruza el puente de San Fermo y atajaremos por allí.

—¿Estás seguro? —Arrugo la nariz y, cuando no me responde, insisto—. ¿No has dicho que esa taberna tuya estaba cerca de la Arena? Si vamos por aquí son apenas cinco minutos, pero si caminamos hasta San Fermo...

—El camino nos dará mucha más sed y beberemos más cerveza barata —me interrumpe Ben, arrastrándome lejos del atajo sensato hacia la avenida que recorre el embarcadero—. Confía en mí, te alegraras de que hayamos tomado el camino más largo. Esa callejuela mugrienta por la que estabas a punto de entrar está bastante llena de ratas últimamente y Capuleto… pero me estoy yendo por las ramas.

—¿Capuleto? —repito—. ¿De qué estás hablando? Ninguno vive ni siquiera cerca de esta parte de la ciudad.

—Oh, ninguno vive por aquí, pero se han hecho con el control de este barrio igualmente. —Echa un vistazo cauteloso por encima del hombro cuando una carreta pasa traqueteando a nuestro lado, con sus ruedas de madera entrechocando contra los adoquines—. Compruébalo tú mismo.

Echo un vistazo a mi espalda y observo cómo tres figuras surgen de la boca del callejón, con sus dagas envainadas a la cintura. Cuando se apoyan en las paredes ambos lados de la entrada del callejón, como centinelas ocupando sus puestos, los reconozco de inmediato: Venzi, Arrone y Galvano, tres de los representantes más pendencieros de los Capuleto. Sus modales brillan por su ausencia, pero la amenaza flota en el ambiente y un escalofrío me recorre la columna.

—Hace dos semanas Jacobo fue hasta esa misma callejuela para encontrarse con una amiga, y se topó con Teobaldo y algunos de sus amigos —continúa diciendo Ben, apresurándome a avanzar a paso ligero—. Le dijeron: «Los Montesco no son bienvenidos al sur de la vía de Mezzo» y lo dejaron solo desangrándose en una esquina.

—¿Jacobo? —repito un tanto estupefacto. Jacobo Priuli, ocho años mayor que nosotros, era un empleado del almacén de mi padre, ni siquiera era un Montesco, excepto quizás por asociación—. ¡Nadie me había dicho que lo habían atacado! ¿Por qué me entero de esto ahora?

—Bueno, has tenido la cabeza un tanto en las nubes últimamente. —El tono acusatorio de Ben es difícil de pasar por alto—. Es imposible decirte nada cuando nadie sabe dónde encontrarte.

—¡Esto es absurdo! —Le ignoro, cambiando de tema hacia un argumento mucho más seguro—. Los Capuleto tienen San Zenón, nosotros tenemos San Pietro, y el resto entre medias es tierra de nadie, así es como ha sido siempre. ¡No pueden empezar a reclamar partes de la ciudad como si les perteneciese!

—Y, sin embargo, eso es justo lo que han hecho —replica Ben con dureza—. Aunque si decides retarles a un duelo por ello estoy seguro de que a Teobaldo le encantará explicarte sus motivos a base de puñetazos. Yo, si me van a partir la nariz, prefiero que lo hagan por haberme emborrachado hasta la inanición y haber coqueteado con una mujer casada delante de su marido.

Los Capuleto son una de las familias más poderosas de Verona, incluso hay quienes dicen que son *la más* poderosa, para disgusto de mi padre. Cada aliento que respira lo hace para aumentar la gloria y el prestigio del apellido Montesco, y odia pensar que tiene competencia. Pero Alboino Capuleto, famoso por su devoción pública y su patrocinio a la Iglesia, está tan ávido de influencia como de riqueza. Y posee una riqueza *asombrosa*.

Verona puede que sea todo nuestro mundo, pero apenas es lo suficientemente grande como para acoger a nuestros dos linajes a la vez. Los Capuleto viven en una villa cerca de la basílica de San Zenón, al este de las murallas romanas. Nosotros, los Montesco, residimos en el exclusivo barrio de San Pietro, al norte del río Adigio, en el interior del casco viejo de la ciudad. Nuestros caminos nunca se cruzan si podemos evitarlo.

Durante generaciones, su linaje y el nuestro han estado enfrentados —figurada y literalmente— y hasta hoy persiste una amarga rivalidad entre nuestro bando y el suyo. Según mi padre, los Capuleto han cometido numerosos crímenes atroces contra los Montesco a lo largo de nuestra historia en común: robos, estafas, acusaciones falsas, calumnias y asesinatos.

La rivalidad comenzó, como siempre he oído explicar, cuando uno de sus ancestros, celoso de la buena fortuna de nuestra familia, mató a sangre fría al patriarca de los Montesco, deseoso de suplantarlo. Los Capuleto, por supuesto, cuentan la historia al revés, y como no queda nadie con vida que recuerde qué versión es la que más se acerca a la verdad, ambos relatos han prosperado hasta nuestros días, y la larga sombra del odio se cierne sobre la cuna de cada nueva generación.

Mi padre cree en la maldad innata de los Capuleto con la convicción de un mártir, y me ha enseñado que no debo confiar en ninguno de ellos en ninguna circunstancia. Y supongo que le alegraría saber que, de hecho, no lo hago. Aunque eso sea menos por las historias que me ha contado que por las experiencias que he compartido con un Capuleto en particular: Teobaldo.

Alboino y su mujer tienen una hija, pero como el sobrino mayor del señor Capuleto, no cabe ninguna duda que Teobaldo es su favorito. Destinado a ser el próximo patriarca, también es el primero en la línea sucesoria para heredar el lucrativo negocio de la familia en el comercio de pieles, y ha pasado toda su vida creyendo que es intocable. Es de la misma edad que Mercucio, y la persona más despiadada que conozco, el más rápido a la hora de dar un puñetazo y el último en vacilar en una pelea. Cuando me paro a pensarlo, no me cuesta creer que sea él quien haya roto el tratado no escrito que ha mantenido la paz en el interior de las murallas de la ciudad.

—Espera… ¿así que ellos simplemente… *deciden* que este barrio les pertenece y ya está? —protesto—. ¿Y nosotros empezamos a tomar el camino largo, escondiéndonos entre las sombras de nuestra propia ciudad y les permitimos hacer lo que quieran?

—¿Y exactamente qué otra solución propones? —Ben enarca una ceja—. No vas a convencer a Teobaldo y su pandilla de malhumorados secuaces de que están siendo injustos, y estoy bastante seguro de que no estás sugiriendo que los desafiemos a base de puñetazos. Odias las peleas, y Teobaldo es más o menos el doble de grande que yo.

—Hay leyes en contra de las peleas en el interior de la ciudad —señalo, un tanto molesto por su actitud. Ambos llevamos nuestros propios puñales, por supuesto, como la mayoría de los hombres en Verona. Pero nunca hemos tenido que desenvainarlos, al menos no en el interior de las murallas de la ciudad. Pero si los Capuleto están derramando sangre Montesco en el corazón de la ciudad, es un nuevo y alarmante giro de los acontecimientos—. Y eso es justo lo que quiero decir. *Atacaron* a Jacobo, ¡y al aire libre nada más! ¿Por qué nadie los ha reportado a la guardia del príncipe?

—Si Jacobo quisiese denunciar a Teobaldo y a sus hombres necesitaría testigos que respaldasen su testimonio, y si te fijas creo que te darás cuenta de que hay una nueva oleada de amnesia extendiéndose por la ciudad al sur de la vía de Mezzo. —El resentimiento llena el tono de Ben—. Solo un idiota se arriesgaría a interponerse en el camino de Alboino Capuleto por el bien de un humilde empleado de almacén, y todo el mundo en Verona sabe qué tipo de pago conseguirían si se enemistasen con Teobaldo.

—Pero… —Solo que no tengo nada más que decir. La injusticia de todo este asunto es exasperante, pero también es solo un grano más de arena en medio del desierto en expansión que forman todos mis problemas.

—Es culpa del príncipe —murmura Ben, echando un vistazo a su espalda para asegurarse de que no tienen a nadie lo bastante cerca como para escucharlos—. Debería enfrentarse a ellos, pero es un cobarde. O puede que sea un idealista. No sé qué es peor.

Su osadía hace que yo también eche un vistazo a mi alrededor, pero el embarcadero está vacío. Es un día soleado, el calor va subiendo poco a poco y una tímida brisa levanta el espeso aroma verde del río.

—Le ha dicho a mi padre que se niega a elegir un bando porque cree que esta rivalidad es infantil, y que no hay razón para que «antiguas animosidades dirijan nuestras vidas».

—«*Antiguas animosidades*». —Benvolio suelta una carcajada desdeñosa—. Como si los Capuleto no se ocupasen de retomar esas animosidades un par de veces al día. El verdadero motivo por el que Escala se niega a elegir un bando es porque le da miedo quedarse en desventaja política. —Se le sonrojan las mejillas—. Los habitantes de la vía de Mezzo no son los únicos habitantes de Verona a quienes les da miedo enemistarse con Alboino. Si Tiberio siguiese al mando…

Puede que simplemente estuviese repitiendo algo que los había oído decir a sus padres, pero eso no significa que esté equivocado. El príncipe Tiberio era aliado de los Montesco, habiéndose casado con una prima lejana de mi padre, y su lealtad hacia nuestro linaje eliminó cualquier duda sobre cuál era la familia más importante de Verona. Pero cuando murió inesperadamente hace tres años, la corona paso a estar en manos de su hermano menor, Escala, que no está ni casado, ni afiliado, ni interesado en ejercer de árbitro entre las familias.

Ya sea por idealismo o por cobardía, su indiferencia ante nuestras hostilidades crea un desequilibrio en la estructura de poder de Verona. Y está claro que Teobaldo ve esa misma falta de favoritismo por una familia u otra como una oportunidad para hacer que la balanza se incline a favor de los Capuleto.

Cuando por fin llegamos al puente que cruza el río a la altura de la iglesia de San Fermo, echo un vistazo al otro lado, hacia el distrito de Campo Marzio. Desde aquí, la otra orilla no es más que árboles verdes y tejados de color rojizo. En alguna parte más allá de todo eso se extiende la amplia y formidable muralla de piedra que protege nuestra ciudad, la misma muralla que envuelve San Pietro, San Zenón y el casco antiguo, y que nos rodea a todos en un abrazo cada vez más estrecho.

Últimamente, allá donde mire, solo veo otra muralla, otro límite. Por un momento no puedo respirar. Al mirar al otro lado del puente, hacia una avenida desierta que no lleva a ninguna parte, solo puedo pensar en lo que me deparará mi futuro, que se acerca lenta pero acuciantemente. Verona se encoge, mis días gobernando mi propia vida se agotan rápidamente, y cada puerta a mi alcance no hace más que abrirse a cuatro murallas más.

A mi lado, Benvolio se aleja del puente, yendo de vuelta a la ciudad. Al cabo de un minuto, consigo despegar los pies de los adoquines y lo sigo, por otro camino que, al final, también acaba desembocando en la misma muralla de piedra.

4

La taberna que Ben ha escogido resulta ser tan húmeda, oscura y cuestionable como me la había imaginado; pero tiene un ambiente animado y ambos recibimos una bulliciosa bienvenida. La compañía es sórdida pero cordial, y decido que me gusta el lugar lo suficiente como para quedarme.

Al dirigirnos a una mesa libre, unos hombres de rostro rubicundo le dan una palmada en la espalda a Ben y le saludan por su nombre de pila, y a mí me sorprende de nuevo la facilidad que tiene mi primo de hacer amigos. La cerveza empieza a llegar en el momento en el que tomamos asiento en la mesa. Él se sienta a la cabeza porque desde allí puede ver todo el local y todo el local lo puede ver a él, y en cuestión de minutos se mete de lleno en una actuación que atrae la atención de todos los que nos rodean. Primero solo está coqueteando un poco con la camarera y después empieza el «¿Te he hablado alguna vez de cuando…?»; y finalmente, cuando una enorme jarra de cerveza aparece en su mano como por arte de magia, se lanza de lleno a contar una historia descabellada que cautiva a toda la sala.

—Y ahí estaba la cocinera —dice, acercándose al clímax de su primer soliloquio—, con una cesta de vajilla rota en una mano y mi piedra favorita en la otra, ¡y le saltaban llamas infernales por los ojos! —Eleva la voz dos octavas y hace una imitación nefasta de la mujer—. «*¿Cuál de vosotros dos es el responsable de esto?*».

—¡Estás contando la historia mal! —le termino interrumpiendo, incapaz de seguir soportando todas las inconsistencias de su relato ni un segundo más. Es la primera vez que ha decidido contar algo que realmente ocurrió y, aun así, está tergiversando los hechos, algo muy propio de él.

—Nunca cuento mis historias mal —replica con confianza—. Si hay algún tipo de discrepancia, entonces es la historia la que está errada, no yo.

No puedo evitar soltar una carcajada.

—¡No es así como funciona!

Él se vuelve de nuevo hacia la sala.

—En cualquier caso, la cocinera se queda ahí de pie, con mi piedra de confianza en la mano, la misma en la que había grabado mis iniciales, y dice: «*¿Cuál de vosotros dos es el responsable de esto?*». —Por un instante la taberna se queda en completo silencio cuando Ben se los lleva de vuelta a su relato—. Y yo, ahí sentado, con mi tirachinas todavía en la mano temblorosa, pongo la mirada más inocente que puedo y respondo: «*¡Vuestra casa debe de tener un fantasma!*».

La sala estalla en carcajadas y le sirven una segunda jarra sin que pague siquiera la que le habían servido antes, pero yo ya he llegado a mi límite de escuchar tonterías.

—¡No, no, no, nada de eso es cierto!

Ben se limita a encogerse de hombros.

—Si he mejorado alguno de los detalles es solo porque algunos no eran correctos para empezar.

—Para empezar —replico—, no era cocinera, era nodriza. *Mi* nodriza, de hecho. —Me pongo de pie y me inclino sobre la mesa—. Y creo que tus palabras exactas fueron: «Él *me ha dicho que había un fantasma*». ¡Y todo eso *señalándome*!

Hay un momento en el que el público de Ben une las nuevas piezas del rompecabezas y después vuelven a estallar en carcajadas. Pero mi primo no cambia de expresión. Cuando la algarabía se apacigua de nuevo, alza las manos.

—¿Ves? Mi versión es mejor.

Hay aún más risas, manos compasivas que me dan palmaditas en la espalda y en el hombro, y deslizan una jarra llena de cerveza frente a mí y, lo crea o no, es en ese momento cuando me doy cuenta de lo hábilmente que mi primo me ha manipulado.

Con el mínimo esfuerzo me ha convertido en el centro de atención, una fuente de entretenimiento nueva para la clientela habitual, que ya hace tiempo que han memorizado las historietas más interesantes. Y así de fácil me convierto la persona más popular de la sala, me ruegan, insisten y urgen a que les cuente más historias sobre las extravagantes travesuras de Ben y, cuando estoy llegando al final de una, mi primo me incita a que cuente otra.

No se me pasa por alto que hay muchas chicas entre el creciente público, y que todas están a la altura de lo que Ben me había prometido sobre su belleza y espíritu. Todos los hombres están deseando sonsacarme todas las anécdotas embarazosas, comprometedoras o subidas de tono que tengo para contar, pero esas jóvenes me están tomando claramente la medida para un entretenimiento completamente distinto. Me siento terriblemente incómodo.

No es que no esté acostumbrado a encontrarme en situaciones de este tipo. Cada vez que mis padres organizan un baile o una fiesta en el jardín, una horda de señoritas a las que debo impresionar me rodea nada más empezar, y me he convertido en un experto en cómo salir airoso de esas conversaciones. En coquetear casualmente, pero nunca en serio, creando una ambigüedad meticulosa que es imposible cuestionar abiertamente basándose en las reglas no escritas del sentido del decoro de nuestro estrato social.

Pero las jóvenes de esta taberna, con sus miradas directas y encantos ostentosos, no son como las damas a las que estoy acostumbrado. No hay nada modesto en ellas, y tampoco están bajo la influencia de ningún sentido de «respetabilidad» artificial en el que podría confiar para mantener una cómoda distancia con ellas.

—Cuéntales la historia de cómo una vez confundiste una sopera de caldo de pollo con un orinal —sugiere Benvolio, con el rostro iluminado por una alegría pícara.

—Creo que acabas de contarla tú por mí, primo. —Dejo la jarra sobre la mesa y echo un vistazo hacia la puerta trasera de la posada, por cuyos bordes se filtra la luz del sol, y se me ocurre una idea—. De hecho, me vendría bien esa sopera ahora mismo, tengo que ir a hacer hueco para un poco más de cerveza. ¡Ni se te ocurra hablar de mí mientras estoy fuera!

Antes de que me intercepten, me escabullo entre la multitud, atravieso la taberna y me cuelo por la puerta que da al estrecho pasadizo que recorre el costado oeste de la taberna. El aire está lleno de polvo y hace calor, y el olor de una letrina cercana estropea todo lo que queda por disfrutar. Sin embargo, cierro los ojos y siento cómo se me relajan los hombros y se me deshace el nudo en el pecho. La tranquilidad que se respira aquí vale el precio que tienen que pagar mis sentidos.

No siempre me he sentido así: aliviado por poder alejarme de mi mejor amigo, de las crecientes presiones que conlleva una sala llena de gente. No hace mucho tiempo me encantaba conocer gente nueva. Hubo una época en la que me deleitaba con mi popularidad, aunque no fuese merecida en gran parte. Al fin y al cabo, no es difícil ser alguien popular en Verona cuando te apellidas Montesco. Pero, aun así, me encantaba cómo me sentía al tener a gente a mi alrededor interesándose por mí, queriendo conocerme.

Pero eso fue entonces, y la máscara que llevo ahora puesta es una que no estoy del todo seguro de que pueda quitarme en ninguna parte. Tengo que evitar las preguntas de mis padres, tengo que evitar las implacables aunque bienintencionadas insinuaciones de mi primo sobre mi vida amorosa, y tengo que evitar —sea como sea— encontrarme en una situación en la que deba explicarle a una joven por qué no puedo corresponder a sus afectos. Hay muy pocas maneras de decir con tacto: «No te encuentro atractiva», y ya las he usado *todas*.

Echo de menos la época en la que una tarde como esta me habría parecido sencilla y divertida, cuando no me ponía nervioso al ver a Benvolio, la única persona en la que podía confiar completamente. Y no sé cómo sobrellevar el hecho de que el problema está yendo a mayores. Una parte de mí casi espera que mi padre me elija una esposa adecuada pronto para que ya no tenga nada más que temer y así librarme también de la persistente intromisión de mi primo en mi vida amorosa.

Cuando vuelvo a abrir los ojos podría jurar que el pasadizo se ha hecho más pequeño, que toda Verona se está cerniendo a mi alrededor.

Me tomo mi tiempo para aliviarme, alargando el silencio del pasadizo todo lo que puedo, intentando pensar en lo que diré cuando vuelva a entrar. Y cuando ya no puedo perder más tiempo, me vuelvo hacia la puerta de la taberna… y me detengo en seco cuando descubro una esbelta figura acurrucada en el estrecho umbral. Un muchacho de unos doce o trece años está ahí sentado, como si lo hubiesen abandonado, aferrando sus rodillas y escondiendo el rostro entre ellas, con la cara enrojecida por las lágrimas frustradas, aferrando una mochila de cuero que descansa sobre el polvo a su lado.

—No pretendo importunarte —empiezo con delicadeza, sin saber qué tono he de emplear, pero convencido de que estoy usando el equivocado. El no tener hermanos me ha hecho ser un completo incompetente en el arte de tratar con alguien mucho más joven que yo—. ¿Va todo bien? Pareces triste.

Se tropieza al ponerse en pie a la carrera, claramente avergonzado.

—Estoy bien. Mm… señor.

La mentira es palpable, pero por si acaso no me había dado cuenta, moquea ruidosamente y se da la vuelta, esperando que no me dé cuenta al tiempo que se limpia las lágrimas de los ojos. Está demasiado limpio para ser uno de los huérfanos que piden limosna en la plaza, pero tiene un aspecto tan desesperado que me arriesgo a preguntarle.

—¿Estás perdido?

—Sí. —Respira hondo y con fuerza—. Puede ser. —Su rostro se contrae de nuevo—. No estoy seguro.

Al empezar a sollozar, intentando esconder esos horribles hipidos entre sus manos, me quedo helado por el horror. Por suerte, la puerta se abre de golpe en ese preciso momento, sorprendiéndonos tanto al joven como a mí, que alzamos la mirada al mismo tiempo que Benvolio se asoma al pasadizo.

—Oh, *aquí* estás. Estaba empezando a pensar que te me habías escapado. —Su mirada se desplaza hacia el chico con la mochila de cuero y entrecierra los ojos—. ¿*Paolo*?

El alivio invade el rostro del joven y yo parpadeo sorprendido.

—¿Lo conoces?

—Es Paolo Grassi. Su madre nos lava la ropa. —Mi primo sale al pasadizo, dejando que la puerta se cierre de un portazo a su espalda, y deja caer la mano sobre el escuálido hombro del chico—. ¿Qué demonios haces tú aquí?

—Estaba buscando a alguien. —Paolo señala derrotado hacia la taberna, negando con la cabeza—. Pero no está aquí. Estaba tan convencido...

—¿A quién andas buscando?

Paolo hincha ligeramente el pecho.

—A Giovani da Peraga, es un famoso condotiero de Lombardía, cuyos soldados ayudaron a las fuerzas milanesas en la batalla de Parabiago.

La forma en la que dice esto último deja claro que está repitiendo las palabras de otra persona y, aun así, los condotieros, capitanes militares que dirigen ejércitos independientes y altamente cualificados, *son* una clase muy distinguida y selecta de hombres. Ben enarca las cejas, que se elevan casi hasta el nacimiento de su cabello.

—Casi me da miedo preguntar por qué estás buscando a una banda de mercenarios. ¿O puede que sea tu madre que está intentando eliminar a toda su competencia de lavanderas de Verona?

—He conseguido trabajo —responde Paolo, hinchando todavía más el pecho, orgulloso—. Trabajo como paje para una prestigiosa casa y me han encargado algunas entregas importantes, pero... —Se le entrecorta la voz y se le saltan las lágrimas—. No consigo encontrar a ninguna de las personas de la lista. Tardé más de una hora en encontrar esta taberna y, aun así, el dueño insiste en que Giovanni da Peraga no está aquí. No sé qué más hacer. —Más lágrimas le llenan los ojos y gime—. No puedo permitirme perder este puesto.

—¡Pues no llores, hombre, que eso solo te va a dejar deshidratado! —Ben mira a Paolo a los ojos, tratando de animarle—. Enséñame esa lista tuya, tal vez pueda ayudarte. —El chico asiente con dulzura y saca de su mochila un trozo doblado de pergamino, que Ben examina con expresión dubitativa—. No pretendo cuestionarte pero... parece que todas las direcciones están aquí escritas junto a los nombres de los invitados.

Paolo se sonrosa y después se sonroja, colorado como un tomate.

—No sé leer —murmura.

—Oh. —Ben asimila lo que le acaba de confesar—. ¡Oh! Bueno. —Esboza su sonrisa más brillante y encantadora, antes de darle una palmada a Paolo en el hombro con tanta fuerza que el chico casi se cae de morros—. ¡Por suerte para ti nuestros caminos han decidido cruzarse, porque estoy seguro de que mi primo y yo podemos ayudarte a buscar a todas las personas de esta lista! De hecho, parece que este da

Peraga se está quedando en una posada en Vicolo Alberti, mientras que *esta* está en la vía Alberico.

Paolo sigue con la cara como un tomate.

—Esos dos sitios suenan exactamente igual.

—Vicolo Alberti es donde suelen poner el mercado de pescado —añado, intentando ser de ayuda—. Hay un busto del príncipe Tiberio en la esquina junto a la posada.

—Ah. —Paolo frunce el ceño—. Sé dónde está. ¿Por qué no me han dicho eso en cambio?

—Bueno, eso para empezar. —Ben recorre el pergamino con el dedo—. Y luego está este Uglione Natale y su mujer... ¡y pone que viven en San Pietro, como Romeo!

—Lo que quiera que tengas que entregarles me lo puedes dar a mí, yo me encargo de entregarlo por ti —digo—. La villa de los Natale se ve prácticamente desde mi casa.

—Son invitaciones —explica Paolo, el sonrojo ya ha empezado a disminuir en su rostro al ver que nos hacemos cargo de sus problemas—. Van a organizar un baile de máscaras, hasta han contratado una banda de músicos y van a traer pavos reales y todo.

Observo al chico con nuevos ojos. Hay algunos pavos reales en la colección real del príncipe, y de vez en cuando baja algún barco por el Adigio con criaturas exóticas a la venta, pero ¿llenar una finca privada de aves exóticas para una fiesta? Eso significaba que la familia poseía una considerable riqueza.

—Parece que va a ser un evento bastante importante.

—El más importante y grandioso de la temporada —responde Paolo con firmeza—. Incluso asistirán nobles.

—Qué emocionante. —Benvolio suelta el comentario sin ninguna emoción en particular, con la atención totalmente fija en la lista de Paolo—. Esta parece ser una lista... muy completa de la alta sociedad de Verona. El conde Anselmo, el conde Paris, la viuda de Antonio Vitruvio, Lucio y Helena Azzone... ¡oh, y mira esto, primo! —Su expresión se ilumina con picardía—. La bella Rosalina también asistirá junto a su padre y su hermano.

—Qué emocionante —respondo, con la voz llena de recelo.

—Es la joven más bella de Verona, ¿sabes? —añade Ben dirigiéndose a Paolo, a lo que el chico responde encogiéndose de hombros—. ¿La has visto con tus propios ojos alguna vez? Tiene a nuestro Romeo un tanto hechizado...

—¿Quién más está en esa lista? —pregunto bruscamente, ansioso por no retomar de nuevo ese mismo tema—. Los Azzone viven al sur de la antigua muralla romana, no muy lejos de la ciudadela.

Ben vuelve a observar el pergamino, frunciendo el ceño.

—Mmm.

—¿Qué ocurre?

—Mercucio y Valentino también están invitados —señala con desinterés, dándole la vuelta al pergamino para observar la otra cara, aunque parece que está en blanco—. Y ya casi nadie recuerda a su familia, mucho menos aquellos que pueden permitirse pavos reales. Qué extraño.

—¿Valentino? —Es un nombre que llevo años sin escuchar y que me pilla por sorpresa—. ¿El hermano de Mercucio, ese Valentino? ¿No está viviendo en alguna parte de Vicenza?

—No, primo. —Ben frunce el ceño, exasperado—. Mercucio lo mandó buscar el mes pasado, cuando por fin consiguió volverse aprendiz y se pudo permitir una casa con espacio suficiente para los dos. ¡Es de lo único de lo que pudo hablar durante semanas! —Niega con la cabeza y le echa otro vistazo a la lista, gruñendo por lo bajini—. Sinceramente, ¿dónde has *estado*?

Casi le respondo: «Hablando con un monje».

—Será agradable volver a ver a Valentino —me las apaño para responder en cambio, en voz baja—. He pensado en él de vez en cuando.

Valentino es un año menor que nosotros, uno de la media docena de hermanos de Mercucio que, hasta que Ben y yo cumplimos los catorce, vivían todos juntos bajo el mismo techo relativamente pequeño. Cuando su padre falleció a causa de una enfermedad repentina aquel invierno, siete niños se convirtieron rápidamente en demasiadas bocas que alimentar; cuando unos parientes acomodados de Vicenza aceptaron acoger a Valentino, de trece años, lo mandaron de la noche a la mañana, así, con una bolsa y su equipaje, a vivir con unos desconocidos en una ciudad en la que jamás había estado. Aparte de compartir una o dos cartas en esos primeros días, no habíamos vuelto a saber nada de él desde entonces.

Todos lo echábamos de menos, por supuesto, pero a Mercucio fue a quien se le rompió de verdad el corazón. Creo que esa fue la única vez que le vi llorar.

—Evidentemente, *todos* hemos pensado en él durante este tiempo. ¡Apenas lleva quince días en la ciudad y ya lo han invitado a que asista al «evento más importante y grandioso de la temporada»! —Se le escapa una risa incómoda—. Por lo que veo las únicas personas de toda Verona que *no están* invitadas a esta costosa velada somos tú y yo.

Me entrega la lista y, con un solo vistazo me queda claro lo que querían decir con ella: casi todas las figuras destacadas de Verona están representadas, a excepción de los miembros de la dinastía de los Montesco.

—¿Qué casa exactamente has dicho que ha organizado este baile de máscaras? —le pregunto a Paolo con mal sabor de boca.

El chico se pone rojo como un tomate maduro.

—Son el señor y la señora Capuleto… ¡pero necesito este trabajo, Ben, no lo entiendes! Me pagan bien y sin él…

—Oh, cálmate. —Benvolio le hace un gesto de la mano para intentar reprimir las crecientes lágrimas del muchacho—. No estoy enfadado, por el amor de Dios. El hecho de que estés cumpliendo con las órdenes de nuestros enemigos mortales no significa que te vaya a guardar rencor por ello. O porque vayas por ahí invitando a la gente a una suntuosa fiesta con comida, vino y pavos reales, a la que estamos específicamente excluidos, y donde estoy seguro de que habrá multitud de jóvenes hermosas que nunca he…

—Ben.

—¡Los Capuleto están organizando el evento de la temporada, Romeo! —Me mira y hay un brillo astuto en su mirada que hace tiempo aprendí a reconocer… y a temer—. Todos nuestros más queridos amigos y conocidos estarán allí, junto con casi todas las jóvenes y distinguidas damas que viven entre Milán y Venecia, ¡incluida tu hermosa Rosalina! ¿No es *maravilloso*?

—*Ben*. —No sé exactamente en qué está pensando, pero estoy seguro de que no me va a gustar ni un pelo. Esa expresión suya en particular siempre precede a una catástrofe.

—Primo. —Me sonríe como si no hubiese roto jamás un plato—. Acabo de tener la idea más maravillosamente terrible que he tenido jamás.

5

Apenas dos semanas después, al amparo de la noche, Benvolio y yo nos aventuramos con cautela y en contra de mi buen juicio en el distrito de San Zenón. La luna está llena y el cielo despejado, la callejuela estrecha por la que caminamos, encajonada junto a un alto muro de piedra, huele a jazmín. Es un lugar precioso, las estrellas brillan con fuerza y los grillos cantan, pero no estoy de humor como para disfrutarlo. Mis recelos se duplican a cada paso que damos.

—No me puedo creer que haya dejado que me convencieras de infiltrarme en una fiesta de los *Capuleto* —termino siseando, con un miedo irracional a que alguien me oiga. No hay nadie más que nosotros y los insectos y, sin embargo, me siento como si me hubiesen descubierto.

—*Yo* no me puedo creer que últimamente te hayas vuelto tan alérgico a pasar un buen rato —replica Ben—. ¡Antes te encantaba colarte en las fiestas sin invitación y ver cuánto vino podíamos beber antes de que nos pillaran!

—Sí, cuando tenía trece años y lo peor que nos podía pasar era que nos regañase un sirviente enfadado. —Extiendo las manos hacia el campo frente a nosotros—. ¡Teobaldo y los suyos están dispuestos a enfrentarse a cualquiera que se adentre en su territorio imaginario si tan siquiera *huele* a Montesco! ¿Qué crees que harán cuando nos deslicemos en el interior del hogar de su tío y nos pongamos cómodos? ¿Qué crees que hará *Alboino Capuleto*?

Ben se encoge de hombros, restándole importancia.

—Nada.

—¿*Nada*? —repito, mi tono es casi un chillido—. Primo…

—Para empezar, es un baile de máscaras. —Se señala la vestimenta—. Siempre que te dejes el disfraz puesto y seas un poco listo nadie sabrá quién eres en realidad.

Voy disfrazado de pastor, uno de los pocos disfraces que he podido idear con tan poco tiempo, con una máscara de Volto de porcelana que me cubre todo el rostro. Aunque, aun así, no me parece suficiente.

—Por otra parte —continúa diciendo Ben—, no se trata solo de un asunto familiar, habrá parientes del príncipe Escala en la fiesta. Incluso Teobaldo no puede ser tan tonto como para cometer un acto violento delante de ellos, sobre todo con la reputación de su tío en juego. Y lo mismo se puede decir del viejo Alboino. Le importa demasiado su imagen pública como para dejar que la aristocracia de Verona lo vea actuar por un viejo rencor contra dos muchachos inocentes.

—Todo eso suena muy razonable, Ben. —Suelto un suspiro nervioso—. Pero estás depositando toda tu confianza en personas que nos desprecian abiertamente.

—Romeo. —Ben se vuelve hacia mí, y en su rostro hay una expresión que nunca antes había visto: una mezcla de vejación, tristeza y agotamiento—. ¿Qué te ha pasado? Te solían encantar este tipo de travesuras, pero últimamente es como si no tuvieses ganas de hacer *nada*. Me evitas, me pones excusas, ¡y tengo que negociar contigo como si fuese un embajador forjando un tratado de paz solo para que te diviertas un poco!

Abro la boca y vuelvo a cerrarla al momento, con el calor reclamando mi rostro. Su opinión es bastante acertada y no sé cómo responder, porque no se equivoca. La única razón por la que estoy con él en esta errónea escapada esta noche es porque, después de rechazar rotundamente su primera sugerencia de que nos colásemos en la fiesta de los Capuleto, se ofreció a reestructurar los términos de nuestro acuerdo.

—*Me prometiste que me dejarías ver si podía encontrarte una pareja mejor que Rosalina* —señaló aquella tarde en el callejón caluroso, con la determinación brillando en su mirada—. *Bueno, no habrá mejor oportunidad que esta. Ella misma estará allí y podrás hacer todo lo posible para convencerla de que se retracte de su voto de castidad; y si no tienes éxito, habrá docenas de otras jóvenes damas por la fiesta, ¡y todas ellas de familias que tu padre aprobará!*

—*¡No quiero entrar con engaños en la fortaleza de los Capuleto y definitivamente no quiero hacerlo para ir a la caza de una esposa!* —Intenté no sonar demasiado asustado—. *¿Cómo se supone que impresionaré a Rosalina colándome en una fiesta de todas formas?*

—*Lo que la impresionará es cómo decidas hablarle y puede que incluso lo bien que bailes, a las mujeres les encantan los hombres que son ligeros de pies.* —Se frota las manos—. *Además, ¿qué podría impresionarla más que enterarse de lo lejos que has llegado para tener la oportunidad de hablar con ella? Harías bien en decirle que has ido a pesar de no ser bienvenido; ¡las chicas adoran ese tipo de gestos románticos!*

Vacilé de nuevo, porque era un buen argumento… casi demasiado *bueno. Rosalina me parecía una persona demasiado sensata como para dejarse convencer por gestos imprudentes, pero Ben sabía mucho más que yo de esos temas. ¿Y si le parecía increíblemente romántico? ¿Y si cambiaba de opinión, tanto sobre mí como sobre el matrimonio? Sería un golpe de suerte si me ganase su amor por accidente y después tuviese que hallar el modo de salir de* ese *embrollo.*

Pero tras todo el esfuerzo que había dedicado en convencer a Benvolio que Rosalina era la dueña y señora de mi corazón, ¿qué me podría inventar para refutar su razonamiento?

Malinterpretando mi silencio, Ben resopló.

—Romeo, te estoy prácticamente suplicando que dejes a un lado tus preocupaciones por una tarde y que vivas una aventura. En vez de darme un mes para que te ayude a conquistar a una chica, dame solo una noche, solo esa noche. Por favor. —Sonrió esperanzado—. ¡Metámonos en algún problema, como solíamos hacer! Haz todo lo que puedas para conquistar a Rosalina y después acepta bailar con cinco chicas de mi elección. Solo cinco, y te dejaré en paz para siempre.

Odié la forma en la que lo hacía sonar: como si fuese un ultimátum o una causa perdida. Como si fuese una última oportunidad antes de lavarse las manos para siempre. Y, sin embargo, a pesar de todo, me sentí completamente aliviado. En vez de pasarme un mes entero esquivando sus intentos de organizarme citas, solo tendría que soportar una única noche de coqueteos decorosos, todos ellos sujetos al estricto código de conducta moral que yo ya sabía cómo explotar. A fin de cuentas, no había nada que elegir.

—Muy bien —dije—. Lo haré.

Esta noche, por supuesto, cuanto más nos acercamos a la villa de los Capuleto, más vueltas le doy al asunto. Y Ben, también por supuesto, me está haciendo imposible la tarea de explicarme de un modo que no me haga parecer tedioso, quejumbroso o indiferente a sus sentimientos.

—No es a ti a quien estoy intentando evitar —le digo, con tanta sinceridad como puedo—. Es solo que... a veces mis padres esperan algo de mí más de lo que puedo hacer y me... no lo sé. Me veo aplastado bajo el peso de todo. —Me encojo de hombros y sostengo con las manos temblorosas la máscara que llevaré esta noche—. Es difícil disfrutar cuando lo único en lo que puedo pensar es en lo que hará mi padre si me descubre disfrutando de la felicidad equivocada.

—¡Y ese es un motivo más para que vivamos esta aventura! —exclama Ben, resuelto, sin escuchar ni lo que le estoy diciendo ni el significado que le intento transmitir con ello—. Tus padres quieren vaciarte de espíritu, y no puedes permitírselo. ¡Vamos a exprimir la alegría de esta noche con nuestras propias manos aunque acabe con nosotros!

—Ben... —empiezo, pero él me interrumpe.

—No puedes cambiar el futuro que tu padre haya decidido para ti, pero puedes marcar el rumbo que quieras mientras tanto. —Disfrazado de soldado, con el viejo uniforme de su padre, parece como si quisiese animarme a entrar en la batalla—. ¿Te acuerdas de cuando nos colamos en la recepción de la boda del magistrado Stornello? Los dos comimos y bebimos demasiado, yo derribé un enrejado intentando trepar por él y tú confundiste la sopera por un orinal. —Le brillan los ojos al decirlo—. Esa fue la mejor noche de mi vida, Romeo. Lo único que quiero es que repitamos algo así.

—Yo también pero…

Y entonces se abalanza sobre mí, con una expresión tan furiosa y sincera que me hace guardar silencio.

—¡Te he *echado de menos*, primo! Solíamos pasar todo el tiempo juntos, pero desde el invierno pasado te has convertido en prácticamente un extraño para mí. No sé dónde estás en tu tiempo libre o con quién lo pasas; no sé en lo que estás pensando, porque te has obcecado en no decírmelo; ¡y actúas como si una noche disfrutando de mi compañía fuese una tarea que tienes que hacer a regañadientes! —Niega con la cabeza, frustrado, y yo empiezo a sudar bajo mi túnica—. ¿He hecho algo mal? ¿Es que te has cansado de mí?

—¡No, Ben! —me apresuro a responder, rezando para que caiga un rayo o se produzca un terremoto… lo que sea para cambiar de tema.

Pues claro que yo también lo echo de menos, pero no se lo puedo confesar sin que me haga más preguntas. Odio tener que evitarlo, y odio que cuando nos vemos siento que lo conozco un poco menos de lo que lo conocía antes. Pero evitarlo es mucho más sencillo que mentirle, que tener que evitar el tema omitiendo información, teniendo que recordar todas mis mentiras para no contradecirme después.

Es una agonía pensar que he herido sus sentimientos, pero no puedo hacer nada mejor. Las murallas de Verona terminarán aplastándonos a todos.

—Yo… no he sido yo mismo últimamente, y lo siento por ello —logro decirle—, pero te prometo que no me he cansado de ti. —Echo un vistazo al camino vacío a nuestra espalda, que serpentea hasta San Pietro—. Es solo que desde hace un tiempo me cuesta ser feliz del todo y sé que eso me convierte en una carga cuando lo único que deseas es pasarlo bien. Pero yo también te he echado de menos.

—Romeo, a veces eres imposible. —Ben baja la mirada hacia sus pies, negando con la cabeza—. No siempre tenemos por qué ir de juerga, ¿sabes? Cuando no te apetezca, solo tienes que decírmelo y podemos hacer cualquier otra cosa. Puede que incluso me una a alguna de tus excursiones artísticas un día de estos. Siempre y cuando no se lo digas a nadie, claro está —añade rápidamente. Y después esboza una sonrisa pícara—. Al fin y al cabo, es mi obligación como amigo y como primo el aguantarte, sin importar lo pesado que puedas ser.

—Anda, gracias —le digo, aunque no puedo evitar devolverle la sonrisa. El asunto es mucho más complicado que esto, pero me conmueve enormemente saber lo mucho que significa nuestra amistad para él. Desaprueba mi afición y, sin embargo, ¿estaría dispuesto a aceptarla solo por pasar más tiempo conmigo? Siento como si algo me aplastase con fuerza el pecho y pestañeo para alejar las lágrimas.

Por primera vez me pregunto si puedo confiarle a Benvolio mi secreto.

Entonces, mientras yo sigo perdido en mis pensamientos, la villa de los Capuleto aparece en el horizonte. Coronando una pronunciada colina, respaldada por el infinito lechoso del cielo nocturno, se extiende a lo largo del horizonte como capas apiladas. Su silueta es inmensa, con faroles que iluminan cada ventana y pasillo, balanceándose en los ganchos y caldeando la piedra iluminada por la luna. Es como una red de estrellas tendida sobre la ladera, y la estampa me deja sin aliento.

Es posible que su casa sea mucho más grandiosa que la nuestra.

—Toma, sujeta esto —dice Ben, tendiéndome su máscara. Luego, retrocede unos pasos y echa a correr hacia el muro que tenemos enfrente y salta, agarrándose al saliente de la parte superior, antes de afianzar sus botas entre las enredaderas de jazmín. Se impulsa sobre la muralla, se echa hacia atrás y me tiende la mano—. Vale, dámelas y vamos.

Por suerte, solo me hago una pequeña rozadura en la espinilla, y después ambos caemos al suelo al otro lado, donde nos encontramos de pie ante una ristra de olivos que suben por la colina hacia la parte trasera de la villa. El aire huele a arcilla y a resina, la arboleada forma hileras ordenadas y me doy cuenta de que hemos estado caminando junto a la propiedad de los Capuleto todo este tiempo. Todo lo que hay a este lado del muro forma parte de su propiedad.

Ben se escabulle entre los árboles, con la brillante luz de la luna irrumpiendo entre las ramas, y yo me apresuro a seguirlo, manteniéndome cerca. Estoy jadeando cuando por fin llegamos a la cima de la colina, donde terminan los olivos y comienzan los extensos huertos, con parterres ordenados de tomillo, hinojo y romero en flor que perfuman el ambiente nocturno.

Ben me detiene antes de que salga al exterior con un susurro grave.

—La puerta de la lavandería debería estar abierta y desatendida, pero de momento deberíamos quedarnos entre los árboles. Si alguien nos ve, nuestra noche terminará antes de que empiece siquiera.

Se ata la máscara y, con un poco de dificultad, me las apaño para imitarlo. El señor Capuleto podría dudar en echarnos de su fiesta si nuestras identidades quedan expuestas ante sus elegantes invitados, pero si nos atrapan y nos reconocen incluso antes de entrar en la casa, ninguna regla de decoro público nos protegerá.

A medida que avanzamos por la parte trasera de la villa, donde los balcones están oscurecidos y las arcadas vacías, nos queda claro que la fiesta no se llevará a cabo en esta parte de la casa, el aire está lleno del aroma de las cebollas asadas, del pescado a la parrilla y del venado que se cocina en el asador. Me ruge el estómago y de repente espero que, si nos echan, al menos que sea después de que haya tenido tiempo para comer.

—Allí —murmura Ben, señalando una puerta al pie de una escalera corta bordeada de rosales. Es una de las varias puertas que hay a lo largo de la pared trasera, todas para uso de los criados. Me toma del brazo y me saca finalmente de la seguridad de los árboles antes de echar a correr hacia lo que parecer ser la lavandería.

Y casi lo conseguimos.

6

—¿Qué estáis haciendo aquí fuera? —exclama una voz estridente, una figura que aparece detrás de un enrejado cubierto de tomateras. Es una mujer, con la cara enrojecida y un cubo lleno de peladuras bajo el brazo, y se me sube el estómago a la garganta cuando se cruza en nuestro camino. Ben y yo intercambiamos una mirada, no logro ver su expresión tras la máscara de porcelana y la mujer sigue hablando—. El señor Capuleto dijo que esta noche no se permitiría la presencia de los invitados en los jardines... ¡se supone que debéis quedaros dentro!

Tardo un momento en entender lo que está intentando decir, escucho cómo la sangre me corre acelerada en los oídos. *Ya nos han tomado por invitados.*

Ben le responde haciéndole una humilde reverencia.

—Lo sentimos mucho. Debimos de habernos perdido cuando estábamos buscando el patio y acabamos aquí por equivocación. Si fuese tan amable de...

—¿Cómo puede uno equivocarse al buscar el patio central? —exige saber la mujer, aún más alterada—. Y nos dijeron que los jóvenes se encargarían de guiar a los huéspedes y de alejarlos de la parte trasera de la villa. ¿Alguno de ellos ha abandonado su puesto? Tenemos que preparar dos docenas de platos y no podemos hacer nuestro trabajo si la gente empieza a deambular por…

—Señora —comienza a decir Ben con deferencia, pero no consigue terminar.

—¿Cómo acabasteis aquí fuera? ¿En qué parte de la casa estabais para que no hubiese nadie que os vigilase? —La mujer se limpia la frente con la mano—. El señor Capuleto tendrá que saber que…

—¡Dorothea! —la interrumpe una voz apremiante, procedente de algún lugar a nuestras espaldas, y la mujer se da la vuelta de golpe. Paolo está de pie bajo el umbral de la puerta abierta, con el vapor ondulando a su alrededor, iluminado por el resplandor anaranjado del fuego—. Uno de los calderos está hirviendo y se va a desbordar.

—¡Oh, por el amor de Dios, el caldo! —La mujer se lleva una mano a la frente y suelta un gemido nervioso—. Tengo que ocuparme de eso, pero estos dos jóvenes…

—Yo me encargo de que encuentren el camino de vuelta a la fiesta —promete Paolo, con el rostro inescrutable bajo la penumbra. Dorothea vacila, lanzándonos una última mirada de descontento, pero después asiente. Arroja el contenido de su cubo a las tomateras y se recoge las faldas antes de dirigirse hacia la puerta de la cocina. Sin embargo, antes de desaparecer, vuelve a echarnos un vistazo.

—Asegúrate de que su señoría se entere de que alguien está dejando que sus invitados vaguen libremente por la casa. ¡Ese alguien debería perder su puesto por ello!

Y entonces se marcha y el silencio vuelve a llenar el jardín, interrumpido tan solo por la sinfonía culinaria de dos

docenas de platos que se preparan en las entrañas de la villa.
Ben se levanta la máscara y observa a Paolo encantado.

—¡Bien hecho, amigo mío! Si no fuese por ti serian nuestros cuerpos los que estuviesen fertilizando ahora mismo esas tomateras.

—¡Dijisteis que estaríais aquí hace diez minutos! —sisea Paolo como respuesta, sonrojándose—. ¡Si el señor empieza a indagar voy a ser *yo* quien pierda su puesto!

—Entonces hemos perdido todo el tiempo que teníamos de sobra. —Ben ni siquiera se inmuta. Se vuelve a poner la máscara y señala con la mano hacia delante—. Muéstrenos el camino, joven señor.

—Voy en serio. —Mientras nos dirigimos hacia la lavandería me fijo en lo tenso y pálido que está Paolo. Mueve las manos con nerviosismo y tiene que hacer dos intentos para abrir el cerrojo—. ¡Mi madre depende del dinero que el señor Capuleto me paga! No puedo permitirme que me despidan.

—No hay nada que temer, Paolino. Dorothea está demasiado ocupada como para preocuparse por esto, y nosotros jamás traicionaríamos tu confianza. —Benvolio usa su tono más cautivador al decirlo y yo observo cómo el chiquillo cae bajo el poder de sus encantos—. Además, no es como si hubiésemos venido para robar; ¡solo estamos aquí para darle algo de vida al que si no será un baile de sociedad aburrido más!

—No me hagáis desear que hubiese sido aburrido —replica Paolo rápidamente, pero el fuego que calentaba su frustración se ha apagado. Ha quedado a merced de Ben y él lo sabe.

Nos deslizamos por un laberinto de pasillos, el aire del sótano es tan húmedo por el vapor de las cocinas y de la lavandería que es prácticamente como una membrana contra mi piel, y después subimos por una escalera llena de telarañas hasta la siguiente planta. Echando un vistazo en las esquinas, Paolo nos mete en un salón que huele a polvo y a desuso, y luego lanza un suspiro tembloroso. Hay dos puertas en la pared del fondo y, al otro lado, se puede escuchar la música.

Fieles a la palabra de Dorothea, hay sirvientes recorriendo los pasillos, alejando a los invitados de las habitaciones que no están abiertas al público, incluido este salón; así que, solo cuando Paolo está seguro a de que no hay moros en la costa, nos conduce a través de una de las puertas, por un pasillo corto y, finalmente, hasta un salón de baile realmente grandioso.

El miedo de que me reconozcan y me echen de la fiesta se desvanece en cuanto echo un vistazo a mi alrededor, con la boca completamente abierta por el asombro tras la máscara. Esto no es en absoluto una reunión de amigos íntimos; debe de haber unas sesenta personas solo en esta sala, piel con piel, comparando sus extravagantes disfraces. Hay velas encendidas junto a los espejos, iluminando con su luz titilante la sala, dándole un brillo leonado al mármol y a la madera; y guirnaldas de seda esmeralda que brillan como el aceite al colgar de las balaustradas. Es decadente y romántico, y no seremos más que dos pececillos más en medio de este mar de juerguistas.

La fiesta se extiende de una sala a otra, por los pasillos y las galerías, los músicos luchan por hacerse oír por encima de la enérgica cháchara de los ricos veroneses. Enseguida recuerdo por qué siempre me ha gustado romper las reglas. Benvolio convierte nuestro anonimato en un juego, poniendo un nuevo acento e inventándose una nueva historia para cada persona con la que nos encontramos, e improvisamos bromas, conflictos y distensiones sobre la marcha. Conozco a casi todo el mundo, algunos apenas ocultan su identidad tras las máscaras de encaje o seda, y que intenten adivinar tu identidad me resulta algo inesperadamente emocionante.

De vez en cuando me tengo que levantar la máscara para disfrutar de la comida y de las bebidas que llevan los sirvientes por la sala en sendas bandejas doradas, pero si alguien me reconoce, me hacen el favor de guardarme el secreto. Incluso algunas veces me topo con un rostro familiar, seguido de un guiño o una sonrisa de complicidad, antes de que aparten la mirada.

Al fin y al cabo, es un baile de máscaras y, por primera vez, se espera que mantenga el engaño hasta el final.

Cuanto más fluye el vino, más disminuye la presión que tengo en el pecho y el calor de las velas se filtra en mi torrente sanguíneo, y tal vez me confío más de lo que debería. Estoy en una casa donde «Romeo Montesco» no es bienvenido, pero por una vez no tengo por qué ser Romeo Montesco. Puedo ser quien quiera ser, quien quiera decir que soy, y me dejo llevar por esa fantasía.

Al menos hasta que alguien me detiene, agarrándome del codo, clavándome los dedos en la carne. El dolor se dispara hacia mi hombro, el miedo me revuelve el estómago a la vez que una voz se acerca a mi oído.

—¡Sabes que la escoria Montesco no es bienvenida en San Zenón! —gruñe en voz baja.

Me da vueltas la cabeza al pensar en todos los posibles desenlaces de esta situación antes de girarme para enfrentarme a mi captor… y el terror se transforma en algo completamente distinto al reconocer al hombre que me tiene agarrado.

—¿M… Mercucio? —Tengo los labios entumecidos y por mis venas corren cristales de hielo, pero siento un agradable cosquilleo en la piel allí donde me está agarrando. Le reconocería en cualquier parte, incluso tras la media máscara que lleva puesta; su cabello oscuro y ondulado, su mandíbula cuadrada y sus hombros anchos, sus orejas, que sobresalen de un modo entrañable… me sé sus rasgos de memoria.

Se quita la máscara, sus ojos oscuros tienen un brillo travieso, y una sonrisa encantadora que deja al descubierto los huecos entre sus dientes ilumina su hermoso rostro. Y solo con eso ya le he perdonado por haberme dado un susto de muerte, incluso le perdono que se ría de mí cuando vuelve a hablar.

—¡Deberías haber visto la cara que has puesto, Montesco! Te he asustado, ¿verdad?

Mientras pienso en qué responderle, Ben aparece por encima del hombro de Mercucio, con la misma sonrisa de oreja a oreja.

—No lo niegues, primo, ¡has estado a punto de cagarte encima!

Me encojo de hombros, liberándome del agarre de Mercucio, y lucho por recuperar la poca dignidad que me queda. Ojalá hubiese controlado mejor mi reacción, porque odio darles esa satisfacción.

—Me habéis sorprendido, eso sin duda —concedo al fin, intentando sonar despreocupado con una ceja enarcada—. Ahora, si me pudieses encontrar una chica, puede que me impresiones de verdad.

Ben se ríe a carcajadas al mismo tiempo que Mercucio abre los ojos como platos por la sorpresa, antes de estallar él también en carcajadas. Me acerca y me golpea felizmente con el puño en el pecho.

—¡Me alegro de que hayas decidido venir, viejo amigo! Y no solo porque ahora las jóvenes damas me encontrarán el doble de atractivo al compararme contigo.

—Ah, ¿así que sí que piensas dejarte la máscara puesta, entonces? —le interrumpe Benvolio alegremente, y Mercucio le da un puñetazo a él también.

Mercucio le apunta al rostro con el dedo.

—¿Sabes, Ben? Todo el mundo dice que no eres más que un borracho vago y mentiroso que solo piensa con la entrepierna, pero están equivocados. ¡No has pensado ni una sola vez en años!

—No si puedo evitarlo —replica Benvolio—. Pero me molesta esa caracterización igualmente. —Toma una copa de vino de la bandeja de un sirviente que pasa a nuestro lado y la alza hacia nosotros en un saludo fingido—. No existe nada en lo que sea más persistente y sincero que en emborracharme.

Dicho eso, se toma la copa en solo un par de tragos, y después tose cuando el vino se le va por donde no era. Intercambiamos un par de pullas más y recuerdo lo mucho que disfruto de su compañía; echo de menos a estos dos chiquillos idiotas y, sin importar lo inquieto que esté por lo que estamos haciendo aquí esta noche, espero que pueda tener más noches como esta en el futuro.

Como si me leyese el pensamiento, Mercucio se vuelve hacia mí con una sonrisa astuta.

—Bueno, Montesco, Benvolio me ha contado que pretendes poner a prueba la determinación de Rosalina Morosini esta noche. ¿Por fin te has hartado de tu propia compañía?

Hace un gesto bastante grosero para imitar cómo imagina que me hago compañía, y el rubor se extiende por mi rostro. «Es tu compañía la que anhelo», pienso, y estoy a tan poco de confesarlo en voz alta que tengo que apretar los labios por un momento para evitar soltarlo.

—Mi compañía es bastante agradable, muchas gracias —logro decir al final, tras carraspear para aclararme la garganta—. Ahora solo tengo que convencerla de ello.

—Bueno, no esperes que nosotros te hagamos una recomendación. —Ben estira el cuello, escudriñando la multitud. Hemos estado moviéndonos de habitación en habitación por toda la villa, buscando compañía nueva y evitando a cualquier Capuleto que conozcamos—. Sabes lo mucho que odio mentir a las chicas.

—Ignórale —me aconseja Mercucio—. Solo está de mal humor porque tener que llevar una máscara toda la noche le priva de mostrar su único rasgo destacable.

—¡Vete a la mierda! —suelta Ben, fingiendo indignación—. ¿O es que finalmente estás admitiendo que mi ruda belleza es el motivo por el que me seguís como patitos perdidos?

—¡Te seguimos porque siempre vas allá donde hay cerveza gratis!

—Habla por ti —le digo a Mercucio—. Yo le sigo porque cuando bebe suele robar a menos que alguien le vigile.

Ben nos dedica gestos bruscos y groseros.

Mercucio se dobla de la risa, aferrándose a mi hombro para no perder el equilibrio, y yo no soy consciente de nada más que del calor que se acumula en mi piel bajo su contacto. Cuando recobra la compostura, se seca las lágrimas de los ojos.

—Bien hecho, chicos. Me alegra que hayáis decidido venir esta noche, ya he cubierto el cupo de tener que escuchar las excusas de los elitistas aburridos sobre por qué mi familia se ha visto excluida de sus listas de invitados desde que nos volvimos pobres.

Su franqueza me hace estremecer un poco, ya que mis propios padres son tan culpables de ese descuido como cualquiera del resto de los ciudadanos de Verona que llenan esta sala, pero Ben apenas parpadea. Toma otra copa de vino de la bandeja de otro sirviente que pasa a nuestro lado.

—De hecho —dice—, me preguntaba por qué el señor Capuleto se ha vuelto a acordar de tu apellido cuando planeaba esta fiesta.

—No fue porque me guarde ningún tipo de cariño, eso puedo asegurártelo. El hombre no me ha dedicado ni una sola mirada en toda la velada. —Hábilmente, Mercucio le arrebata la copa de vino a Ben justo cuando mi primo la alzaba para darle un trago—. Pero tenemos a uno de nuestros parientes nobles en común, nada menos, que resulta ser un invitado de honor esta noche, y creo que estoy aquí como gesto de buena voluntad hacia él. —Pone los ojos en blanco antes de beberse todo el contenido de la copa de un trago, haciendo una mueca—. Tantas conversaciones de dolorosa cortesía... esta fiesta ha sido desagradablemente aburrida hasta ahora.

—Hablando de «desagradablemente aburrida», todavía tenemos que hablar de la vida amorosa de Romeo —dice Ben, cambiando de tema, y le doy un puñetazo en el brazo incluso antes de que termine de pronunciar a frase.

Estoy medio bromeando. Ampliar mi abanico de amistades femeninas es nuestra misión de esta noche, lo sé, pero todavía albergo la leve esperanza de que, si nos divertimos lo suficiente juntos, o si bebemos el suficiente vino, se le olvide por completo el plan.

—¿Estás seguro de que quieres perseguir a una joven que ha hecho voto de castidad? —me pregunta Mercucio con aire dubitativo—. Sería mejor si empezases con una de las antiguas amantes de Benvolio, ya que es menos probable que decepciones a una dama cuyas expectativas en los hombres ya son tan bajas.

—Estoy bastante seguro. —Un calor nervioso me recorre los brazos.

—Silencio, vosotros dos, patanes —ordena Benvolio malhumorado, haciéndonos señas para que guardemos silencio—. La bella dama de los sueños de Romeo ha entrado en la sala, ¡y haríais bien en comportaros con respeto!

Se me tensan los músculos entre los omoplatos cuando me doy la vuelta, siguiendo con la mirada en la dirección en la que está señalando mi primo y allí, efectivamente, está Rosalina Morosini. Está tan radiante como siempre, vestida con elaborados ropajes moriscos, con una máscara de terciopelo que sirve para ocultar sus delicadas facciones, pero es imposible no reconocerla. La solemnidad de su porte, la esbeltez de sus manos, la línea de su cuello… todo la delata.

No es la primera vez que deseo que su belleza despierte en mi interior algo más que solo admiración.

—Será mejor que te pongas manos a la obra mientras todavía tengas algo de tiempo para lamerte las heridas después de que te rechace. —Ben me da una palmada en la espalda—. Recuerda: las mujeres no pueden resistirse a un hombre seguro de sí mismo, ingenioso y guapo. Así que elige a alguien que tenga esos rasgos y finge ser él.

—Puedes fingir ser yo —dice Mercucio—. A mí no me importa.

Ben asiente.

—Sí, finge ser Mercucio, pero como si él fuese ingenioso y guapo.

—¡Vete a la mierda!

Y, dicho eso, me dirijo hacia el otro lado de la sala, con el estómago revuelto. No me da miedo lo que pueda resultar de este encuentro con Rosalina, al fin y al cabo ninguno de los dos desea tener ningún tipo de relación íntima y siempre nos hemos llevado bien en el pasado, pero cuanto antes empiece, antes terminará, y antes deberé complacer los caprichos de mi primo de encontrar a una chica que *sí* que me quiera para algo más que una amistad.

Rosalina me hace una leve reverencia cuando me ve acercarme, pero lo que le sigue al gesto es menos una conversación que una actuación. La máscara que lleva es una *moretta*: no tiene lazos, sino que se sujeta con un botón que ella tiene que mantener apretado entre los dientes, lo que significa que no puede hablar a menos que se la quite. Y, por supuesto, decide no quitársela.

—Buenas noches, señorita —la saludo, con todo el encanto que consigo reunir—. Espero que esté disfrutando de esta velada.

Rosalina asiente en silencio con la cabeza, con la mirada indiferente tras el velo oscuro de la máscara.

—Es todo un espectáculo, ¿no le parece? —me atrevo a decir—. Me dijeron que habría pavos reales paseándose por la propiedad, aunque todavía no he visto ninguno.

Se encoge levemente de hombros, en un movimiento sutil, y después queda como una estatua de nuevo, observando algo más allá de mí.

—Yo... —Me sonrojo. Se me dan fatal este tipo de situaciones incluso en circunstancias normales, y esto encima es casi una farsa—. La música es realmente estimulante, ¿no cree? ¿Querría... le gustaría bailar?

Cuando me imaginé por primera vez el desenlace de este escenario, me imaginé que mi invitación llegaría al final de la conversación, la conclusión lógica de un encuentro normal en un evento como este. Pero la presión que siento aumenta por momentos y he sido más listo de lo que pensaba al pedírselo demasiado rápido. Y, por supuesto, Rosalina se niega en silencio pero sin ambigüedades.

—Oh —digo. Es una respuesta insípida y el sudor nervioso me pega el traje de pastor a la piel. Siento unos ojos clavados en mi espalda, Ben y Mercucio observándome como dos buitres sobrevolando en círculos a su presa, aguardando lo inevitable—. ¿Está... disfrutando de la comida? —pregunto débilmente.

Rosalina parpadea.

Cuando por fin se me acaban los temas educados sobre los que poder monologar y nuestra conversación ha terminado definitivamente, se me forma una bola de miedo en la garganta. Esos ojos se clavan en mi espalda y resisto el impulso de darme la vuelta.

Cinco chicas. Puedo bailar con cinco chicas. ¿Qué es lo peor que podría ocurrir? Intentan coquetear conmigo y yo esquivo sus intentos; se me insinúan y yo pongo una excusa; me piden volver a verme fuera de esta fiesta y yo... ¿qué hago? ¿Rechazarlas de manera grosera? ¿Acepto por pura cortesía y luego las rechazo dejando de lado la caballerosidad? ¿Les digo que sí y después hago el papel principal en una elaborada farsa de cortejo y espero que, con el tiempo, se vuelva más fácil?

Se me revuelve la poca comida y bebida que llevo en el estómago y, sin pensarlo dos veces, echo un vistazo hacia una puerta arqueada que hay en una pared cercana. Desde aquí, lo único que puedo ver más allá de su umbral son sombras pero, en este momento, me basta con eso. Cuando la música cambia unos segundos más tarde y una multitud de bailarines se desliza a mi alrededor, bloqueándome temporalmente del campo de visión de Ben y Mercucio, salgo corriendo hacia allí.

Puede que sea cobarde huir, elegir la ilusión de escapar por encima de ser fiel a una promesa que me arrepiento de haber hecho en primer lugar. Pero, en este momento, mientras la oscuridad me engulle y la distancia entre mis obligaciones y yo se ensancha, no siento nada más que alivio.

7

Un pasillo de techo bajo, iluminado gracias a los candelabros titilantes, me conduce a otro salón y, después, a otra galería, y luego a una logia, y entonces me adentro en un espacio frondoso al aire libre que no esperaba encontrar. Es otro patio, aunque mucho más pequeño que el patio central de la villa, desde el que sigo oyendo voces que resuenan por encima de los tejados, con poco espacio más que para unos cuantos bancos y un limonero que forma un arco sobre un pozo ornamentado.

El aire es dulce y fresco, y yo me quito la máscara, refrescándome el sudor que me impregna el rostro acalorado. El limonero está en plena floración, y su perfume me llena los pulmones, entremezclado con el rico aroma del musgo verde; un farol se balancea colgando del tejado sobre la logia que tengo a mi espalda, y algunas de las imperfecciones que se proyectan en su sombra crean constelaciones de luz a mis pies. Por primera vez en toda la noche, estoy solo.

O eso creo al principio.

No es hasta que me acerco al pozo, echando un vistazo en su interior para ver si puedo discernir su profundidad, cuando vuelvo a sentir unos ojos clavados en mi espalda, y cuando me giro lentamente veo por fin la figura reclinada a la sombra del limonero.

Casi dejo caer mi máscara de la sorpresa.

—Yo... lo siento, creía... no sabía que había alguien más aquí.

El extraño ladea la cabeza.

—No pasa nada. Quiero decir... no soy uno de ellos. —Al decirlo, señala con la cabeza vagamente hacia la villa, que se extiende a nuestro alrededor, y me lo tomo como que me está queriendo decir que no es un Capuleto. Lo que no sé es si con sus palabras también me ha querido decir que me ha reconocido, que sabe que soy un Montesco, o si simplemente quiere decir que, al no ser un Capuleto, el patio no le pertenece en absoluto—. Eres tan bienvenido aquí como yo.

Me cuesta pensar qué responderle cuando por fin da un paso adelante, saliendo de entre las sombras hacia la luz de la luna... y me quedo completamente en blanco.

Es. *Magnífico.*

Está disfrazado de fauno para el baile de máscaras, debe de tener más o menos mi edad, pero tiene un aspecto etéreo, de otro mundo, y aterradoramente elemental. Su cabello es una maraña de rizos rubios, tiene el torso desnudo salvo por un chaleco de cuero que cuelga sobre su cuerpo larguirucho, y su piel brilla con algún tipo de polvo reluciente. Leva calzones de piel, un par de cuernos postizos que sobresalen de su melena despeinada y sus ojos son del color del bronce —como la miel oscura o el oro deslustrado— allá donde la luz les incide a través de las aberturas de su media máscara.

Sus labios son todavía más apetecibles que los de Mercucio. No sabía que eso fuese posible.

—Solo necesito un minuto lejos de todo eso —continúa al ver que yo no consigo obligar a las palabras a pasar de mi garganta. Con un suspiro melancólico, se inclina sobre el borde del pozo, observando las sombras de su interior—. Hay tanta gente ahí dentro, todos tratando de hablar a la vez, y no conozco realmente a ninguno. Es un poco abrumador.

Le miro observar la oscuridad, su piel prácticamente reluce bajo la luz de la luna. Parece una dríade apenada, un espíritu solitario de la naturaleza que el tiempo ha olvidado cruelmente, y me duele el corazón. Toso y consigo apañármelas para hablarle.

—Este tipo de fiestas son abrumadoras siempre, sin importar a cuánta gente conozcas. Mis mejores amigos están ahí dentro en estos momentos, probablemente preguntándose dónde estoy, pero yo solo...

—¿No podías respirar? —ofrece, con esos labios exquisitos ladeados en una media sonrisa, y yo asiento sin querer. Estoy de acuerdo con lo que dice, pero me da un poco de miedo darme cuenta de que habría asentido incluso aunque no lo estuviese—. No debería ser tan difícil conocer gente, hacer amigos, hablar de nada en absoluto y, sin embargo... a veces lo es.

—Hablar de nada en absoluto solo es fácil con tus amigos más íntimos y cercanos. —Intento no mirarle fijamente, pero es una batalla perdida—. Si quieres tener una conversación significativa, necesitas tenerla con un desconocido.

Él sonríe.

—¿Cómo yo?

—No sabía que *existían* desconocidos como tú. —Me doy cuenta de que lo he dicho en voz alta demasiado tarde, y noto cómo la sangre abandona mi rostro. Sin embargo, tras un instante de duda, la sonrisa del fauno solo aumenta de tamaño, divertido, puede que incluso encantado. Nervioso, me adelanto antes de que pueda decir nada—. ¿Te has fijado alguna vez? ¿En que es mucho más sencillo decir algo importante cuando no conoces a la persona a la que se lo estás contando? Mi primo y yo solemos hablar exclusivamente de nada en absoluto, p-pero...

—Sé lo que quieres decir —me interrumpe con dulzura, salvándome de ahogarme en mi propia vergüenza—. Solo hay una persona aquí esta noche que me conoce realmente y cuando he intentado decirle que no estaba listo para... todo esto, se ha limitado a hacer oídos sordos. O puede que *de verdad* no me haya escuchado. Al final, no importa, estoy aquí igualmente.

Soy el chico más egoísta del universo, porque lo único en lo que puedo pensar es en lo agradecido que le estoy a ese alma insensible que ha ignorado sus preocupaciones y que le ha obligado a estar aquí esta noche.

—Ayuda fingir que eres un asesino. —Me doy cuenta de cómo suena eso cuando alza la mirada hacia mí, abriendo sus ojos de color bronce como platos—. ¡Q-quiero decir si haces que todo sea un juego! Cuando mis padres me obligaban a hacer el papel del hijo encantador en cualquiera de sus encuentros sociales fingía ser un impostor que ha reemplazado al verdadero Romeo para acercarse a alguno de los invitados con un objetivo nefasto. Eso... lo hace más fácil, de alguna manera. —Sigue observándome en silencio, con los labios formando una mueca reflexiva y mi risa nerviosa rompe el silencio—. Me estás mirando como si creyeses de veras que voy por ahí asesinando a gente en los banquetes, ¡pero te aseguro que no es así!

—Romeo —repite en voz baja, y un escalofrío me recorre la columna cuando oigo mi nombre pronunciado con su voz—. ¿Te llamas… así?

—¿Sí? Mm, sí. —Las manos con las que aferro la máscara me sudan descontroladas, y la forma en la que me mira me hace sentir terriblemente expuesto.

—No pareces muy convencido. —Se endereza y cruza los brazos sobre el pecho—. ¿Puedes demostrarlo?

Parpadeo, sin saber qué está ocurriendo.

—¿Qué si puedo demostrar… que soy Romeo?

—Sí —responde con una mirada socarrona—. Una fuente bastante fiable me ha comentado que los asesinos son conocidos por hacerse pasar por hijos de las familias distinguidas de Verona para cometer crímenes atroces contra los invitados desprevenidos.

Por un momento no me doy cuenta de que me está tomando el pelo, pero entonces sus comisuras se elevan, esbozando una sonrisa, y no puedo evitar reírme.

—Supongo que me he puesto yo solito en esta tesitura. Sin embargo, ¿cómo puedo demostrarte que soy quien digo ser si nunca antes nos habíamos visto?

Por unos minutos, se queda en silencio, como si acabase de decir algo relevante.

—Dime algo que solo el verdadero Romeo podría saber —me pide, rompiendo el silencio.

—Yo, mmm —«Me siento terriblemente atraído por ti»—. Tengo una gata… ¡se llama Hécate! —Es lo segundo que se me viene a la cabeza, e infinitamente más seguro que lo primero—. Bueno, técnicamente no es *mía*. Y puede que tampoco sea una gata. No he descartado todavía la posibilidad de que sea un demonio que ha subido desde los infiernos para atormentarme.

—¿Así que una gata que no es una gata y que tampoco te pertenece del todo? —Niega con la cabeza—. Eso no significa nada y lo podría decir cualquiera. Necesito más información.

—Yo… —«Me estoy preguntando si tu pelo es tan suave como parece»—. Me encanta… ¿el arte? —No dice nada, pero ladea la cabeza, confuso—. Mi sueño secreto es poder convertirme algún día en un maestro de los frescos, como el gran Giotto di Bondone, pero… mis padres jamás lo aceptarían. Mi destino es ser mercader de seda, o soldado, o… nada más.

—¿Has pintado alguna vez un fresco? —Si esa pregunta la hubiese formulado Benvolio habría sonado condescendiente, pero en labios del fauno es simple y llana curiosidad, y me caldea el alma.

—No —admito suspirando—. Espero poder hacerlo algún día pero mis padres… —Me detengo antes de decir nada más y niego con la cabeza, tratando de hallar el mejor modo de explicárselo—. No creen que sea un destino apropiado para mí. En su opinión, aquellos que hacen arte pertenecen a una clase inferior y, sin embargo, son solo las clases superiores las que son capaces de *apreciar* dicho arte.

El sarcasmo en mi voz es más que suficiente para hacer que las flores del limonero que se arquea sobre nuestras cabezas se marchiten, y este chico, este hermoso chico, de piel reluciente y dedos elegantes, se revuelve el cabello ya revuelto.

—Eso suena un tanto hipócrita por su parte.

—Es exasperante. —Nunca había podido confesarle esto a nadie que estuviese de verdad de acuerdo conmigo, y me emborracho con la satisfacción que me produce—. Dicen que solo quieren lo mejor para mí pero, de algún modo, lo que es «lo mejor para mí» es justamente lo que es lo mejor para *ellos*. E incluso mis mejores amigos no... —Las emociones hacen que las palabras se me queden trabadas en la garganta, y respiro profundamente para tratar de tranquilizarme—. A veces me siento como si me estuviesen aplastando en vida, pero ocurre tan lentamente que nadie me cree cuando se lo digo. A veces tengo la sensación de que las partes más importantes de mí son aquellas que no puedo compartir con las *personas* más importantes para mí. ¿Tiene sentido?

—Sí. —Su voz es apenas un susurro, pero reverbera en el interior del pozo—. Cuando alguien ha decidido quién eres y no te deja siquiera intentar cambiar su opinión sobre ti, ¿qué se supone que has de hacer? ¿Adónde queda ir?

Nos miramos en silencio, y algo que no logro entender se extiende entre nosotros, solo que, por primera vez en mucho tiempo, siento como si alguien me *viese* de verdad. Su mirada es dulce, íntima... y solitaria, de un modo que me llega al alma. Puede que el patio se esté expandiendo a nuestro alrededor, porque aunque estamos quietos, es como si estuviésemos más cerca el uno del otro a cada segundo que pasa.

—Creo que, después de todo, sí que eres Romeo —dice por fin y, al percatarse de mi confusión, otra sonrisa se dibuja en sus labios—. Eso ha sido demasiado honesto como para ser el truco de un asesino, y dudo que incluso el impostor más inteligente del mundo pudiese inventarse una verdad que tus amigos más cercanos han elegido ignorar.

—Eh. Bueno. —Me encojo de hombros, mirando fijamente las rocas que forman el pozo, trazando una pequeña grieta con la uña—. Hay muchas cosas que mis amigos no saben. —Alzo la mirada y me doy cuenta de que el joven estaba examinando mis rasgos—. Te estás arriesgando al confiar en mí.

—Puede ser, pero creo que merece la pena el riesgo. Tienes... un rostro sincero.

—Pero soy de todo menos sincero. —No puedo evitar sonreír—. De hecho, acabo de contarte lo mentiroso que soy realmente.

—El distintivo de un hombre sincero —responde—. Un embustero siempre finge que está contando la verdad; solo los virtuosos saben cómo mentir.

Sonrío, encantado y confuso, deseando que este interludio dure todo lo que queda de noche. Me asusta lo que siento por dentro cuando me sonríe, mirándome fijamente a los ojos, como el agua justo antes de hervir, pero también me excita. Nadie me había mirado jamás así.

—Quizá supuse que pensarías eso. —Yo también sé jugar a esto—. Y, por eso, para convencerte de mi virtuosismo, he afirmado haberles ocultado cosas a mis amigos cuando, en realidad, he sido sincero con ellos todo este tiempo.

—Puedes dejar de lado la farsa, cuanto más intentas convencerme de lo poco fiable que eres, más sincero sé que eres. —Se acerca, completamente encantado, y mi mirada se ve atraída por la luz de la luna hacia su pecho desnudo y reluciente—. Además, un verdadero asesino ya habría intentado atacarme, pero tú te has limitado a estudiarme cuando pensabas que no te veía. Por lo tanto, puedo concluir en que eres el verdadero Romeo.

Mi mirada regresa inmediatamente a su rostro, noto como se me calienta el cuello lo suficiente como para forjar sobre él, al rojo vivo.

—Yo no estaba… *estudiándote*. Estaba… ¡admirando tu disfraz! Es muy… —*Encantador, etéreo, cautivador, apuesto, apuesto,* apuesto—, mm… ¿está muy bien hecho?

Finalmente, se queda perplejo.

—No es más que un chaleco de piel de cordero y un poco de mica en polvo, no tiene nada de extraordinario. Se me ocurrió esta mañana mientras desayunaba.

—¡Pues fue una muy buena idea! —Parece que he perdido por completo el control de lo que digo, y si el limonero se cayese y me aplastase hasta la muerte ahora mismo, no me importaría—. Lo llevas bien puesto. Te sienta bien.

Él vacila, reevaluando su propio conjunto, y entonces forma una mueca pensativa.

—¿Qué es lo que te gusta? —me pregunta lentamente.

Se me estrechan las vías respiratorias y la presión aumenta en el interior de mi cráneo. Hay demasiadas formas de responder a esa pregunta, y ninguna de ellas es prudente en absoluto. Tiene un aspecto elemental, casi salvaje, como si fuese una criatura que se ha escapado de un lienzo que representa una bacanal. Su piel desnuda, bañada con ese polvo centelleante, es tanto resplandeciente como atrayente, y su lúgubre soledad lo hace… poético.

—Pareces un cuadro —logro responder débilmente.

—Un cuadro —repite en tono curioso antes de fruncir el ceño—. Mmm.

—¿Eso te… te desagrada? —Me froto una mano sudorosa por la camisa, maldiciendo mi torpe elección de palabras—. Lo siento… no quería…

—Lo único que me desagrada soy yo mismo, te lo aseguro. —Se apoya en el pozo y posa la mano a escasos centímetros de la mía, e intento no pensar en lo cerca que estoy de
tocarle—. Lo que esperaba parecer esta noche es «nada de
nada». Creí que cuanto menos me esforzase en mi disfraz,
más posibilidades tendría de pasar desapercibido; pero la
forma en la que me has estado mirando deja caro que, lamen-
tablemente, he conseguido el efecto contrario.

Era un objetivo absurdo para empezar, ojalá pudiese decírselo, porque es demasiado apuesto como para que nadie le
ignore, ni siquiera en medio de un baile abarrotado.

—Si te sirve de consuelo, creo que hay muy pocas personas aquí esta noche a quienes les apasione la pintura tanto
como a mí. Puede que ni siquiera sean capaces de ver lo mismo que yo.

He elegido mis palabras con cuidado y, sin embargo, cuando las oigo en voz alta, temo que he revelado con ellas más de
lo que debería. Pero el fauno se limita a sonreírme y vuelvo a
tener la extraña sensación de que las paredes se apartan un
poco más, acercándonos de nuevo. Él baja la mirada hacia su
mano, y sus dedos se acercan un poco más a mi pulgar.

—¿Tú también pintas, Romeo?

Siento cómo otro escalofrío me recorre al oírle pronunciar mi nombre.

—Me temo que no tengo a nadie que me enseñe las técni-
cas adecuadas, así que todo lo que hago son bocetos a car-
boncillo. No son en absoluto impresionantes, pero aun así
me plantean un reto.

—Si hicieses un boceto mío, ¿qué aspecto me darías?

—Este. —Ni siquiera tengo que pensar mi respuesta—.
Exactamente tal y como estás ahora. Un fauno melancólico,

a solas bajo la luz de la luna, con un árbol en flor y un pozo en el que puede susurrar todos sus secretos. —El farol que cuelga de la logia se mece en su gancho, haciendo bailar a nuestros pies los haces de luz que proyecta—. Solo que… te dibujaría sin tu rostro tan oculto.

Vacila, pero luego alza la mano y desata con cuidado las lazadas que mantienen la máscara sobre su rostro.

—¿Así, entonces? —Su voz suena más dulce y resonante que la música de los instrumentos de cuerda que se desliza por la villa, más suave que el calor que sigue desprendiéndose de las losas del patio tras el largo y caluroso día—. ¿Así está mejor?

Incapaz de hablar, me limito a asentir entre espasmos. Por primera vez, lo veo tal y como es: más chico que fauno, más hombre que mito… y no tengo suficiente. Las pecas le llenan el rostro y la frente, hasta el nacimiento del pelo, sus cejas, extrañamente oscuras, contrastan con su cabello rubio; tiene una cicatriz en el costado izquierdo de la sien, una marca de nacimiento bajo el ojo derecho y las pestañas mucho más largas de lo que creía al principio. Hay algo que me resulta familiar, algo que siento que está oculto en mis recuerdos. Y, sin embargo, ¿cómo es posible que haya podido ver alguna vez a alguien tan asombrosamente irreal y que no sea capaz de reconocerlo al instante? Es espléndido e imperfecto, y desearía… no sé qué desharía.

Ni siquiera estoy seguro de lo que se supone que he de desear.

—Esto está… mucho mejor —consigo decir por fin, intentando no pensar en que sigue mirándome fijamente a los ojos; no pensar en que, cuando deja la máscara a un lado y vuelve a posar la mano en el borde del pozo, sus dedos están todavía más cerca de los míos.

—Ni siquiera me acordaba de que seguía llevándola puesta —recalca—. Supongo que eso es lo que sucede con las máscaras... si llevas una el tiempo suficiente terminas olvidándote de que ese rostro no es real.

—Quizás. —El engorroso trozo de porcelana que sigo sosteniendo pesa tanto que todavía me duelen las orejas de todo el tiempo que lo he llevado puesto. Lo más probable es que me salgan moratones ahí por la mañana—. En mi opinión, una máscara se ajusta peor cuanto más tiempo la llevas puesta.

Él duda antes de responder en un murmullo:

—Entonces... me alegro de que no lleves puesta la tuya.

Las yemas de sus dedos cierran la diminuta brecha que nos separa y, por primera vez, noto su tacto —suave y cauteloso, como una delicada pregunta— y este despierta algo monumental en mi interior. Mi brazo cobra vida, lleno de una sensación parecida a las chipas que saltan del interior de una fogata agitada, y se me pone la piel de gallina desde los dedos hasta el cuello. Nunca había sentido nada parecido; es como la primera vez que bebí demasiado vino, la primera vez que perdí el equilibrio al caminar sobre el hielo, y la primera vez que estaba tan emocionado que no era capaz de conciliar el sueño, todo junto creando un instante abrumador.

Mi primer instinto es apartarme pero, en cambio, con la sangre ardiendo y acelerada, elijo mantener el contacto. Y cuando veo cómo su mirada salta de mi rostro a nuestras manos unidas me doy cuenta de que él también lo elige. Se inclina un poco más cerca, sus dedos aferran los míos con confianza y sus labios se entreabren.

Una puerta se abre en mi interior, liberando un torrente de emociones que no sé cómo controlar ni cuantificar: anticipación, miedo, deseo, alegría y algo más que no soy capaz ni de nombrar, porque nunca antes lo había experimentado. Pero el modo en el que me mira… me inunda la necesidad de besarle de la misma manera en la que Benvolio besa a las jóvenes en la taberna cuando ambos han bebido demasiado. Y ni siquiera sé si… *¿Es que dos chicos también pueden besarse de ese modo?*

—Estás temblando —recalca en voz baja, y es cierto. Esto, esta percepción compartida, este… *lo que quiera que sea* mutuo, me sobrepasa, no estaba preparado para sentirme así. Ni siquiera sé qué es lo que va a ocurrir, pero sé que lo anhelo más que nada en el mundo.

Lo deseo tanto que me da un miedo de muerte.

Y entonces…

—*¡Romeo!* —Escucho cómo alguien me llama desde las sombras de la logia, una llamada cantarina que resuena en la oscuridad, acompañada del ruido de unas pisadas al acercarse. El fauno retrocede bruscamente, rompiendo el tenue hechizo que nos mantenía unidos, y la voz vuelve a llamarme, esta vez mucho más cerca, más cantarina y terriblemente familiar—. ¿Dónde estás, Romeo? ¡Te estás perdiendo toda la diversión!

Me doy la vuelta solo un segundo antes de que Benvolio salga de entre la penumbra y se adentre en el patio, haciendo que el corazón se me suba a la garganta. Cuando me ve, suelta un suspiro exasperado.

—*Aquí* estás. ¿Cómo no se me ha ocurrido que te encontraría escondido a solas en la oscuridad, tratando de evitar cualquier fuente de diversión a toda costa?

—Yo… no me estaba escondiendo —miento, bañado en sudor frío bajo mi disfraz de pastor—. Y tampoco estoy solo. He conocido a…

Pero cuando me vuelvo a dar la vuelta, el fauno ha desaparecido, marchándose sin dejar rastro, como si nunca hubiese estado allí.

8

Ben me lleva de vuelta al salón de baile como un carcelero escoltando a un prisionero hacia su perdición. Acabamos de atravesar los arcos de acceso al salón y entrado en la sala iluminada por las velas, con la música de los instrumentos de cuerda subiendo y bajando a nuestro alrededor como las olas del mar, antes de que me presente a la primera joven con la que debo bailar esta noche. Es la hija de un comandante del ejército del príncipe, y alguien a quien, hasta este momento, solo había visto de pasada.

Siento la atenta mirada de Benvolio clavada en mi espalda, taladrándome con la mirada la columna, cuando la conduzco hacia el centro del salón de baile, uniéndonos con un grupo de bailarines que están en medio de un *Black Almain*, y luego me esfuerzo por recordar el orden de los pasos mientras ella intenta entablar conversación conmigo. He de admitir que no es peor de lo que había imaginado, pero tampoco mejor. Hago todo lo que puedo por halagarla sin cruzar la línea del coqueteo genuino pero, al mismo tiempo, mi mente no puede concentrarse en otra cosa más que en lo que acaba de ocurrir entre ese chico misterioso y yo en el patio.

Lo más frustrante de todo es que ni siquiera puedo estar seguro de que haya pasado *de verdad*. ¿Qué *habría* pasado si Benvolio no hubiese aparecido en ese momento? Sigo imaginándome su rostro, sus enormes ojos dorados, su marca de nacimiento encantadora, sus suaves labios, y mi corazón se salta un latido. Echo de menos la presencia de un desconocido, de ese momento fugaz en el que su mano rozó la mía y me di cuenta de que lo estaba haciendo a propósito.

Ese leve toque tuvo más importancia que cualquiera de las palabras que dijimos, y fue más emocionante, excitante y memorable que cualquier coqueteo en el que haya participado en este tipo de fiestas. No me puedo perdonar el no haberle preguntado al fauno su nombre antes de que fuese demasiado tarde, ya que no tengo ni idea de por dónde empezar siquiera a buscarle.

Cuando la canción llega finalmente a su ansiado final, mi pareja deja caer que le encantaría que le hiciese una visita formal algún día de estos para seguir conociéndonos. Le hago una reverencia cortés y malinterpreto deliberadamente lo que me sugiere antes de despedirme de ella, eliminando un baile de mi lista de deudas.

Benvolio no se espera a que deje atrás la pista de baile antes de agarrarme de nuevo del codo y llevarme a rastras hacia otra dama a la que quiere que corteje. En todo caso, el siguiente encuentro es incluso peor que el primero: la música es mucho más lenta e íntima, la conversación también es más lenta y menos interesante, y las insinuaciones románticas de la joven son bruscas y difíciles de esquivar.

Para cuando termina la canción, ella ya está ofendida, mis evasivas no son lo bastante ingeniosas como para satisfacerla y los nervios hacen que se me revuelva el estómago. Una vez más, Benvolio no me da tiempo ni siquiera de dejar detrás a la joven dama antes de entregarme a la siguiente posible pareja, con la que mantengo otra conversación tensa en la que intento ser amable sin sugerir la posibilidad de nada romántico.

Cuando se termina mi tercer baile obligatorio estoy hundido, y mis nervios sobrecargados me hacen sudar tanto que se me pega la camisa al pecho. Ben y Mercucio llevan observándome toda la noche, revoloteando en la periferia de la pista de baile con el aspecto escrutador y analítico como los comerciantes de caballos evaluando el potencial de un animal; cuando me agarran al intentar escabullirme, me llevan de vuelta por el camino que lleva al patio donde conocí al fauno y tengo que reprimir un patético gemido frustrado.

Esta vez quieren un informe detallado de lo que pasó entre mi pareja de baile y yo, y luego debaten mis elecciones como si yo no estuviese presente. Como tampoco tengo mucho que aportar a la conversación, los ignoro mientras ellos deciden qué he de hacer a continuación y vuelvo a echar un vistazo por la sala, observando la extravagancia del baile y de sus invitados.

Y es entonces cuando lo vuelvo a ver.

Los músicos han dejado de lado los instrumentos temporalmente, tomándose un descanso para afinarlos y, cuando los bailarines empiezan a despejar la pista, una cabeza llena de rizos dorados aparece en medio de la multitud. El fauno está charlando con una joven disfrazada de princesa bárbara, de pie bajo una guirnalda de seda esmeralda y con una copa de vino en la mano. La luz de las velas del salón de baile, que han reforzado hábilmente, baila sobre el polvo brillante que le baña el pecho, haciendo que su piel resplandezca, y siento una punzada en el pecho al contemplarle.

—¿Quién es? —suelto antes de poder pensarlo dos veces, y Benvolio hace una mueca extraña cuando sigue la dirección de mi mirada.

—¿Lo dices en serio? —Frunce el ceño, dejando que un deje de sospecha se filtre en su tono, y yo me muerdo la lengua. No debería haber abierto la boca—. Romeo, es…

—¿Por qué lo preguntas? —le interrumpe Mercucio, deliberada pero tranquilamente. Su rostro es ilegible, pero siento que me han pillado. Cuando llevas oro escondido, todo el mundo te parece un ladrón.

—Porque yo… yo… —«Piensa, Romeo, *zoquete*»—. Supuse que conocería a todos los aquí presentes y solo tengo… curiosidad al ver una cara desconocida. Eso es todo.

Como respuesta, es patética y poco convincente, incluso para mí. Mercucio retoma la conversación restándole importancia.

—Casi todos los presentes llevan una máscara puesta. Estoy seguro de que estas rodeado de rostros que o te son poco familiares o completamente invisibles. Así que lo que me parece interesante es que sea justamente esa persona la que ha despertado tu curiosidad, ¿no te parece, Benvolio?

—Estoy de acuerdo, desde luego —dice mi primo cortante, sin dirigirme la mirada—. Pero no puedo decir que no había visto algo como esto venir. Me esfuerzo tanto en encontrarle una buena chica y, al final, es un esfuerzo en valde.

—Está claro que sus atenciones estaban en otra parte —asiente Mercucio, y yo casi pierdo el control de mi vejiga, mis peores temores finalmente se están materializando frente a mí con la fuerza de un relámpago. El tiempo se ralentiza cuando mi verdad sale a la luz, arrastrada por dos de las personas a las que más desesperadamente había intentado ocultársela.

Y, sin embargo.

No lo han dicho en voz alta y, hasta que lo digan, todavía tengo una oportunidad para salir ileso de esta. Con la próxima chica que elijan haré el papel del perfecto pretendiente, repetiré todos los halagos que he oído salir de la boca de mi primo. Pero primero tengo que desviar el tema, sea como sea.

Me rasco el cuello.

—Debería haber sabido que no debía haceros esa simple pregunta a vosotros dos, payasos. Por favor, volved a discutir lo bajas que deben ser nuestras expectativas y si es apropiado organizar un enlace entre una chica que comparte nombre con mi madre y yo —balbuceo.

—Mírale —le dice Ben a Mercucio—. Se ha puesto rojo como un tomate.

—¡Más que eso! ¡Más que las fresas que están sirviendo con el postre!

No tiene sentido negarlo porque, de hecho, noto cómo me arden las mejillas de los nervios.

—Solo necesito algo de aire fresco, eso es todo. Así que, si no os importa, voy a...

Antes de que pueda dar siquiera un paso, Mercucio deja caer una mano firme sobre mi hombro, y yo siento cómo el impacto me recorre el cuerpo desde el hombro hasta los talones.

—¿Sabes de lo que me acabo de dar cuenta, Ben? Esta es la primera vez en toda la noche en la que nuestro querido

Romeo ha mostrado algún tipo de interés en alguien de esta fiesta que no seamos ni tú ni yo.

—Estáis siendo ridículos —exclamo, pero me ignoran.

—Bueno, ¿y qué crees que deberíamos hacer? —le pregunta Ben—. No podemos *permitirle* que se dé el gusto de...

—¿Es que no estás cansado de intentar emparejarlo con una chica sin éxito? —replica Mercucio, afianzando su agarre sobre mi hombro, y a mí se me revuelve el estómago—. ¿Crees que somos dioses, que podemos controlar su corazón o sus genitales?

Ben frunce el ceño.

—No me interesa controlar los genitales de mi primo, Mercucio.

—Entonces está decidido. Dejemos que sacie su curiosidad, por muy desventurada que sea.

Y, dicho eso, me arrastran a través de la multitud, atravesando la pulida pista de baile y acercándome al fauno dorado y reluciente. El miedo me recorre la columna, frío como el Adigio en diciembre, y el sudor me cae por los ojos. *¿Qué está pasando? ¿Qué pretenden hacer?*

Nos detenemos abruptamente ante él y la chica bárbara que tiene a su lado y, cuando levanta la vista y me ve, sus ojos se abren de par en par tras la máscara. Abre levemente la boca pero es Mercucio quien habla primero.

—¡Valentino! Odio interrumpir, pero parece que los músicos están a punto de empezar a tocar de nuevo y esto es algo urgente.

—¿*Valentino*? —repito el nombre con la respiración entrecortada, abriendo los ojos como platos.

—Sí —dice Mercucio alegremente—. ¡Mi hermano hace tiempo perdido ha regresado de Vicenza! Val, estoy seguro de que te acuerdas de... bueno, nuestro querido amigo aquí presente, que no necesita presentación. —Hay una especie de advertencia en su tono que no termino de comprender, y Valentino vuelve a cerrar la boca—. De todos modos, los cuatro tendremos que celebrar tu vuelta algún día de esta próxima semana pero, por ahora, hay un asunto serio que debemos abordar.

—Yo... yo no... —Todo está yendo demasiado rápido y no entiendo qué está pasando. ¿El fauno es Valentino? ¿Como en *el hermano de Mercucio*, Valentino? *¿Me he quedado embelesado por el hermano de Mercucio, ese Valentino?*

Y algo más relacionado con todo esto aunque no tan importante en este preciso momento: ¿Qué demonios me pasa a mí con esos hermanos y su confusa e incurable belleza?

En cualquier momento espero que revelen mi secreto, que Mercucio anuncie que he estado comiéndome con los ojos a Valentino —*su hermano*— desde el otro lado del salón de baile. No sé qué ocurrirá después, no sé cómo esta gente, *mi* gente, reaccionará.

Pero entonces, para aumentar todavía más mi sorpresa, Mercucio se vuelve hacia la chica bárbara, con su cabello castaño recogido en una elaborada corona trenzada en lo alto de la cabeza, y le dice con deferencia:

—Señorita. Espero que no sea impertinente por mi parte insinuarme de esta manera pero mi amigo aquí presente, —Me gira por los hombros hasta que quedo frente a ella, todavía con los ojos abiertos como platos y moviendo los dedos con nerviosismo—: se ha fijado en usted desde el otro lado de la habitación y se ha quedado prendado con su belleza. Esperaba que le pudieseis conceder un baile.

Pasa un momento que se me hace eterno durante el cual mi corazón cuenta los segundos con dolorosos latidos, y me doy cuenta de que mis amigos han cometido el más afortunado de los desafortunados errores: han asumido que era *esta chica* cuya belleza había captado mi atención. Pues claro. Y ahora están aprovechando la oportunidad para entregarme a ella y yo no tengo más remedio que seguirles el juego.

Nervioso por las secuelas del pánico sin adulterar que he sentido apenas hace unos segundos, le dedico una reverencia temblorosa, con la mente en blanco. Ben y Mercucio están a mi espalda, regodeándose por la anticipación. Pero es la mirada de Valentino la que más siento, como si fuese un rayo de luz filtrándose por la ventana. No tengo ni idea de qué es lo que espera que haga o de lo que podría haber ocurrido si no nos hubiesen interrumpido en el patio. Pero sé exactamente qué es lo que tengo que hacer en este momento para asegurarme de que todo lo que he construido hasta este momento no se caiga por su propio peso.

—Si le apetece —empiezo, manteniendo la cabeza baja—, le ruego que me conceda el honor de un baile.

—Muy bien —lo dice así: con energía y cortés, amistosa, pero sin el coqueteo que esperaba y temía de las muchachas aristócratas en edad casadera—. Cualquier amigo de Mercucio es... bueno, potencialmente problemático. Pero lo más probable es que, como mínimo, sea un problema entretenido.

En silencio, todavía temblando por los nervios, me obligo a sonreírle y a tenderle la mano. Encontramos un hueco entre las otras parejas que llenan la pista de baile, la música que están tocando ahora exige que bailemos un *saltarello*, un baile alegre que siempre me hace sentir ridículo. Avanzo a trompicones por los pasos ordenados mientras mi mente sigue ardiendo como una piedra caliente, vaporizando todos mis pensamientos coherentes en cuanto los pienso.

—Me sorprende no conocerle —afirma finalmente la princesa de forma contemplativa, después de que el silencio entre nosotros se vuelva imposible de ignorar—. Hacía tiempo que había renunciado a esperar toparme con un rostro desconocido en medio de estas aburridas veladas. Siempre es la misma lista de invitados y estaba segura de que ya había conocido a todo el mundo.

—Es una velada llena de sorpresas —murmuro, reacio a desvelarle que, de hecho, no estaba en la lista de invitados. Echo un vistazo a donde están mis amigos, *a donde está Valentino*, y esbozo una sonrisa avergonzada—. Me temo que le debo una disculpa por haber interrumpido su conversación. No pretendía ser grosero…

—¡Oh, por favor! —Se ríe, tiene una risa rasgada y musical—. En todo caso ha salvado al pobre Valentino de tener que seguir escuchándome quejarme ininterrumpidamente de lo aburridas que me parecen este tipo de veladas. Aunque disfrute tanto como cualquier otro de la buena comida y la buena música, odio sentirme exhibida. ¿Es que esta gente no tiene nada mejor que hacer que jugar a los disfraces y ponerse sus joyas más caras?

—Puede que no. —Le dedico una sonrisa cómplice—. Algunos puede que no tengan nada que hacer en absoluto más allá de organizar sus calendarios sociales e intentar seguir cayéndole en gracia al príncipe. Al menos este baile de máscaras les otorga la ocasión de ser un poco más creativos. ¿Ha visto al hombre que va vestido como Jasón, el de los Argonautas? ¡Incluso tiene un vellocino de oro!

—Ah, sí, es Antonio Caresini. Es el consejero del príncipe Escala.

Enarco las cejas, sorprendido al reconocer el nombre.

—¿No es el que tiene una *vendetta* personal contra las tabernas?

—Ya veo que ha oído hablar de él. —Su tono es tan seco que prácticamente suelta polvo.

Caresini, firme enemigo de la embriaguez pública, lleva años intentando que el príncipe mande cerrar las puertas de todas las tabernas de Verona los domingos, eso si no consigue que las cierren para siempre. Algo que le ha granjeado el odio del círculo de maleantes y vagabundos con los que se junta mi primo últimamente.

—A juzgar por su falta de equilibrio cuando hablé con él antes —sigue diciendo la princesa—, preveo que esta noche vomitará unos cuantos litros de vino en los parterres.

—¿Caresini es un *borracho*? —susurro, genuinamente escandalizado.

—Caresini es un *hipócrita* —responde—. Y en eso está rodeado de sus iguales esta noche.

Abro los ojos un poco.

—Esa es toda una declaración.

—Es la verdad. —Barre el salón con la mano—. Eche un vistazo a su alrededor, mi noble pastor, está metido en las fauces de un antro de hipocresía. Si le quita la máscara a cualquiera en esta sala se dará cuenta de que, debajo, se esconden al menos dos caras.

Su desprecio es palpable y yo me rasco la cabeza, nervioso.

—Es usted un poco cínica.

—Puede ser. O puede que simplemente me haya hartado de las máscaras y de la gente que se oculta tras ellas. —Suspira inquieta y añade—. ¿Sabía que la remodelación del campanario de San Zenón del año pasado fue financiada casi en su totalidad por la familia Capuleto?

—Eso es bastante generoso de su parte. —Me aseguro de responder con un tono neutro.

—¿De veras? —me reta—. ¿Y si le dijese que la abadía y sus claustros se están viniendo abajo, que llevan viniéndose abajo desde hace *años*, y que la Iglesia apenas puede permitirse costear esas reparaciones tan críticas? ¡Los monjes tienen que dormir en una celda común cuando llueve porque hay parte del tejado que ya se ha venido abajo! Pero cuando llegó el donativo de la familia lo hizo bajo la condición de que se utilizase para arreglar el campanario y *solamente* el campanario. ¿Sabes por qué?

No me es difícil resolver el enigma, aunque no me alegra en absoluto saber la respuesta.

—Porque todos pueden ver el campanario.

—Exacto, muy bien. —Sonríe sin un ápice de alegría—. Se arregla el campanario, extremadamente visible, y a Alboino Capuleto le alaban por su munificencia y devoción a la Iglesia mientras que una docena de pobres y miserables monjes tienen que sufrir entre temblores en sus húmedas celdas. Y para recompensarse por su piedad, el gran benefactor de San Zenón organiza un baile decadente para que los ciudadanos más ricos de Verona disfruten de sus lujos.

Hay algo vigorizante en el descaro con el que cuenta los cotilleos.

—No es una gran admiradora de los Capuleto, por lo que veo —me aventuro con cautela.

Al decirlo, duda, considerando por fin lo que acaba de desvelar con sus palabras.

—Digamos que los conozco demasiado bien como para que me impresionen sus gestos grandilocuentes y vacíos.

—Un poco más tarde, añade—. Lamento si eso le ofende. Probablemente sea amigo de la familia, ¿verdad?

—No exactamente. —Ejecutamos la vuelta del *saltarello* con precisión y tomo una decisión—. ¿Puede guardar un secreto?

—Puedo guardar muchos secretos. —Se ajusta la máscara sobre el rostro—. ¿Qué más da guardar uno más?

—No estoy en la lista de invitados de esta velada —le confieso entre murmullos.

—Oh. —Se yergue y una sonrisa encantada se extiende por su rostro—. Bueno, bueno. Se acaba de convertir en la persona más interesante de toda la villa, ¡un granuja sin invitación! —Damos otra vuelta y ella ladea la cabeza—. Pero ¿cómo ha logrado entrar por la puerta? Hay un caballero del tamaño de un caballo de tiro en el pasillo principal vigilando a todo el que entra.

—Creo que debería guardarme ese truquillo para mí. Si corre la voz puede que eso estropee las futuras oportunidades para los próximos granujas sin invitación. —No puedo resistirme a guiñarle el ojo.

Damos un par de vueltas y saltos más, y su boca forma una mueca pensativa.

—Me parece muy extraño que nuestros caminos no se hayan cruzado antes, es usted exactamente el tipo de joven que espero encontrarme en este tipo de fiestas. ¿Cómo es posible que lo hayan excluido de la lista de invitados?

—Creo que esa es una pregunta que deberían responder nuestros anfitriones, ¿no cree? —respondo, recobrando la cautela—. De todos modos, podría ser un agricultor o un albañil... o incluso un impostor, por lo que usted sabe.

—No lo es —establece, convencida—. Está claro que ha recibido una extensa educación y que sabe cómo bailar...

—Puede que eso sea dependiendo de la perspectiva.

—No es ajeno a las danzas cortesanas —se corrige—, y aunque lleve puesto el disfraz de un pastor, por las telas y por la confección sé que no ha sido un disfraz barato, así que es usted un joven con recursos.

Suelto una carcajada incómoda.

—Y usted es lo suficientemente analítica como para ser forense.

—También parece que no está casado, pero está en la edad de buscar esposa, y los Capuleto tienen una hija en edad casadera de la que están deseando deshacerse de una vez por todas.

—Eso he oído —reconozco.

Se me ocurre por primera vez en toda la noche que la hija de los Capuleto, Julieta, está probablemente en este mismo baile esta noche, aunque yo no la reconocería. A pesar de los constantes y rencorosos enredos de nuestras familias, ella y yo apenas nos conocemos. Mientras que Teobaldo se ha asegurado de buscar peleas con los Montesco, los Capuleto se han asegurado con el mismo empeño de mantener a su hija adolescente lejos de la contienda.

—También está en la compañía adecuada —continúa diciendo—. Y está claro que ha nacido usted en Verona, ya que Mercucio lo ha descrito como un antiguo amigo cuando le ha vuelto a presentar a su hermano... pero eso no tiene mucho sentido.

—¿Por qué no?

—¡Porque yo soy amiga de Mercucio! —suelta justo cuando termina la canción, y unas cuantas cabezas se vuelven en nuestra dirección—. Los círculos sociales de Verona no son lo suficientemente grandes como para que hayamos evitado el conocernos durante tanto tiempo solo por una cuestión de suerte o destino, y hay muy pocos apellidos de aristócratas que mis... que nuestros anfitriones pasasen por alto de manera intencionada.

Nos quedamos mirando fijamente el uno al otro, completamente quietos como estatuas, cuando nos damos cuenta de a quien tenemos enfrente. Me atrevo a mirar de nuevo hacia Ben y Mercucio, que están doblados de la risa, su complot para juntarnos a la princesa bárbara y a mí ha dado los frutos que esperaban.

Un escalofrío me recorre la columna.

—Eres... eres Julieta Capuleto.

Se le hunden los hombros.

—Y tú no puedes ser otro que Romeo...

—¡*Montesco*!

Cuando mi apellido corta el ambiente de la sala, no procedente de ella, sino desde un punto a mi espalda, pronunciado con un gruñido y por una voz grave y amenazadora, casi me sobresalto. Me giro bruscamente sobre mis talones y me encuentro cara a cara con el único Capuleto que esperaba evitar a toda costa esta noche.

Teobaldo.

9

—¡Suelta a mi prima, bastardo asqueroso! —Le saltan escupitajos de entre los labios y su mirada brilla llena de rabia tras una media máscara extrañamente extravagante. Tiene aspecto felino, con bigotes y dos orejas puntiagudas; no es el tipo de máscara que se esperaría que eligiese un bruto fanfarrón y malhumorado que se dedica a iniciar peleas con todos los Montesco.

Sin embargo, solo un tonto se atrevería a reírse. Teobaldo es media cabeza más alto que yo, mucho más ancho de hombros y su mano ya está apoyada sobre la empuñadura de la daga que lleva envainada a la cintura. Estoy seguro de que el señor Capuleto ha prohibido las armas en esta fiesta, pero esas mismas reglas no se aplican a su sobrino favorito.

—¡No te permitiré que *molestes* a Julieta y mucho menos en casa de su padre! —Da un paso al frente y justo cuando estoy considerando lo cobarde que podría parecer si me doy la vuelta ahora mismo y huyo, Julieta intercede en la conversación.

—Estás exagerando, primo —le dice cortante, con los dientes apretados. Nunca había oído a nadie hablarle de ese tono y me preparo para lo que pueda suceder—. Solo estábamos bailando. Aquí no se ha molestado a nadie, apenas me ha tocado siquiera.

—Entonces he llegado justo a tiempo. —Da otro paso adelante.

—¡Detente! —le ordena, no se coloca entre nosotros, pero al menos evita que Teobaldo me despelleje—. Este chico no ha hecho nada más que entablar una conversación cortés conmigo…

—Y beberse el vino de tu padre, y comerse su comida, y burlarse de su hospitalidad retozando con su única hija delante de todo Verona —grita. Las cabezas se giran hacia nosotros en una mezcla de curiosidad y alarma—. Estoy asqueado y no logro entender por qué estás siendo tan sumamente indulgente con esto… ¡es un *insulto* hacia nuestra familia!

—Estás montando una escena, Teobaldo. —La voz de Julieta es tan fría como el hielo, contrastando con el calor de la rabia que siente y sus manos cerradas en puños—. No es necesario nada de esto.

—Oh, pero sí que lo es. ¡No permitiré que nadie abuse de la generosidad de mi tío o que se falte al respeto a su virtud cristiana ante sus iguales sin exigir una satisfacción a cambio! —Su mano se cierra en torno a la empuñadura de su daga y yo, instintivamente, echo la mano hacia el espacio vacío en mi cintura donde suelo llevar enfundada mi espada—. Julieta, ve a buscar a tu padre, estoy seguro de que querrá estar presente cuando le enseñe modales a este mocoso Montesco. Deberías poder encontrarle en el salón Este con el conde Paris.

Al parecer hay algún significado oculto en todo esto porque Julieta se pone rígida al oírlo. Pero todavía estoy demasiado ocupado como para preocuparme por los secretos que comparten.

—Anda, pero si es Teobaldo. —Mercucio, que aparece de repente a mi lado y me coloca una mano protectora en el hombro que casi me hace derretirme, es todo sonrisas brillantes e ignorancia con los ojos bien abiertos—. Debo decir que esta noche estás de lo más elegante. ¿De qué se supone que vas disfrazado? ¿Eres el príncipe de los gatos?

—Mercucio, por favor, escolta a mi prima al salón Este —ordena Teobaldo, ignorando el intento de distracción—. Va a haber algo de violencia aquí y no me gustaría exponerla a ella.

—No me voy a ninguna parte, y no voy a permitir que conviertas el salón de baile de mi padre en un campo de batalla —establece Julieta—. ¡Ten algo de decencia, por el amor de Dios!

—¿Yo? ¿Tú me estás diciendo a mí que tenga algo de decencia? —escupe Teobaldo, con los nudillos blanquecinos alrededor de la empuñadura de la daga.

El chico de oro de la familia Capuleto ha nacido para luchar, y aunque su técnica con la espada es famosamente torpe, demasiado regida por la rabia como para asestar un golpe con decisión, todavía no ha perdido ni un solo duelo. De acuerdo con un rumor no contrastado, hace que recubran sus armas con un veneno mortal, por lo que incluso un corte superficial podría ser fatal.

—Te pavoneas por ahí con un Montesco, vestida así, y ¿aun así dices que soy yo el que carece de decencia? —El rostro de Teobaldo está rojo de rabia bajo su media máscara—. ¡Mercucio, llévatela con mi tío!

—«Mercucio haz esto, Mercucio haz lo otro» —se burla mi amigo, frunciendo el ceño—. No soy uno de tus súbditos felinos, Teobaldo. Un «por favor» y un «gracias» tampoco estarían de más.

—*No tengo tiempo para tus payasadas infantiles* —ruge Teobaldo, desenvainando lentamente su daga, lo que hace que se me suba el corazón a la garganta. Desarmado y en territorio hostil, mis posibilidades de escapar se reducirán rápidamente en cuanto empuñe ese arma contra mí. Aunque pueda esquivar una o dos estocadas, aunque pueda huir a toda velocidad, no estoy seguro de saber por dónde salir de la villa—. ¡Haz lo que te digo o apártate mientras acabo con este bastardo!

Pero en ese momento un destello verde brillante capta mi atención entre toda la multitud de curiosos. Benvolio aparece en escena, lanzando una de esas telas de seda esmeralda sobre la cabeza de Teobaldo. En ese mismo instante, Valentino aparece a su otro lado, lanzando el cordón trenzado de una cortina sobre los hombros del joven Capuleto, atándole los brazos.

—¡Cuidado por donde pisa, Alteza! —trina Benvolio, empujando a Teobaldo hacia Mercucio, justo cuando este último estira un pie para interponerlo en su camino. Mi desventurado aspirante a asesino avanza a trompicones, tropieza y cae al suelo de morros sin posibilidad de amortiguar la caída de ninguna manera. Antes incluso de que aterrice ya me estoy moviendo, dos pares de manos en mi espalda me impulsan hacia delante en una carrera desenfrenada, mientras que Mercucio va delante.

Me las apaño para echar un vistazo atrás y lo último que veo es a Teobaldo, retorciéndose como una trucha atrapada en un montón de seda verde en medio del salón de baile de los Capuleto, con Julieta de pie a su lado viéndonos marchar, antes de sumergirnos en las sombras.

Solo nos perdemos una vez entre el laberinto de pasillos oscuros de la villa, pero eso nos cuesta nuestro estrecho margen de tiempo. Cuando finalmente irrumpimos en el vestíbulo principal, con la entrada a la vista, Teobaldo ya nos está pisando los talones de nuevo, y se las ha apañado para encontrar refuerzos.

Fiel a la palabra de Julieta, hay un hombre de un tamaño formidable custodiando la entrada; pero su edicto es mantener a la gente fuera, no dentro, y no está preparado para cuando pasamos corriendo junto a él, internándonos en la oscuridad de la noche. El viento agita las ramas de los árboles, el aire helado lleva consigo la humedad del Adigio, y la libertad nos llama desde la estrecha callejuela que conduce de vuelta a la ciudad.

—Tenemos que separarnos —declara Mercucio sin aliento, sin apenas reducir la velocidad mientras recorremos la explanada a la carrera—. Ha sido un honor servir a vuestro lado en esta importante campaña, ¡os veré en el Valhalla! —Se desvía abruptamente hacia la derecha, dirigiéndose no hacia el callejón, sino hacia una ladera oscura cubierta de parras.

Se escuchan gritos a nuestras espaldas cuando nuestros perseguidores ganan terreno, y yo me alejo sin miramientos de los faroles que iluminan la villa de los Capuleto y bajo por el sendero a la sombra del muro del jardín. Apenas me doy cuenta de que Benvolio sale corriendo y se interna en otra parte del viñedo. Mis pensamientos se dispersan rápidamente, fragmentados por los posibles desenlaces a los que me tendré que enfrentar si Teobaldo y sus lacayos me alcanzan.

En todo caso, solo corro más peligro aquí fuera, donde no hay testigos importantes que puedan frenar el deseo de Teobal-

do de derramar mi sangre y, cuando el sendero gira bruscamente, me tropiezo con una esquina totalmente a oscuras que
oscurece un rincón del muro del jardín y se me ocurre la brillante idea de escapar por el mismo camino por el que entramos
Benvolio y yo a la fiesta.

El muro de piedra es áspero, pero tengo demasiado miedo como para sentir dolor mientras me abro camino hasta la
cima. Estoy tan mareado por los nervios que ni siquiera me
doy cuenta de que no estoy solo hasta que oigo como una
voz pequeña y frenética susurra a mi espalda.

—¡Espera, Romeo!

Cuando miro hacia atrás me encuentro con Valentino es-
forzándose por subir tras de mí, con los ojos ámbar abiertos
de par en par por el miedo que le ha robado todo el color de
la piel. Oigo cómo los hombres de Teobaldo se acercan a nosotros por el sendero cada vez más a cada segundo que pasa.
Sin pensármelo dos veces, estiro la mano hacia abajo y agarro al chico de la mano antes de tirar de él para alzarlo con
todas mis fuerzas.

Por segunda vez esta noche, me precipito hacia el blan-
do suelo del huerto de los Capuleto. La caída me roba el
aire de los pulmones, pero no tengo tiempo para recuperar-
me. Empujo a Valentino para que vaya delante de mí y nos
guío sin rumbo por la oscuridad. Cuando llegamos al primer escondite que nos puede servir, una higuera con el
tronco ancho lleno de nudos, lo empujo detrás del tronco.
Me late el corazón tan acelerado y con tanta fuerza que estoy seguro de que pueden escuchar mis latidos hasta en San
Pietro.

La banda de Teobaldo pasa cerca de nosotros a la carrera, un revuelo sordo de pisadas y voces furiosas; unos minu-

tos más tarde regresan mucho más despacio. Después de varios latidos agonizantes más, capto algo de movimiento sobre el muro y una cabeza surge a la vista, un gorro de cabello oscuro iluminado por la luz de la luna. A mi lado, Valentino respira con fuerza.

La cabeza desaparece y luego reaparece, con un hombre de largos brazos y piernas que salta por encima del muro para unirse a nosotros en el huerto. Cuando Valentino se estremece, lo agarro por la cintura con más fuerza y le pido que se quede quieto. No puedo ver mucho desde donde nos encontramos, pero oigo el sonido que hace el metal al desenvainarse una espada, seguido de una voz áspera.

—Será mejor que salgáis, sabemos que os escondéis aquí y os encontraremos —dice.

Pasos, primero en una dirección y después en otra, deslizándose entre los árboles… y entonces no se oye nada. Demasiado silencio.

Cuando la voz regresa, está sorprendentemente más cerca, a unos metros a nuestra izquierda.

—¡Dejaos ver, cobardes!

El sudor me cae por debajo de la túnica de pastor, pegándome la tela al pecho y a la parte baja de la espalda. Valentino se estremece a mi espalda, respirando con fuerza, apretándome la mano hasta que me duele.

—¡Matteo! —Otra cabeza se alza en lo alto del muro, y oigo al hombre que está cerca de nosotros girando sobre los talones de sus botas, echando un vistazo a su espalda—. Ríndete, amigo, los hemos perdido.

—¡No, no pueden haber desaparecido así sin más! —insiste Matteo, atacando unas hojas con lo que debe de ser su espada—. Tienen que estar por aquí, en alguna parte.

—También podrían estar ya en Padua —le responde el otro hombre sarcásticamente—. ¿Te haces una idea de lo enormes que son estos jardines? Vente, no me apetece pasarme la noche persiguiendo a una rata escurridiza. Al menos, no cuando hay jóvenes hermosas ahí dentro esperándonos junto con todo el vino que podamos beber.

Matteo refunfuña dubitativo.

—A Teobaldo no le hará ninguna gracia que volvamos con las manos vacías.

—¿Y qué? Nunca nada le hace gracia. —La cabeza del segundo hombre vuelve a desaparecer tras el muro, pero sigue hablando—. Haz lo que te apetezca, pero nosotros vamos a volver a la fiesta.

Matteo sigue aporreando las ramas y las hojas que se interponen en su camino unos minutos más, alejándose lentamente de nosotros, hasta que parece aceptar la derrota. Pero incluso después de que haya vuelto a escalar el muro y de que el huerto se haya quedado de nuevo en silencio, espero un largo rato más hasta que siento que es seguro abandonar nuestro escondite.

—Bueno. —Valentino se rodea el torso con los brazos, abrazándose con fuerza y estremeciéndose un poco por el frío aire húmedo—. Puedo decir con sinceridad que esta fiesta no ha terminado en absoluto como lo había imaginado.

Después de un momento me doy cuenta de que va sin camisa y de que probablemente se está congelando ahora que ya no estamos corriendo a toda velocidad. Desearía poder darle algo de calor, pero no tengo nada que poder ofrecerle, tolo lo que llevo puesto, aparte de la túnica del disfraz, es una camisa de lino que no abriga nada.

Además, yo también tengo frío. Pero a pesar de los nervios o de mis piernas y mis brazos que siguen temblando por el miedo residual, estallo en carcajadas, y sigo riéndome hasta que Valentino se me une, y después de un rato siento que me falta el aire y respiro profundamente.

—¿Sabes lo que es una verdadera locura? Que yo sí que sabía que esta noche acabaría *precisamente* en un desastre como este, ¡y aun así me dejé engatusar!

—Supongo que Mercucio sí que me prometió que me lo pasaría bien y me ha demostrado que estaba equivocado al dudar de su palabra.

—Bienvenido de vuelta a Verona —bromeo con una sonrisa burlona. Y después niego con fuerza con la cabeza—. Sigo sin poder creerme que seas de verdad *Valentino*.

—¿Por qué? ¿Porque la última vez que me viste era un enano enjuto con la voz chillona que perseguía a su hermano y a su deslumbrante grupo de amigos destacados?

—Bueno, eso en parte. —Sonrío, preguntándome si mis dientes relucen tanto como los suyos—. Aunque puede que yo hubiese catalogado a su grupo como «sofisticado y apuesto» en vez de «deslumbrante».

—Sofisticado, apuesto, importante y ególatra —añade, ensanchando la sonrisa.

—¡Mucho más acertado todavía!

—Supongo que he cambiado. —Baja la mirada hacia su cuerpo, hacia su pecho desnudo y sus piernas largas, delgadas, quizás, pero ya no enjutas—. Mucho más que la gente que dejé atrás, de eso no me cabe duda. Aunque a mí me parece todo lo contrario. Mercucio se ha convertido en todo un hombre, ¡y nuestra hermana, Agnese, *ahora tiene un hijo*!

Dudo antes de plantear mi siguiente pregunta.

—¿Yo he cambiado? Quiero decir, de lo que recuerdas de Verona de los años anteriores a que te marchases.

—Tú… —Me lanza una mirada apreciativa que hace que me sonroje con fuerza, y me alegro de nuevo de que estemos completamente a oscuras—. Eres más alto y mucho más ancho de hombros, y tu voz es más grave. Pero te reconocí casi de inmediato.

—Y, aun así, no dijiste nada —Me las arreglo para decir después de toser un poco—. ¿Por qué no te volviste a presentar?

—Tenía curiosidad por ver si tú también me recordabas. —Aparta la mirada y se rasca el hombro con nerviosismo—. Supongo que sí que lo decía en serio lo de que quería pasar desapercibido. Esta noche ha sido agotadora, ya lo era incluso antes de que derribásemos a un hombre y tuviésemos que correr por nuestras vidas. —Valentino me dedica una sonrisa irónica tan increíblemente atractiva que hace que algo se me revuelva en la boca del estómago—. Mercucio quería exhibirme ante todo el mundo, hacer alarde de mi regreso a casa, y eso significaba tener que presentarme constantemente a gente a la que apenas recordaba. He tenido que responder a las mismas preguntas una y otra vez y entonces… contigo tuve la oportunidad de ser yo mismo. No «el Valentino que ha vuelto a casa», solamente… yo.

—Lo entiendo —susurro. Al fin y al cabo, yo habría dado cualquier cosa por permanecer un poco más anónimo en ese mismo baile de máscaras.

—Y luego me picaba la curiosidad por ver qué le diría el famoso Romeo Montesco a un extraño. —Vuelve a sonreírme con timidez, y esa sensación en la boca de mi estomago se vuelve peligrosamente placentera.

Tardo un momento en volver a encontrar las palabras.

—Sofisticado, apuesto, importante,ególatra y *famoso*. Me vuelvo mejor a cada minuto que pasa.

Valentino estalla en carcajadas al oír mi respuesta y el sonido me hace cosquillas en lugares en los que jamás habría supuesto que podría sentirlas, como el agua caliente filtrándose a través de las grietas invisibles de un panel de piedra.

—Deberíamos marcharnos —digo al final, reacio a romper este hechizo, esta delicada cortina de felicidad y sorpresa que parece haber caído sobre nuestras cabezas—. Hay muchos caminos por los que puedo regresar a San Pietro y Teobaldo se los conoce todos como la palma de su mano. Si le doy más tiempo organizará a sus secuaces y preparará una emboscada. Y, para nuestra propia seguridad, lo mejor será que evitemos el sendero, podemos cruzar el huerto y salir por el otro lado.

—Supongo que no tendrás un mapa. —Se abraza con más fuerza, oteando entre los árboles—. Este es un bosque enorme y podríamos pasarnos días caminando sin encontrar la salida.

—Por suerte, tenemos muchas cosas para comer —replico—. Pero no llegaremos a ese punto. No importa la dirección en la que caminemos, terminaremos llegando a un muro que podremos volver a escalar.

Es una promesa que puedo hacerle sin reservas. En Verona siempre hay otro muro esperando a que te topes con él.

10

Vagamos en medio de un silencio agradable durante un rato, con el aire perfumado por los árboles en flor, las higueras dando paso a los perales, a los manzanos y después a los membrilleros. Es un paseo sorprendentemente agradable y no dejo de mirar a Valentino sin que se dé cuenta, con su pecho reluciendo bajo la luz de la luna. Si junto al pozo ya parecía estar en su elemento, un espíritu del bosque en busca de su propósito, ahora lo parece todavía más.

—Me estás volviendo a estudiar cuando crees que no estoy mirando —dice de repente, con picardía.

—Yo... ¡solo me estaba asegurando de que me seguías el ritmo! —Doy un paso atrás, desconcertado por que me haya pillado—. ¿Cómo voy a hacerlo sin que te des cuenta cuando, al parecer, *siempre* estás mirando?

Una expresión difícil de comprender se dibuja en su rostro.

—No me importa que me observes, ¿sabes? —dice en un susurro.

—Bueno... —El calor me derrite por dentro—. Deberé tenerlo en cuenta para la próxima vez que me digas que quieres pasar desapercibido.

—Deberías. —Parece bastante orgulloso de sí mismo—. Sabía que terminarías descubriendo mi nombre, pero decidí mostrarte mi rostro cuando no tendría por qué haberlo hecho. Quizás también debas tener eso en cuenta.

La manera en la que lo dice me provoca, se burla de mí, me hace promesas que deseo tanto que sean ciertas que me dan un miedo de muerte.

—Pero... ¿por qué?

—Si te lo digo a las claras, le roba toda la magia. —Frunce el ceño. Y después, casi en un susurro indescifrable, murmura—. Pero creo que ya sabes la respuesta.

Yo también creo que la sé o, al menos, sé lo que *me gustaría* que fuese la respuesta, incluso aunque no me atreva siquiera a imaginar que algo así pueda ser posible, que no sea solo una fantasía. Lo que deseo de verdad es algo que ni siquiera estoy seguro de saber expresar con palabras, y el miedo a sentirme incomprendido hace que se me trabe la lengua.

—La verdad es que no puedo evitar mirarte para asegurarme de que eres real. —Decido optar por soltar una verdad a medias, me arden las mejillas y la garganta, que lucha por contener toda la verdad en su interior—. Tú... tú me pareces fascinante, Valentino.

—¿Yo? —Alza la mirada, genuinamente sorprendido—. No he sido alguien fascinante jamás, ni un solo día de mi vida.

Su reacción me hace reír, a pesar de lo confuso que me siento.

—¡Es un halago no una acusación!

—Da igual, no es cierto. —Se encoge de hombros, tratando de esconderse de los elogios—. Soy un chico normal y corriente con una vida aburrida... solo te parezco interesante porque no soy aquel que recordabas.

—¡Eso no es cierto! Cuando nos reencontramos junto a ese pozo me dijiste cosas que yo mismo había pensado pero que jamás me había atrevido a decir en voz alta —respondo—. Incluso antes de que supiese que eras tú, incluso antes de que me explicases nada sobre ti, ya habías captado mi atención, me intrigabas.

—Eso es... eso es... —Pero no parece saber cómo expresar lo que está pensando. Baja la barbilla, encorvando todavía más los hombros, y me doy cuenta de que le da *vergüenza*. Por algún motivo, eso me resulta agradable, es una sensación mucho más gratificante que haber logrado escapar de Teobaldo y su daga.

—Eres fascinante porque has sido capaz de marcharte y regresar —insisto—. Lo máximo que he estado fuera de Verona fueron veinte días, y fue por un viaje a Venecia que hice con mis padres. A veces... —Suspiro cansado y echo un vistazo a mi espalda, hacia la villa Capuleto que ha de estar en algún lugar detrás de nosotros, en medio de la vasta y extensa oscuridad—. A veces odio este lugar. Desearía poder saber qué es lo que se siente al ser invisible, porque siento demasiado a menudo que esta ciudad es una trampa para osos en la que yo soy el oso y todo el mundo está observando y esperando a ver cuánto tiempo más lograré sobrevivir.

—Quizás no te gustaría ser alguien anónimo tanto como crees. —Valentino se tira del chaleco de cuero, cerrándolo sobre su pecho—. Tienes suerte de poseer un apellido importante en medio de una ciudad en la que apellidarse Montesco lo cambia todo. En cualquier otro lugar, sin esa distinción, *seguirías* en medio de la trampa para osos, salvo que, en ese escenario, serías uno de los perros de caza.

Pienso en lo que me ha dicho antes de responder, consciente de que tiene razón... incluso aunque su razonamiento pase por alto por completo el *mío* y lo que quiero decir.

—Es cierto que tengo suerte. No necesito nada material, a mi familia la respeta todo el mundo, incluso el príncipe Escala, y siempre y cuando me quede en San Pietro, pocas veces corro peligro de verdad. Pero... —Y ahora es cuando me cuesta articular algo que he tenido muy pocas ocasiones de decir en voz alta antes—. Hay partes de mí que necesitan algo más que la seguridad de este confinamiento. Tengo problemas que ni siquiera mi apellido puede resolver; problemas que mi propio apellido empeora, por las expectativas que conlleva y el escrutinio al que me somete.

La velada de esta noche se me echa encima, un diluvio de presentaciones incómodas y conversaciones forzadas con chicas esperanzadas, todo parte de una actuación interminable y agotadora que no estoy seguro de poder abandonar nunca. El anonimato me privaría de mis comodidades, pero incluso Valentino comprende el valor de no llamar siempre la atención.

—«En campos ajenos, la cosecha siempre es más abundante». —Valentino me dedica una sonrisa torcida y burlona—. Es del *Arte de amar* de Ovidio. Mi tío Ostasio tenía un ejemplar en su biblioteca, aunque estoy bastante seguro de que no habría querido que terminase en mis manos si hubiese sabido que sabía leer. Contenía el tipo de información que un chico católico de bien jamás se suponía que debía descubrir.

—Hay vicios peores que el ansia de conocimiento.

—Eso díselo a Adán y Eva —bromea sin vacilar y yo me vuelvo a reír.

—¿Es este Ostasio el pariente con el que te has quedado todo este tiempo? —pregunto, y él asiente como respuesta, pasándose los dedos larguiruchos por el pelo—. ¿Cómo era vivir en Vicenza?

Él se encoge de hombros.

—No estaba tan mal. Mi tío era adinerado, pero ya tenía ocho hijos, así que tampoco es que nos pudiésemos dar muchos lujos. Esperaban que me ganara el sustento así que, esencialmente, me terminé convirtiendo en uno más de sus sirvientes. Pero me alimentaban, me vestían y me daban un techo, y me permitían asistir a las clases de mis primos durante la semana. —Su tono sigue sin reflejar ningún sentimiento—. No eran personas especialmente cariñosas, pero eran generosos, y al menos tuve esa pequeña suerte.

—¿Echaste de menos Verona? —No pretendo entrometerme exactamente, pero lo decía en serio cuando dije que me fascinaba lo que había hecho mientras estaba fuera—. Seguramente habrás hecho amigos mientras vivías allí.

—Los hice. Con el tiempo. —Justo cuando creo que no me va a dar más información al respecto, suspira—. Cuando llegué a casa de mi tío, estaba amargado. No terminaba de comprender por qué era a mí a quien tenían que mandar fuera, y lloraba cada noche, deseando poder seguir con mi hermano y con mis hermanas. Verona no está tampoco tan lejos, ahora lo sé, pero en ese momento me sentía como si me hubiesen mandado a la otra punta del mundo. —Valentino gesticula con la mano—. Y, sin embargo… volver me ha resultado casi tan difícil como el marcharme. Todo lo que antaño me era familiar ahora ha cambiado, aunque solo sea un poco, y me siento como si hubiese perdido algo de vital importancia.

—Tu hermano está muy contento por que hayas regresado. Eso debe de haber hecho tu vuelta un poco más fácil.

—Sí. Mercucio se ha portado genial —acepta de buen grado—. Pero creo que todavía estamos conociéndonos de nuevo. Me recuerda como el niño de trece años que era cuando me marché y yo lo recuerdo como... bueno, como el hermano mayor del niño de trece años que era. Solíamos conocer al otro tan bien que incluso éramos capaces de predecir el estado de ánimo del otro. Pero ahora todo es un misterio.

Por un momento, intento procesar lo que me acaba de confesar. Todo en mi vida ya estaba escrito, tan fijo, tan constante, que me cuesta imaginar la clase de cambios que él ha tenido que hacer: vivir en una nueva ciudad, con una nueva familia y sin amigos. Tener que pasar años añorando lo que dejó atrás solo para volver y descubrir que todo lo que había dejado atrás ya no es como solía ser en sus recuerdos.

—Pero solo llevas aquí quince días. Seguro que con el tiempo te resultará más fácil —sugiero, desesperado por ofrecerle algún tipo de consuelo. Después, señalándome a mí mismo, añado—. Y, mira: ya estás haciendo nuevos amigos a partir de viejos amigos.

Valentino me sonríe y yo siento cómo esa sonrisa se me mete bajo la piel.

—Sí, es cierto. Supongo que estoy siendo demasiado pesimista. No puedo volver a ser el que era, pero ¿quién quiere volver a ser quien era con trece años?

—¿De verdad... de verdad me recuerdas? Al Romeo de aquel entonces, quiero decir. —Me arde la cara cuando formulo la pregunta, porque soy consciente de que, en parte, lo que busco no son respuestas, sino algún tipo de conexión entre nosotros. Recuerdo al Valentino de trece años, pero quiero estar más cerca de *este* Valentino, el que es mayor y tan increíblemente apuesto. Lo que de verdad quiero es algo que no sé cómo pedir.

—Recuerdo… —Me mira y después aparta la mirada—. Recuerdo que eras distinto al resto de los amigos de Mercucio.

—¿De veras?

—Lo eras, te lo prometo. —Suelta una pequeña carcajada, como si estuviese diciendo tonterías—. Mi hermano… bueno, tiene un punto de vista contagioso. Si se siente de cierto modo hacia alguien, no pasa mucho tiempo antes de que sus amigos opinen lo mismo que él o no. —Una sonrisa torcida ilumina su rostro—. Recuerdo un día en el que todos nos fuimos al campo solo porque Mercucio se había empecinado en que quería cazar conejos y yo me llevé una red para cazar mariposas. Quería traérmelas de vuelta a casa metidas en un tarro de cristal y tenerlas como mascotas, porque era así de iluso por aquel entonces, pero, por supuesto, las pocas que logré capturar, con el tiempo, se volvieron perezosas e inmóviles tras el cristal.

»Entonces Mercucio me explicó que eso ocurría porque se estaban quedando sin aire, que el objetivo de capturar insectos era que se muriesen, para poder clavarlos en un corcho y estudiarlos o contemplar su belleza. —Se estremece pero se ríe al mismo tiempo—. Eso me dejó totalmente angustiado y terminé soltando de inmediato a todas las mariposas, algo que avergonzó a mi hermano, que pensaba que estaba siendo un imbécil afeminado. —Su voz se torna más sombría—. Se burló de mí y todos sus amigos le rieron las bromas… todos excepto tú.

—¿Yo no me reí?

Recuerdo vagamente aquella tarde, pero solo consigo rememorar pequeñas escenas. El sol calentando el ambiente con pereza sobre mirtos y pinos que llenaban la ladera, Ben intentando usar un amuleto de la buena suerte para hacer salir a un conejo de entre los arbustos, y Valentino llorando mientras sacaba mariposas medio muertas de un tarro. Mercucio estaba de mal humor, por sus propios motivos, y cada animal que lograba escaparse del alcance de sus flechas solo conseguía agriar su humor aún más. El resto nos pasamos la mayor parte de la tarde intentando animarle sin éxito, y cuando estalló contra Valentino fue solo porque había encontrado una salida conveniente sobre la que lanzar su ira.

Recuerdo que los otros se rieron de sus burlas malintencionadas, con la esperanza de que, de algún modo, eso le animase y le pusiese de mejor humor, pero yo no recuerdo que me quedase en silencio. Me avergüenza lo sorprendido que me siento al pensar que, en algún momento de mi vida, fuese capaz de hacer algo tan sencillo como estar en desacuerdo con Mercucio, incluso cuando estaba claro que no llevaba razón, porque estar de acuerdo con Mercucio era algo necesario si querías caerle bien.

Y yo siempre había deseado exactamente eso, fervientemente.

—Te ofreciste a acompañarme de vuelta a la ciudad, ya que se suponía que no podía estar fuera de las murallas de la ciudad yo solo y, de camino a casa, nos detuvimos junto a un arroyo para observar a las ranas. —Su voz es cálida y cariñosa, y los recuerdos que hacía tiempo que había olvidado reaparecen de repente de nuevo en mi memoria. Veo una pequeña criatura gris verdosa en la palma de mi mano, con su delicado cuerpo moviéndose al respirar. Por encima de mi hombro, un niño pequeño me exige que le dé un nombre antes de volver a soltarla.

—Stella Nera —suelto, unas palabras que surgen de mis recuerdos del pasado.

—Por la estrella negra que tenía en el cuello. —Valentino me dedica una sonrisa de oreja a oreja, pero hay algo de timidez en su mirada cuando me mira; esa sensación de que algo se está revolviendo en mi estómago casi me deja sin aliento—. Yo… nunca olvidé lo amable que fuiste conmigo ese día.

—No te apresures a elogiarme por ello. Estaba casi seguro de que, con ello, me ganaría el favor de Mercucio. —La confesión no me llena de orgullo, pero al menos estoy siendo sincero.

—Probablemente. —No parece molesto en absoluto—. Pero fuiste generoso conmigo cuando podrías haber sido impaciente, y me consolaste cuando mi hermano intentó avergonzarme. La forma en la que actuaste tiene más valor que el por qué lo hiciste.

—Puede que eso te convierta a ti en el generoso de los dos —murmuro con torpeza, sin saber cómo responder a sus amables palabras. Hacen que se me revuelva algo por dentro, que me flaqueen las piernas, que la sangre me corra acelerada y caliente hacia las mejillas y que se me enfríen los pies y las manos.

Por suerte, me ahorro el tener que seguir comentando al respecto cuando atravesamos un grupo de arbustos altos y nos topamos por fin con otra sección del muro del jardín. No hay ninguna puerta a la vista, pero la hiedra cubre la áspera piedra y sus raíces son lo bastante robustas como para servirnos de punto de apoyo.

—Supongo que podemos salir por aquí —repongo, agarrándome a una de las lianas más robustas.

—Espera. —Valentino da un paso adelante y la luz de la luna se refleja en sus ojos cuando me mira a la cara. Su repentina cercanía hace que se me forme un nudo en el estómago que pocas veces he experimentado, y soy aterradoramente consciente de lo cerca que tengo su piel brillante y su boca artísticamente tallada—. Tenía que decirte que... aunque te oculté quién era la primera vez que nos vimos esta noche, todo lo que te dije iba en serio. Todo lo que hice iba en serio.

Entonces estira la mano hacia mí y la posa sobre la mía, que sigue apoyada en las enredaderas, sus dedos se deslizan con suavidad sobre los míos, como un recuerdo de nuestros últimos minutos compartidos en aquel patio escondido. Mi corazón late acelerado, y solo puedo mirarle fijamente, desear y esperar. Cuanto más me resisto, más confiado se vuelve su toque.

Con cautela, me suelta uno a uno los dedos con los que aferraba la liana y le da la vuelta a mi mano, enredando sus dedos con los míos. Sigue mirándome fijamente, temeroso, buscando que le dé permiso y yo no sé qué hacer. Temo decirle que sí, pero me niego a decirle que no, y no estoy seguro de qué otras opciones tengo. Me tiembla la mano, *yo* estoy temblando, todo mi cuerpo tiembla, cuando finalmente rompe el silencio con un susurro.

—¿Quieres que te suelte?

—No —logro decir en poco más que un susurro—. No —digo antes de añadir—: ¿Qué está pasando? —Es como si me hubiese caído un rayo encima, como si su electricidad me estuviese recorriendo el cuerpo en este momento. No puedo respirar, pero tampoco puedo parar de respirar, y no puedo parar de pensar en lo cerca que está—. ¿Qué pasa ahora?

—No lo sé. —Me doy cuenta de que Valentino también está temblando y suelta una pequeña carcajada—. Nunca he ido más allá de esto. —Me mira fijamente y la luz de la luna baila en su mirada antes de que siga hablando—. Creo… quiero saber lo que se siente al besarte. Quiero que…

No le da tiempo a terminar la frase porque, en el siguiente latido, lo he atraído hacia mi pecho. He pasado mi brazo libre por su cintura y presionado mis labios con los suyos. Es un momento que nunca había sabido cómo imaginarme con nitidez, nunca había creído posible que alguien como yo pudiese hacer algo así y se siente… es como si estuviese flotando y hundiéndome al mismo tiempo, y todo se hubiese vuelto del revés.

Sus labios son suaves, pero su agarre en la base de mi cuello es fuerte, y los ruidos que emite —ese gruñido salvaje que surge de su garganta— me ponen la piel de gallina. No sé qué es lo que estoy haciendo, pero no tengo suficiente; no tengo suficiente de su sabor, no lo siento lo suficientemente cerca. La brisa nocturna se desliza entre nuestros cuerpos, llevando consigo el aroma a tierra mojada y flores a punto de dar fruto, y yo me pierdo en la sensación de *estar vivo* de un modo en el que nunca había creído posible. Él es más embriagador que el vino de los Capuleto, más decadente que sus dátiles melosos y sus higos borrachos.

Cuando se aparta tiene los labios hinchados, las pupilas dilatadas y los ojos brillantes.

—¿Es así… es así como debe sentirse? —jadea.

—No lo sé. —Soy incapaz de recobrar el aliento—. No tengo ni idea de cómo se supone que debe sentirse pero, si es así, ¿cómo es posible que alguien sea capaz de detenerse?

Vuelve a besarme, agarrándome con más fuerza, sus labios haciéndose con los míos con mucha más hambre aún. Las hojas de los árboles se mecen a nuestro alrededor con la brisa nocturna, con el aroma del verdor del río y las flores del huerto. No tengo donde ocultar lo que estoy sintiendo bajo la piel, no hay manera de entender mis sentimientos; es como si cada parte de mi cuerpo se estuviese despertando por primera vez.

Finalmente nos apartamos, con los ojos todavía bien abiertos y buscando al otro con la mirada. Sé que él también lo está sintiendo, esta percepción del mundo que nos rodea, sin aliento y áspera, esta nueva conciencia de su vitalidad y de sus bordes afilados, porque puedo verlo reflejado en su rostro. Es como cuando te caes del caballo, cuando la caída te roba el aire de los pulmones y, después, te das cuenta de que sigues vivo.

—¿Y ahora qué hacemos? —susurra, buscando mi rostro una y otra vez.

—Tenemos que volver a casa. —No voy a responder a la pregunta que me está haciendo de verdad, porque no tengo ninguna respuesta razonable que darle—. Tu hermano te estará esperando y lo más probable es que Benvolio también me esté esperando a mí, para ver si he logrado escaparme de Teobaldo.

—Pero…

—Nos volveremos a encontrar de este modo. —Es la segunda promesa que le he hecho esta noche sin ningún atisbo de duda o de vacilación—. No sé cuándo o dónde, pero no puedo pasar otra semana más sin… *esto*. Podría emborracharme solo de besarte, y me emborracharé, tanto como pueda. —Estiro la mano a regañadientes hacia las vides que cubren el muro del jardín antes de añadir—. Pero solo si logramos salir de San Zenón antes de que nuestros enemigos se replanteen la estrategia sobre cómo darnos caza.

—Te tomo la palabra. —Valentino me observa mientras me elevo por el muro, preparándose para seguirme. Y luego, suavemente, su voz se eleva por el aire sedoso—. Y espero que seamos fieles a nuestras promesas.

Eso último es lo que me mantiene caliente en medio de esta noche tan fría en mi camino de vuelta a San Pietro.

ACTO SEGUNDO

EL DULCE CEBO DE LA PASIÓN

11

Más allá de las formidables murallas de Verona, el mundo se extiende a lo largo de kilómetros llenos de paisajes bucólicos dorados, azules y verdes. Los Dolomitas se alzan al norte, recortando sus dientes contra el cielo, y los Apeninos, cubiertos de nieve, se encuentran en alguna parte al sur. Pero por todo el valle que recorre el Adigio, las colinas son suaves y el sol las baña con su luz al amanecer y al atardecer en esta época del año.

He recorrido este tramo de campiña en innumerables ocasiones, sus caminos polvorientos y sus centinelas siempre verdes me son tan familiares como los patrones que forman las baldosas en el suelo de mi dormitorio, pero hoy todo me parece extraño y nuevo bajo la luz del sol. El mundo huele a resina y a romero, el día se está caldeando lentamente y me empapo de su calor con lujurioso abandono.

Por primera vez desde que tengo uso de razón estoy deseando regresar a la ciudad cuando acabe el día.

El camino serpentea junto a un bosque de olivos silvestres, pasando después junto a un prado, donde vibrantes flores acogen entre sus entrañas a abejas y mariposas. Luego vuelve a bajar, encontrándose con un riachuelo que se enrosca alrededor de una iglesia de piedra cobriza, cuyo tamaño casi asombra en medio de toda esta nada.

Hace rato que ha empezado el día, así que ni siquiera me molesto en comprobar los claustros. En cambio, me dirijo directamente a los jardines que hay en la parte de atrás, con una colección de plantas en flor que supera incluso a la de los Capuleto, al menos en variedad, si no es que también la supera en tamaño y alcance. Y aquí, como era de esperar, es donde encuentro al hombre que busco, lleno de tierra hasta los codos mientras arranca malas hierbas de un parterre de tierra húmeda.

—Buenos días, Fray Lorenzo —le saludo en cuanto lo veo, reconociendo su cuerpo larguirucho que es inconfundible.

—¡Ah, Romeo! —Me mira entrecerrando los ojos, los rayos del sol le iluminan el rostro incluso bajo el ala ancha de su sombrero de paja, una precaución necesaria para proteger su piel pecosa. Proviene de algún lugar de Francia del que nunca he oído hablar, aunque sé que está muy al norte—. Estaba empezando a pensar que hoy no te vería, normalmente sueles aparecer junto con los primeros rayos del sol.

—Yo… me he quedado dormido esta mañana. —Aparto la mirada al admitirlo, con miedo de que mi expresión pueda traicionarme. Después de arrastrarme de vuelta a mi dormitorio anoche, para encontrarme a Benvolio esperándome después de todo, estuve despierto durante horas. Incluso después de que mi primo se marchase, no fui capaz de conciliar el sueño, mi imaginación no cesaba de repetir, una y otra vez, aquel beso en el huerto hasta que me rendí por puro agotamiento en algún punto de la noche antes del amanecer.

—Bueno, siempre agradezco tu compañía, sin importar la hora que sea. —El monje larguirucho se sienta sobre sus talones, limpiándose el sudor de la frente y dejando un rastro de suciedad a su paso de forma distraída—. Pero he de disculparme. Tengo muchas cosas que hacer hoy y no estoy seguro de cuánto tiempo tengo.

Quizá me avergüence un poco confesar que, cuando nos conocimos, quedé totalmente cautivado con Lorenzo. Todavía es joven, no tiene ni diez años más que yo y aunque tiene una constitución un tanto torpe, posee una calidez bastante atractiva. Sin embargo, pronto me di cuenta de que él no me veía de la misma manera, que creo que no ve a nadie de esa manera. Está contento con su voto de castidad y yo agradezco poder considerarlo mi amigo.

—¿Es que se supone que deberías estar en otro sitio? —le pregunto.

—El viejo Guillaume se ha despertado con dolor en la cadera e insiste que va a llover. —Señala el cielo azul, completamente despejado, que se extiende sobre nuestras cabezas, las únicas nubes a la vista no son más que meros jirones sedosos por el horizonte oriental. Levanto una ceja, interrogante, y Lorenzo se encoge de hombros—. Lo sé, pero Guillaume ya nos ha sorprendido a todos antes. Estas malas hierbas tienen que desaparecer, y hay esquejes que tengo que hacer y… bueno, si el tiempo empeora, perderé mi única oportunidad de hacerlo.

—Si hay algo con lo que te pueda ayudar…

—Sí que hay algo para lo que no me vendrían mal un par de manos más, si no te importa. —Se pone en pie y se limpia las manos en un trapo viejo antes de llevarme a través de una hilera de parterres en flor con plantas que no logro identificar, son bajas y frondosas, con capullos blancos que ya han empezado a abrirse—. Hay que cortar esas flores y sin mucha más demora. Ya se han dejado demasiado tiempo y, si realmente al final llueve, me temo que será demasiado tarde.

—¿Por qué? —le pregunto al mismo tiempo que me tiende una cesta para recoger mi tarea—. Apenas están empezando a florecer.

—Precisamente —dice Lorenzo como si eso demostrase su argumento—. Las flores son lo bastante bellas, pero son sus hojas lo que me preocupa. Las utilizo para hacer cataplasmas o como ungüento para tratar las irritaciones y, cuando más grandes sean, mejor. Si las flores siguen creciendo, le robarán los nutrientes al resto de la planta y, con el tiempo, terminarán dando el fruto que inicia el nuevo ciclo de su vida.

—Así que, si las cortamos ahora —concluyo—, ¿las hojas seguirán creciendo?

—¡Exacto! —dice, sonriéndome de oreja a oreja—. Aun así, tenemos que dejar… digamos, un tercio de las flores de la planta intactas. De ese modo seguiremos teniendo las suficientes semillas que cultivar al final de la temporada. Ahora, tienes que ser rápido pero tener cuidado, y búscame cuando creas que hayas terminado.

Dicho eso, se vuelve a poner manos a la obra con su tarea y me deja a mí a solas con la mía, y aunque he venido hasta aquí en busca de su consejo, la verdad es que disfruto del silencio y de estar ocupado. Comprendo por qué le gusta esta vida, incluso aunque no sea fácil, y me gusta pensar que estoy absorbiendo parte de la paz que llena este lugar cuando entierro las manos en su jardín.

En Francia, Lorenzo creció como el hijo de un boticario, y se pasó la mayor parte de su vida aprendiendo para unirse a la profesión de su padre. Por supuesto, terminó dejando ese futuro atrás cuando le pidieron que se uniese a la orden de los Franciscanos, pero sigue conservando gran parte del conocimiento que adquirió sobre las plantas y la medicina, y siempre está mezclando ungüentos extraños y pociones que, de alguna manera, siempre tienen el efecto que él había dicho desde un principio que tendrían.

Pierdo la noción del tiempo durante un rato, y ni siquiera me percato cuando el sol deja de calentarme la nuca y sus rayos se vuelven mucho más tenues. No es hasta que Fray Lorenzo está de pie a mi lado y alzo la mirada que me doy cuenta de que el cielo azul de antes ha desaparecido, dando paso a un cielo tormentoso lleno de nubes.

—Bueno, ¡parece que el viejo Guillaume ha vuelto a tener razón! —Lorenzo chasquea la lengua. Está todavía más lleno de mugre que antes, y la cesta que lleva está llena hasta los topes de esquejes—. Será mejor que nos demos prisa si no queremos que nos pille el diluvio.

Es sorprendente lo rápido que las nubes pasan de un blanco sucio a un gris furioso. Nos apresuramos hacia los claustros, pero no llegamos antes de que las primeras gotas de lluvia empiecen a empaparme los hombros. El aguacero comienza a caer poco después, y cuando Fray Lorenzo me deja pasar en su celda, agradezco poder ver que a los franciscanos les va mejor que a sus homólogos benedictinos de la abadía de San Zenón: el tejado de este monasterio no tiene goteras.

La lluvia es bastante agradable, pero su tamborileo y burbujeo hacen que sea más consciente del silencio que he traído conmigo a la sala. He estado aquí en infinidad de ocasiones antes, por supuesto, deseoso de obtener el consejo de Lorenzo o simplemente de prestarle atención. En el exterior, en el jardín, la quietud es su propia forma de comunicación, una conversación sobre la importancia de *simplemente existir*. Pero aquí dentro, en el interior, es otro espacio vacío y silencioso que exige que lo llenen con palabras.

—¿Has venido a confesarte, Romeo? —me pregunta Lorenzo con delicadeza cuando tardo demasiado en hablar, cuando está claro que sí que tengo algo que decir.

—Eh. Supongo que sí. —Es una suposición razonable, lleva siendo mi confesor desde hace algún tiempo, pero ¿por dónde empiezo?—. Les... he mentido, a mis amigos. Bueno, les he mentido varias veces.

—Ya veo. —Fray Lorenzo aguarda pacientemente y, cuando se da cuenta de que no voy a decir nada más, añade—. ¿Has mentido para hacerle daño a alguien?

—No, no. —Le dedico una mirada afilada, casi sorprendido de que de veras me crea capaz de algo así—. He mentido para... para que las cosas fuesen más sencillas. Para mí *y* para mis amigos, aunque sobre todo para mí, si te soy sincero. —Una risa nerviosa se apodera de mí—. Si es que te soy sincero sobre haber sido deshonesto.

—La gente miente por infinidad de motivos. —Lorenzo se sienta en el borde de su cama—. Uno de los motivos más comunes es por bondad. Solemos decirle a la gente lo que desea escuchar, o lo que creemos que necesitan escuchar para ser felices. A veces funciona. A veces, permitir que alguien se crea una mentirijilla sin maldad puede ser una especie de acto de caridad. —Me observa mientras yo intento encontrar su mirada sin éxito durante más de un segundo—. ¿Sobre qué has mentido?

—Lo mismo sobre lo que siempre estoy mintiendo. —La voz se me ha vuelto pequeña, y me rasco la picadura de un insecto que tengo en la mano para tener algo que hacer—. Anoche hubo una fiesta y mi... mi primo estaba empeñado en enredarme en una relación romántica con una joven dama. Con cualquier joven dama.

Lorenzo hace un ademán de que entiende lo que quiero decir y, cuando vuelvo a mirar en su dirección, sigo viendo la misma expresión paciente y abierta en su rostro. Ya he hablado antes con él de este asunto, en mayor o menor medida, y nunca me ha respondido con el tipo de oprobio que siempre temo y, sin embargo, siempre temo que cambie de parecer y me responda un día de estos con ese tipo de rechazo.

—Accedí a que hiciera de Cupido por mí y luego supongo que tuve que mentir a unas cuantas chicas bastante agradables, aunque fue más una mentira por omisión, pero viene a ser lo mismo, y todo el tiempo me sentí como un completo desgraciado.

—Así que, al final, no te puso las cosas más fáciles el mentir —señala el monje con cuidado y, pasados unos segundos, yo asiento como respuesta—. ¿Y qué hay de tu primo? ¿Mentiste para hacerle feliz?

Quizá por primera vez pienso en ello y frunzo el ceño ante mi propia conclusión.

—Tal vez. En realidad, era más como que se sentía... aliviado. Y se sentirá muy frustrado cuando se entere de que su plan no ha funcionado y de que sigo siendo el mismo de siempre. Creo que está... está empezando a sospechar de los motivos de mi reticencia.

—Así que la mentira no os ha hecho felices a ninguno de los dos. Y en lugar de hacer las cosas más fáciles, como esperabas, ¿puede que las haya vuelto más difíciles?

—Sí. —Ahora yo soy el que está frustrado—. Pero la verdad solo dificultaría aún más las cosas. ¿Cómo puedo explicar algo como... como eso? —Agito las manos en el aire y me señalo—. ¿Como *esto*? ¿Cómo puedo explicar algo que apenas yo mismo entiendo?

Lorenzo acaricia el puño de su túnica, el áspero tejido se ha ido suavizando con los innumerables lavados, y su dulce mirada se llena de tristeza.

—Puede ser más difícil de lo que crees el tener que vivir una mentira, Romeo. Incluso una que parece más segura que la verdad.

—¿Incluso si confieso la verdad y me veo obligado a vivir con la mentira igualmente? —le reto. Sin duda, no puede ser tan ingenuo como para pensar de veras que la respuesta es tan sencilla. ¿Es que alguien sería capaz de entenderme? Eso, desde luego, no detendría a mi padre a la hora de buscarme una esposa de todas formas y, en cuanto a mis amigos, me cuesta imaginarme cómo reaccionarían. ¿Qué pensaría Benvolio? ¿Qué pensaría *Mercucio*? *¿Y si me prohibiese volver a ver a Valentino?*—. ¿Incluso si el precio de decir la verdad es mucho mayor que el de mantener la mentira?

—Lo que se pierde a corto plazo se puede recuperar con el tiempo —responde, y su simple afirmación me deja claro que no comprende la gravedad de mi situación—. No sabes qué te espera si revelas la verdad, Romeo. A veces hay que dar un salto de fe y, a veces, el conseguir aquello que más deseas, tú felicidad, requiere hacer sacrificios. —Cuando se da cuenta de que sus tópicos no están surtiendo efecto alguno, suspira—. Mis padres querían que yo me casase bien, ¿sabes? Sin duda, nunca se habrían imaginado que su hijo mayor dejaría a un lado sus responsabilidades para convertirse en un sacerdote mendicante que ha de vivir empobrecido. No lograban entender por qué no quería tomar esposa alguna, ni tampoco que la sencillez de esta vida era la respuesta para mi felicidad y a todas las preguntas descorazonadoras que me había hecho.

»De hecho... —Se echa hacia delante y me mira a los ojos al fin—. La vida monástica alberga a muchos como tú, Romeo, como nosotros dos: jóvenes que necesitaban encontrar un entorno lleno de amor y unidad con el mundo, donde poder ser libres de las expectativas sociales y nadie los presionase a tener que vivir una mentira.

—Si estás sugiriendo que considere meterme a monje, quiero que sepas que probablemente no sea el camino adecuado para mí —le digo, sonrojándome al recordar los labios de Valentino sobre los míos, el modo en el que mi cuerpo había respondido a su contacto, desde la raíz de mi cabello hasta las puntas de los dedos de mis pies—. No creo que esté hecho para hacer un voto de castidad. Entre otras cosas.

Me dedica una tímida sonrisa al percatarse de mi incomodidad, pero hay algo de afecto en ella.

—No serías el primero en rechazar el sacerdocio por ese mismo motivo. Y tampoco eres el primero que se encuentra en esta tesitura, ni siquiera eres el primero al que he aconsejado personalmente en mis pocos años de vida.

—¿De verdad? —No puedo expresar con palabras por qué me siento aliviado al oír eso, pero así es. Fray Lorenzo no es un desconocido o un noble cuyos asuntos privados son la comidilla de mercados y tabernas entre susurros; es un amigo, alguien cercano y tangible, y eso hace que sus otros conocidos me resulten, de algún modo, más *reales*. Que conozca a otras personas en mi misma situación, que incluso se haya hecho amigo de ellas, me hace sentir menos solo.

—¡Por supuesto! —Se ríe, y su risa retumba contra los muros de piedra vacíos—. Espero que no te lo tomes a malas, pero no eres tan especial como te piensas.

Abro la boca para soltar algún tipo de broma pero, en cambio, para mi propia sorpresa, suelto:

—Conocí a alguien en esa fiesta, alguien que me hizo sentir por fin todas esas cosas que suele describir mi primo cuando habla sobre las chicas. Y creo que el sentimiento fue mutuo.

—¿De veras? —Fray Lorenzo ladea la cabeza, encantado pero claramente algo confundido—. Bueno, eso… son buenas noticias, ¿no? Si hay una joven dama que…

—No la hay. —Mi voz esa tan pequeña y bajita que podría entrar en la cabeza de un alfiler, y tengo que respirar hondo varias veces antes de poder continuar—. No era… no era una chica. Nos conocimos en un pequeño patio escondido y tuvimos una conversación de lo más transcendental, la conversación más transcendental que he tenido con alguien jamás, de hecho. Y entonces, después…

Pero ¿cómo le puedes explicar a alguien lo que has sentido al besar a alguien? Es como despertarse… o puede que sea más parecido a quedarse dormido. Dejarse caer en las manos del mundo de los sueños, donde lo imposible no solo es posible sino que, de repente, está a tu alcance, y es mucho mejor de lo que podrías haber imaginado.

—Nunca me había sentido así —le digo a Lorenzo con la voz tomada y entonces sacudo la cabeza, porque eso no expresa del todo lo que quiero decir. Este tipo de atracción no es algo nuevo para mí, pero es distinta, más profunda—.

Nunca me había sentido así *con* nadie. Nunca había compartido algo así con alguien, nunca alguien me había *correspondido* del mismo modo.

—¿Y cómo fue? —me pregunta Fray Lorenzo—. ¿Cómo te sentiste?

La pregunta me hace reír, porque me he pasado toda la noche tratando de responderla. Mirar a Valentino a los ojos y verme reflejado en ellos fue… apocalíptico, en el sentido más primario de la palabra: *una revelación*. Tomarle de la mano, besarlo, hizo que una parte dormida de mí reviviese a toda velocidad y con fuerza. Una parte de mí que sabía que existía, pero que no tenía ni idea de que fuese capaz de hacer tanto ruido. Me descubrí a mí mismo en medio del huerto de los Capuleto.

—Me sentí como si estuviese en el lugar correcto, bajo la piel correcta, por primera vez en mi vida —logro confesarle entre susurros.

Fray Lorenzo me escucha atentamente con expresión pensativa.

—Algo que he aprendido, tanto de observar al resto como gracias a mi propia experiencia, es que nuestra felicidad no está garantizada. Así que, si logras encontrarla, o si ella te encuentra, lo mejor es aferrarte a ella tanto como puedas. Tal vez ese sea el mayor regalo que nos puede ofrecer el destino.

—¿Y cuando el destino vuelve a robárnosla? —le pregunto, malhumorándome por momentos—. ¿Qué pasa cuando el mundo no tiene espacio para permitirnos estar juntos e inevitablemente nos termina separando a la fuerza?

—Es cierto que las ciudades como Verona no les otorgan mucho espacio a aquellos que recorren un camino distinto al resto. —Fray Lorenzo echa un vistazo a través de la ventana, donde la lluvia ha pasado de ser un torrente a una simple llovizna—. Pero existe mucho más ahí fuera que solo esas murallas y la gente que hay tras ellas, Romeo. Hay más espacio en este mundo del que jamás podrías soñar.

—Pero estoy aquí —le recuerdo—, y estoy destinado a permanecer aquí, atrapado entre esas murallas, entre esa gente, viviendo la vida que mi padre me permita vivir. —Porque estoy harto de que no tenga en cuenta la parte mala de mi vida, mi pesimismo—. ¿Y no se supone que tienes que decirme que mi deber es tomar una esposa y tener una horda de bebés?

—¿Es eso lo que quieres que te diga? —Me sonríe, una sonrisa torcida y terriblemente divertida—. Sugerir que ese es el deber sagrado de alguien me convertiría en un hipócrita, teniendo en cuenta que yo mismo dejé de lado ese mismo deber. —Se le sonrojan las mejillas con un rubor cohibido que me parece encantador—. Y sobre todo teniendo en cuenta lo sencillo que me resultó renunciar a ello en primer lugar. Como recordarás por alguna de las cosas que te he dicho en el pasado, comprometerme formalmente a ser célibe fue quizás el paso menos complicado que tuve que dar a la hora de convertirme en fraile mendicante.

—Lo… lo recuerdo. —Yo también me sonrojo ligeramente, avergonzado por estar pensando en Lorenzo y en su celibato frente a él.

—A veces me siento culpable cuando mis hermanos luchan contra el peso de sus votos, ya que para mí no requirió un gran sacrificio. En realidad, fue justo lo contrario, fue un aspecto de mi vida mundana y de las consideraciones mundanas que fue un alivio dejar atrás.

—¿Nunca te sientes… tentado? —pregunto, con las mejillas ardiendo. Hasta hace poco bastaba con la mera presencia de Mercucio para sentirme consumido por la tentación. Incluso solo pensar en él era suficiente. ¡Incluso que *alguien* lo mencionase era suficiente!

—Oh, sí que de vez en cuando siento ese tipo de necesidad. —Lorenzo se encoge alegremente de hombros—. Pero ocurre pocas veces y, en cierto modo, es como el resonar de las campanas de la iglesia subiendo por las colinas: suena lo bastante alto como para oírlo, pero lo bastante bajo como para no distraerme.

—Pero ¿qué pasa entonces conmigo? —Trato de no sonar urgente al decirlo, pero tengo los nudillos blanquecinos sobre el regazo—. Lo que siento… no puedo simplemente dejarlo atrás, sin importar lo mucho que lo intente.

—Es un sacrificio que no se puede pedir ni esperar de nadie —señala con cautela—. He descubierto que, por muy bien o mal que cuide de mis plantas, tengo poco control sobre cuándo florecen, qué altura alcanzan o cuántos frutos dan. A pesar de toda nuestra planificación, a veces hay algunas cosas que no se pueden prever. Pequeños milagros que ocurren por todas partes.

»El mundo natural es el ejemplo más perfecto que tenemos de lo Divino, en todo su esplendor, curiosidad y lleno de fenómenos inexplicables. —Vuelve a inclinarse hacia delante, apoyando la barbilla en las manos—. Hay cosas mucho más extrañas en esta tierra por designio divino que un Montesco que desee una relación romántica con alguien que no sea una joven dama. Romeo… ¿nunca has considerado que, quizás, estés destinado a poder experimentar ese tipo de felicidad?

La sencillez de su pregunta, con su amabilidad y generosidad, es más de lo que puedo soportar. Me tiembla la barbilla, se me acumulan las lágrimas tras los párpados y estas terminan desbordándose antes de que pueda controlarlas. En cuestión de segundos estoy llorando a lagrima viva, escondiendo el rostro entre mis manos, con mis hombros temblando por los sollozos. Nadie me había dicho jamás que me merezco ser feliz bajo mis propias condiciones en vez de ser feliz con lo que me ha sido otorgado por el destino. Nadie me había dicho que, quizás, simplemente me merezco ser *feliz*, a secas.

No logro recordar cuándo fue la última vez que lloré. Mis padres creen que no es un comportamiento adecuado para alguien de mi posición y, con el tiempo, mis amigos también adoptaron esa misma postura, perdiendo los papeles cuando tenían que presenciar alguna emoción que no fuese alegría o ira; pero Fray Lorenzo no se burla de mí por ello ni me pide que pare. En cambio, aguarda en silencio hasta que ya he derramado todas las lágrimas que tenía dentro y hasta que mi respiración regresa a su compás.

Sin mediar palabra, me tiende un pañuelo y yo murmuro un «gracias» al tiempo que me seco el rostro y me sueno la nariz. Entonces me doy cuenta de que ha parado de llover, los cielos han cesado su aguacero justo al mismo tiempo en el que yo he dejado de llorar.

—Si quieres —sugiere el monje después de que hayamos dejado que el silencio se haya extendido entre nosotros un poco más—, podemos salir a buscar arcoíris.

Asiento con una sonrisa torcida. Quizá haya llegado el momento de ir en busca de lo divino.

12

Encontramos nuestro arcoíris casi inmediatamente, surcando el cielo hacia el lago di Garda, con sus colores vibrantes contra el fondo oscuro de nubes de tormenta derrotadas. Pero entonces Lorenzo quiere explicarme una importante lección sobre una bandada de vencejos que se arremolinan sobre nuestras cabezas y, después de eso, nos topamos con una planta de menta silvestre de la que necesita sacar unos cuantos esquejes para sus medicamentos.

Cuando por fin me despido, el cielo vuelve a estar despejado y las nubes han empezado a reagruparse a medida que el sol se empieza a esconder por el horizonte, dando paso a la luna. Se me pega la camisa al pecho casi al momento por la humedad del ambiente en cuanto empiezo a recorrer el camino empedrado que da acceso y salida a los terrenos del monasterio, encaminándome directo de vuelta a Verona.

Estoy tan sumido en mis pensamientos que casi no me doy cuenta de que hay otra persona frente a mí en el camino, que ha salido de la nada. Es entonces cuando me doy cuenta de que la conozco y, quizás, sea la persona a la que menos pensaba que podría encontrarme, no solo aquí, sino en cualquier parte, y me detengo donde estoy.

—Bueno —dice ella, enarcando una ceja—. Una vez puede que haya sido un accidente, dos es una coincidencia, pero si volvemos a encontrarnos mañana empezaré a pensar que es una conspiración. —Julieta levanta la barbilla en un gesto apreciativo—. Si no estuviese segura de que no es así, pensaría que me estás siguiendo.

—Yo estaba aquí primero —repongo, casi como por acto reflejo. Aunque estoy alerta, no hay ningún gesto en su postura que sugiera ni un ápice de hostilidad, y parece estar sola. Por primera vez, bajo la luz del día y sin una máscara que oculte sus rasgos, la observo: Julieta, mi igual, la hija única del mayor enemigo de mi padre.

—Teobaldo diría que me estabas esperando.

—A Teobaldo no se le conoce especialmente por ser inteligente.

—Pero sí que es famoso por ser un paranoico, una paranoia que se ve alimentada por la creencia de que todo el mundo tiene tan pocos escrúpulos como él. —Me dedica una sonrisa irónica—. Sospecharía que me has tendido una emboscada, porque lo primero que él haría en tu caso sería *tender* una emboscada.

Es más o menos lo mismo que le dije a Valentino anoche, cuando estábamos hablando de qué camino tomar para salir del huerto y yo, automáticamente, echo un vistazo a su espalda.

—No tienes nada de lo que preocuparte —dice, como si hubiese dicho lo que pensaba en voz alta—. Le sirvo de poco fuera de la órbita de mi padre, y preferiría pasar una hora metida en un arcón lleno de escorpiones que disfrutar de su compañía cuando no es necesario. —Da un paso a un lado y me permite echar un vistazo claro hacia los sicomoros y al pequeño carruaje que la espera al borde del camino—. Solo me he traído a mi nodriza conmigo, y te aseguro que ella no le guarda a Teobaldo mucho más aprecio que yo.

—Me alegro de oírlo. Dejar atrás a Teobaldo no fue tarea fácil, y tu nodriza tiene un caballo a su disposición. —Le sonrío y Julieta me devuelve la sonrisa, antes de estallar en carcajadas juntos. Casi es como si fuésemos amigos—. Lo siento, por cierto, por lo de anoche. Nunca fue mi intención causar tal desastre.

—Por favor, no causaste nada. —Julieta desestima mi disculpa con un gesto de la mano—. Podríamos haber seguido manteniendo nuestra civilizada y bastante incómoda conversación un rato más y después habernos despedido pacíficamente si Teobaldo no hubiese decidido hacer campaña en nombre de mi padre. Él es quien tiene la culpa de lo que pasó.

—Algo me dice que tu padre no estará de acuerdo con ese argumento.

—Probablemente no. Teobaldo es, sin duda, la niña de sus ojos y jamás ha pasado por alto la oportunidad de defender las múltiples provocaciones de mi primo, incluso cuando está claro que, normalmente, es él quien está equivocado —reconoce cabizbaja—. Pero no hay ni un alma en San Zenón que no sepa lo mezquino y traicionero que es Teobaldo, ni siquiera Alboino Capuleto.

—Bueno. Me disculpo igualmente. —No sé qué pensar de la audacia con la que sigue expresando su desprecio hacia su familia, incluso cuando no lleva puesta una máscara tras la que ocultarse—. También te quería dar las gracias por haber salido en mi defensa contra las acusaciones de Teobaldo.

—No tienes que darme las gracias por decir la verdad cuando no tenía nada que perder. Está enfadado conmigo, pero eso no es nada nuevo, así que, qué importa una ola más en el mar. —Entrecierra los ojos alzando la mirada hacia el cielo—. En realidad, tendría que ser yo quien te diese las gracias. Creo que nunca había visto a mi primo tan completamente humillado frente a todas y cada una de las personas que ansía que le respeten, pero tus amigos y tú hicisteis un gran trabajo. Mereció la pena que se enfadase.

—Me alegro de haber sido de ayuda. —Alzo las manos—. Aunque, en realidad, lo único más satisfactorio que haber sido más listo que Teobaldo sería no tener nada que ver con él.

El silencio se extiende entre nosotros, pausando nuestra conversación y probablemente esa sea mi señal de que he de irme pero, de nuevo, me encuentro reacio a partir. Toda mi vida me ha sido imposible evitar hablar de la interminable disputa entre los Capuleto y los Montesco, de nuestra desconfianza mutua. Pero hoy, por primera vez, puedo hablar al respecto con *uno de ellos*, una que está tan harta de esta enemistad que hemos tenido que heredar como yo.

Cambio de tema al preguntar:

—¿Qué te trae por el monasterio?

—Ya te lo he dicho: mi carruaje —responde con prontitud, y me dedica una sonrisa de oreja a oreja cuando ve mi expresión—. ¡Estoy de broma, Montesco, se lo que querías decir! He venido a un edificio lleno de sacerdotes… ¿por qué crees que estoy aquí?

—Oh, por supuesto. —Se me sonrojan las mejillas. Confesiones, consejos, oraciones, patrocinio… esas son las únicas respuestas que se me ocurren al porqué de su visita, y ninguna de ellas es asunto mío—. Pido disculpas por mi pregunta impertinente, lo que pasa es que… suelo venir por aquí, y jamás me había encontrado contigo por aquí antes. Creía que los Capuleto preferían la abadía de San Zenón.

—Y yo creía que los Montesco preferían la iglesia de San Pietro —replica sin mala voluntad—. Parece que ninguno de los dos está a la altura de las expectativas de nuestras familias.

—Tienes razón. —«Si tan solo supiese cuanto». Envalentonado por su franqueza, añado—. Mis padres sí que prefieren la iglesia de San Pietro, pero sus motivos son mucho más sociales que espirituales. El *beau monde* de nuestro barrio cree que la iglesia es el lugar perfecto para ver y ser visto, y eso es lo único que el señor y la señora Montesco necesitan saber. —Me arde la cara con el aterrador regocijo de estar traicionándolos tan fácilmente—. Se podría decir que vengo aquí en busca de consejo y confesión porque es el único lugar de toda Verona a donde puedo ir sin sentir que todo el barrio de San Pietro me esté respirando en la nunca.

—*Sí* —suspira, encerrando toda una conversación en esa única sílaba—. Mis padres me obligan a ir a las misas en San Zenón porque construyeron el campanario, algo que hace que la iglesia forme parte de la imagen familiar. Han pagado generosas sumas de dinero por su reputación como los ciudadanos más piadosos de Verona, y yo tengo que ayudarlos a recoger el fruto de sus actos. —Con un resoplido disgustado, continúa diciendo—. Vengo aquí porque estos monjes, con su pobreza y humildad, representan todo aquello que mis padres temen y jamás podrán entender. Y, a veces, necesito sentir que mis resentimientos hacia ellos están justificados. Sé que suena horrible, pero es la verdad.

—A mí me suena de lo más razonable. —Al decirlo, al por fin haber encontrado a una persona con la que compartir cómo me siento, noto como si alguien me acabase de quitar un peso de encima. Benvolio cree que mi fascinación con los franciscanos es, en parte, algún tipo de acto de rebelión, que soy un niñato malcriado en busca de la compañía más pobre que pueda encontrar para, de ese modo, horrorizar a mis padres. Julieta, sin embargo, parece comprender cuán lejos tengo que viajar para poder escaparme del alcance de mi padre.

—Me fascinan los Frailes Menores y su modo de vida. —Echa un vistazo a su alrededor, hacia las plantas salvajes y los pájaros que vuelas libres dando vueltas alrededor de la torre de la iglesia, llenando los huecos entre las piedras con sus nidos—. Es una lección de humildad ver lo autosuficientes que son.

—Sin duda. —Pienso en todas las cosas que hace Lorenzo, desde cultivar y cosechar sus propias verduras y plantas hasta elaborar sus propias medinas. Los monjes también se encargan de tejer sus prendas y de construirse los muebles, se lavan ellos mismos la ropa y se hacen su propio vino, y solo las tareas diarias que tienen que realizar son asombrosas por sí solas—. Me encantaría poder sentirme así de libre. Saber que puedo ir a cualquier parte cuando me plazca y que... no importe.

Julieta abre la boca como si fuese a decir algo y la cierra un segundo después, antes de encontrar las palabras.

—Un día reemplazarás a tu padre como cabeza del clan Montesco y entonces, al menos, serás libre de tomar tus propias decisiones.

Mi vida, por supuesto, es un poco más complicada de lo que cree, pero no puedo decírselo. Además, lo que no ha dicho a las claras es que su propio futuro no le ofrece ese mismo tipo de promesa. Sus padres entregarán su mano a quienes ellos crean conveniente y se convertirá en la señora de otra casa, estoy seguro de que será una casa muy distinguida, pero no será ella quien la elija, y entonces tendrá que tomar sus decisiones siempre teniendo en cuenta las prioridades de su marido.

Tampoco ha dicho a las claras que, cuando yo sea el patriarca de los Montesco, a los Capuleto les dirigirá Teobaldo.

Como si me estuviese leyendo la mente, Julieta se retuerce las manos.

—Romeo… Espero que esto no sea inoportuno por mi parte, pero me gustaría darte un consejo, y espero que lo dijeras en serio cuando dijiste que prefieres evitar a mi primo.

Respondo asintiendo enérgicamente.

—Enfrentarme a él no me produce ningún placer, y toparme con él es invitar a una pelea. Lo que dije de que ser más listo que él es mejor que tener que enfrentarme a él iba en serio, eso te lo prometo.

—Bien. Me alegro. —Relaja su agarre pero con algo de esfuerzo—. Teobaldo no olvida sus rencores, y su furia no disminuye tampoco con el tiempo. Está indignado por el ridículo que le hicisteis pasar la noche anterior y no va a renunciar a su ira hasta que esta haya sido saciada. Te irá a buscar y no debes achantarte ante él.

—Lo entiendo. Créeme, estoy familiarizado con la resistencia que tienen los agravios de Teobaldo.

—Bien —suspira—. Heriste su orgullo, que es lo que más valora en el mundo y, peor aún, hiciste menguar la estima que le tiene mi padre. O, al menos, así es como él lo ve. Creo que se tomará la venganza por su mano.

El calor se hace con el aire húmedo de la tarde, el sudor se desliza por mi espalda como diminutas pisadas de insectos, y tengo que luchar contra el impulso de retorcerme. Teobaldo tiene fama por ser especialmente belicoso y jamás ha necesitado tener una excusa en especial para provocarme. Pero ahora *tiene* una excusa... así como cientos de oportunidades. Solo hay un puñado de lugares en Verona a los que puedo ir, y otro puñado a los que *no* puedo, y no está de más recordar que le gusta una buena emboscada.

—Tendré cuidado —le prometo, atreviéndome a echarle un vistazo al campo que nos rodea, al largo camino serpenteante, al sol brillante y a la falta de escondites que tengo de aquí a la ciudad—. Gracias por el aviso.

—De nuevo, espero que no pienses que es demasiado inapropiado por mi parte que te diga esto pero... pareces un alma gentil y buena, Romeo. Teobaldo no lo es. Cualesquiera que sean los temores y dudas que tengas, si vuestros caminos vuelven a cruzarse... debes dejarlos a un lado y hacer lo que sea necesario. —Se obliga a sonreír antes de dar un paso atrás—. Ya te he robado suficiente tiempo. Sobra decir que, si nos preguntan, lo mejor será que no digamos nada acerca de este encuentro.

—Estoy de acuerdo —digo. Mientras avanzo por el sendero, pasando junto al carruaje de Julieta y salgo al camino principal, no puedo más que maravillarme del extraño giro de los acontecimientos que me ha llevado a tener una aliada en el interior de la fortaleza de los Capuleto.

13

En el camino de vuelta a Verona, poco a poco dejo de esperar que Teobaldo salte desde el interior de cada zanja o de detrás de cada arbusto junto a los que paso. La verdad es que no sé muy bien cómo valorar el peligro que representa. Es cierto que el príncipe ha adoptado una postura mucho más severa en contra de cualquier derramamiento de sangre que se produjese en el interior de las murallas de la ciudad, pero Teobaldo ya ha encontrado maneras de iniciar peleas a plena luz del día y salirse con la suya.

Me juro seriamente que viviré una vida tranquila y silenciosa las próximas semanas, nada de escapadas a San Zenón, menos fiestas en las que poder encontrarme con Teobaldo esperándome, y más tiempo para pasar con mis amigos. Ahora que ya he cumplido con la promesa que le había hecho a Benvolio no debería preocuparme por evitar sus preguntas entrometidas y, por supuesto, siempre me apetece volver a ver a Mercucio.

Y luego está Valentino.

Solo pensar en su nombre me hace sentir los pies más ligeros, como si pudiese levantarme de un salto del suelo e ir flotando lo que me queda de camino hasta casa. Esos ojos, oscuros como el brandy; ese cabello despeinado tan agradable al tacto; su voz suave y sus gestos cuidadosos. El calor se me acumula en la boca del estómago para después recorrerme entero al recordar esos besos en el huerto.

He visto cómo Ben y Mercucio besaban a innumerables chicas antes, a veces incluso a más de una en la misma tarde, y siempre me había parecido un acto demasiado extraño. Una torpe danza de labios húmedos y lenguas viscosas, respirando las exhalaciones húmedas y calientes de a otra persona... nunca pude comprender el atractivo o por qué siempre estaban ansiosos de más.

Ahora, sin embargo, por fin los entiendo, porque creo que jamás tendré suficientes besos de Valentino. El primero me había dejado sin aliento y emocionado, como si acabase de ganar una carrera, e inmediatamente tuve ganas de un segundo. Nunca jamás volveré a burlarme del comportamiento salvaje o del libido descontrolado de mi primo.

Si al besar a todas esas chicas se ha sentido como yo al besar a Valentino, entonces espero que nunca dejen de besarle.

Sigo perdido en mis pensamientos al llegar a las murallas de la cuidad y antes de elegir la ruta circular de vuelta a casa, junto a las murallas y manteniéndome alerta por si aparece alguno de los esbirros de Teobaldo. Puede que no pueda evitarlo eternamente, pero al menos, de momento, puedo intentarlo.

Ya sea cuestión de suerte o por la posibilidad de que mis pies hubiesen estado escuchando lo que gritaba mi corazón, cuando alzo la mirada me doy cuenta de que estoy cerca de la calle en la que vive Mercucio. Es una calle larga y estrecha, una franja de tierra polvorienta llena de desperdicios en la que dos ratas enormes se pelean a muerte, pero aun así me siento atraído hacia ella.

Cuando su padre seguía vivo, Mercucio y sus hermanos vivían en una zona de la ciudad mucho mejor. Pero tras su muerte había deudas que saciar, gastos que pagar y demasiadas bocas que alimentar con demasiado poco. Dos de las hermanas de Mercucio se casaron muy pronto, a Valentino lo enviaron a vivir fuera y Mercucio tuvo que abandonar sus estudios para encontrar trabajo. Habiéndose convertido en el hombre de la casa de la noche a la mañana, de repente tenía unas responsabilidades nuevas y mucho más acuciantes a las que enfrentarse.

Al principio sus padres siempre habían predicho que tendría un futuro brillante: una educación formal, una distinguida carrera como abogado, como su padre antes que él y, entonces, con suerte, un matrimonio con la hija de alguno de los consejeros del príncipe. No era un futuro poco realista, con amigos e influencia dentro de la alta sociedad de Verona, su familia siempre había estado entre las más familias nobles más respetadas, lo suficiente como para poder permitirse mantenerse neutrales en cuanto a la disputa interminable entre los Montesco y los Capuleto y, además, ser amigos de ambas familias.

Pero, con el repentino revés de la fortuna, todos los planes sobre el futuro de Mercucio tuvieron que volver a plantearse.

Se pasó dos años trabajando para uno de los compañeros abogados de su padre, cada vez menos entusiasmado por pasarse su propio futuro trabajando dentro del mundo de los juzgados, y entonces, como por arte de magia, se hizo aprendiz de carpintero. Resultó ser un trabajo en el que, además, sobresalía; uno que requería precisión, atención y, de vez en cuando, algo de fuerza bruta. Y el salario era tan bueno que, cuando su hermana Agnese convenció a su marido para que acogiesen a su madre, Mercucio pudo permitirse con sus ingresos traer de vuelta a casa a Valentino.

El apaño no podía durar para siempre, por supuesto, con los dos hermanos teniendo que compartir las cuatro paredes de una casa enana y llena de trastos en una callejuela asquerosa. Algún día, Mercucio terminaría casándose; y, algún día, probablemente muy pronto, Valentino necesitaría encontrar un trabajo. Resulta extraño imaginarlo. Aunque podía imaginármelo trabajando de algo tranquilo y reflexivo, como encuadernador o escriba, por ejemplo, ya que me dijo que, en Vicenza, era más o menos un criado.

¿Qué le deparará el futuro? Con su breve educación y el persistente buen nombre de su familia, podría trabajar para cualquiera de las casas más respetables de Verona. Por un breve instante puedo imaginármelo perfectamente en ese hipotético futuro: Valentino como el asistente de un hombre importante, con sus modales cultos y su discurso refinado convirtiéndole en alguien de quien su empleador esté encantado de presumir ante sus aristocráticos invitados.

Por un breve instante me puedo imaginar yo perfectamente también a mí mismo dentro de ese futuro como el hombre que mis padres pretenden que sea: un gran mercader que comercia con las sedas más elegantes, el cabeza de la familia Montesco. Un hombre que necesitará un asistente con modales cultos, un discurso refinado… y unos labios tan suaves como la piel del melocotón y tan flexibles como la carne de las cerezas maduras. Es una fantasía ridícula, lo sé, pero se desliza por mi mente como si siempre hubiese estado allí: la posibilidad de tener a alguien como Valentino a mi lado, tanto tiempo como ambos queramos, sin tener que darle explicaciones a nadie más que a nosotros mismos.

Es entonces cuando me doy cuenta de que ese niño antaño perdido me ha hecho darme cuenta de algo que hasta este momento creía imposible: imaginarme un futuro entre las murallas de Verona que no temo.

Cuanto más me acerco a la casa que Valentino comparte con su hermano, menos claro tengo qué demonios hago aquí. ¿De verdad voy a llamar a la puerta? No paro de pensar en lo que puedo decir, en todas las formas en las que puedo empezar una conversación sin importancia después de la noche que compartimos, y me estremezco avergonzado con todas y cada una de ellas.

«¿Cómo estás?». Demasiado aburrido, demasiado impersonal.

«Quería asegurarme de que habías llegado a casa sano y salvo». Potencialmente sospechoso si alguien escuchaba nuestra conversación… ¿A Ben le preocuparía la seguridad de otro chico? ¿O a Mercucio?

«Creí que te gustaría…». Solo que no existe ninguna manera lógica de terminar esa frase. «¿Ya te ha enseñado alguien la ciudad?». Como si no supiese que su hermano se había encargado de hacerlo. «¿Te apetece dar un paseo?». Ni siquiera puedo pensar en ninguna manera de decirle «hola» sin sentirme humillado, ¡mucho menos puedo esperar mantener una conversación que dure una tarde entera sin trabarme! «¿Me besas un poco más?». Ah, sí, claro, eso le impresionará seguro, bien hecho, Romeo, menudo donjuán estás hecho.

Justo cuando paso frente a su casa, justo cuando pienso que debería salir corriendo y marcharme hacia San Pietro antes de que pueda hacer algo todavía más desaconsejable que tener que escuchar a Benvolio cuando dice que tiene una idea brillante, se abre la puerta principal. Y aunque comparten el edificio con otras familias, dado lo mucho que el destino parece disfrutar de hacerme la vida imposible últimamente, no me sorprende en absoluto que sea Valentino quien aparezca tras la madera.

—¡Romeo! —Parpadea, sobresaltado, y mi mente se transforma en un páramo nevado, sus pestañas imposiblemente largas se mueven con el viento que sopla a través del vacío. Tiene un cubo lleno de basura en la mano y lo mece a su espalda—. ¿Qué estás haciendo aquí?

—Yo… —«Venía a ver si habías llegado a casa sano y salvo». Casi lo suelto… pero la verdad se adelanta a salir de entre mis labios—. Estaba pensando en ti. Y supongo que mis pies me han traído hasta aquí por sí solos.

Él se sonroja levemente y una sonrisa tironea de la comisura de sus labios. Y entonces me doy cuenta de que es la primera vez que lo veo bajo la luz del día. Me fijo en los ángulos de su rostro que no había podido entrever, y mientras que la luz de la luna hacía que sus ojos brillasen, el sol los llena de pequeñas motas doradas que centellean en sus iris. «Es imposible lo hermoso que es».

—Me alegro. Yo también estaba pensando en ti.

—¿De verdad?

—En realidad, desde anoche me cuesta pensar en otra cosa que no seas tú.

La cabeza me da vueltas de manera inexplicable, el delei-te y el miedo entremezclándose en su interior. ¿Cómo me puedo enfrentar a esta absoluta incógnita? A este reino de sentimientos con los que no tengo ninguna experiencia, de necesidades que no sé ni siquiera nombrar, de futuros que no puedo predecir. No sé cómo voy a poder pasar mis próximos días con Valentino, mucho menos las próximas horas, nues-tros próximos *momentos*.

—Anoche… —empieza a decir antes de quedarse calla-do, duda y su mirada cae hasta sus pies—. Jamás pensé que algo como aquello pudiese ocurrir. Al menos no a mí. No contigo, desde luego.

—¿Conmigo? —Me siento un idiota repitiendo sus pala-bras, pero tengo la mente aterradoramente en blanco.

—Te dije que te recordaba con cariño, Romeo. —Se le sonrosan las puntas de las orejas y echa un vistazo nervioso hacia el sucio callejón. Se escucha cómo un carromato rueda sobre el empedrado en algún lugar a nuestra izquierda, y una mujer se asoma desde la ventana a un par de casas de distancia, sacudiéndole el polvo a una tela, por lo que Valen-tino me habla en susurros—. Te había besado una y otra vez en mi imaginación incluso mucho antes de que me dieses la mano en ese huerto.

Puedo escuchar los latidos acelerados de mi corazón en el interior de mi cabeza y trago saliva con fuerza antes de bajar la mirada hacia sus labios. Me he pasado toda la tarde rememorando esos instantes apasionados bajo el muro del jardín, experimentándolos de nuevo una y otra vez gracias a mis recuerdos como si estuviesen volviendo a ocurrir. Ahora parecen estar tan lejos que no soy capaz de recordarlos con todos los detalles que me gustaría. Necesito más.

—¿Está tu hermano en casa? —pregunto en poco más que un gruñido y puedo ver cómo Valentino contiene el aliento, pero asiente.

—Sí. No podemos... quiero decir, si estabas pensando en...

—Lo estaba pensando —respondo con un suspiro frustrado antes de dedicarle una pequeña sonrisa... pero *sigo* pensando en ello, ansiándolo, mirándole fijamente los labios—. Me gustaría volver a estar a solas contigo, Valentino.

—A mí también.

—Pronto. Tan pronto como sea posible. —Me sorprendo incluso a mí mismo por lo que acabo de decir, por lo atrevido que estoy siendo, con lo descarado que soy. Toda mi vida he sido un niño mimado, capaz de conseguir todo lo que he querido cuando quería... excepto esto. En esto jamás me han mimado lo suficiente, y eso me hace ser codicioso.

—He vuelto a Verona para quedarme —recalca con una sonrisa tímida—. Tendremos muchas oportunidades. Me aseguraré de ello.

—Yo también. —El sol se desliza sobre los tejados inclinados, pintando en los bordes del callejón finos rayos irregulares de luz. Me recuerda a los cipreses que hay plantados a ambos lados del camino que lleva a mi casa. De forma impulsiva, termino preguntándole—. ¿Te gustan las... actividades artísticas?

—Sí que me gustan los frescos de la iglesia —responde, recordando lo que le conté sobre el gran Giotto en el baile de máscaras—. Mi tío hizo que le pintasen un retrato cuando vivía con él y el proceso me pareció fascinante. Observé al pintor con los ojos como platos. —Hace una mueca como si se despreciase a sí mismo al decirlo antes de añadir—. Por desgracia no se me da nada bien el arte. Una vez se me ocurrió que podría pintar un caballo al galope y, cuando lo hice y se lo enseñé a todo el mundo, todos pensaron que era un barril de cerveza con zancos.

—¡Todos pintamos así de pequeños, solo tenemos que seguir practicando! —le tranquilizo entre risas.

—¡Eso fue hace cuatro meses! —exclama, pero él también se está riendo—. Me temo que cuando se trata de preservar la belleza de los objetos para la posteridad, me tendré que contentar con hacerlo a la antigua usanza, ya sea secando flores o encurtiendo verduras.

—¿Así que las verduras te parecen bellas? —le tomo el pelo mientras le pincho en el hombro.

—Una vez vi un rábano realmente encantador. —Le brillan los ojos—. ¡Incluso deslumbrante! Un rábano deslumbrante.

—Todavía seguía en su época de ensalada, supongo. —Mantengo la cara lo más seria que puedo. Él se ríe a carcajadas y su risa me calienta por dentro, y todo lo que puedo escuchar en mi cabeza es a Fray Lorenzo diciéndome que «tal vez esta felicidad sea para mí». Quizás este momento, él saliendo de su casa justo cuando yo pasaba por aquí, no sea una coincidencia.

Una gravedad irresistible me acerca un poco más a él, sin importar quienes haya en este callejón con nosotros; ni siquiera me fijo en los gatos o en las gallinas que pasan junto a nosotros, una sociedad de bestias frenéticas persiguiéndose entre ellas entre nuestros pies. De nuevo, me imagino un futuro en el que podamos tener todo lo que queramos, todo el tiempo que necesitemos para explorar toda la felicidad de la que podamos disfrutar.

—Es una pena que no te guste dibujar —murmuro, observando un mechón de su cabello rubio que se ha escapado de detrás de su oreja y recordando la sensación de pasar los dedos entre esos mechones—. Hay una pradera a las afueras de la ciudad que me encanta y suelo ir allí en busca de inspiración. Es un lugar tranquilo y bello, donde solo están las flores, el sol... y donde suelo estar a solas...

Él alza la mirada hacia mí y me doy cuenta de que la pasa por mi rostro, deteniéndose un rato en mis labios, y sus ojos nublados solo hacen que se me acelere el pulso.

—Puede que sea un artista terrible, pero adoro el campo. ¿Crees que te podría acompañar algún día?

—Me encantaría.

Me hormiguea toda la piel, como si fuese a abandonar mi cuerpo en cualquier momento. Ahora está tan cerca de mí que puedo contar todas y cada una de las pecas que salpican sus mejillas, una encantadora constelación que anhelo memorizar.

—¿Tu... tu hermano sospechará algo? ¿Si sales de la ciudad a solas conmigo?

—No lo sé a ciencia cierta. —La expresión de Valentino se oscurece—. Creo que... Mercucio... sabe que no soy del todo... como él. Una vez me preguntó a cuántas chicas les tenía el ojo echado y, cuando vio que no le respondía, dejó el tema a un lado y no lo volvió a sacar. —Inquieto, juguetea con el cubo que sostiene, cambiándolo de mano en mano—. No creo que haya cambiado la manera en la que me trata, pero o es incapaz de hablar del tema, o no quiere saber nada más al respecto. ¿Sospecharía de ti?

—No lo creo —respondo, después de pensarlo un momento—. Mercucio... sospecha que mi falta de compañía femenina se debe a que soy demasiado tímido como para cortejar a una dama como es debido. De todas formas, no creo que piense en mis intereses en esos temas en absoluto.

«Si es que alguna vez hubiese pensado en ellos —decido no añadir—, probablemente se habría fijado en que todas mis atenciones han estado siempre fijas en *él*».

—Ben, en cambio… creo que sospecha algo sobre mí. No me lo ha dicho a las claras, pero últimamente se ha acostumbrado a empujarme a los brazos de una chica u otra, obligándome a comportarme del modo en el que se supone que se comportan los hombres.

Valentino se queda callado por un momento.

—Crees que no te entendería.

No es una pregunta, pero le respondo de igual modo.

—No. No creo que lo entendiese.

Se queda en silencio unos minutos y después vuelve a mirarme a los ojos, los rayos del sol rebotan sobre las paredes pintadas de las casas, tiñendo sus ojos con motas doradas, rosas y azules, como dos tormentas de verano de ensueño que me hacen añorar la pradera.

—¿Y si pasar tiempo conmigo hace que Mercucio empiece a sospechar también? ¿Y si Ben sospecha más de lo que crees?

—Merecerá la pena. —Las palabras me salen de entre los labios en un suspiro agitado y me doy cuenta de que lo digo en serio. En este momento no me puedo imaginar nada que merezca más la pena que unos cuantos besos más de Valentino, unas cuantas horas más mirándole fijamente a los ojos, sin importar lo que signifique, sin tener que fingir que es algo menos de lo que siento que es. Nunca jamás había tenido algo como esto y no sabía lo mucho que lo necesitaba—. Valentino…

Pero, en ese mismo instante en el que estiro la mano hacia él, la puerta vuelve a abrirse y esta vez es Mercucio quien sale al callejón. Me aparto de un salto justo cuando él se vuelve hacia mí, su mirada pasando de su hermano hacia a mí y después de vuelta a su hermano. Su mirada hace que se me seque la boca. ¿Nos hemos separado lo bastante rápido? *¿Puede ver la culpa en mi rostro?*

Es en ese momento en el que me doy cuenta de que soy un mentiroso y un cobarde, porque me da un miedo de muerte que Mercucio empiece a sospechar de mí.

Y entonces una sonrisa enorme se dibuja en el rostro de mi amigo.

—¿Romeo? ¡Qué bien! ¿Qué demonios estás haciendo aquí?

No consigo encontrar las palabras para responder.

—Yo… estaba por aquí…

—Se ha topado conmigo cuando estaba sacando la basura —interviene Valentino, alzando el cubo, con la cara roja como un tomate, pero su hermano no parece fijarse en ese detalle.

—¡Esta es una coincidencia de lo más fortuita! —Mercucio me da una palmada en el hombro, sonriendo de oreja a oreja, y una horda de mariposas levanta el vuelo en mi interior.

No hace mucho —incluso menos de veinticuatro horas—, su cercanía habría hecho que me flaqueasen las rodillas. Sus ojos oscuros que se transforman en dos medias lunas al sonreír, los hoyuelos que le salen en las mejillas, su mandíbula cuadrada… todos esos detalles solían dejarme agitado y nervioso de una manera que no lograba comprender. Me enfadaba con él por lo mucho que quería ser él; me enfadaba conmigo mismo por *no* ser él; y, sobre todo, quería que él me escogiese, de la forma que fuese, que desease estar cerca de mí de una manera que no lograba saber cómo explicar.

Pero ahora, incluso teniendo sus manos sobre mis hombros, es en la presencia de Valentino en la que me fijo, la más importante. Allí donde Mercucio es bruto, ruidoso y engreído, Valentino es pensativo, tranquilo y calmado, y son cualidades que no sabía que encontraba atractivas hasta ahora.

—¿Cómo que coincidencia? —consigo decir, esforzándome por sonar normal—. ¿De qué estás hablando?

—¡Hemos quedado con Benvolio en la plaza dentro de media hora! —exclama Mercucio, como si se supusiese que ya debiese de saberlo. Lanza un gesto exasperado en dirección a San Pietro antes de seguir hablando—. Me había dicho que iría a buscarte a casa, así que supongo que seguirá allí, probablemente furioso de que no estés tú allí.

—Tenía recados de los que ocuparme —me excuso aunque nadie me ha pedido explicaciones—. Solo me he topado con Valentino por suerte. Espero que Ben no esté demasiado enfadado. Si...

—Por favor, no le vendría mal un poco de frustración de vez en cuando. —Mercucio me estrecha en un abrazo rápido y varonil, y yo disfruto de su contacto tanto que me cuesta mirar a Valentino por encima de su hombro—. Me alegro de que anoche sobrevivieses a nuestra angustiosa huida y de que todos estemos vivos para contarlo. No puedo esperar a que me cuentes qué fue lo que pasó cuando nos separamos, porque lo que mi hermano me ha contado fue un completo aburrimiento. —Me suelta y se vuelve hacia Valentino, cuyo rostro ha adquirido un tono rosa pálido—. Tira ya esa basura para que podamos irnos. ¡Por fin estamos de vuelta, los Cuatro Jinetes, juntos otra vez, y nuestras aventuras nos esperan!

Valentino hace lo que se le ordena y arroja los contenidos del cubo a la alcantarilla, antes de volver a meterlo por la puerta de casa; y después, los tres juntos, nos marchamos caminando por el callejón, con Mercucio colocándose sorprendentemente en medio de nuestro pequeño trío, pasándonos los brazos por los hombros a los dos.

Pero aunque aquel momento cargado de intimidad que hemos compartido Valentino y yo haya acabado, el aire sigue cargado con su recuerdo, dulce y pesado, como el aroma a tierra mojada después de una tormenta.

14

Aunque en Verona hay una oferta ilimitada de problemas, la ciudad solo ofrece un puñado de maneras respetables de entretenerse que no se vuelvan aburridas después de hacerlas por tercera o cuarta vez. Desde lanzar herraduras a la caza, del *backgammon* al juego de las tabas, las hemos agotado todas; y ahora que tenemos edad para poder beber en las tabernas, los problemas son el único pasatiempo que nos queda por probar.

Mercucio nos guía entre las callejuelas de adoquines desgastados por los años de nuestras propias pisadas, saludando alegremente a todos los rostros familiares con los que nos cruzamos. No existe ninguna avenida dentro de esta ciudad por la que no hayamos pasado al menos una vez, quitando el barrio de San Zenón, por supuesto, pero este es el camino que siempre solemos seguir. A estas alturas, es más una peregrinación en la que, en lugar de dirigirnos a un santuario, nos dirigimos hacia nuestros amigos más queridos.

Toda mi vida he sido alguien a quien la gente de Verona conocía, incluso aquellos a los que nunca me habían presentado me conocían. Los desconocidos me conocían incluso antes de que yo mismo me conociese, porque cualquier cosa que Bernabó Montesco hiciese era digno de mención, y tener un heredero sin duda alguna era digno de mencionar. Es su nombre el que la gente ve cuando me mira, su nombre al que rinden pleitesía cuando me tratan bien.

En más de un sentido, nunca nadie me ha mirado por lo que soy sin mi apellido, salvo cuando estoy con Mercucio y Ben.

—¡Francesca, ángel mío! —Mercucio saluda a la mujer que dirige la panadería y pastelería de Vicolo al Forno apoyándose en el marco de la puerta. Francesca lleva rigiendo ese local desde que tengo memoria. La viuda Grissoni la llaman, por sus huesos afilados y su piel curtida por la edad—. ¿Tienes algo que ofrecerle a un pobre y medio hambriento golfillo como yo?

—Sí. —La anciana frunce el ceño de forma exagerada—. ¡La punta de mi escoba! Ahora sal de aquí antes de que tú y tu jauría de cachorros sarnosos espantéis a los clientes respetables.

—Imposible. —Mercucio está sacando a relucir sus mejores coqueteos, sus frases más elegantes—. Soy tan adorable que ni siquiera las ratas me tienen miedo.

—Es difícil tener miedo de los de tu propia especie —replica la anciana, pero está luchando por contener una sonrisa—. ¡Vete ya! ¡Hoy no tengo limosna para darte!

—Me hieres, Francesca. —Mercucio se lleva la mano al pecho y hace una mueca de dolor—. Yo que he venido a darte los buenos días, ¡y tú pones en duda mi honor!

—Tu piel es lo bastante gruesa como para resistir el golpe. —Sin embargo, termina mordiendo el anzuelo, y se acerca a él con las manos en las caderas—. Es que tu cartera siempre está demasiado vacía.

—Ahora tengo que cuidar de mi hermano pequeño, ¿sabes? —Abre los ojos de par en par con inocencia—. Fue el sirviente de un hombre rico en Vicenza durante tres largos años, y me costó hasta el último penique que pude ahorrar traerlo de vuelta a Verona, a donde pertenece. Tal vez eso signifique que no es que me sobre mucho dinero, pero nadie que sea verdaderamente respetable me echaría algo así en cara. Te acuerdas de mi hermano, Valentino, ¿verdad?

Nos señala y, en el momento oportuno, Valentino le hace una leve reverencia antes de decir:

—Buenos días, señora.

En un segundo sus miembros pasan de ser gráciles a angulosos, sus ojos se vuelven melancólicos y lastimosos. Bien podría ser un huérfano vestido con un saco de patatas, y el efecto que consigue con la panadera es inconfundible. Francesca está acostumbrada a pelearse con Mercucio, con su encanto inquebrantable y su belleza burda; pero ahora Mercucio tiene un arma nueva, y está claro que se ve impotente ante ella.

Con un suspiro agraviado, la mujer murmura una ristra de maldiciones antes de tomar una pequeña hogaza de pan y un puñado de panecillos.

—Sé que me estáis estafando, pero no puedo evitarlo. Llevaos esto y, si me pagáis algo a cambio, *lo que sea*, os daré también unas cuantas cortezas que no he podido vender porque se me han quemado un poco en el horno. O lo tomáis o lo dejáis.

—Lo tomamos —responde Mercucio amablemente, haciéndole una profunda reverencia, y negocian el resto del intercambio de forma similar: él bromeando y ella fingiendo estar enfadada por sus bromas. Al final, añade unas cuantas «cortezas» de más, y no están en absoluto quemadas.

Nadie menciona el hecho de que yo podría haberlo pagado todo si alguien me lo hubiese pedido. La viuda Grissoni sabe quién soy pero, por primera vez en mi vida, no se trata de eso. Aquí se me permite tener una mala reputación, se me permite formar parte de la «jauría de cachorros sarnosos» que la anciana ha adoptado extraoficialmente. Mercucio y ella ya han bailado antes esta danza, innumerables veces: él insistiendo y ella regañándole hasta que finalmente termina cediendo. Es un ritual, y cada paso es importante.

Tras salir de la panadería, continuamos nuestro recorrido hacia el centro de la ciudad, con Mercucio a la cabeza. Intercambiamos un par de pullas amistosas con Abramo, el cazador de ratas; le doy un par de monedas a un mendigo que siempre está sentado en la plazoleta junto a los antiguos baños, y Mercucio le lanza un poco de nuestro pan; y luego nos paramos para cantarle una serenata a la anciana que solía vender flores junto al santuario de Santa Justina. Ahora, la pobre anciana está demasiado frágil como para salir de su habitación del segundo piso, pero le cantamos mientras ella se asoma a la ventana y nos sonríe.

Se dé cuenta o no, Mercucio nos ha ido dirigiendo todo el camino alrededor de la vía de Mezzo, calle que Teobaldo ha reclamado como propia en su estúpida reclamación territorial; pero cuanto más nos acercamos a la plaza, donde todos los habitantes de Verona se terminan cruzando inevitablemente, más miro por encima de mi hombro y más me preocupo por no haber sido lo bastante precavido.

Este peregrinaje, por mucho que me guste, aunque me hace sentir más como solo *Romeo* y menos como un *Montesco*, me resulta probablemente demasiado familiar. Si hiciese una lista con todos los lugares donde alguien podría encontrarme en esta ciudad, este laberinto de callejuelas ruinosas y coloridas la encabezaría. Incluso Teobaldo lo sabría. Y, a medida que el sol se va ocultando poco a poco por el oeste, las calles se vuelven cada vez más concurridas, y me cuesta cada vez más distinguir a amigos y enemigos entre los rostros con los que nos cruzamos.

Me tranquilizo cuando encontramos a Benvolio junto al Palacio del Podestà, la residencia oficial del príncipe, a un tiro de piedra de la plaza mayor. Hay gente por todas partes, yendo y viniendo del mercado justo al otro lado, y me mareo al intentar reconocerlos a todos. Por suerte, mi primo nos pone de nuevo en marcha antes de que nos hayamos detenido del todo, echándome una buena bronca por el tiempo que ha perdido escalando hasta mi alcoba vacía en San Pietro.

—Sinceramente, primo, podrías ser un poco más considerado —suelta, llevándonos por delante como si fuésemos un rebaño, alejándonos de la plaza—. Estoy lleno de moratones por haber tenido que escalar la pared de tu casa, ¡y esa bestia demoníaca a la que llamas gata incluso me ha *arañado* cuando he conseguido entrar por la ventana! Lo mínimo que podrías haber hecho era estar allí para recibirme.

—Lo primero, como ya sabes, Hécate no me pertenece ni me escucha cuando le digo que se comporte —señalo, agradecido de que, por fin, haya vuelto sus pequeñas garras afiladas contra alguien más—. Y segundo, ¿cómo se supone que tendría que haber sabido que irías a mi casa?

—Es una excusa malísima —refunfuña, rascándose la nariz—. Ya sabes que mis visitas favoritas son las que no se anuncian con anterioridad, y deberías haber tenido la previsión y la cortesía de, al menos, dejarme una nota explicándome que estarías ausente, solo por si acaso.

—Lo siento, Ben. —En realidad no sé si lo está diciendo en serio y me cuesta contener una risa—. Tienes razón. Cuando se trata de ti, debería esperar solamente lo que no es esperable.

—O *respetable* —añade Mercucio, ganándose una mala mirada de mi primo por ello.

—Gracias, Romeo. —Ben se ajusta el jubón, un tanto apaciguado—. Dejaré que te disculpes pagándome la cerveza.

La taberna en la que Ben nos obliga a entrar es grotesca, incluso peor que la que hay cerca de la Arena, pero mucho más barata. Solo me hace falta tomarme una jarra de cerveza asquerosa antes de que Mercucio y Ben tengan a todos los clientes cautivados con sus bromas habituales, haciéndose con la sala a base de confianza y encanto. Entonces me doy cuenta de que Valentino tiene razón: ahora son prácticamente hombres y han entrado en los papeles que se les han otorgado con facilidad.

Me uno a su actuación cuando la ocasión lo requiere, pero Valentino tiene poco que añadir, ya que la mayoría de las historias que cuentan provienen de los años en los que él estaba fuera de la ciudad. Me echa algún que otro vistazo de vez en cuando, su mirada recorriendo mi rostro de esa manera que me hace estremecer, un modo que me hace desear que ojalá estuviésemos los dos solos. Finalmente he descubierto algo que quiero explorar en Verona y, sin embargo, tengo que esperar a que se me presente la ocasión propicia. La espera es una dulce agonía.

Durante la hora siguiente, mis sentidos empiezan a caldearse y a nublarse por la cerveza, mi corazón se llena henchido de amor por estos idiotas y me siento... casi completo. Como si no tuviese nada del futuro que temer después de todo. ¿Y si la felicidad *sí* que está hecha para mí? A Ben le importa de verdad nuestra amistad, y está claro que Mercucio adora a Valentino... ¿quizás exista la posibilidad de que acepten nuestra verdad? Tal vez pueda ser quien soy realmente y, al mismo tiempo, quien se espera que sea.

Disfruto de esa fantasía el resto de la tarde, hasta que finalmente nos hartamos de la taberna y salimos tambaleándonos a la calle bañada por el sol. Tengo los sentidos lo bastante embotados como para que mis anteriores preocupaciones dejen de importarme, como las hojas al caerse de los árboles en otoño, y me siento mucho más ligero sin su peso.

Nos reímos y cantamos juntos al caminar, Mercucio dirigiendo a nuestro curioso rebaño, disculpándose con los transeúntes con los que nos cruzamos. Cuando entramos dando tumbos en la plaza, su inmensidad queda bañada por la luz del atardecer, y nosotros exhalamos satisfechos. Extendiéndose sobre los restos de un foro que data de la época romana y rodeada de torres, palacios y casas gremiales construidas en piedra ocre, la plaza mayor es el centro de la vida veronesa.

Nos dejamos caer en el borde de una enorme fuente, viendo la vida pasar e intentando sin éxito alguno no quedarnos dormidos. Justo cuando estoy empezando a pensar que he tenido un buen día a pesar del sinfín de dificultades, inevitablemente ocurre el desastre.

—¡*Montesco*!

Me levanto de un salto al oír el grito, despejándome al momento solo con el movimiento. Teobaldo Capuleto, flanqueado a ambos lados por dos de sus secuaces habituales, Duccio y Galvano, un par de matones con mucho músculo pero poco cerebro, se dirige directo hacia nosotros con mirada asesina.

—Tú y yo tenemos algo que terminar —me ladra a medida que se me acerca. Al instante, Mercucio y Ben se colocan a ambos lados de mí, listos para enfrentarse a lo que sea. Teobaldo se detiene a un par de pasos de distancia, con el rostro contorsionado de furia—. ¿Responderás al fin ante mí por tus actos deshonrosos contra mi familia o eres tan cobarde que saldrás huyendo por segunda vez?

—¡Buenas tardes, Alteza! —le saluda Mercucio a Teobaldo haciéndole una reverencia exagerada, rompiendo la intensidad del momento con su tono juguetón—. Casi no le había reconocido sin sus adorables orejitas. —Entonces se vuelve hacia la gente que se ha reunido a nuestro alrededor para presenciar nuestra pelea—. ¡Inclínense y muestren algo de respeto, energúmenos, tenemos al príncipe de los gatos entre nosotros!

—Te convendría hacerte un lado y mantener tu estúpida boca cerrada, Mercucio. —A Teobaldo le aparecen manchas rojas en las mejillas y, tras él, Duccio y Galvano replican casi a la perfección su mirada entrecerrada y amenazadora—. Me das pena, ¿sabes?, te sigues comportando como un niño, viviendo en un cuchitril asqueroso en la peor zona de la ciudad. Si no fuese por el apellido de tu difunto padre, serías tan mal recibido en la alta sociedad como un mendigo de la calle.

—Al menos los mendigos saben cómo decir «por favor» y «gracias» —contrataca Ben—. Tienen modales mucho mejores de los que tú jamás has demostrado poseer, Teobaldo.

—Y me encargo de limpiar mi cuchitril una vez a la semana, muchas gracias. —Mercucio finge estar ofendido. Y después, le dirige una mirada culpable a Valentino antes de añadir—. Bueno, una vez cada dos semanas. Normalmente.

—No es de extrañar que todo esto no sea más que una gran broma para vosotros dos, colarse en casa de mi tío, aprovecharse de su generosidad y atraer a su hija hacia la humillación. —Teobaldo les dedica a los dos una mirada despectiva—. Ninguno de los dos tiene nada de honor que proteger, ni siquiera tenéis una pizca de dignidad. No existe nada que pueda avergonzaros, ¡porque tampoco tenéis nada de lo que enorgulleceros para empezar!

—La verdad es que yo me enorgullezco bastante del tiento que he demostrado al no meterte un puñetazo a la primera de cambio y dejarte sin dientes —razona Mercucio.

—Yo estoy lleno de orgullo. —Ben saca pecho—. ¿Quién no se enorgullecería de haber nacido para ser el perfecto espécimen de hombría? Yo no pedí tener que soportar la carga de mi belleza devastadora, y he superado el resto admirablemente.

—Sí, una «carga» —le interrumpe Mercucio desganado—. Esa es justo la palabra en la que estaba pensando cuando sacaste el tema.

—Te burlas de mí, pero las damas no pueden resistirse a mi cabello pelirrojo. —Ben le dedica una sonrisa descarada a Teobaldo—. Solo tienes que preguntárselo a tu madre, si no me crees.

—¡*Suficiente!* —Teobaldo se pone morado de rabia—. No toleraré tu insolencia ni un segundo más, Benvolio, ¡vete de aquí antes de que te dé una lección a palos!

Ben no se mueve ni un centímetro, pero tras un momento de silencio en el que el aire brumoso a nuestro alrededor bulle de tensión, sonríe.

—Ya está. Acabas de tolerar mi insolencia un segundo más, ¡y creías que no podrías hacerlo! Felici...

No llega a terminar la frase porque, profiriendo un grito salvaje, Teobaldo se lanza directo hacia él y le asesta un fuerte puñetazo. Ben contrataca agarrándole del torso y juntos caen rodando hacia un grupo de hombres que estaban reunidos junto a un puesto vacío del mercado. Tres de ellos caen al suelo y, cuando vuelven a ponerse en pie, también se preparan para una pelea.

En cuestión de segundos toda la plaza se ha convertido en una batalla campal.

15

Sucede tan rápido que me es difícil procesar lo que está ocurriendo, la ira salta de una persona a otra como chispas que se desprenden de un incendio forestal y nuevos focos comienzan dondequiera que caigan. Y antes de que pueda pensar siquiera, Duccio y Galvano cargan contra Mercucio y contra mí, y nos vemos arrastrados a la pelea.

Aunque me han enseñado cómo blandir una espada y un arco, tengo poca experiencia en el combate cuerpo a cuerpo, y una pelea real no se parece en nada a lo que he practicado en los entrenamientos. Cuando Galvano se lanza sobre mí no tengo tiempo de pensar nada, solo de reaccionar. Me encuentro en el suelo en cuestión de segundos, con sus puños golpeándome en las costillas mientras que yo le clavo la rodilla en cualquier parte de su cuerpo que consiga alcanzar.

Es brutal y agotador, al poco tiempo se me llena la boca de sangre y todo se convierte en dolor, falta de aliento e instinto de supervivencia. Nos golpeamos el uno al otro y el barullo aumenta a nuestro alrededor, con armas improvisadas apareciendo en medio de la pelea. No me da miedo lo que le pueda pasar a Ben o a Mercucio, que ya se han visto antes en situaciones así de absurdas, pero en quien sí que estoy pensando, incluso mientras Galvano me aporrea, es en Valentino.

Le perdí la pista en medio de la refriega, no tengo ni idea de dónde está ahora mismo, y no puedo conciliar su amabilidad con esta batalla sangrienta en la que nos hemos visto involucrados. Me da pánico imaginármelo herido y me da aún más miedo que, mientras que a mí me están *literalmente aporreando*, no pueda dejar de pensar en él. Mercucio lo protegerá si yo no puedo pero… egoístamente, *quiero ser yo quien lo proteja.*

Galvano termina a mi espalda y me rodea el cuello con el brazo. Cuando empieza a apretar, me lanzo hacia atrás con tanta fuerza como puedo, estampando su cuerpo contra la implacable fuente de piedra. El golpe le roba todo el aire de los pulmones y le obliga a soltarme.

Sin embargo, justo cuando estoy a punto de volverme para lanzarme contra él, el estruendo ensordecedor de unas bocinas nos para a todos en seco. Al girarme me encuentro con dos trompetistas con las insignias del príncipe Escala, y justo tras ellos, vestido de pies a cabeza con las sedas púrpura real que mi padre ha preparado especialmente para él, está nuestro soberano en persona.

—¿Qué demonios significa todo esto? —le grita a la multitud aturdida, y su voz resuena imperiosamente sobre las piedras y los azulejos. Flanqueado por sus guardias armados y acompañado por otros dos hombres vestidos con trajes nobles, ofrece una imagen imponente. Al reconocerlo, la gente se apresura a hacerle reverencias tan rápido como pueden—. ¿Es que todos habéis perdido el juicio? Golpeándoos los unos a los otros como si fueseis unos borrachos en medio de una fiesta campestre, destrozando la paz pública... ¿es que no hay nadie aquí con un mínimo de civismo?

El silencio es la única respuesta a su pregunta mientras la multitud se mece sobre sus pies inquieta, yo me arrodillo ante él y el dolor aumenta cuando descubro que me he raspado la rodilla lo suficiente como para hacerme un corte bastante profundo.

La pregunta queda colgando en el aire varios minutos más, sin que nadie la responda.

—¿Y bien? —exclama Escala—. ¡Exijo una explicación por este comportamiento tan escandaloso!

Por supuesto, la primera persona en morder el anzuelo y responder es Teobaldo.

—Ha sido Romeo Montesco el que ha empezado esta reyerta, mi señor.

—¡Eso es mentira! —Incluso al decirlo oigo resonar el mismo mensaje a mi derecha y a mi izquierda, Ben y Mercucio me apoyan, y yo alzo la barbilla tal y como me enseñó mi padre—. Teobaldo Capuleto ha sido el único instigador de lo que ha sucedido. Fue él quien atacó a mi primo Benvolio.

—Esa es la verdad, y yo fui testigo de ello —añade Mercucio, con la voz ronca.

—Mercucio. —Escala se vuelve hacia él y su expresión se transforma en un ceño paternal—. He de admitir que me decepciona verte aquí, y nada menos que delante de tu pariente. —Señala al hombre de aspecto elegante que tiene a su izquierda, alguien a quien no reconozco, pero que va vestido como si tuviese intención de comprar Verona entera—. ¿Por qué te has involucrado en este despliegue de violencia libertina? Estoy seguro de que tu padre te educó con mejor juicio que esto.

—Es como dijo Romeo, mi señor. —Mercucio mantiene su tono deferente, a pesar de que se ha sonrojado levemente por la reprimenda—. Estábamos aquí tranquilos, Romeo, su primo, mi hermano y yo, disfrutando de la tarde, cuando Teobaldo se abalanzó sobre nosotros. Fue él quien inició todo este enfrentamiento y quien asestó el primer golpe.

—¿Joven Capuleto? —Escala se vuelve hacia él, enarcando una gruesa ceja—. Has acusado a Romeo y él te ha acusado a ti, con la diferencia de que él sí que tiene testigos que lo apoyen. ¿Qué tienes que decir en tu defensa?

Teobaldo se pone rojo de rabia.

—No puedo responder ante las mentiras que un canalla y sus compañeros de baja estofa estén dispuestos a contarle a alguien de su posición. Lo único que puedo decir es que soy un hombre honrado. Romeo Montesco entró en casa de mi tío sin invitación alguna esta pasada noche, se aprovechó de su hospitalidad e intentó comprometer la virtud de mi prima Julieta…

—¡Yo no hice nada de eso! —exclamo, con el rostro ardiendo de furia, y todas las miradas se vuelven hacia mí con desdén y sospecha—. ¡Solo compartimos un baile, eso fue todo!

—Violó la residencia de mi tío, violó la confianza de mi tío y, se lo planteo a usted, mi señor, habría violado tranquilamente a la única hija de mi tío si yo no lo hubiese denunciado ante los invitados. —Teobaldo le hace una reverencia, tratando de parecer sincero—. Vine aquí en busca de la satisfacción al igual que haría cualquier hombre cuyo honor hubiese sido desafiado por un rufián tan rastrero como Romeo Montesco.

Tengo los hombros subidos hasta las orejas y la ira me carcome por dentro, para cuando la mirada del príncipe Escala se vuelve hacia mí.

—¿Es eso cierto?

Quiero discutir, decir que Teobaldo es el mentiroso que en realidad es... pero al menos la mitad de sus afirmaciones *son* ciertas, aunque ninguna sea del todo honesta. ¿Cómo puedo explicar algo así sin parecer ridículo? Y si lo único que puedo negar con sinceridad es la acusación de haber tratado de «seducir» a su prima, entonces no parece tener sentido. Con amargura, termino respondiendo:

—Ojalá yo me pudiese inventar una historia tan descabellada como Teobaldo.

—Fui yo quien convencí a Romeo de que le pidiese a la joven dama un baile. —Mercucio le dedica una mirada venenosa a Teobaldo—. Sus motivos siempre fueron de lo más puros y no hay ni un invitado del baile de máscaras del señor Capuleto que pueda testificar con honestidad que Romeo actuó de una manera inapropiada.

—Yo sé lo que vi —dice Teobaldo entre dientes, negándose a aceptar la derrota.

Entonces Mercucio se vuelve hacia el hombre elegante que hay junto a Escala.

—Primo Paris, tú estabas allí, en el baile de los Capuleto, y sabes que nuestra familia siempre es sincera. ¿Estoy mintiendo acaso?

El hombre se mece sobre sus pies, pasando la mirada de su primo, al príncipe y, por último, a mi enemigo mortal, y en ese momento sé que no se va a poner de nuestro lado. De donde quiera que saque Mercucio su honestidad, no es de su parte de la familia.

Paris se aclara la garganta antes de hablar.

—No estaba en el salón de baile cuando todo este suceso tuvo lugar, así que no puedo atestiguar a favor de ninguno de los dos relatos. Sin embargo... sé que Teobaldo también es un hombre honesto.

Ni siquiera puede mirar a Mercucio al decirlo, cuyo rostro se ha quedado ceniciento por la humillación de que le hayan tildado de mentiroso ante el príncipe, y por alguien de su familia nada menos. Escala se queda en silencio unos minutos más, mucho más enfadado de lo que creo que ninguno de nosotros lo había visto nunca, hasta que finalmente estalla.

—¡Habéis agotado mi pacencia con las interminables e infantiles disputas de vuestras familias! —Se vuelve hacia la muchedumbre que antes estaban metidos en la pelea y ninguno se atreve a moverse ni un ápice mientras él príncipe habla, o más bien vocifera—. Todos estos hombres han insistido en que los testigos apoyarán sus relatos contradictorios, por lo que, al parecer, debemos encontrar un testigo. ¿Alguno estuvo presente anoche en la fiesta del señor Capuleto? ¿Alguien puede decirnos cuál de estos granujas nos está diciendo la verdad, si es que alguno lo ha hecho?

Se forma un silencio tenso, pesado y condenatorio... y luego...

—Yo estaba allí, mi señor.

La voz surge de fuera de la multitud, y todo el mundo se vuelve en su dirección, donde una figura solitaria está haciendo una profunda reverencia al borde del improvisado campo de batalla. Escala hace un gesto impaciente.

—Acércate, entonces, si es que tienes algo que añadir a este sórdido asunto —insiste.

—Oh, estoy segura de que sí que tengo algo que decir. —Al levantarse, la capucha que llevaba puesta se le cae para revelar nada menos que a la mismísima Julieta Capuleto.

—Julieta… quiero decir, ¿señorita? —balbucea Paris con la mirada desorbitada.

El príncipe frunce el ceño.

—Me sorprende verla aquí.

—Media Verona está hoy aquí —señala Julieta, lanzando una mirada inocente a los alborotadores dispersos y al grupo de espectadores que se agolpa tras ellos—. He venido en busca de mi primo a instancias de mi padre, y lo que me encontrado es que se está hablando de mí y sin moderación alguna. ¿Es que soy menos bienvenida aquí que mi reputación?

A su favor, nuestro soberano es lo bastante astuto como para no caer en la trampa de su aguda pregunta.

—¿Qué tiene que añadir a estos procedimientos? ¿Cuál es la verdad de lo que ocurrió anoche? —le pregunta en cambio.

—La primera verdad, y la que más me importa, es que soy una mujer virtuosa, y me difama cualquier conversación que impugne mi carácter o resolución moral. —Está claro que sus palabras van dirigidas directamente a Teobaldo, pero también sirven como denuncia para cualquiera que, de buena gana, esté de su parte, incluido el príncipe—. Como seguramente sabréis, el buen conde Paris ha venido a Verona con el propósito de reunirse con mis padres, en relación con nuestra posible idoneidad para el matrimonio. Todo esto de mi supuesta «deshonra» no es solo un insulto a mi persona, sino una amenaza a mi buen nombre.

Escala modera su tono.

—Estoy seguro de que nadie aquí presente ha pretendido poner en duda su integridad moral, mi querida Julieta.

Esto no se trata de su virtud, sino de las acciones de estos hombres aquí presentes.

—Entonces permítame responderles a esas dudas también —responde con frialdad—. Romeo Montesco, de hecho, no entró en mi casa sin invitación. Yo misma le hice venir.

Al oír esto, un coro de murmullos sorprendidos se extiende entre el público. Paris se estremece, Teobaldo se queda boquiabierto, *yo* me quedo boquiabierto, y me atrevo a mirar a Benvolio, que parece tan sorprendido como yo.

—¡Eso no es posible! —Teobaldo lucha contra el impulso de saltar de nuevo a la batalla—. Yo... tu madre y tu padre revisan tu correspondencia, y te habrían impedido que invitaras a esta... a esta *inmundicia*. Y yo me habría enterado si lo hubieses intentado.

—No lo invité por carta. —Julieta permanece imperturbable—. Le envié la petición a través de un criado, a quien le encargué que grabase el mensaje en su memoria.

—¡Subterfugio y traición! —Teobaldo cierra las manos formando puños tan apretados que sus nudillos palidecen—. ¿Qué sirviente era? Me encargaré de que lo expulsen de la casa de inmediato.

—No lo harás. —Julieta lo fulmina con la mirada—. No es tu casa como para hacer lo que te plazca, y ninguno de mis sirvientes será despedido por hacer algo que yo misma le he pedido.

—Pero, mi dulce niña... —les interrumpe Escala, claramente sin saber qué decir. A su lado, el conde Paris está sonrojado, ya sea por la rabia, por la vergüenza o por ambas cosas—. ¿Por qué harías algo así?

—¿No debería haberlo hecho? —Se vuelve para mirarlo siendo la imagen perfecta de la inocencia—. Me he pasado toda la vida escuchando hablar de Romeo, quien algún día reemplazaría a su padre, pero hasta anoche jamás nos habíamos visto en persona. ¿Me puede culpar por tener curiosidad? ¿Cómo se supone que hemos de ser enemigos acérrimos, odiarnos con el desdén apropiado, sin habernos visto nunca?

Se hace el silencio y la expresión del príncipe cambia por completo. Su argumento es el arma perfecta, y logra lo que quería, dar justo en el clavo.

—Eres una joven muy inteligente, Julieta Capuleto —repone el príncipe, frunciendo el ceño cuando se vuelve a mirarnos con desdén a Teobaldo y a mí—. Mucho más inteligente que cualquiera de los hombres aquí presentes, que insisten en mantener una guerra sangrienta basándose en los fantasmas y rumores del pasado. Mientras que tú has elegido compartir tu pan con tu supuesto adversario, estos chiquillos han elegido, en cambio, romper la promesa de paz y seguridad que Verona les ofrece a sus preciados ciudadanos. —Su tono se vuelve mucho más afilado antes de añadir—. Teobaldo, parece que el joven Romeo, al final, es cierto que no deshonró la casa de tu tío con su presencia, aunque ambos habéis deshonrado *mi* casa con vuestra presencia.

—¡Mi señor, por favor! —jadeo, sin saber exactamente qué es lo que quiero decir, sin saber cómo manejar una situación en la que salgo personalmente desfavorecido por el soberano de Verona. Mi familia siempre ha gozado de gran estima entre los gobernantes de la ciudad, y aunque ahora lamento haber asistido al baile de máscaras de los Capuleto, no era yo quien iba en busca de sangre. No era yo quien quería enzarzarse en una batalla sangrienta en medio de la plaza.

—No soy mi hermano ni mi padre —establece el príncipe—, quienes tenían una inexplicable devoción por la eterna enemistad de vuestras familias. Pero *soy* el príncipe de Verona y no toleraré ningún tipo de venganza que ponga la supuesta gloria de vuestros dos linajes por encima del bienestar de toda una ciudad. —Toma la mano de Julieta y le dedica una sonrisa triste—. Es una vergüenza que esta joven dama haya tenido que recurrir al engaño para poder conocer a un joven caballero de una casa igual de importante que la suya, y valiente por parte de ese joven el haber sabido responder a su súplica con franqueza y el debido decoro. Es un ejemplo del que creo que todos los presentes deberían aprender.

—¡Intentó ponerme en ridículo delante de todas las personas de alto rango de esta ciudad! —exclama Teobaldo, con la cara tan enrojecida que casi parece de color burdeos—. ¡Respondió a la invitación de mi prima solo porque sabía que hacerlo sería meterle el dedo en el ojo a mi tío! Llevan tantos años protegiendo a Julieta por una razón, y su ingenuidad no excusa su artimaña.

—¡*Ya basta!* —ruge Escala, una bandada de palomas se alza hacia el cielo oscuro—. Por admiración a la buena voluntad de la señorita Julieta al invitar a la amistad por encima de la enemistad, y como parece que no hay ningún crimen real como motivo del innoble arrebato de esta noche, permitiré que se pase por alto esta violación de la paz pública. Pero es la última vez que lo permito. —Nos mira fijamente—. Espero que consideréis lo afortunados que sois por haberme puesto a prueba un día en el que me siento especialmente misericordioso, y lo afortunados que sois por estar en este lado de las murallas de Verona, un privilegio que puedo revocar en cualquier momento, sin importar vuestro apellido.

»Si alguna vez tengo que volver a intervenir entre vuestras familias, me encargaré de que sirva de ejemplo. —Curva los labios en una sonrisa malvada y ladra—. Ahora, desapareced de mi vista y no volváis a poner a prueba mi paciencia.

16

Escala se mantiene firme mientras el resto le hacemos una
reverencia y nos escabullimos de su presencia, asegurán-
donos de que Teobaldo no nos sigue. A pesar de lo temerario
que sería por su parte lanzar un nuevo ataque tan rápido después de esa terrible advertencia, tampoco me sorprendería
viniendo de él. Ya van dos veces en las que ha sido deshonrado públicamente al intentar acabar conmigo, y la vergüenza
por ello supurará en su corazón como una úlcera. No lo pasará por alto.

Benvolio, por supuesto, nunca ha estado de mejor humor.

—¿Os habéis fijado en la cara que ha puesto Teobaldo?
¡Creía que se le iban a salir los ojos!

—Nunca había visto a nadie ponerse de ese color —se ríe
Valentino—. ¡Parecía una granada!

Mercucio dobla los dedos, con los nudillos ya hinchados
por la pelea.

—No podía creer lo que estaba oyendo cuando Julieta
mintió por nosotros, por ti, Romeo. Te ha salvado el pellejo,
tanto a ti como a todos nosotros.

—No me lo recuerdes. —Tengo la cabeza llena de más de una docena de escenarios explosivos en los que ella no hubiese aparecido; en los que el príncipe termina castigándome, enfurecido con mi padre, y en los que deja manchado mi buen nombre, cuando ha quedado más que claro que lo único que tiene un valor real y tangible *es* mi apellido.

—Lo creas o no, cuando Escala alcanzó de verdad el pico de su furia, todo este miserable espectáculo me hizo finalmente lamentar que te hubiésemos engañado para que bailases con Julieta en primer lugar. —Ben va dando saltos, gritando de alegría—. Las mentiras que le dijiste sobre tu anatomía han merecido la pena, Romeo, hijo mío. Un baile y la hija del peor enemigo de tu padre está mintiéndole al príncipe, *al príncipe*, ¡y nada más que delante de *tu* peor enemigo!

—¿Por qué haría algo así? —Valentino se vuelve hacia mí y aunque quiero hablarle acerca de mi encuentro con Julieta en el monasterio, ella me hizo prometer que no se lo contaría a nadie.

—¡Sí, ¿por qué?! —Caminando de espaldas y con los ojos todavía febriles por la batalla, Ben me lanza una mirada cómplice—. *¿Qué* le dijiste? Y recuerda que te he visto desnudo, primo, me conozco tu anatomía; al menos somos parecidos, aunque ciertamente a mí nadie se me ha quejado, ¡claro que tampoco ninguna joven ha traicionado nunca a su familia en mi nombre!

—Creo que nos entendemos —es lo que termino diciendo. ¿Cómo puedo explicar lo que nos une, lo ahogados que nos sentimos los dos a pesar de nuestras cómodas vidas? Que nuestros futuros ya han sido decididos por otras personas: ricos en bienes, pobres en felicidad—. Resulta que tenemos muchas cosas en común, y creo que ella siente algo de simpatía por mí.

—Oh, simpatía, por supuesto. —Benvolio pone los ojos en blanco, como si el término solo fuese un claro eufemismo de algo mucho más salaz—. Vaya, qué suerte que por fin hayas encontrado a una chica en toda Verona cuyo corazón se derrita por ti, a pesar de tu lamentable falta de cabello pelirrojo.

—Por un terrible instante creía que Teobaldo iba a salirse con la suya, ganándose el favor del príncipe para ir en contra de Romeo —murmura Valentino. No camina a mi lado, donde me gustaría, pero su mirada no me abandona en ningún momento—. No me puedo creer lo seguro que está de poder armar algo tan violento y hacer que otros respondan por ello.

—Es porque suele ser así de violento normalmente, y otros *suelen* responder por ello. —Mercucio le da una patada a una piedra con fuerza desmesurada, esquivando por los pelos una vasija de barro junto a una puerta—. Incluso ahora ha conseguido escapar de la justicia por sus actos, es como un gato que insiste en que es culpa del ratón por tentarlo y así ambos salen malparados y se los libera de nuevo.

—Si las dos únicas soluciones son que se nos azote y exilie a ambos o que se nos reprenda y nos dejen libres, con gusto acepto la segunda —digo, pero por algún motivo se me escapa una pequeña sonrisa—. De ese modo vivo para evitarle un día más.

—¿Evitarle? —se burla Mercucio, soltando una carcajada amarga—. Ha reclamado San Zenón y la vía de Mezzo como propias, ¿y también tenemos que entregarle la plaza mayor? ¿Qué harás cuando entre marchando en San Pietro? ¿Entregarle las llaves de tu casa?

El tono afilado y amargo de Mercucio me toma por sorpresa, y Valentino frunce el ceño.

—Mercucio...

—¡No, va en serio! —Mercucio se planta frente a mí, con algo rencoroso acechando tras su mirada—. ¿Cuánto más de tu territorio, de tu *dignidad*, estás dispuesto a cederle a Teobaldo Capuleto? ¿Te conformas con no ser nada más que el ratón que se revuelve cuando el príncipe no está mirando o eres lo suficiente hombre como para enfrentarte a él, cara a cara?

—No quiero iniciar una guerra contra Teobaldo. —Ahora me toca a mí fruncir el ceño porque esto es algo que Mercucio ya sabe—. Si no me puedo librar de él para siempre, entonces prefiero mantenerme alejado de él. Y ya has oído lo que ha dicho Escala: ¡si le dejamos que nos empuje a otra pelea, todos pagaremos el precio!

Lo que no digo, porque estoy demasiado cansado como para discutirlo, es que aquello por lo que Teobaldo desea tanto enfrentarse a nosotros —poder y prestigio en Verona— es algo que no me importa siquiera. Si cada uno pudiese evitar al otro, viviría feliz; pero su felicidad parece depender de menospreciarme, de demostrar de alguna manera que su familia es mejor que la mía.

—¿Qué es lo que no estás entendiendo? —Mercucio agita las manos—. ¡No necesita empujarnos a otra pelea, porque esta todavía no ha acabado! No se va a marchar malherido a lamerse las heridas y a esperar que no te vuelvas a cruzar en su camino en un lugar mucho más conveniente, sino que va a pensar en alguna forma mucho más retorcida de atacarte sin provocar la ira del príncipe.

Parpadeo y doy un paso atrás como si me hubiese golpeado.

—¿De verdad estás enfadado conmigo por esto?

—Creo que mi buen amigo Mercucio está enfadado porque su importante primo le ha dicho a todo el mundo presente en esa plaza que nadie se puede fiar de su palabra —dice Ben, sin inmutarse—, y está pagando ese enfado contigo.

—¡Vete a la mierda! —le espeta Mercucio, pero al final termina apartándose de mí y comienza a caminar de nuevo, permitiendo que sigamos avanzando.

—No dejes que te afecte, amigo —Ben golpea un cartel cuando pasamos junto a él, haciéndolo oscilar—. Todo el mundo ha podido ver el gusano insípido que es.

—¿Es un familiar cercano vuestro, este Paris? —le hago la pregunta a Valentino quien, gracias a que Mercucio ha roto nuestras filas, está ahora a mi lado.

—Lo solía ser, hace mucho tiempo. —Valentino se pasa los dedos por el cabello, y solo ver cómo se deslizan entre sus mechones me dan ganas de besárselos uno a uno—. Cuando éramos pequeños era poco mayor que Mercucio ahora mismo y lo admirábamos. Solía responder a todas las preguntas que le hiciésemos sobre temas que nuestros padres consideraban inapropiados.

—Sospecho que te refieres a las «relaciones conyugales». —Ben menea las cejas y Valentino se ríe.

—Así es, por supuesto, aunque ese no es el único tema del que parecía saberlo todo. No había ningún escándalo que no fuese capaz de explicar con todo lujo de detalles.

—La mayor parte de lo que nos dijo no eran más que tonterías que se inventaba sobre la marcha. —Mercucio sigue enfadado, aunque ha perdido fuelle—. Éramos demasiado jóvenes como para saber la diferencia, así que cualquier respuesta nos valía, y eso él lo sabía. Solo quería impresionarnos —refunfuña—. Una vez un charlatán, siempre un charlatán.

—No era él quien debía heredar el título —añade Valentino en un susurro, como si fuese un secreto—. Tenía dos hermanos mayores, pero la peste se los llevó a los dos, y su padre murió por tener el corazón roto. O eso dicen. De todas formas, no estaba preparado para heredar el título.

—Es un chiste, un hazmerreír. —Mercucio se vuelve a mirarnos y, esta vez, bajo la tenue luz de la tarde, por fin puedo reconocer el dolor en su expresión. Se queda callado unos minutos más antes de volver a hablar—. Fue... fue la primera persona a la que le escribí tras la muerte de nuestro padre. Cuando sus deudas salieron a la luz y me quedó claro que teníamos problemas.

Valentino abre los ojos como platos, sorprendido, y sus manos se quedan colgadas a sus costados.

—No lo sabía.

—No había motivos para que lo supieses —dice Mercucio, con la mirada fija en sus pies—. Estaba desconsolado. Le dije que te enviarían a vivir fuera si no encontrábamos alguna solución. Pensaba, *creía*, que si alguien se compadecería de nosotros y de nuestro pobre padre que acababa de fallecer, sería un pariente cercano que hubiese pasado por algo parecido. —No nos mira y, de repente, me cuesta mirarlo a él también—. Y en un santiamén, Paris me contestó que «lamentaba mucho nuestra horrible situación», pero que si regalaba su dinero a todo el que se lo pidiera no le quedaría nada para él.

Estás últimas palabras flotan en el ambiente entre nosotros, volviéndolo acre por el desdén. Ben tose, con el rostro sonrojado.

—Ciertamente parecía bastante cómodo en la plaza, ese primo que «lamentaba tu situación».

—Su jubón estaba hecho de brocado de seda —recalco—. Mi padre habría salivado al verlo.

—Oh, créeme, jamás sabría qué hacer con todo el dinero que tiene. Podrían robarle la mitad de su fortuna y ni se daría cuenta. —La ira de Mercucio ha menguado y, en su lugar, solo queda una profunda tristeza—. Ahora intenta enriquecerse todavía más con la dote de los Capuleto, y lo más que puede darles a sus «pobres parientes» es un comentario en público sobre cómo no se puede depender de su honestidad.

Poco después tropezamos con el embarcadero del Adigio, con las estrellas empezando a aparecer en el cielo añil por encima de los cipreses. San Pietro está al otro lado del río, al otro lado del puente de Piedra de Verona, y es aquí donde debo separarme de mis amigos. Valentino se encuentra con mi mirada y, a través de ella, intento comunicarle todo lo que no he tenido ocasión de decirle en voz alta desde que estábamos a solas en el callejón frente a su casa.

Desearía que no tuviésemos que separarnos todavía, que pudiésemos irnos juntos, seguir nuestro camino y continuar con nuestra conversación. Envolvernos en un capullo privado que sea solo nuestro y disfrutar de la magia que nos rodea cuando nos miramos a los ojos.

—Buenas noches, Montesco. —Mercucio se despide algo avergonzado, y me doy cuenta de que con esa despedida está intentando expresarme su arrepentimiento por haber saltado contra mí antes—. ¿Qué probabilidades crees que hay de que mañana tengamos todos un día agradable y aburrido?

—Yo no contaría con ello —respondo, despidiéndome de él—. Puede que la fortuna esté de nuestro lado, pero a la catástrofe le gustamos todavía más.

Ben suspira.

—Maldito sea mi irresistible atractivo.

Nos despedimos y ellos se dan la vuelta y empiezan a subir por el embarcadero. Pero justo cuando llego a las antorchas que marcan el punto donde comienza el cruce del río, echo una mirada a mi espalda y veo que Valentino ha hecho lo mismo. Furtivamente, le lanzo un beso, y la sonrisa que ilumina su rostro al verme me calienta por dentro todo el camino de vuelta a casa.

17

Dos horas más tarde, tumbado en la cama con los ojos abiertos de par en par, y Hécate descansando con indulgencia sobre mi estómago como si fuésemos amigos, rememoro esa sonrisa de despedida. Rememoro todos los instantes de esta tarde en los que no he podido tomarle de la mano, respirar su aroma. La luz de la luna se filtra a través de mi ventana y yo me vuelvo hacia ella, más despierto de lo que jamás he estado, a pesar del día agotador.

Revivo una y otra vez en mis recuerdos ese momento en el callejón, donde estuve a punto de mandar a la mierda el llevar cuidado y reclamar sus labios. El deseo que sentía era abrumador, quizás porque, por primera vez en mi vida, sabía que él sentía lo mismo. En la intimidad de mi dormitorio, con solo la luna y un gato de testigos, puedo revivirlo como debería haber ocurrido: sus mechones enredándose entre mis dedos, sus labios suaves y carnosos...

Un ruido repentino en la ventana me saca de mi ensoñación y hace que se me suba el estómago a la garganta. Escucho un ruido sordo, como si algo estuviese golpeando la contraventana medio cerrada desde fuera... y después se hace el silencio de nuevo. Pasan unos cuantos segundos, en los que mi cabeza le da vueltas a imágenes de Teobaldo empuñando una daga tratando de escalar los muros de nuestra casa. Justo cuando me convenzo de que no pasa nada, el sonido se repite.

Clac.

La contraventana traquetea con el impacto, y Hécate termina despertándose, con sus desagradables garras clavándose en mi camisón al levantarse.

Clac.

Escucho un tercer golpe, esta vez en el borde de la contraventana y una pequeña piedra se cuela por la ventana, atravesando un rayo de luz de luna, hasta caer al suelo de mi dormitorio. Hécate me abandona, corriendo para esconderse entre las sombras, y la cabeza me da vueltas. No puede ser Teobaldo, ¿no?... ¿o sí? Seguro que mi peor y más sanguinario enemigo planearía una venganza mucho más perversa que lanzarme guijarros a la ventana con la esperanza de perturbar mi sueño.

Con cautela, salgo de la cama y me arrastro por la pared hasta el alféizar de la ventana. Aguardo a que otra piedra más rebote en mi pobre y maltratada contraventana antes de hacerla a un lado y echar un vistazo abajo.

Para mi sorpresa, veo a Valentino de pie en el camino que serpentea tras nuestra villa, encorvado mientras busca más proyectiles que poder disparar hacia mi dormitorio. Aliviado, pero con el pulso todavía palpitándome en las sienes, me asomo por la ventana.

—¿Qué estás haciendo aquí?

—¡Buenos días! —me responde en un susurro ronco, con la mirada brillante por la culpa y el deleite a la vez—. Espero no haberte molestado.

—Me estabas tirando piedras a la ventana —señalo con sorna—. Y todavía no ha pasado ni la medianoche, así que difícilmente puedes decir que es por la mañana.

—Buenas noches, entonces. —Me dedica una sonrisa de oreja a oreja, con la luz de la luna besándole los labios del mismo modo en el que yo estaba soñando que le besaba hace unos minutos—. Yo… me he acordado de que tenía algo que quería decirte antes, pero no he podido.

—¿Ah sí? —Aguardo pero él no dice nada más, se limita a mirarme fijamente con su rostro bañado por la luz de la luna. Me río antes de seguir hablando—. Has venido hasta aquí para decirme algo… así que, ¿qué pasa?

Se limita a negar con la cabeza, manteniendo esa sonrisita tímida. Es frustrante e intrigante, y el aire se carga con una energía extraña, una especie de enjambre de secretos que zumban a nuestro alrededor a la espera de que alguien los atrape y descubra. Creo que puede que estemos coqueteando y eso hace que me estremezca de placer.

—Vale, muy bien, ¡entonces guárdatelo para ti! —Trato de fingir que no me importa lo más mínimo, aunque estoy a punto de saltar por la ventana solo por caer sobre él—. ¿No se preguntará tu hermano dónde estás?

—Es casi imposible despertarlo —responde Valentino—. Dudo que siquiera se dé cuenta de que me he ido, y no quería esperar hasta mañana para volver a verte. Lo que quiero decirte requiere cierta… intimidad.

Esto último lo dice en tono suave, como en un susurro, su voz es como una cinta de seda que se enreda por el aire a nuestro alrededor y ata mi deseo al suyo, tirando de mí hacia él.

—¡Voy a bajar! —respondo con voz ronca. Me pongo las calzas con dificultad, intentando no romperlas con las prisas, trepo por el alféizar y bajo por la hiedra hasta el suelo.

Valentino me dedica una sonrisa de oreja a oreja y, cuando estamos el uno junto al otro, su cercanía hace que se me pongan los pelos de punta al notar su mirada sobre mí. De nuevo me sobrepasa la sensación de querer tocarlo, acercarlo a mí mucho más.

—¿Y bien? —le pregunto—. ¿Qué me querías decir?

—Te lo diré… —empieza a decir con un tono juguetón, apartándose de mí, adentrándose en la oscuridad del huerto que llena la colina que hay en la parte de atrás de nuestra villa—. ¡Pero solo si me atrapas!

Y dicho eso se escabulle a la carrera entre los árboles, desapareciendo entre sus sombras y dejándome atrás, corriendo tras él. La luna brilla en el firmamento, pero las ramas están llenas de hojas y sus sombras hacen que no sepa dónde estoy pisando. Por delante, vislumbro a Valentino escabulléndose entre los distintos haces de luz que se cuelan entre los árboles, con sus rizos dorados centelleando y su risa flotando en el aire.

No está intentando escaparse de verdad, y parece que está corriendo con un destino en mente, pero mientras él corre y yo lo persigo, la sangre sigue bullendo caliente por mis venas, llena de deseo y maravillada. No tengo ni idea de qué estoy haciendo o de lo que pasará si me deja que lo atrape, pero estoy desesperado por descubrirlo. La brisa nocturna sacude mi camisón, y la energía que carga el ambiente cobra más fuerza cuanto más rápido vamos.

Es en un peral, con el perfume de sus flores impregnando el aire que nos rodea como un velo, donde Valentino cambia la dinámica. Desaparece entre las sombras y entonces, de repente, cuando paso a su lado, se abalanza sobre mí por detrás. Chocamos, nos zarandeamos y chillamos, rodando por la hierba que en pocas horas se humedecerá por el rocío. Y entonces, sin mediar palabra alguna, nuestros labios se encuentran, y yo vivo en mi propia piel todos los sueños que he tenido en las últimas horas.

No es un encuentro dulce. Rápidamente nos volvemos mucho más feroces, hambrientos y gruñendo, enredando las manos en la ropa del otro, tironeándonos del pelo. Nos mecemos bajo la luz de la luna, luchando por profundizar mucho más el beso, nos levantamos tambaleantes, apoyándonos contra los troncos de los árboles y tropezamos con las ramas caídas. Todo esto es nuevo para mí. Y no tengo ni idea de si lo estoy haciendo como debe hacerse; lo único que sé es que cada caricia es un descubrimiento emocionante que me deja con ganas de más. No intento nada que él no intente a cambio conmigo, que no nos haga sentir más placer a ambos.

Nos besamos hasta que nos sentimos borrachos de nuestro sabor y de lo que sentimos al besarnos, sin aliento por el esfuerzo que nos supone resistirnos a la inmolación. No tengo ni idea de cuánto tiempo ha pasado para cuando por fin nos separamos, probablemente unos minutos, posiblemente unas cuantas horas, jadeando y débiles. Tengo los labios hinchados y siguen doloridos por el recuerdo de sus dientes atrapándolos entre ellos.

Mareado y con la mirada somnolienta y llena de sueños, Valentino se deja caer de espaldas en el suelo y se estira a mis pies.

—Túmbate conmigo.

—El huerto está lleno de hormigas —le advierto, sorprendido al descubrir que he estado sudando cuando la brisa perfumada me congela el sudor en la espalda—. Y te vas a manchar la ropa con la hierba.

—No si me la quito —lo dice burlón, pero después me dirige una mirada que siento desde la boca del estómago hasta la punta de las orejas—. Túmbate conmigo, Romeo. Por favor.

Es una petición a la que no puedo resistirme, y ya tengo las calzas bastante arruinadas por la carrera sin zapatos por el huerto; así que me estiro a su lado y alzo la mirada hacia el firmamento nocturno.

—*Oh*.

La luna brilla llena y preciosa sobre nuestras cabezas, pero una serie de delicadas nubes la rodean, difuminando sus bordes, creando un marco de encaje perfecto y parcialmente iluminado que contiene en su interior una serie de estrellas. La brisa nocturna mece las ramas de los perales, haciendo que su esencia flote por el aire a nuestro alrededor, y la paz de la noche se extiende por la ladera. Por un momento, me quedo sin palabras.

—Es hermoso, ¿verdad? —susurra Valentino.

—Ojalá supiese pintar así de bien. —Mi mano encuentra la suya, nuestros dedos se entrelazan y me acurruco contra él. Después de un rato en silencio, por fin me atrevo a preguntarle—. ¿Qué habías venido a decirme?

Valentino estalla en carcajadas, rozando su pierna contra la mía de ese modo que me deja con ganas de más.

—No tenía nada que decirte, solo quería que me besases un poco más, y no podía soportar tener que esperar a que mañana tuviésemos tiempo para ello.

Yo también me uno a su risa, porque llevo toda la tarde, todo el día, sintiendo lo mismo.

—¿Te has arriesgado a recorrer todo San Pietro en mitad de la noche solo por esto?

—Pues claro que sí. —Tiene la voz somnolienta, pero sus ojos bailan sobre mi rostro muy despiertos—. Es lo único en lo que he podido pensar desde anoche. ¿Y cuándo podría ser más seguro enfrentarse a las calles de Verona que cuando todos sus gatos están dormidos y son los ratones los que gobiernan la ciudad?

La luz de la luna le escarcha las mejillas, haciéndolas brillar y, por un momento, es como si el suelo cediese bajo mis pies. Una fuerza invisible tira de mis entrañas y las retuerce, formando un nudo que sospecho que solo Valentino será capaz de deshacer.

Mi memoria regresa a ese callejón, donde empezaron en realidad todas mis ensoñaciones, cuando ninguna fantasía parecía demasiado descabellada, ningún deseo demasiado absurdo. Pero ahora, después de haber probado el verdadero sabor de lo sublime, hemos dado un paso adelante hacia el futuro y, de alguna manera, me temo que eso hace que ese futuro sea más difícil de alcanzar.

—¿Qué es lo que más deseas? —suelto y después me sonrojo cuando me fijo en cómo su mirada se queda fija en mis labios—. Más allá de los besos, quiero decir. Necesito descansar unos minutos antes de volver a besarte, para recobrar fuerzas. —Él se ríe, un sonido embriagador y hermoso, y yo sigo hablando—. Lo que quiero saber es, en realidad, qué tipo de vida deseas tener. Mercucio tiene su oficio como aprendiz de carpintería, estoy casi seguro de que Ben terminará siendo soldado, si es que no termina entre rejas primero, y yo algún día tendré que hacerme cargo del negocio de mi padre... pero ¿qué es lo que *tú* quieres hacer?

Valentino se queda en silencio por unos minutos antes de responderme.

—Probablemente terminaré trabajando para la viuda Grissoni, la panadera. Se está haciendo mayor y necesitará a alguien que la ayude con el negocio.

—Pero ¿eso es lo que *quieres*? —Le doy un apretón en la mano—. Si pudieses hacer cualquier cosa, tener el futuro que desees, ¿qué es lo que querrías? —Mira fijamente el cielo nocturno, con el ceño fruncido, y me pregunto si alguien le ha permitido alguna vez pensar en su futuro de este modo. Incitándole a que me dé una respuesta, añado—. Algún día sabré todo lo que hay que saber sobre la importación de las sedas más elegantes, y pensar en ello me aburre tanto que me da ganas de llorar. Es lo que ocurrirá, lo sé, pero no es lo que quiero.

Valentino me observa, pensando en lo que le acabo de confesar, y después se acerca un poco más a mí.

—Creo que me gustaría ser jardinero.

—¿Jardinero? —repito, sin lograr ocultar el deje de sorpresa en mi voz—. ¿Sabes que ese tipo de trabajo requiere que estés todo el día entre plantas y cavando, verdad?

—Lo sé. Pero mi tío tenía un jardinero en su hacienda, y era el hombre más fascinante y sabio que he conocido jamás, no había ninguna pregunta que le hiciese acerca de la naturaleza que no me pudiese responder. Se pasaba cada invierno planificando cómo reviviría el terreno estéril de la hacienda y entonces... simplemente lo hacía. —El asombro le tiñe la voz, como un susurro meloso mezclándose con el dulce aroma de las flores del peral—. Poder ver cómo los parterres cobraban vida, cómo las flores se abrían, cómo las ramas se llenaban de frutos... y saber que todo estaba saliendo exactamente como él lo había planeado, tal y como él había predicho. Era impresionante y hermoso y mágico.

Sigue observando las estrellas, con su brillo iluminándole las pestañas y yo no puedo apartar la mirada de su rostro.

—Tú también eres impresionante y hermoso y mágico a tu manera para mí.

—Y tú me has devuelto a la vida. —Me acaricia el rostro y yo me estremezco bajo su contacto, sintiendo cómo mi piel se vuelve mucho más sólida bajo las puntas de sus dedos—. Pero si quieres saber qué es lo que *de verdad* deseo, si fuese tan rico como Escala, o incluso como Paris, y no tuviese que volver a preocuparme por si podré comer ese día o si podré mantener el techo sobre mi cabeza... entonces me gustaría viajar.

Me quedo completamente quieto.

—¿Quieres... irte de Verona?

—Al menos por un tiempo. —Suspira—. Mi tío tenía un antiguo amigo, Marsiglio, que fue marinero de joven. Solía contarnos historias de los lugares que había visitado, las grandes ciudades por las que había paseado en Francia, Bizancio y Cataluña, y la gente que había conocido allí. Escucharle describir la comida, la tierra, la gente y lo *distinto* que era todo de lo que conocía... me hizo desear poder vivir esa vida.

—Tardarías años en hacer un viaje como ese —señalo, inexplicablemente preocupado—. Y sería muy caro.

—Lo sé. —Se ríe con nostalgia—. Solo es un sueño, a menos que decida hacerme marinero yo también, supongo. No estoy seguro de estar hecho para la vida en altamar, pero si la panadera no me acepta...

Se queda callado y yo siento frío hasta en las suelas de mis calzas estropeadas. Es irracional, lo sé; Valentino y yo nos conocemos desde hace poco, pero me revuelve las entrañas el pensar que se pueda volver a marchar. El futuro que realmente deseo, incluso más que el de ser un artista como Giotto, es poder disfrutar todas las noches de *esto*. De estar tumbado junto a alguien que me haga sentir valiente, con nuestros brazos y nuestras piernas enredados, con la sensación de unos labios suaves, un aliento caliente y unos dedos en mi pelo.

Si Valentino se marcha, ¿podré volver a encontrar algo así de nuevo? ¿O simplemente terminaré casado con una desconocida, una joven aristocrática que haya elegido mi padre, y pasando el resto de mi vida viviendo en una de sus alianzas estratégicas y sin pasión alguna mientras él se pudre en su tumba?

—Pero ¿qué pasa con...? —Me ahogo con las palabras, que se me quedan trabadas en la garganta, algo que quiero decir pero que me avergüenza y que no estoy seguro de que tenga del todo sentido—. ¿Qué pasa con tu hermano? ¿Lo dejarías atrás?

—Yo... —Valentino se queda callado. Cuando se vuelve a mirarme, su mirada parece poder leerme a la perfección y me da miedo que, si me quedo mirándolo, terminaré perdiéndome en sus ojos para siempre—. No sabes lo que sentí cuando me enviaron a vivir lejos. Mi padre había muerto y mi tío se negaba a reconocerlo. Se enfurecía si sacaba el tema y me castigaba si lloraba. Se avergonzaba de la debilidad de mi dolor, así que me vi obligado a esconderlo. —Estira la mano hacia el cielo y sus dedos juegan con la luz de las estrellas—. Mi hermano, mi madre, mis hermanas... todos podían apoyarse los unos en los otros. Vivieron y crecieron durante tres años sin mí, y ahora soy prácticamente un desconocido para ellos.

—Estoy seguro de que eso no es cierto. —Me apoyo en los codos para levantarme—. Desde que te marchaste Mercucio no ha parado de hablar de traerte de vuelta.

—Sí. Me escribía continuamente cuando estaba en Vicenza y me hablaba de todo lo que sucedía en casa, y compartía conmigo cada tontería que pensase que pudiese animarme aunque fuese un poco. —Una sonrisa se extiende por su rostro, haciéndole parecer una obra de arte—. Pero incluso entonces… ambos habíamos cambiado bastante, y algunos días es como si siguiésemos conociéndonos de nuevo. E igualmente, tampoco tardará mucho en encontrar una esposa con la que casarse y ya no tendrá sitio para mí, ni en su casa, ni en su vida.

Es justo esto último en lo que estaba pensando yo esta misma mañana, y el pánico que acompaña a ese pensamiento les insufla nueva vida a mis sueños imposibles.

—¿Y si te nombrase jardinero aquí? Cuando mi padre me deje a cargo de su imperio, cuando tenga las llaves de la villa, ¡podría dejar los terrenos a tu cuidado!

Vuelve a tirar de mí hacia abajo, acercándome más a él, juntando nuestras frentes.

—Pero no tengo experiencia, Romeo. ¿Y cuánto tiempo pasará hasta que tengas el poder de tomar esa decisión?

—No lo sé. —Una ráfaga de viento sacude los árboles, desprendiendo hojas y pétalos de sus ramas—. Pero yo… no quiero que te vayas a ninguna parte.

Ser sincero es difícil, me deja sin protección alguna e inseguro. Nunca me había sentido así con nadie, nunca me había sentido tan vulnerable, y no tengo ni idea de cómo navegar bajo esta tormenta que se ha apoderado de mi corazón. Pero Valentino suspira, su aliento suave y cálido contra mis mejillas, y yo me derrito cuando lo escucho murmurar contra mi piel.

—¿No quieres?

—Quiero más de esto —le respondo con sinceridad—. Días llenos de besos, semanas, incluso meses.

—¿Solo meses?

Se está haciendo el tímido, pero yo no lo soy.

—Años, entonces. Para siempre, si es lo que quieres.

—Nadie tiene para siempre —dice, como si fuese una sentencia, apartándose levemente—. Lo sé mejor que nadie. El destino puede cambiar de repente. —Valentino alza una mano descuidada al viento, las hojas caen formando remolinos desde las ramas de los árboles de donde las ha arrancado la brisa—. Puede que incluso te canses de mí un día de estos. Y no vivimos en un mundo que nos permita hacer este tipo de planes tan descabellados.

—Yo… —Las palabras se me quedan trabadas en la garganta, porque tiene razón, pues claro que la tiene. He visto en multitud de ocasiones a Benvolio enamorarse de una chica nueva a cada rato, tan centrado en ella que dejaba de ver al resto del mundo, solo para perder todo ese mismo interés en una semana y volver a empezar el ciclo con una chica nueva después.

Pero Ben nunca ha tenido que buscar demasiado para encontrar a alguien dispuesto a hacerle compañía. Puede que exagerase al hablar de su atractivo cuando estábamos en la plaza, pero hay chicas más que suficientes en toda Verona más que dispuestas a lanzarse de lleno a sus brazos, y él se ha acostumbrado demasiado a esa abundancia.

Mientras tanto, yo he tardado diecisiete años en encontrar a Valentino, diecisiete años en descubrir lo que es desear a alguien que me quiera de vuelta; en descubrir cuánto placer se puede sentir con solo un roce, una sonrisa, una palabra. Lo que Ben da por sentado, yo he tenido mucho tiempo para aprender a apreciarlo, y ya estamos hablando de qué sucederá el día en el que vuelva a perderlo.

Lo que quiera que esté ocurriendo entre nosotros, quiero saborearlo, disfrutarlo, si no es para siempre, al menos tanto tiempo como sea posible.

—Hablas de hacer planes y cultivar. —Sigo aferrando su mano y le acaricio el dorso con el pulgar, con el magnetismo electrificando el ambiente a nuestro alrededor—. ¿Por qué no podemos planificar y cultivar nuestra felicidad? No tenemos el para siempre asegurado, eso es cierto, pero este ha sido el día más maravilloso de mi vida —insisto, bajando la voz—. ¿Por qué no podemos desear algo más, hacer planes por tener algo más? ¿Por qué no deberíamos procurar tener tantos días como este como podamos?

—Eso me encantaría —susurra, estirando la mano hacia mí, sus dedos encontrando mi pecho a través de la tela de mi camisón, explorando con su tacto los músculos de debajo—. Lo cierto es que nunca me he sentido tan fuerte y a la vez tan vulnerable como ahora, y eso me aterra.

—Yo también tengo miedo. —Una sensación de libertad me llena al confesarlo—. Eres lo primero que me ha pasado sin esperarlo, y eso me hace cuestionarme todo lo que hasta este momento di por sentado sobre mi vida. Hace dos días no podía pensar en nada que me diese ganas de seguir adelante, y ahora sueño con semanas, meses y años a tu lado. —Me acerco a él, dejando caer ambas manos sobre sus hombros—. Tengamos los días que tengamos, Valentino, por favor, permítenos disfrutar de todos y cada uno de ellos tanto como hemos disfrutado de este.

—Sí —responde, con su respuesta atrapada por la brisa, que se la roba alzándola hacia las copas de los árboles. Su otra mano se desliza hacia mi cintura y se cuela bajo mi camisón, acariciándome la piel desnuda de la cadera. Se me enciende la sangre, se me encoje la piel bajo su contacto, cada parte de mí cobrando vida bajo su toque—. Sí. Bésame, Romeo. Por favor.

Me inclino, aprieto mi cuerpo contra el suyo y satisfago su petición con avidez. Y allí, bajo la luz de las estrellas y las ramas danzantes de los perales, hacemos más descubrimientos, nuevos, maravillosos y totalmente inesperados.

18

Cuando amanece, vuelvo a estar metido en mi cama y me resisto a salir de entre las sábanas. Por segundo día consecutivo, me vuelvo y le doy la espalda a los rayos del sol, escondiendo mi cara entre las sábanas e intentando regresar a mis felices sueños. Si mantengo los ojos cerrados y la mente en suspenso durante un poco más, todavía podré seguir sintiendo a Valentino, su tacto, sus palabras, su sabor, tantas veces como quiera.

Pero el gallo canta sin cesar, y Hécate, que sigue sabiendo que su afecto es aún más molesto de lo que nunca fue su apatía, me amasa el hombro con sus delicadas zarpas. Exige que le presten atención, y le pone más empeño a golpearme que el que la viuda Grissoni haya empleado jamás contra una de sus masas de pan.

Al final me veo obligado a levantarme, atontado por la felicidad y la falta de sueño. Tengo el camisón lleno de manchas de hierba, las calzas completamente arruinadas y tendré que encontrar el modo de deshacerme de ambos antes de que nadie las encuentre y me exija una explicación.

Estoy de tan buen humor que incluso accedo a desayunar con mis padres, teniendo que soportar su antipático escrutinio con toda la paciencia que soy capaz de reunir. Mi madre está horrorizada al haberse enterado del espectáculo de la plaza de ayer, y por cómo mi humillación pública a manos del príncipe se terminará reflejando en nuestra familia. A mi padre le enfurece que haya asistido a una velada de los Capuleto por algún motivo, y me acusa de deslealtad.

—Esa *gente* —escupe—, ni son nuestros amigos ni nuestros iguales. ¡Son corruptos y tramposos hasta la médula! Y yo te he educado para que tengas mucho más sentido común como para permitir que una ramera como su Julieta te haga perder la cabeza. —Se inclina sobre la mesa y da un puñetazo delante de mí, haciendo saltar mi taza y mi plato—. ¿Te haces una idea de cuánto has dañado la imagen de nuestra familia? Mi único hijo, ¡un blanco fácil para los Capuleto! Un corderito tonto, llevado obedientemente hasta el matadero.

No tiene ningún sentido decirle que la historia de Julieta era falsa, y que me infiltré en el baile de máscaras por Benvolio; simplemente se enfadaría mucho más con la nueva información.

—Casi podría respetar tu deseo de pelear contra ese mastuerzo de Teobaldo —continúa—, si es que el resultado de dicha pelea no hubiese sido tan humillante. ¡Si no hubiesen hecho pública tu traición contra tu propia sangre ante el príncipe! —Su mirada me deja clavado en mi asiento. Es casi sorprendente la rapidez con la que puede reducirme a ser tan solo un pequeño ratoncito asustado solo con unas cuantas palabras—. He sido demasiado permisivo contigo. Esto es culpa mía.

—No es culpa tuya, mi amor —le asegura mi madre, que parece dolida por él—. No te culpes.

—Pero debo culparme. Está claro que no he sido un buen padre en todo esto. —Se recuesta en su silla, y la manera en la que se arrebuja hace que se me pongan los pelos de la nuca de punta—. Romeo, pensaba dejarte este verano para que por fin abandonases tus intereses infantiles y te centrases en convertirte en un buen hombre, en un *Montesco* de verdad. Pero veo que me equivoqué al confiar en tu madurez.

Junta las manos y adopta un aire severo que me hiela la sangre.

—Hace tiempo que tendrías que haber tomado una decisión. O te conviertes en oficial del ejército del príncipe o finalmente aceptas un puesto como mi aprendiz y comienzas a aprender el oficio de importación de sedas. Tienes dos semanas para decidirte. —Después toma despreocupadamente uno de los rollos que tiene apilados en una torre junto a su plato y añade—. Además, comenzaremos a buscarte una novia adecuada inmediatamente, para que a finales de la temporada ya hayas contraído matrimonio. No quiero que toda Verona piense que eres el mismo tipo de sátiro degenerado que tu primo, fácilmente manipulable por cualquier jovencita con pechos llenos.

—*P-padre* —balbuceo… y después se forma a mi alrededor un silencio frío y aterrorizado, tengo la mente demasiado en blanco como para conjurar cualquier argumento en contra con el que defenderme. Este es el punto que esperaba no alcanzar nunca, el futuro que he intentado ignorar, retrasar o negar. Creía que tendría todo el verano para esperar un milagro, pero se me ha agotado el tiempo.

Después de todo, Valentino tenía razón: el destino puede cambiar de la noche a la mañana.

—No te molestes en discutir, ya he tomado mi decisión y es definitiva. —Mi padre agita la mano, desestimándome, ha terminado conmigo—. Dos semanas. Y, mientras tanto, tu madre y yo empezaremos a evaluar tus perspectivas matrimoniales.

Esto es en lo único en lo que puedo pensar mientras salgo a trompicones de la casa, con el canto de los pájaros y el sol dándome con sus rayos felizmente en los ojos, con mis tripas retorciéndose como si fuesen un nido de anguilas. Estoy helado hasta la médula, y me doy cuenta de que todas las mañanas con las que contaba, de repente, se me han empezado a agotar. Que me suelten este cataclismo ahora encima, a la mañana siguiente de haber descubierto lo que de verdad significa querer tener a alguien a tu lado como tu compañero de vida, me horroriza.

Cuando no sabía lo que era realmente la pasión, no me costaba imaginarme pasando el resto de mi vida sin ella. Pero ahora que sé lo que me perderé en el futuro, ahora que sé qué clase de engaños tendré que tramar para hacerme pasar por el esposo devoto de una pobre chica, ya no estoy seguro de poder hacerlo.

Por primera vez he podido aferrarme a mi felicidad. Y ahora mi padre se ha hecho con el control del otro lado de esa misma felicidad y ha empezado a tirar de ella.

Ayer, cuando estaba completamente perdido en mis pensamientos, mis pies me llevaron hasta la puerta de Valentino; esta mañana, sin embargo, tan mareado como estoy, soy plenamente consciente de a dónde me dirijo cuando cruzo la verde extensión que conduce a nuestros establos. Solo hay una persona a la que puedo acudir con esta terrible noticia, una persona que podría comprender la profundidad de mi angustia y ofrecerme algún tipo de consejo y orientación. Y hoy no puedo arriesgarme a hacer ese viaje a pie.

Además de estas nuevas malas noticias, además de todas las terribles situaciones que no voy a ser capaz de evitar haga lo que haga, todavía tengo que considerar cómo proceder con el asunto de Teobaldo y su venganza. Ha dejado claro que no hay ninguna línea que no vaya a cruzar con tal de encontrar su sangrienta retribución por todos los desaires de los que me cree responsable; y no importa lo que diga Mercucio, tengo que tomarme la amenaza en serio.

No tardo mucho en sentarme a lomos del caballo y ponerme en camino. Pero incluso mientras galopo a través de las puertas de San Pietro y salgo a la campiña, un pasaje que siempre me ha hecho respirar mucho más tranquilo, es como si mi pecho no lograse liberarse de un peso aplastante. Sigo temblando incluso cuando el sol me bala de lleno, alejándome de la espada de Damocles que pende sobre mi cabeza, amenazando con cercenar mis sueños y mi futuro.

Nunca he sido tan iluso como para creer que podría existir una versión de este mundo en la que pudiese ser yo quien decidiese mi propio futuro, o incluso elegir a la persona con la que compartir mi corazón. Incluso mi fantasía romántica más descabellada con Valentino tenía lugar bajo el yugo de las responsabilidades de mi padre, incluso aunque fuesen en contra de mis propios deseos, una fantasía en la que lograba hacerme un hueco entre todas esas responsabilidades para lo que realmente quería. Sin nada entre mí y el cielo azul despejado, sigo sin poder imaginarme un futuro más allá de los inquebrantables muros que mis padres han construido alrededor de mi vida.

Pero mi destino siempre era algo que todavía quedaba muy lejos, tanto que ni siquiera podía verlo, y podía fingir que siempre estaría a esa misma distancia, tan lejos que jamás me supondría una amenaza real. Ahora, sin embargo, me doy cuenta de que el destino me ha tendido una emboscada.

Aliento a mi caballo, sus cascos golpetean contra el camino, y en un tiempo récord dejamos Verona bien atrás. Pero mis sombríos pensamientos se apoderan de mí, como un enjambre de avispas del que me es imposible escapar. Sin importar cuánto me aleje, ni lo rápido que vaya, siempre tendré que regresar. Mi perdición seguirá acechándome.

Por un instante salvaje y vertiginoso, tomo prestada la fantasía de Valentino de marcharse para siempre, pienso en qué pasaría si me dirigiese a los muelles del Adigio y me ofreciese al primer buque mercante con el que me topase para trabajar como marinero. Sería tan fácil como eso: encontrar una tripulación a la que le hiciesen falta un par de manos más, marcharme rápidamente por el río, salir a mar abierto y marcharme para siempre.

El único problema en este escenario es que estoy prácticamente seguro de que la vida en altamar no es para mí. Y aunque el abandonar Verona me salvaría de tener que cumplir con los planes de mi padre, también significaría tener que dejar todo atrás, a mis amigos, mi hogar… y a mi Valentino. Aquel encuentro revelador en casa de los Capuleto se produjo justo cuando empezaba a pensar que nunca encontraría a otro chico que sintiese lo mismo que yo; no quiero esperar diecisiete años más para ver si doy con otro que me haga reír, que me haga sentir calor por dentro, que me bese tan dulcemente como él.

Puede que no tengamos para siempre, pero ¿cómo puedo sacrificar nuestro *ahora* también?

Cuando el campanario del monasterio se dibuja en el horizonte, ralentizo el avance de mi caballo para que vaya al trote y después hasta que vaya al paso, y se me revuelve el estómago al pensar en lo que voy a tener que decir. Al girar el recodo me sorprende encontrarme con un carruaje familiar aparcado junto al camino; la nodriza de Julieta me observa preocupada cuando paso junto a ella y me dirijo a la entrada principal de la iglesia.

Ato mi caballo a un poste y justo cuando estiro la mano hacia las puertas, estas se abren de par en par y Julieta aparece al otro lado, saliendo hacia la luz del día. Antes de que pueda siquiera saludarla, me fijo en su expresión y me quedo sin palabras. Tiene el rostro ceniciento y los ojos rojos e hinchados, tiene aspecto de no haber pegado ojo desde la última vez que la vi.

—¿Julieta?

—Romeo. —Se me queda mirando fijamente por un momento, desconcertada, y entonces se desmorona y empieza a llorar. Al principio, me sorprende tanto que no sé qué hacer; pero cuando empieza a limpiarse las lágrimas con la manga, recuerdo lo que dicta la moral.

—Toma —le digo, tendiéndole mi pañuelo de tela. Y después, la tomo del codo y la guío hasta un banco a la sombra de un árbol cercano y espero a que deje de llorar.

—Gracias. —Tiene la voz rota y grave cuando habla—. Qué vergüenza. Esto es muy impropio de mí.

—Te aseguro que no tienes nada de lo que avergonzarte; al menos, por mí no.

—Aun así. —Se limpia las lágrimas con el pañuelo y respira profundamente—. Odio llorar delante de nadie. Siempre terminan utilizándolo en mi contra.

—Yo odio llorar, en general —le contesto, con el enjambre de avispones todavía rondando cerca, aún proyectando sus sombras sobre mí—. Y, cuando lo hago, intento mantenerlo en secreto por el mismo motivo. Pero si te sirve de consuelo, no se me ocurre ningún método con el que poder convertir tu tristeza en un arma en tu contra, así que al menos conmigo, por ahora, estás a salvo.

Esto le arranca una débil carcajada.

—Me he mostrado vulnerable ante mi enemigo mortal, y él va y me dice que no tengo nada de lo que preocuparme. Menudo mundo el nuestro.

Yo enarco las cejas.

—¿Es que ahora somos enemigos?

—Ciertamente se supone que debemos serlo. —Julieta se recuesta contra el banco, soltando un suspiro de derrota—. Mi padre se ha enterado de lo que ocurrió anoche en la plaza. Pues claro que sí, *toda Verona* se ha enterado a estas alturas y, por supuesto, ¡toda Verona no sabe hablar de otra cosa! Y estaba tan…

—¿Enfadado? —Solo puedo pensar en mi propio padre y en lo enfadado que estaba durante el desayuno, mi noche más feliz convertida en mi mañana más desdichada.

—Irritado —me corrige—. Apopléjico. Nunca lo había visto tan furioso y… bueno, créeme, lo he visto con todos los tamaños y niveles de furia posibles. Se cree el relato de Teobaldo, naturalmente, porque se niega a creer que mi primo pueda hacer algo mal. —Julieta retuerce mi pañuelo con tanta fuerza que temo que vaya a romperlo—. Bueno, yo diría que, en cierto sentido, nos cree a ambos. Está convencido de que te metí de contrabando en nuestra casa para el baile de máscaras, pero también cree que te colaste con el objetivo de poner en peligro mi virtud, un tema de lo más humillante del que parece querer hablar todo el mundo últimamente. No hay ni un solo hombre de aquí a Bohemia que no esté obsesionado con mi pureza moral estos días.

Dice esto último sarcásticamente mordaz, pero solo consigue que se me retuerza el estómago aún más, hasta parecerse al pañuelo destrozado que tiene Julieta en las manos. Lo último que necesito ahora es que otro Capuleto poderoso, el Capuleto *más* poderoso de todos, me ponga otra diana en la espalda.

—¡Pero eso es absurdo! Escala aceptó públicamente tu testimonio. Ni siquiera tu padre puede contradecir la palabra del príncipe.

—Escala gobierna en Verona, pero Alboino Capuleto decide qué es cierto y qué no —declara acerbamente—. Yo tengo la culpa de la escena que se armó en la fiesta, porque fui yo la que te dejé entrar en nuestra casa y te exhibí ante sus invitados. Yo tengo la culpa de lo que sucedió en la plaza, porque te defendí de las falsas acusaciones de Teobaldo.

—Pero nada de eso es justo. —No sé por qué me molesto siquiera en recalcarlo; el principio fundamental que rige nuestros estratos sociales es siempre el mismo, y jamás es justo: la culpa siempre la tiene el más indefenso.

—Pues claro que no. —Se encoge de hombros, aletargada, y su mirada se pierde en la bruma de la tarde—. Le dije que, gracias a mí, Teobaldo consiguió escapar de un castigo por parte de la corona. Y lo único que hizo fue enfadarse todavía más conmigo por contestarle. Con él no hay quien gane, porque saca sus propias conclusiones incluso antes de oír los argumentos.

—Esa historia me resulta familiar —murmuro, volviendo a recordar el tinte morado en el rostro de mi padre durante el desayuno mientras me llamaba «corderito tonto».

—Le resulta mucho más sencillo pensar que soy yo la que ha armado todo este problema, porque lo único que soy para él es una costosa e incómoda moneda de cambio. —Su tono es tan gélido como para congelar el jardín entero de Fray Lorenzo—. Pretende casarme, usarme como garantía en un intento de forjar lazos con un hombre poderoso, y espera que yo le esté agradecida. Cometí el error de expresar mi desacuerdo una vez y él no me ha dirigido ni una palabra amable desde ese día.

No puedo ofrecerle más que mi más sincera simpatía.

—Lo siento.

—Todos los hombres que no conozco, algunos de los cuales incluso me triplican la edad o más, vienen a nuestra casa y me observan como si fuese un perro de caza, ordenándome que hable, sonría y haga trucos, ¡todo para poder decidir si soy apta para su hogar! Es… es… —El rostro de Julieta se vuelve escarlata, pero luego, con la misma rapidez, vuelve a desinflarse—. No me sirve de nada enfadarme por esto, porque así son las cosas. No es competencia de una mujer el decidir su propio futuro.

Me doy cuenta de que eso es cierto, aunque yo nunca había pensado en todo el tema del matrimonio desde la perspectiva de una mujer. Además, creo que nunca me había topado con ninguna chica a la que no pareciese entusiasmarle la idea de casarse para adquirir estatus… aunque puede que, como soltero con estatus más que de sobra, nunca me haya encontrado con ninguna mujer dispuesta a confesarme que, en realidad, odiaba la idea.

Las palabras de Julieta me devuelven a la conversación que mantuve con Valentino sobre todo lo que podríamos hacer si el mundo fuese un lugar mucho más justo.

—¿Y si sí que pudieses decidirlo? —le pregunto vacilante—. ¿Qué destino *elegirías* para ti?

—Me iría de Verona —responde rotundamente, de inmediato—, sin marido alguno. Sin nada que me conecte a este lugar o a su gente. Si pudiese hacer lo que quisiese, me iría a cualquier parte y, y… —Julieta se queda callada, niega con la cabeza y golpea el banco en un repentino arrebato de frustración—. Y después no lo sé. No *sé* lo que haría si pudiese decidir ese tipo de cosas, y eso me hace sentirme… *¡furiosa!*

—Pero tiene que haber algo que nunca hayas podido hacer y que siempre hayas querido…

Me interrumpe, con el enfado tiñendo su voz.

—Nunca he salido de San Zenón sin algún tipo de escolta, y nunca por mucho tiempo. Nunca he tenido un futuro propio en el que pensar, en el que soñar, del que tener esperanza, ¡y me encantaría poder tenerlo! —Por un momento, se queda pensativa. Y luego, más tranquila, dice—. Si el mundo no fuese un obstáculo, creo que me gustaría ser comerciante. Tal vez no a la misma escala que mi padre, aunque él ha adoptado muchas de mis ideas sobre los negocios de nuestra familia y luego ha fingido que eran suyas, pero creo que se me daría bien el comercio y la venta de mercancías.

—¿Qué tipo de mercancías elegirías?

—Tampoco lo sé —suspira, alzando las manos en el aire—. ¿Dónde podría empezar? ¿*Cómo* podría empezar? ¿Y qué sentido tiene fantasear con esto cuando los dados ya están echados?

—El futuro puede cambiar en solo un parpadeo. —Esa noche maravillosa en el huerto regresa a mi memoria—. Puede que uno de esos hombres ricos te tome como su esposa y te abandone poco después, dejándote como una joven y feliz viuda.

—Es una forma muy optimista de decir lo que podría ser lo más cínico que he oído en mi vida. —Julieta se ríe a su pesar—. Eso sería, sin embargo, lo mejor que realísticamente podría esperar... ¿no es horrible? Y, aun así, sigo sin estar segura de qué haría si tuviese la suerte de ganarme de algún modo esa independencia. Las únicas aficiones que me han permitido cultivar son las propias de una esposa: la música, que se me da fatal; el arte, que se me da incluso peor; el bordado, que me hace daño a la vista y a los dedos; y la poesía, que me parece un aburrimiento insoportable.

—A todo el mundo le parece insoportable la poesía —recalco.

—Los buenos poemas no hay quienes los entienda —añade—. Pero los malos al menos son bastante divertidos.

Tras un momento, respiro profundamente.

—Me alegro de que nos hayamos encontrado esta mañana, porque hay algo que quería decirte. Te estoy muy agradecido por lo que dijiste ayer en mi nombre ante el príncipe. *Muy* agradecido. Demostraste una valentía increíble y, sin duda, me salvaste de un horrible castigo. Fuiste muy valiente y ojalá hubiese algo que pudiese hacer para ayudarte a cambio. Ojalá estuviese en mi poder el cambiar tu destino, así como tú cambiaste el curso del mío.

—Mi padre le va a prometer mi mano al conde Paris —suelta rápidamente y su mirada vuelve a otear el horizonte—. Me dijo que, después de lo que hice en la plaza, está claro que necesitaba comprometerme en matrimonio antes de que mi «obstinación» le pueda «costar todo lo que tiene». —Julieta se lleva mi pañuelo a la cara y solloza sin emitir ruido alguno. Entonces, con la voz estrangulada, añade—. Así que, como ves, para lo único que sirvo, para lo único que me han criado, es para servir de puente entre mi padre y algún otro hombre que pueda poseer algo que a él le interese.

»Paris es prácticamente un desconocido, y me están entregando a él, por el resto de mi vida o, al menos, por el resto de su vida. Y no porque me desee, porque lo único que desea es la influencia de mi padre. —Mi pañuelo tiembla entre sus manos—. La razón por la que he venido hoy aquí es para buscar consejo de Fray Lorenzo… pero, por supuesto, no hay nada que él pueda ofrecerme *más allá* de un simple consejo. Mi problema no tiene solución. —Nuestras miradas se encuentran y me observa derrotada—. Romeo… no estoy segura de querer casarme con *nadie*, pero me aterra y me angustia la idea de casarme con alguien por quien no siento absolutamente nada. Mi madre no para de repetirme que «con el tiempo» surgirá el amor entre nosotros, pero… ¿y si no es así?

Su pregunta resuena en mis oídos como una llamada tan tristemente familiar que me deja sin aliento. Y, de nuevo, me resulta complicado responderle sin desvelar mis secretos en el proceso.

—No lo sé. Es algo que yo también me he preguntado muchas veces. ¿Has pensado alguna vez en hacer voto de celibato, como Rosalina Morosini? Es poco probable que abandone alguna vez la casa de su padre, pero toda Verona respeta e incluso admira su compromiso.

—He incluso pensado en entrar en un convento —responde Julieta con una risa amarga—, pero no puedo hacerlo sin el consentimiento de mi padre. Una vez le dije que quería ser célibe para siempre y su respuesta fue que terminaría cambiando de opinión después de que me encontrase un marido. Esa fue la última vez que hablamos del tema. —Tensa la mandíbula—. Es irónico, ¿no crees? La castidad es la única virtud que debo mantener intacta y, aun así, seré objeto de especulación pública hasta el momento en el que me case, momento en el que se espera que renuncie a ella, lo quiera o no.

Con una sensación desoladora, me recuesto en el banco.

—Supongo que a ninguno se nos permite tomar nuestras propias decisiones. Y a aquellos que deciden por nosotros solo les interesa ganar algo a cambio, más que a quiénes nos entreguen.

Julieta me acaricia el brazo, dedicándome una mirada de entendimiento.

—Creo que, quizás, tú y yo tenemos muchas más cosas en común de las que pensábamos.

—Mi padre también está furioso conmigo por lo que ocurrió en la plaza, y por los mismos motivos que el tuyo, además. También ha decidido que ha llegado el momento de que me case, y no va a escuchar ninguna palabra que vaya en contra de sus planes. —Decirlo en voz alta hace que se me vuelva a revolver el estómago—. Pero yo tampoco estoy mucho más listo que tú para casarme, ni mucho menos más interesado. Y para complicarlo todo un poco más… —empiezo a decir, trago saliva como acto reflejo y me siento un tanto mareado—. Recientemente… he conocido a alguien. Alguien a quien le he cogido mucho cariño muy rápido. No sé si es amor exactamente lo que siento, pero creo que se le está empezando a parecer bastante. Y cuando mis padres me elijan una esposa que cuadre con lo que están buscando, entonces podría perder a esta persona tan preciada para siempre.

Sus manos se encuentran con las mías y me da la mano con fuerza.

—¿Cómo es posible que seamos las dos almas más y menos afortunadas de Verona a la vez?

—No lo sé, pero me he cansado de ese honor. —Las campanas del campanario vuelven a sonar, y me percato de cuánto tiempo ha pasado—. Ven… permíteme acompañarte de vuelta a tu carruaje. Tu nodriza te está esperando y yo te he retrasado.

—En absoluto. Me siento… —Se queda en silencio y entonces suelta una risita—. Bueno, no me siento mucho mejor, exactamente. Pero es como si hubiese estado gritando con todas mis fuerzas desde hace semanas y, por fin, alguien me hubiese escuchado. —Julieta entrelaza su brazo con el mío y me dirige una mirada amable—. Gracias, Romeo. Has sido un buen amigo cuando realmente necesitaba uno, y eso jamás lo olvidaré.

Cuando llegamos al final del camino, nos detenemos junto a su carruaje para despedirnos. Y entonces otro carruaje aparece en el horizonte, en dirección a la ciudad.

—Ojalá… Ojalá viviésemos en un lugar menos cruel, en un lugar donde pudiésemos ser amigos incluso a la vista de todo el mundo —dice Julieta—. Pero me consolará saber que, sin importar qué o cuántos agravios insignificantes quieran llevar a cabo nuestras familias, tú y yo jamás seremos enemigos.

—Nunca —le aseguro.

Se inclina y me da un beso en la mejilla, yo la abrazo con cariño y agradecido por su compañía… y ese es exactamente el cuadro que estamos representando cuando el traqueteante carruaje pasa por fin a nuestro lado.

Un rostro sorprendido y terriblemente familiar nos mira fijamente desde el interior.

Galvano, uno de los secuaces de Teobaldo.

19

Mi vuelta a San Pietro es mucho más frenética que la salida, yendo a toda velocidad. Consigo adelantar el carruaje de Galvano y aunque considero brevemente detenerme y enfrentarme a él, al final solo termino azuzando aún más a mi caballo, galopando más rápido.

—Galvano te dará problemas —dijo Julieta, con el rostro pálido cuando se apartó de mí—. Deberías tratar de llegar a la ciudad antes que él. Tenemos que decir la verdad, que nos encontramos aquí por casualidad, y esperar que nos crean.

Se me quedó la boca completamente seca antes de preguntar:

—¿Es que Galvano es tan tonto como para pensar que elegiríamos una iglesia para tener una cita romántica?

—Sí. —Julieta se dirigió a su carruaje—. Lo es. Pero lo que más debería preocuparte es lo que ocurrirá si Teobaldo decide creerle. —Julieta se subió al carruaje y le ordenó al conductor que arrancase. Cuando las ruedas empezaron a girar, gritó—. Espero que mi alarma sea injustificada, pero… si tienes alguna daga, te sugiero que a partir de ahora la lleves siempre encima. Y quizás deberías decirles lo mismo a tus amigos.

Y entonces se marchó, levantando una nube de polvo a su paso, recorriendo el camino a toda velocidad y dejándome atrás con el miedo aumentando a cada segundo que pasaba.

No me cabe ninguna duda de que Teobaldo usará mi abrazo con Julieta como una prueba más sobre mis retorcidas intenciones, como justificación para su venganza. Trazó una frontera de arena en la vía de Mezzo; se abalanzó sobre mí en medio de un salón de baile abarrotado; atacó a mis amigos en medio de la plaza, me calumnió ante el príncipe y se fue de rositas. A estas alturas, sería un necio si dudara de que fuese capaz de cruzar el Adigio a nado hasta San Pietro, con sus armas y sus cómplices, solo para aplacar su ego herido.

Cuando llego de vuelta a casa, con el caballo agotado y los dos respirando con dificultad, estoy dispuesto a pasar desapercibido, pero mi padre tiene otras ideas. Apenas llevo tres cuartos de hora en la seguridad de mi habitación cuando llama a golpes a mi puerta.

—¡Ahí estás! —gruñe, como si llevase buscándome toda la tarde y yo hubiese estado ignorándolo solo para tocarle las narices—. Pues claro que te iba a encontrar en tu habitación, dando rienda suelta a tu ingrata pereza, como si no tuviésemos una docena de asuntos urgentes que atender. —Lo único que puedo hacer es mirarlo fijamente y pestañear sorprendido cuando me tiende una carpeta de cuero—. Necesito que lleves estos papeles a la casa gremial y te asegures de que se los entregan en mano a mi socio, Piramo. Te acuerdas de él, ¿verdad?

Solo es una pregunta porque espera una respuesta, sabe perfectamente que sé quién es el viejo y excéntrico Piramo. A lo que no estoy acostumbrado es a que me manden a hacer tareas tan sencillas como esta que normalmente realiza el servicio. Aún un tanto mareado, pensando todavía en Teobaldo, me aventuro:

—¿Esto no lo podría hacer alguno de nuestros pajes?

—¡No, Romeo! —ruge, con la mirada furiosa—. Si fuese una tarea apropiada para un paje, habría enviado a uno a hacerlo hace horas. Te estoy mandando a ti porque, a menos que lo hayas olvidado, vas a ser mi aprendiz. —Irguiéndose, mi padre gruñe—. Harás lo que yo te diga, ¡y sin protestar! Te guste o no, ahora tienes responsabilidades que atender, y la primera es llevar estos papeles a la casa gremial. ¿Me he explicado?

Lo único que puedo hacer es asentir con la cabeza como respuesta. Si le digo que me resisto a abandonar San Pietro por culpa de Teobaldo, me llamará cobarde. Si le explico lo que he hecho para volver a provocar la ira de los Capuleto, se enfurecerá aún más y se inventará algo nuevo que tenga que hacer, o me impondrá un terrible castigo como lección de obediencia.

Nervioso, me visto para marcharme, ajustándome la vaina de mi espada a la cadera con la advertencia de Julieta haciendo eco en mis oídos. Sin embargo, antes de marcharme, escribo rápidamente dos cartas y se las entrego a mi paje.

—Entrégalas tan rápido como puedas. Una es para mi primo Benvolio, y la otra es para mi amigo Mercucio y su hermano. Diles que es urgente que las lean cuanto antes.

Asiente con la cabeza con seriedad, sale corriendo de la villa, levantando polvo a su paso mientras corre hacia el Adigio, y yo salgo tras él, en dirección contraria. La casa gremial está situada justo en la plaza, sus elegantes arcos ocupan un lugar de honor casi justo en el centro de la alargada plaza del mercado, mi paje probablemente la cruzará para llevarle a Mercucio su carta. Pero yo no me puedo arriesgar a tomar una ruta tan directa.

Galvano ya ha tenido tiempo más que suficiente para regresar a Verona, localizar a Teobaldo y avivar su ira. Ha sido al menos el tiempo suficiente para que el malhumorado Capuleto haya empezado a planear sus siguientes movimientos, si es que no los estaba planeando antes.

En realidad, probablemente no es tan arrogante como para asaltar San Pietro, que está repleto de Montesco y aquellos leales a nuestra familia. Puede que sea errático y le guíe su temperamento, pero al menos es lo bastante inteligente como para evaluar sus posibilidades. También es lo bastante inteligente como para saber que no puedo quedarme en territorio protegido para siempre, que tendré que ir al casco antiguo de la ciudad en algún momento u otro, y que si me espera, con el tiempo, su paciencia se verá recompensada. Al fin y al cabo, solo hay unos cuantos lugares por donde puedo cruzar el río desde aquí.

Si yo estuviese en su lugar, lo primero que haría sería posicionar un centinela en el otro extremo del puente de Piedra. Como es el único puente por el que aquellos que vivimos al norte del Adigio podemos cruzar, es el lugar idóneo donde ponerme una trampa. Hay cientos de barcas con las que cruzar el río, por supuesto, y barqueros más que dispuestos a llevar a algún que otro pasajero a remo de un lado a otro por un par de peniques, y yo podría elegir a cualquiera de ellos. Pero solo haría falta que Teobaldo les prometiese una generosa recompensa por llevarme ante él y se convertirían en su propia red de espías, ansiosos por reportar cada uno de mis movimientos.

Podría caminar hacia el sur, hasta Campo Marizo, e intentar cruzar el puente por allí, pero eso solo me dejaría en la entrada de la vía de Mezzo, donde Teobaldo ya ha apostado a su grupo de fieles soldados para que vigilen a cualquiera que se apellide Montesco. De un modo u otro, me estará esperando desde el norte o desde el este, lo que significa que mi mejor estrategia es ir desde otra dirección: cruzar el río por el oeste y acercarme a la casa gremial por detrás.

El trayecto me lleva más tiempo del que me gustaría, lo bastante como para que me replantee mis elecciones, y estoy tan nervioso como un gato al que están persiguiendo para cuando cruzo finalmente el Adigio. Me adentro en el tortuoso laberinto de callejuelas que conforman en lado de la ciudad donde vive Mercucio, escondiéndome entre las escasas sombras que proyecta el sol del mediodía, con una mano en la empuñadura de mi espada todo el tiempo.

La multitud se agolpa y el ruido del mercado se vuelve cada vez más intenso a medida que me acerco, por fin vislumbro por primera vez la casa gremial y una figura familiar junto a ella, de pie junto al callejón que da acceso a la plaza, observándolo todo. Aliviado, grito:

—¡Mercucio!

Él me devuelve el saludo, pero su expresión es más sombría de lo que la he visto nunca. Al acercarme, me fijo en que no está solo, hay otras dos personas junto a él: Ben y Valentino, por supuesto, pero también algunos de mis primos más lejanos y un puñado de hombres que trabajan para mi padre. Cada uno de ellos tiene un arma en la mano y, aunque me alivia poder ver que han recibido mis advertencias y las tomaron en serio, el ver todas estas armas, todos estos rostros belicosos, solo me pone más nervioso.

—Aquí estás. —Quizás Mercucio esté repitiendo lo que me ha dicho antes mi padre, pero su actitud es mucho menos distante—. Ven. Tenemos que entrar y sería mejor hacerlo cuanto antes.

—Pensaba que estabas exagerando cuando leí por primera vez tu carta —me dice Ben, agarrándome del codo derecho y guiándome a través de la columnata y hacia el interior de la casa gremial—. Pero entonces vi a uno de los chicos de Teobaldo apostado en una puerta frente a mi casa. Me siguió hasta la plaza antes de que pudiese librarme de él.

—También había uno apostado en nuestro callejón. —Mercucio cuadra los hombros y se posiciona igual que Ben pero a mi izquierda—. Sospecho que te estaba buscando.

Respiro más tranquilo cuando por fin entramos en la casa gremial, donde la amenaza de un encuentro violento se reduce notablemente, sobre todo por el decoro general. Un asalto de frente aquí, en el interior de la casa de reuniones de los mercaderes más ricos de la ciudad, sería algo que el príncipe difícilmente podría desestimar como otra locura de juventud. Incluso para alguien a quien siempre le otorgan tantas segundas oportunidades como a Teobaldo.

—También hay espías de los Capuleto repartidos por toda la plaza —establece Valentino con seriedad a mi espalda—. Al menos, he reconocido al hombre que nos siguió por encima del muro del jardín cuando salimos huyendo del baile de máscaras. Estaba vigilando la entrada norte del mercado, y Mercucio ha identificado a otros cuantos.

—Tres más —especifica Mercucio—, pero lo importante es que nos están vigilando.

—Parece que nuestro amigo Teobaldo se ha tomado muy en serio la tarea de localizarte —dice Ben en tono jovial, intentando contrarrestar el ambiente sombrío que nos rodea—. Y dudo que haya alguna posibilidad de que todos hayamos entrado en la casa gremial rodeándote sin que sus espías ya se hayan enterado de que estás con nosotros.

Tengo el estómago revuelto, me sudan los dedos alrededor de la carpeta de cuero que mi padre me ha ordenado entregar y echo un vistazo a mi alrededor.

—¿Debería irme antes de que consigan refuerzos?

—No tendría mucho sentido —responde Ben con decisión.

—Estás asumiendo que todos sus refuerzos se han quedado en San Zenón. —Mercucio cierra la mano en un puño y se cruje los nudillos—. Pero lo más probable es que estén dispersos en esta parte de la ciudad, a la espera de alguna noticia de tu presencia. Me sorprendería que estuviesen a más de cinco o diez minutos de aquí.

—Teobaldo también estará cerca —continúa Ben—, y los secuaces que tiene apostados vigilando la plaza seguramente te interceptarían si intentases regresar a San Pietro.

—Entonces… ¿qué se supone que he de hacer? —Mi pregunta reverbera por las paredes de la casa gremial, devolviéndome mis nervios—. ¿Debería enviar a un paje a que notificase al príncipe?

—¿Que le notificase de qué en concreto? —repone Mercucio—. ¿De que hay unos cuantos Capuleto por el mercado? No vendrá a tu rescate, solo se enfadará de que no hayáis terminado de una vez por todas con vuestra enemistad y de que le estemos molestando de nuevo con los mismos problemas de siempre.

—Tiene razón. —La mirada de Ben se encuentra con la mía antes de asentir con brusquedad—. Si quieres mi consejo, lo que debes hacer es pedir tú también refuerzos. Tu mejor oportunidad para salir de la plaza y volver a casa con el pellejo intacto es hacer que Teobaldo se lo piense dos veces antes de atacar. Intimídalo, hazle ver que estás dispuesto a luchar y que las cosas no saldrán como él quiere.

—Intimidación siendo la palabra clave. Necesitamos conseguir a cuanta más gente podamos para que se unan a nosotros. —Mercucio habla como si el plan ya estuviese decidido, y puede que así sea—. Tenemos suerte de que ya tengas unos cuantos aliados en este lado de Verona, y San Pietro está mucho más cerca de la plaza mayor que San Zenón. Ya tengo en mente a una docena de hombres que estarían más que dispuestos a ayudarte.

Rápidamente, él y Ben reúnen a todos los pajes que pueden encontrar y empiezan a dar las ordenes, Mercucio marca las cartas con su sello para autenticar la llamada a las armas. La cabeza me da vueltas mientras observo la escena, cómo mis amigos reúnen con rapidez a un ejército en mi nombre. Me sigue costando creer que siga siendo el mismo día en que me desperté con una sonrisa de oreja a oreja en la cara y la marca de los dientes de Valentino en el hombro.

—Estás nervioso. —Valentino se acerca a mí y habla en voz baja, pero sentirlo tan cerca de repente me sobresalta.

Me obligo a dedicarle una sonrisa débil.

—¿Tan obvio es? —le pregunto.

—Para mí, sí —responde, sonriéndome de medio lado—. Pero me he acostumbrado a estudiarte cuando crees que nadie te está mirando, y tus cambios de humor me son tan familiares como la palma de mi mano a estas alturas.

—Esto no es… —Me cuesta expresar con palabras lo que estoy pensando, porque desearía no tener que hacerlo—.

Esto no va a ser un enfrentamiento más. No va a ser como cualquiera de las otras peleas que hemos librado contra Teobaldo en el pasado, incluso las que solo terminaron con alguno con el labio roto y unos cuantos egos malheridos. —En mi interior, justo bajo mi corazón, hay algo que vibra en mi interior y que me hace temblar las piernas—. ¿Y si no soy lo bastante valiente como para afrontar este reto?

—Lo eres —susurra Valentino y, aunque estemos rodeados de gente, sin nada de la privacidad que nos proporciona el huerto de mi familia y sus generosos perales, desliza su mano sobre la mía y me la aprieta con fuerza, un gesto que queda apenas oculto por su capa—. Eres más que bastante valiente, Romeo. Hay pocas cosas de las que esté más seguro que de eso.

Incluso aunque solo sea por un instante, sus palabras logran calmar la vibración en mi pecho y siento cómo los rayos de sol me bañan el rostro.

Hace falta menos de una hora para que los hombres leales a mi familia empiecen a responder a sus llamados, primero poco a poco, y después llegan todos de repente, una multitud de cuerpos robustos que abarrotan la casa gremial, hasta que Mercucio empieza a dar órdenes a diestro y siniestro, apostando a algunos de esos hombres fuera. Todos los recién llegados también nos informan de que la presencia de los Capuleto en la plaza también está aumentando y que los números de nuestras filas son más o menos iguales. Cuando llega el último de mis rezagados soldados, Ben me hace a un lado.

—Creo que es ahora o nunca, primo. —Tiene los ojos entrecerrados, y un músculo salta en su mandíbula—. No parece que vayamos a poder superarle en número de hombres, pero podemos demostrarle que, para llegar hasta ti, tendrá que luchar de verdad.

Tengo la lengua pegada al paladar.

—¿Crees que eso le disuadirá?

Ben se queda en silencio por unos minutos y despúes suspira.

—Lo que creo es que no tiene sentido que postpongamos lo inevitable. Esto será un punto muerto o un baño de sangre, y eso no cambiará cuanto más tiempo dejemos que pase. —Me sonríe con pesar y comprueba que lleva todo lo necesario—. Bueno, hay una tercera posibilidad. También estamos bastante cerca del palacio y, si este enfrentamiento dura más de lo previsto, probablemente el príncipe se verá obligado a intervenir. Y Mercucio tiene razón, si Escala tiene que volver a intervenir, lo más probable es que no sea para el beneficio de nadie… pero sobre todo no para el tuyo.

—Si salgo ahí y me enfrento a Teobaldo con un batallón de Montesco enfadados, y se derrama sangre en la plaza, el príncipe va a tener algo que decir sin importar cual sea el resultado —recalco desolado.

Ben no se molesta en contradecirme.

—Entonces tendrás que asegurarte de que no haya ningún derramamiento de sangre, para que el príncipe alabe tu sensato pacifismo… o tendrás que obligar a Teobaldo a que sea él quien aseste el primer golpe, sin que nadie se dé cuenta de lo que estás haciendo, para que toda la culpa pueda recaer en él. Lo único que tendrás que hacer es reírte de sus amenazas. —Sé que lo dice en broma, pero es precisamente así como empezó nuestro último altercado—. Ahora, lo mejor será que nos adentremos en el campo de batalla.

20

Nos dirigimos formando una procesión tensa fuera de la casa gremial, hacia la plaza, todos mis soldados voluntarios más que dispuestos de enfrentarse a nuestros enemigos. Valentino se queda cerca de mí, observándome preocupado cuando regresamos bajo la luz del sol. Ben y Mercucio se han adaptado cómodamente a sus papeles como mis tenientes, flanqueándome y dando órdenes.

Su compostura me desconcierta. No quiero tener que planear cada uno de mis movimientos en torno a mi archienemigo, ni ninguna hostilidad en ciernes por la que estar preocupándome constantemente, ni que ningún peligro de violencia o muerte se cierna perpetuamente sobre mi cabeza. Mientras nos desplegamos por la plaza, enfrentándonos por fin a las fuerzas de los Capuleto, me doy cuenta por primera vez de que algunos de nosotros podríamos perder la vida en esta pelea.

—¡*Romeo Montesco!* —Teobaldo irrumpe en la primera línea de la milicia que ha logrado reunir, su rostro lleno de ira, y me señala con el dedo—. ¡Eres un mentiroso y un embaucador, la peor calaña de Verona, y finalmente responderás por tu violación hacia mi prima!

Se extienden jadeos y murmullos entre los espectadores que se han reunido para observar la batalla que está a punto de librarse, otro público más reunido para observar otra sangrienta pelea entre los Montesco y los Capuleto, y yo intento ignorarlos. Con una calma que realmente no siento, digo:

—Buenos días a ti también, Teobaldo.

—Te has estado reuniendo en secreto con Julieta, no intentes negarlo. ¡Os han visto esta misma mañana, abrazándoos durante vuestra cita secreta en la campiña! —Espera a que todo el mundo comprenda lo que acaba de decir, a que yo diga que no es cierto. Al ver que me quedo callado, se acerca—. ¿Entonces lo admites? ¿Que has engañado a mi dulce prima atrayéndola hacia actos inmorales, llevándola más allá de los muros de la ciudad para no ser descubierto?

—Si Galvano te ha descrito lo que vio como un «acto inmoral» entonces te ha mentido —replico calmado, incluso aunque me pique todo el cuerpo de los nervios—. Y deberías preguntarle exactamente dónde nos vio.

—Era un lugar alejado, a unos seis kilómetros por el camino de correos, al sur de la ciudad. —Galvano se adelanta, con el pecho tan henchido como Teobaldo—. Os estabais besando, ¡yo mismo os vi!

—Nos viste —confirmo—. ¿Desde tu carruaje, verdad?

—Sí —responde inmediatamente, y solo cuando ya lo ha dicho se da cuenta de que, quizás, le acabe de tender una trampa de algún modo con mi pregunta—. Estaba llevando a mi madre de vuelta a casa desde el santuario de Santa Águeda, a donde peregrina regularmente.

—Así que nos viste de pie a un lado del camino, a plena vista de cualquiera que pasase por allí. —Aguardo, pero él no me responde esta vez—. ¿Te suena eso a dos personas que intenten tener una cita «secreta»?

—¡Estás tergiversando mis palabras! —me acusa Galvano.

Al mismo tiempo que Teobaldo declara:

—¡Está jugando con las palabras, pero ha confirmado que se ha encontrado con Julieta!

—En ningún momento he dicho que no nos hubiésemos encontrado esta mañana, he dicho que Galvano ha malinterpretado lo que vio. —El sudor me cae por mitad de la espalda, trazando un frío camino, y no paro de mirar la espada que Teobaldo lleva envainada a la cadera—. Supongo que nunca te molestaste en pedirle a la nodriza de Julieta su propio relato de lo que ocurrió en ese mismo encuentro, si lo hubieses hecho no estarías aquí poniéndonos en ridículo a todos y difamando mi nombre *otra vez*.

—No se puede confiar en esa mujer. Miente sin remordimiento alguno. —Teobaldo descarta a mi única testigo con un gesto de la mano—. ¡Al igual que tú! Colarte en casa de mi tío, volver a mi prima en contra de su familia, atrayéndola fuera de los muros y la protección de Verona para….

Le interrumpo y vuelvo a dirigirme a Galvano.

—El lugar donde nos viste, a unos seis kilómetros al sur por el camino de correos, ¿esa no es la ubicación del monasterio franciscano?

Esta vez, parpadea, mirando incómodo a Teobaldo.

—Yo profeso mi devoción en la iglesia de San Zenón. No sé ni me importa dónde vivan los franciscanos.

—Es un monasterio que se encuentra a unos seis kilómetros al sur por el camino de correos —repongo con paciencia—. De hecho, Julieta y yo solo estábamos a unos treinta metros o menos de la entrada de su iglesia. Es un lugar un tanto curioso para llevar a cabo el tipo de actividades que insinúas que estábamos haciendo, Teobaldo.

Se escuchan muchos más murmullos provenientes de la multitud, y más silencio tenso y perplejo por parte de Galvano. Pero me doy cuenta de que Teobaldo está examinando lo que acabo de decir en busca de un punto débil por el que pueda volver a atacarme. Y, cuando la encuentra, su expresión se transforma por completo.

—¿Te llevaste a Julieta a una iglesia?

Noto como algo cambia a nuestro alrededor, todos los murmullos se acallan de repente, y luego resurgen mucho más rápido a medida que la gente de la plaza empieza a atar los mismos cabos que Teobaldo. La agresividad es una olla con una tapa que se estremece mientras los bandos de esta pelea se observan, esperando a que alguien dé una excusa para atacar, y Teobaldo está decidido a darles una. El calor se apodera de mi rostro.

—No me llevé a Julieta a ninguna parte. Simplemente nos encontramos...

—«Simplemente os encontrasteis» —repite con desprecio—. ¡Qué coincidencia más maravillosa! Y en el mismo día en el que su padre ha decidido quién será su futuro marido. —Se acerca e inmediatamente Ben y Mercucio se colocan a mis lados, flanqueándome—. Puede que mi hermosa prima sea demasiado ingenua, demasiado confiada, como para darse cuenta del sinvergüenza que eres en realidad, para ver que quieres corromperla. ¡Pero también es una mujer lo bastante recatada como para dejar que tú o cualquier otro hombre la posea fuera del lecho matrimonial, y lo sabes muy bien!

—Eso es absurdo —Echo un vistazo a mi alrededor en busca de apoyo, pero de repente hay hombres que no me miran a los ojos—. Nos encontramos allí sin planearlo, pero nada más, ¡algo que su nodriza y los frailes podrán confirmar!

Teobaldo me ignora, con un brillo en sus ojos que delata lo mucho que está disfrutando de este giro de los acontecimientos.

—¿*Consumaste* tu fraudulenta unión y ultrajaste la virtud de mi pobre prima? ¿O todavía podemos preservar su honor para el noble conde Paris?

—Jamás te ha importado el honor de nadie —intercede Mercucio mordaz—. Mucho menos el de Julieta. Está claro que no te importa nadie que no seas tú o no estarías haciendo este tipo de acusaciones tan infundadas cuando sabes perfectamente que todo el mundo las recordará. La verdad terminará saliendo inevitablemente a la luz, Teobaldo, y tú terminarás cayendo bajo su propio peso.

—Entonces supongo que no tendrás ningún problema en que resolvamos este asunto aquí y ahora. —El astuto chico de los Capuleto por fin está en su elemento—. Este cobarde degenerado ha seducido a mi prima y ahora se encuentra con ella en secreto en una iglesia fuera de las murallas de la ciudad, donde sabe que su familia no acude a rezar ni irá a buscarla. —Da otro paso adelante y la multitud que nos rodea vuelve a agitarse, preparada para atacar en cualquier momento—. Te lo volveré a preguntar, señor: ¿Has ultrajado la virtud de Julieta o sigue siendo pura?

Los murmullos se convierten en gritos a plena voz, rumores mortales que se forman y alzan el vuelo a velocidades vertiginosas. Lo que está queriendo decir… que me he podido casar con Julieta en una ceremonia clandestina con el único objetivo de arruinar su futuro y su reputación, es lo suficientemente sórdido como para que todo el mundo le crea.

Se me hiela la sangre y finalmente termino aceptando que este encuentro no va a poder tener ningún final pacífico después de todo, no habrá ningún intercambio de argumentos razonables que termine en un alto el fuego; Teobaldo simplemente no permitirá que nadie mantenga la cabeza fría. Por las buenas o por las malas, se vengará de mí, y nadie saldrá de esta plaza sin haber derramado sangre antes.

Lo último que me queda es asegurarme de que, cuando el polvo vuelva a asentarse en la plaza, yo siga en pie, y de que por una vez la culpa recaiga solo en él. «Lo único que tienes que hacer es reírte de sus amenazas».

—No todos los hombres de Verona están tan dispuestos a yacer con tu prima como tú, Teobaldo —replico, haciendo que la multitud estalle en carcajadas bruscas y violentas.

Se le retuerce la expresión, los nudillos se le ponen blancos alrededor de la empuñadura de su espada.

—Muérdete la lengua, villano.

—Hablas de ella como si fuese una cuchara o una bandeja, un objeto que pudiese limpiarse y entregarse a los hombres para que lo usen a su gusto. ¡Pero ayer se encargó ella solita de limpiar la plaza con tu dignidad! —Me rio de él, aunque mi risa suena forzada, pero imitar cierto toque de frivolidad es más que suficiente para cortar la gruesa costra de tensión que se ha extendido por el aire y las risas se extienden rápidamente a través de la multitud—. Aunque sea tan hermosa, así como confiada y devota como dices, no es ingenua. Y antes de que sugieras que se la puede engañar tan fácilmente, ¡deberías considerar lo fácil que te dejó en ridículo ante el príncipe Escala!

Las risas aumentan y Teobaldo tuerce los labios, con la saliva burbujeando entre sus dientes.

—Es la virtud y la reputación de mi prima lo que está en riesgo y tú te dedicas a bromear sobre ello. ¡Te deleitas en tu intento por sabotear la integridad de Julieta, en tu implacable ataque a la respetabilidad de mi familia, porque nunca serás nada más que una escoria deshonrosa!

Dicho eso desenvaina por fin la espada, y yo respondo desenvainando la mía, y el gesto se repite por todas partes a nuestro alrededor a través de nuestras filas, con la plaza llenándose del sonido del metal hambriento al desenvainarse.

—¡Confesarás voluntariamente tus pecados! —anuncia Teobaldo, blandiendo su espada hacia mí—. ¡O te sacaré la confesión a golpes!

Y es entonces cuando carga contra mí.

No me gusta pelear. A pesar de que me hayan entrenado para saber usar todas las armas preferidas de la clase aristocrática de Verona, prefiero la paz; y nunca antes había temido de verdad por mi vida, cuando sabía que, si no ganaba, puede que jamás saliese de allí. Teobaldo, sin embargo, se ha asegurado de buscar unas cuantas experiencias peleando y aprender de ellas.

Por desgracia para Teobaldo, aunque no disfruto teniendo que participar en un duelo, es algo que no se me da nada mal.

Saber cómo blandir correctamente una espada requiere destreza, precisión y control, habilidades que, al parecer, comparte con el arte. Y aunque jamás he tenido que enarbolar mi espada con el objetivo de matar a nadie, tampoco he perdido ningún duelo en el que haya participado desde los quince años. Teobaldo es mucho más grande que yo, con hombros mucho más anchos, brazos más gruesos y piernas mucho más largas, pero sus movimientos son predecibles, y depende demasiado de su fuerza bruta, una debilidad que puedo usar en su contra.

Arremete contra mí con su espada en alto y yo contrataco por instinto, desviando el golpe con un movimiento de muñeca que le impulsa y termina desequilibrando. Casi al mismo tiempo que Mercucio se lanza contra él, haciéndole retroceder con una serie de estocadas y paradas que me dan el tiempo justo para respirar antes de que Galvano ocupe la posición que antes ocupaba su líder.

Galvano es mucho más fuerte que Teobaldo, pero también me subestima, o puede que se tenga a sí mismo en demasiada estima. Le permito que tome el control por un momento, para ver qué hace... y observo cómo se deja el torso al descubierto en repetidas ocasiones cuando se lanza contra mí. La próxima vez que lo hace, le clavo la espada entre las costillas. La herida que le hago no debería ser mortal, pero sí es lo bastante profunda como para hacerle retroceder presa del pánico.

Tras Galvano llegan otros tantos, dispuestos a retarme, y rápidamente me doy cuenta de que no puedo repeler a todos aquellos leales a los Capuleto con heridas superficiales, que algunos solo retrocederán si los hiero con tanta gravedad que no tengan otra opción. Empiezo a apuntar hacia las articulaciones de los hombros y a sus antebrazos, haciendo a un lado mi compasión mientras desgarro las extremidades que necesitan para empuñar sus armas. A mi alrededor, el caos se extiende y la sangre tiñe los adoquines a nuestros pies.

En medio de la melé, vislumbro a mis amigos de vez en cuando: Mercucio enarbolando dos espadas al mismo tiempo; Ben con el rostro ensangrentado pero una sonrisa triunfante; Valentino demasiado cerca de su hermano, con su propia espada en alto. La batalla se ha vuelto mucho más ruidosa, y me atrevo a alzar la mirada hacia el palacio. El príncipe no tardará en bajar, y puede que esta batalla termine antes de que se produzca ninguna perdida inimaginable.

A penas acabo de pensarlo cuando Teobaldo me vuelve a encontrar.

Tiene la cara magullada y sudorosa, los dientes ensangrentados y gruñe:

—Se te ha acabado eso de esconderte detrás de tus amiguitos, Montesco. ¡Esto es entre tú y yo, y lo arreglaremos como hombres!

—Si por fin te has convertido en un hombre, entonces estoy orgulloso de ti.

Trazo unos cuantos bucles por el aire para que vea que todavía tengo fuerzas, que no me rindo. Me cuesta respirar, pero los movimientos me resultan sencillos.

—Espero que sigas hablando cuando mi espada se hunda en tu pecho. —Teobaldo no se anda con rodeos—. ¡Me complacerá ser yo quien te cierre la boca para siempre!

No se está burlando de mí o intentando minar mi confianza, simplemente quiere matarme. La verdad arde en su mirada y sé que este enfrentamiento solo puede acabar de una manera.

Teobaldo se lanza contra mí y golpea frenéticamente, desesperado pero sin más destrezas que en nuestro último encuentro. Me asesta un golpe tras otro apretando los dientes con fuerza, y mi brazo empieza a dolerme por la fuerza que necesito para evitar sus avances.

Doy un paso atrás a regañadientes, y luego otro, y Teobaldo esboza una sonrisa despiadada cuando se da cuenta de que está ganando esta pelea. A mi derecha, en medio del caos, veo a Mercucio y a Valentino. Pienso con rapidez y retrocedo unos pasos más, desviándome hacia ellos, temiendo que vaya a necesitar su ayuda más pronto que tarde.

Es gracioso pensar que hubo un tiempo en el que imaginé cómo sería mi destino, cómo no importaba a dónde mirase, solo había un único futuro para mí. Pero entonces llega el momento en el que mi destino cambia de repente, cuando todo lo que una vez creí que sería inevitable se aparta de mi alcance, y sucede tan rápido que apenas puedo verlo venir.

Teobaldo se vuelve a lanzar contra mí, perdiendo el equilibrio, y después vuelve a apartarse, dejando su hombro lo bastante expuesto como para que yo pueda rasgarle la piel. Él ruge de dolor e intenta mantener su agarre sobre el mango de su espada, pero le tiembla la mano cuando la vuelve a enarbolar en mi contra. Desarmarlo no es más que una mera formalidad, una serie de simples movimientos.

La felicidad de la victoria me llena el pecho, tan seguro como estoy de que esto se acaba aquí y ahora. Veo cómo su estoque cae al suelo, cómo la sangre mana de la manga de su abrigo, y se me olvida algo hasta que oigo a alguien gritar mi nombre:

Teobaldo siempre lleva una daga encima.

Comprendo demasiado tarde que me ha engañado con ese último gesto de derrota, soltando su espada, que me ha tentado a acercarme un poco más a él para desarmarlo, para quedar al alcance de su puñal. El tiempo se ralentiza a mi alrededor cuando la punta de su daga se dirige directa hacia mi costado derecho, en ángulo para encontrar su camino entre mis costillas.

Y entonces una espada se interpone entre nosotros.

Al chocar contra mí, Valentino golpea la daga hacia arriba en el último instante con la punta de su espada, desviándola de su trayectoria. La punta del puñal rasga la gruesa tela de mi abrigo, sin llegar a rozarme la piel del torso por un pelo, y sigue su camino... directa hacia el propio Valentino.

Teobaldo deja que la daga reclame su nuevo camino, con su venganza caldeando el ambiente, y apuñala al chico que estoy empezando a aprender a querer bajo la clavícula.

Algo se rompe en mi interior, me hierve la sangre y su rugido al correr por mis venas me ahoga la razón.

Valentino se tambalea hacia atrás, con la piel desgarrada y los ojos abiertos de par en par por el pánico, al mismo tiempo que Teobaldo se vuelve de nuevo contra mí.

Y se encuentra con la punta de mi espada.

El acero le atraviesa la garganta, lo bastante profundo como para raspar el hueso, y cuando la saco el filo gotea un líquido rojo y caliente.

Respiro con tanta dificultad que se me nubla la visión al mismo tiempo que Teobaldo se tambalea hacia atrás, llevándose las manos hacia su cuello desgarrado, agarrándoselo con fuerza. Le corren sedosos riachuelos sangrientos por los dedos y por el brazo. La multitud se revuelve, nerviosa, pero yo no me veo capaz de moverme de mi sitio, escuchando el sonido que hace al caer al suelo de rodillas antes de desplomarse sobre los adoquines teñidos de carmesí.

Le tiemblan las piernas y un horrible gorgojeo surge de lo más profundo de su pecho, solo cuando Mercucio grita el nombre de su hermano es cuando por fin vuelvo en mí mismo.

Valentino yace en el suelo, con el rostro pálido y ceniciento, y sus labios volviéndose azules cuanto más se ensangrienta su abrigo. Me fallan las rodillas, y me habría dejado caer a su lado si Ben no me hubiese atrapado. Mercucio, con el rostro horrorizado, acuna la cabeza de su hermano en su regazo.

Ahogándose con el dolor, alza la mirada hacia nosotros.

—Creo que no... ¡creo que no respira!

ACTO TERCERO

PERDER UNA PARTIDA GANADA

21

Estoy luchando por liberarme del agarre de Benvolio cuando el estruendo de las trompetas corta el ambiente, anunciando por fin la llegada del príncipe Escala. Pero llega demasiado tarde. Por un minuto, sesenta despiadados segundos, llega demasiado tarde para evitar que se me rompa el corazón.

—¡Romeo, tenemos que marcharnos! —gruñe Ben ferozmente, apartándome de Valentino. Este sigue tendido en la plaza, con Mercucio acunándole la cabeza y llorando desesperado. Absurdamente, en lo único en lo que puedo pensar es: «Ese debería haber sido yo». Y ni siquiera sé a cuál de los dos chicos me refiero.

—*No*. —Con mis últimas fuerzas, lucho contra mi primo, librándome de su agarre. Ben es mucho más grande que yo, pero mi desesperación podría acabar con todo un ejército en estos momentos, podría incluso mover montañas. No tiene ni idea de a lo que se está enfrentando—. ¡Suéltame! *¡Suéltame, maldita sea!*

—No puedes ayudarle, Romeo. —Ben tiene que gritar por encima del sonido de las trompetas, que resuena mucho más cerca esta vez, para hacerse oír—. ¿Me entiendes? *¡No puedes ayudarle!* Necesita a un cirujano, y tú tienes que alejarte de aquí tan rápido como puedas. *Ahora.*

Me empuja hacia atrás, con mis talones raspando sobre los adoquines, y la multitud llena rápidamente el hueco que acabo de dejar. Me bloquean la vista y empiezo a entrar en pánico, golpeando a diestro y siniestro.

—No… lo pienso… *dejar…*

—No está solo, tiene a su hermano y… *¡Romeo, mírame!* —Ben me sacude con fuerza hasta que obedezco, mareado. Tiene el rostro ceniciento y ensangrentado, y los ojos abiertos de par en par con urgencia—. ¡Has matado a Teobaldo! ¿Te das cuenta de lo que te pasará si caes en manos del príncipe? ¿Lo sabes? —Me vuelve a sacudir y, para mi sorpresa, unas gruesas lágrimas le recorren las mejillas—. Te exiliarán, Romeo, *eso si tienes suerte.* Lo más probable es que te cuelguen por haber arrebatado una vida dentro de los muros de Verona, cuando lo que se os había ordenado era que dejaseis vuestra enemistad a un lado por el bien de la paz, ¡y no voy a dejar que eso ocurra!

—Pero Valentino… —Se me rompe la voz y la multitud se agolpa a nuestro alrededor, cada vez más agitada.

—No podemos ayudarle —vuelve a insistir, desesperado—, y si no huyes, te exiliarán, ¡o morirás! ¿Cómo beneficiaría eso a Valentino? ¿O a Mercucio, o a mí? —Me vuelve a sacudir, y el peso de sus palabras casi hace que me derrumbe—. Si quieres volver a vernos, tienes que marcharte a algún lugar donde el príncipe no pueda encontrarte. Ven conmigo, primo, ¡déjame sacarte de aquí cuando todavía tenemos tiempo!

Esta vez, casi me levanta los pies de suelo, arrastrándome lejos de los guardias que están cada vez más cerca, y yo termino rindiéndome por fin. Ya no resuenan por la plaza el sonido de las espadas entrechocando y, a nuestro alrededor, los hombres se están quedando quietos al darse cuenta de que la batalla ha terminado. En unos segundos, no habrá ningún caos que oculte nuestra huida. Como si fuese un sonámbulo, dejo que Benvolio me arrastre desde la plaza hasta el laberinto de callejones que forman el corazón de Verona, alejándome con cada paso de Valentino.

Me paso los siguientes dos días perdido en medio de una neblina de conmoción y tristeza.

Solo se me ocurre un lugar seguro lejos de Verona que creo que estará dispuesto a acogerme y, de alguna manera, Ben se las apaña para llevarme hasta allí. Al menos, debe de haberlo hecho, porque es donde me encuentro en estos momentos, dos mañanas más tarde, despertándome en una celda estéril sin nada más que la ropa que llevo puesta.

—Estás despierto —observa Fray Lorenzo abriendo la puerta, y su expresión muestra alivio y sorpresa. Lleva una bandeja con pan fresco y agua en las manos, y la deja sobre una mesita a mi lado.

—¿Lo estoy? —Me pesa el cuerpo y me duele el corazón, la habitación da vueltas a mi alrededor, meciéndose como uno de esos faroles del patio secreto de los Capuleto, los que hicieron que el pecho de Valentino refulgiese bajo su luz la noche del baile de máscaras.

Solo pensar en él hace que algo se retuerza dolorosamente en mi pecho.

—Has estado dormido la mayor parte de las últimas treinta y seis horas. —El monje toma asiento frente a mí, dejándose caer sobre la única silla de la habitación, con la luz del sol filtrándose por la ventana a su espalda—. No estoy seguro de que haya sido un sueño del todo saludable, pero tenía la sensación de que necesitabas descansar.

A medida que mi cabeza empieza a despejarse, el aroma de la hierba recién cortada y del aire fresco llena la celda, y yo echo un vistazo a mi alrededor.

—Estoy en el monasterio. Me acogiste, después de todo, aunque yo…

No logro terminar la frase, y Lorenzo esboza una sonrisita preocupada.

—Así es. En realidad, no todos los hermanos estuvieron de acuerdo, va en contra de nuestro credo el derramar sangre si te ciega la ira, como ya sabes, pero abogué por tu buen carácter y eso hizo que la balanza se inclinase a tu favor. —Tira distraídamente de los dobleces de su túnica—. Al fin y al cabo, Romeo, te conozco, y tu primo me contó lo que había sucedido en la plaza. Actuaste para defender a alguien que te importa. La historia está llena de hombres honrados cometiendo actos parecidos.

Es una forma amable de reconocer que he quitado a una vida; a pesar de saber el peligro que suponía Teobaldo en ese momento, todavía me cuesta hacer las paces con ello.

—Valentino me salvó del ataque de Teobaldo. —Todavía recuerdo el brillo del metal al entrechocar contra su espada, la daga que consiguió desviar en el último momento—. Y le pagué vengándome. No pensé en nada cuando le atravesé el cuello a Teobaldo con mi espada, todo ocurrió tan rápido y sé que, si no le hubiese parado los pies para siempre en ese momento, ambos estaríamos muertos ahora. —Las lágrimas que me caen por las mejillas empapan la sábana que me llega a la cintura—. ¿Has tenido... has tenido alguna noticia de Verona? ¿Sabes si...?

Lorenzo me interrumpe antes de que tenga que terminar de formular la pregunta.

—No he oído prácticamente nada, solo que el príncipe está furioso por lo que sucedió en la plaza, como sin duda supondrás. Ha enviado a varios jinetes por todos los caminos que salen de la ciudad en tu busca, pero hasta ahora no han encontrado ninguna pista tuya, así que estás a salvo. —Duda y se rasca la barba—. En cuanto al resto, lo único de lo que se habla es de la muerte de Teobaldo. Ayer estuve preguntando por el resto de los muertos y pedí que me hiciesen saber si se añadía algún nombre a la lista, pero de momento nadie ha mencionado a tu Valentino.

—¿Él no está... no está muerto? —Me enderezo en la cama, confuso y alerta. Tengo grabado en mi memoria mis últimos recuerdos a su lado, la última vez que lo vi: pálido, sangrando, inmóvil... ¿es posible que se haya recuperado?—. ¿Eso significa que...?

—Lo único que significa es que nadie sabe cómo está. —Fray Lorenzo mide con cuidado sus palabras, aferrándose a los hechos—. No especulemos antes de tener más información. Lo que descubramos hoy y mañana será mucho más fiable que lo que sabemos hasta ahora.

—Lo entiendo —respondo. Y así es... o eso creo. Pero mi corazón se aferra a la esperanza de que Valentino esté vivo—. ¿Se sabe algo de mi padre o de mi madre?

Lorenzo se revuelve un poco en su asiento.

—Solo unos cuantos rumores descabellados. Como te acabo de decir, lo mejor sería que esperásemos un par de días más antes de tomar cualquier rumor como cierto.

Esta vez entiendo perfectamente lo que me está queriendo decir: las noticias son tan malas que prefiere no decir nada en voz alta. Suspiro y me vuelvo hacia la ventana, observando el cielo azul que se me presenta tras el cristal… y me doy cuenta por primera vez de que cabe la posibilidad de que jamás regrese a Verona. ¿Estarán mis padres llorando mi pérdida? ¿Estarán enfadados? ¿Los he dejado solos para que hagan frente a la venganza de los Capuleto?

Alguien llama a la puerta de la celda y Lorenzo se acerca. Espero encontrarme con otro fraile, por eso me sorprendo cuando resulta ser Benvolio quien está tras la madera.

—¿Primo? —Me levanto de la cama corriendo y me lanzo hacia sus brazos, él me abraza con tanta fuerza que al final me cuesta hasta respirar—. ¿Qué estás haciendo aquí? ¿Sabes algo de lo que está ocurriendo en casa? ¿Valentino está… está…?

—Tengo muchas cosas que contarte —dice Benvolio con voz cansada, y por primera vez me fijo en lo agotado que parece—. Pero he recorrido un camino terriblemente largo. No solo me están vigilando los Capuleto, que creen que terminaré trayéndolos hasta ti, sino también los espías del príncipe, que tienen la misma esperanza. He tenido que cabalgar hasta San Bonifacio antes de estar seguro de que podía regresar al monasterio. —Se deja caer en el borde de la cama—. Tuve que salir de casa al amanecer, cambiar de caballo tres veces, ¡y no he comido ni bebido nada desde hace horas!

—Puedes comerte mi pan y beberte mi agua —le digo, señalando la comida que Fray Lorenzo me ha traído—. Yo no tengo apetito.

Benvolio observa la bandeja con mis humildes ofrendas y después me mira como si le hubiese golpeado.

—¿Pan y agua? He venido a *visitar* a los monjes, ¡no a unirme a su orden!

—Son muy famosos por su panadería, Ben.

—También son bastante famosos por su elaboración de cerveza —señala de mal humor—. ¿Es que he venido hasta aquí, sudando y soportando que se me metiesen mosquitos en la boca, para que no me ofrezcan ni una mísera jarra de cerveza?

Su pataleta es tan ridícula, tan perfectamente *él*, que no puedo evitar reírme.

—¡Esto no es una posada, Ben, no podemos hacerle pedidos a la hospitalidad de los frailes!

—Sin embargo, sí que somos bastante famosos por nuestra elaboración de cerveza. —Fray Lorenzo le dedica una sonrisa alegre—. Pero, por favor, estamos tan hambrientos de conocimiento como tú de comida y bebida. Tómate lo que hay aquí y yo me encargaré de ir a buscarte una jarra de cerveza cuando hayas acabado.

Ben accede entre gruñidos, comiéndose la mitad del pan y bebiéndose el vaso de agua de un trago. Se limpia la boca con la manga y anuncia:

—Valentino está vivo.

El alivio que me inunda es tan intenso que noto cómo me flaquean las piernas.

—Entonces está…

—… pero por poco —añade Ben, sus palabras son sombrías y con solo observar su expresión, mi esperanza desaparece de nuevo—. Por suerte, la herida que le hizo Teobaldo era poco profunda, aunque sangrase con ferocidad, pero un

cirujano logró volver a cerrarla. Pero todavía no ha despertado y el médico que lo atiende dice que su estado está empeorando lentamente.

Incapaz de confiar en mi voz, me quedo callado, y Fray
Lorenzo suspira.

—¿Se le ha infectado la herida, entonces?

Es la respuesta obvia y el diagnostico más certero, dece-
nas de hombres mueren cada año por heridas supurantes e
infectadas. Pero entonces Ben nos sorprende a ambos con su
respuesta.

—No, o, al menos, eso es lo que jura el médico que lo
atiende, que dice que su herida parece estar curando perfectamente, pero su fiebre no para de subir para luego bajar al
poco rato de repente, suda y tiembla, y parece estar sufriendo un terrible dolor.

—No puede morir —susurro, hablándole a la ventana, al
cielo azul y a lo que quiera que haya más allá—. Si muere
será por mi culpa.

—No es culpa tuya, Romeo. —Ben me aprieta el hombro
suavemente—. Teobaldo es quien lo apuñaló. No te culpes
por que Valentino se interpusiese en el camino de la daga
que iba directa hacia tu corazón.

—¿Qué está diciendo la gente de lo que hizo Romeo?
—Fray Lorenzo se inclina hacia delante—. Sabemos que el
príncipe lo está buscando, pero *¿para qué* lo busca?

Ben tira distraídamente de un trozo de hilo suelto de su
camisa.

—Todavía no han tomado ninguna decisión… Teobaldo
está muerto y los Capuleto exigen sangre. Pero no fue una
víctima inocente, y hay suficientes hombres honrados que
han testificado que fue él quien empezó la batalla —añade

con una sonrisa irónica—. Y te complacerá saber que la nodriza de Julieta ha corroborado lo que dijiste que ocurrió en realidad aquel día.

—Así que... ¿lo están buscando tan solo para exiliarle? —Fray Lorenzo enarca las cejas al preguntarlo.

—Lo están buscando para castigarlo —repone Ben incómodo—. Solo que el príncipe todavía no ha decidido cómo será ese castigo. Le advirtió a Romeo que no continuase con esta disputa, y entonces él asesinó a Teobaldo al día siguiente, y en el mismo sitio en el que le advirtió... las circunstancias, al menos en lo que concierne a Escala, son esencialmente irrelevantes. —La amargura le tiñe la voz—. Lo que quiere es dar ejemplo.

—¡Solo lo maté porque intentó asesinar a Valentino! —exclamo, por fin encontrando mi voz—. ¡Intentó asesinarnos a *ambos*!

—Al príncipe no le importan los motivos, solo le importa que ignorasteis su grandioso discurso. —Ben se masajea la nuca—. Pero aunque los Capuleto hayan hecho mucho ruido para condenarte, los Montesco han hecho mucho más ruido para defenderte. Al menos, han presionado tanto al príncipe que ha tenido que reconocer el largo historial de problemas que ha incitado Teobaldo, y para que reconozca que murió en el acto de intentar arrebatar una vida él mismo.

—¿Han tenido que pedirle que reconozca eso? —Solo porque soy un fugitivo, con mi futuro arruinado y pendiente de un hilo, puedo reunir las fuerzas suficientes para demostrar mi incredulidad ante la perpetua indiferencia de Verona ante las injusticias.

—Ese es un argumento razonable. —Fray Lorenzo frunce el ceño—. A Teobaldo no lo asesinaron; enarboló su daga hacia otro hombre y terminó perdiendo. Y si Valentino no mejora... —Me dedica una mirada preocupada—. Bueno, entonces él también será culpable de haber arrebatado una vida en el interior de los muros de Verona.

—Sí —afirma Ben—. Y es por eso por lo que el príncipe todavía no ha decidido cuál será la sentencia de Romeo. —Al otro lado de la ventana, el viento mece los árboles y una bandada de pájaros vuela tranquilamente sobre sus ramas—. Si Valentino muere, entonces Teobaldo será culpable de asesinato, y su sentencia habría sido la muerte igualmente. Romeo simplemente le habría impuesto la condena un poco antes de tiempo.

Benvolio se queda callado y el silencio me resulta insoportable.

—Pero ¿qué significa eso? —insisto—. ¿Tendrá en cuenta las circunstancias o no?

Ben me mira a los ojos con pesar.

—Significa que, si Valentino muere, entonces el príncipe se limitará a desterrarte por el papel que jugaste en esa miserable escaramuza. Pero si Valentino sobrevive, entonces... Romeo, se te considerará culpable de asesinato y se te sentenciará oficialmente a muerte.

22

De repente, la celda se queda sin el aire que tanto necesito para respirar y, por un momento, lo único que puedo hacer es aferrarme al borde de la cama y tragarme la bilis que me sube por la garganta. «Si Valentino muere, yo viviré... Pero si Valentino vive, yo moriré». ¿Cómo es posible que el príncipe sea tan cruel? ¿Cómo puede ser el destino tan cruel?

Acabamos de reencontrarnos, acabamos de descubrir el tipo de felicidad que podemos llegar a compartir. Acabo de empezar a comprender lo que significa amar de verdad, y ahora nuestros destinos están vinculados, pero estamos espalda contra espalda, por lo que solo uno puede estar de cara a la luz.

Fray Lorenzo vuelve a salir en mi defensa.

—¿Cómo puede Escala justificar una decisión tan absurda? Teobaldo tendió una red para atrapar a Romeo y buscar venganza. Él se vio atrapado en la tesitura de tener que arrebatar una vida. O la reacción de nuestro joven amigo fue justa, o no lo fue, pero no deberían importar las secuelas si el objetivo de Teobaldo era el que es.

—La situación en Verona ahora mismo pende de un hilo. —Ben se frota la cara, apesadumbrado—. Los Capuleto exigen que se derrame sangre Montesco, y tu padre ha decidido que no va a parar hasta que Alboino haya aprendido la lección de una vez por todas. Todo el mundo está enfadado, las dos familias y aquellos que las apoyan exigen un castigo a voz en grito todos los días a las puertas del palacio, desde que amanece hasta que anochece, y a cada hora que pasa hay más peleas que amenazan con estallar. —Sacude la cabeza—. Esta decisión equívoca del príncipe fue su intento de apaciguar a ambos bandos, de forzar una tregua.

—Como hizo el rey Salomón —remarca Fray Lorenzo—. Solo que en esta ocasión no se salvará nadie gracias al amor de una madre.

—He oído decir a una… a una dama a la que visito a veces, —Ben le dedica una mirada culpable al monje—, cuyo marido es consejero de Escala, que el príncipe está francamente contento de que Romeo haya huido de Verona y no tiene ningún deseo en seguirle la pista. Tu huida, primo, zanja por completo un espinoso asunto del que prefiere no ocuparse —añade, barriendo la sala con el brazo—. Además, arrestarte y llevarte de vuelta para que te enfrentes a sus jueces no haría más que exacerbar todavía más las crecientes tensiones.

—Pero ¿no acabas de decirnos que esta mañana te han perseguido de aquí para allá esperando que los guiases hasta aquí? —Lorenzo frunce el ceño.

—Puede que el príncipe no quiera que encuentren a Romeo, pero sigue estando obligado a buscarlo —suspira Ben—. Los Capuleto lo están observando muy de cerca, y no fueron precisamente los espías del príncipe los que me persiguieron hasta San Bonifacio. Alboino tiene un montón de leales seguidores para hacer lo que él quiera y dinero más que suficiente para contratar a un grupo de mercenarios para que lleven a cabo su propia cacería.

La celda da vueltas a mi alrededor y noto cómo toda la sangre abandona mi rostro. De alguna manera, incluso cuando creo que ya he llegado hasta lo más profundo de mi desesperación, el suelo bajo mis pies parece desaparecer y vuelvo a hundirme un poco más. Hace una semana, el futuro que más temía estaba lleno de falsedades, frustración y sueños frustrados. Hoy soy un fugitivo, preocupado no solo por el futuro de Valentino y el castigo que me puedan imponer, ya sea la muerte o el exilio, sino también por una horda de asesinos a sueldo que no comparten la misma perspectiva que Escala en cuanto a mi huida.

La expresión de Lorenzo se vuelve sombría.

—Tendremos que trasladarte. Tu asociación con nuestro humilde monasterio se ha vuelto demasiado conocida. Llegará un momento en el que alguien atará cabos y sabrá que te hemos ofrecido refugio, si es que no lo han hecho ya.

—Tiene razón. —Ben me observa—. Y dentro de poco habrá varias patrullas estacionadas por todo el camino de acceso, ya sean de los Capuleto o del príncipe, para ver si te pueden atrapar en cuanto regreses a la ciudad. Podrías quedar aquí atrapado para siempre.

Miro fijamente las paredes, con el miedo enroscándose lentamente alrededor de mi cuello como una soga.

Lorenzo se aclara la garganta.

—Antes de venir aquí, estuve un tiempo en Mantua. Todavía tengo amigos entre los frailes mendicantes de allí y puedo preguntarles si estarían dispuestos a acoger a un refugiado. —Intenta sonreír, pero la sonrisa no le llega a los ojos—. No te puedo garantizar nada, pero puedo escribirles y asegurarme de que mi mensaje salga hoy.

—No tenemos tiempo que perder —repone Ben, de acuerdo con el fraile, y en cuanto pronuncia esas palabras alguien vuelve a llamar a la puerta de mi celda.

Ya bastante nervioso, casi se me sale el corazón del pecho por el inesperado sonido, y los tres intercambiamos una mirada preocupada. Lorenzo responde a la llamada con cautela, dejando al descubierto tras la puerta a un novicio con los ojos desorbitados.

—Hombres —jadea el joven, señalando el pórtico protegido de los claustros—. Hombres armados... de la ciudad. Están aquí para encontrar a... —No termina la frase, pero su mirada se dirige hacia a mí por encima del hombro de Lorenzo, y se me hiela la sangre—. ¡Están buscándolo por todas partes, incluso en la propia iglesia! Creo... creo que no vienen en son de paz. Guillaume los ha retrasado, ¡pero no tardarán mucho en venir hacia aquí!

—Gracias por decírmelo, Tommaso. —De algún modo, Fray Lorenzo se las apaña para sonar calmado, y su rostro adopta una expresión que reconozco de todas las veces que lo he observado evaluar las plantas de su jardín, considerando sus usos potenciales—. Necesito que vayas a buscar un par de cosas del almacén y me las traigas tan rápido como sea posible. Antes de que Guillaume se quede sin ideas sobre cómo distraer a nuestros visitantes inesperados.

Una vez que Lorenzo le ha explicado lo que necesita, el novicio se marcha a la carrera, con sus pisadas resonando como la lluvia al caer en medio de una tormenta. A mí se me forma un nudo en la garganta.

—¿Qué vamos a hacer? —susurro.

—No salgas de esta celda. No hagáis ningún ruido y reza para que tu mala suerte no se salga con la suya esta vez.

—Como consejo, está lejos de ser alentador… mi mala suerte tiene más aguante que Filípides, el mensajero griego que corrió desde Maratón hasta Atenas. Pero asiento de todos modos, porque incluso un mal plan es mejor que no tener plan alguno.

—Pero ¿y si echan abajo la puerta? —Como acto reflejo, Ben se lleva la mano al cinturón y sus dedos se cierran en torno a la empuñadura de su estoque—. No tenemos ningún lugar donde escondernos aquí dentro.

—Si mi plan tiene éxito, no lo necesitaréis. —Fray Lorenzo duda y después añade solemnemente—. Si falla, si se atreven a rebuscar en nuestras residencias sin nuestro permiso, necesito que no desenfundéis vuestras armas.

—¡Pero matarán a Romeo!

—Se lo llevarán hagáis lo que hagáis —responde Lorenzo en voz baja, y mi estómago vacío vuelve a revolverse—. Tendréis que matarlos para evitar que eso pase, y eso solo empeoraría las cosas, para ambos.

—Tiene razón, Ben. —Niego con la cabeza, aterrorizado pero seguro—. Ya has hecho mucho por mí. No permitiré que asumas más riesgos estúpidos en mi nombre.

—Pero…

—Por favor. —Me obligo a parecer valiente—. Siempre has sido más un hermano que un primo para mí. Lo que necesito es que no pongas tu vida en riesgo por mí, no podría soportar las consecuencias de mis actos si tú también salieses herido.

Ben abre la boca como si fuese a decir algo… y luego vuelve a cerrarla. Le tiembla la barbilla y sus ojos relucen un momento antes de que parpadee para apartar las lágrimas. Finalmente, asiente a regañadientes.

Un momento más tarde, vuelven a llamar frenéticamente a la puerta, anunciando el regreso de Tommaso.

—Soy yo. Traigo lo que me has pedido, Guillaume no ha podido entretenerlos más, ¡y los hombres vienen hacia aquí!

—Recordad lo que os he dicho —nos dice Fray Lorenzo, tomando la bandeja de comida vacía y dirigiéndose hacia la puerta—. ¡No hagáis ningún ruido!

Se escabulle fuera de la celda y apenas unos segundos después oímos cómo una voz grave grita desde el pórtico.

—¡Tú! ¿Qué habitaciones son estas?

Sé en mis huesos que ese hombre me está buscando, que probablemente le hayan enviado los Capuleto, que preferirían verme muerto que vivo, y su cercanía me pone los pelos de punta.

Pero Fray Lorenzo responde tan calmado como siempre.

—¿Estas? —responde como si no pasase nada fuera de lo común—. Son celdas, señores, son el alojamiento de los frailes que residen aquí. Pero ¿quién les ha permitido entrar en el recinto? Hay…

—No nos tiene que dar *permiso* nadie —repone un segundo hombre, su réplica llena de desprecio—. Estamos buscando a un cobarde, a un asesino fugitivo de Verona, y nos han dicho que hay motivos para creer que habría venido buscando refugio a esta iglesia. Si está aquí, ¡no permitiré que un montón de hombres descalzos vestidos con sacos de patatas sucios nos retrasen!

—Hay una recompensa por su cabeza que pretendemos cobrar —declara el primer hombre—, y si sabes lo que te conviene, vas a empezar a abrirnos esas puertas, para que veamos quién se esconde tras ellas. Estamos dispuestos a insistir.

—Aquí no se esconde nadie, señores, y tampoco hay ninguna cerradura que abrir, así que no hace falta que amenacen.

—¿Ninguna cerradura? —Tras esa respuesta incrédula, oímos cómo una puerta se abre de golpe, tan cerca que podría ser la de la celda de al lado, y Ben y yo intercambiamos una mirada húmeda y llena de pánico—. ¿Nos estás queriendo decir que simplemente os acostáis por la noche esperando que ningún ladrón os asesine en vuestras camas mientras dormís?

—Los Frailes Menores no tenemos nada que nos pertenezca, no hay nada aquí dentro que los ladrones puedan robar —dice Lorenzo y su tono se vuelve mucho más frío—. Si pretenden invadir nuestros aposentos privados, no me interpondré en su camino, por muy molesto que sea, pero les aconsejo encarecidamente que no lo hagan.

—¿Ah sí? ¿Y por qué no, monje? ¿Te da miedo lo que podamos encontrar?

—Solo lo que se podrían llevar de vuelta a Verona cuando se marchen.

—Primero nos dice que no tiene nada que le pertenezca que se pueda robar, ¡y ahora nos tilda de ladrones! —se ríe el segundo hombre—. ¿Qué va a ser, hipócrita remendón?

—No estoy hablando de ningún objeto que robar, señor —dice Fray Lorenzo pacientemente—, sino de la peste.

El silencio que le sigue a sus palabras es denso, tan grande que resuena, y me suda la espalda. Sé que es mentira, pero la sola mención de la enfermedad catastrófica que diez-

mó la población del país unos cuantos años antes de mi nacimiento me sigue poniendo los pelos de punta.

—¿*La peste?* —repite el hombre en un áspero susurro.

—Sí. —La arena raspa los pies descalzos de Fray Lorenzo—. ¿Es que no se han fijado en el cartel que había clavado
en la puerta de la iglesia?

—¿Qué cartel? —pregunta el segundo hombre, con voz
repentinamente chillona—. ¡Yo no he visto ningún cartel!

—Clavamos un cartel con el aviso. Uno de nuestros novicios enfermó hace un par de noches y a la mañana siguiente
había dos frailes más infectados. Por la tarde ese número había ascendido hasta tres frailes, así que aislamos a esos hombres en esta ala del claustro y clavamos un cartel avisando
del peligro en la puerta de la iglesia.

—¡Yo no he visto ningún cartel! —La histeria del segundo hombre es ahora mayor, y por un buen motivo—. ¿Por
qué nadie nos avisó de esto cuando llegamos? ¿Por qué se
nos ha permitido entrar en la iglesia y en los terrenos del monasterio si hay infectados de… *la muerte negra*?

—Creo que usted mismo ha dicho antes que ni han buscado ni pedido nuestro permiso, mi señor —le recuerda Lorenzo.

—¿Cómo sabemos que estás diciendo la verdad? —El
primer hombre es mucho más reservado que su compañero—. Si hay infectados de peste en esta ala, ¿qué estás haciendo tú aquí? Acababas de salir de una de esas habitaciones
cuando veníamos por este pasaje.

—Incluso los enfermos y moribundos necesitan sustento,
señor, y alguien tiene que traérselo. —El traqueteo de mi propia bandeja de comida me lleva de vuelta al pasillo, y me doy
cuenta de que Lorenzo se la llevó como atrezo para su menti-

ra—. Atender a los afligidos forma parte de nuestro propósito, y no le temo a lo que me espera más allá del velo. ¿Y ustedes?

El segundo hombre hace un ruido extraño que parece provenir del fondo de su garganta.

—Iré a comprobar si está diciendo la verdad con respecto al cartel en la puerta.

—Como deseen. De igual modo, no puedo detenerles si lo que desean es seguir adelante y examinar esta ala. —Lorenzo adopta una postura casi aburrida mientras la precipitada retirada del segundo hombre resuena bajo el pórtico—. Pero si llevan la peste de vuelta a Verona con ustedes, que Dios y el príncipe Escala se apiaden de sus almas.

—¿Por qué no habéis avisado a Verona cuando descubristeis que teníais la peste entre vuestros muros? —La voz del primer hombre queda de repente amortiguada, como si se hubiese colocado una tela sobre la boca—. Estáis a solo unos seis kilómetros de distancia, la ciudad debería haber sido advertida. ¡Si lo hubiésemos sabido, jamás habríamos planeado parar por aquí!

—Sí que enviamos a un mensajero, ayer al alba, pero parece que toda la población está demasiado preocupada por lo que sucedió en la plaza. ¿Puede que hayan ignorado u olvidado nuestra advertencia por el caos?

Al hombre no parece interesarle mantener ningún tipo de discusión al respecto. Sin siquiera despedirse, sus botas se deslizan sobre la arena y salen corriendo por el pasaje abierto hasta que dejan de oírse. Se hace de nuevo el silencio, casi tan pesado como el primero… y entonces alguien abre la puerta de la celda.

—Ya podéis salir —anuncia Fray Lorenzo, triunfante y aliviado—. Nuestros visitantes se han marchado.

23

—¡Increíblemente bien jugado! —Benvolio está prácticamente flotando, su rostro pálido y nervioso ya no es
más que un recuerdo lejano—. Sin duda correrán la voz en
cuanto regresen a Verona. Romeo estará a salvo aquí al menos una semana más.

Pero mientras que Ben flota de alegría, Lorenzo cavila.

—Yo no contaría con ello. Hemos tenido suerte de que
solo hayan venido dos y de que ninguno estuviese mirando
cuando Tommaso colgaba el cartel. Puede que no tengamos
tanta suerte una segunda vez. —Lorenzo se vuelve hacia
mí—. Lo más probable es que hayamos ganado dos o tres
días más como mucho. Pero aquellos que sospechan que Romeo está escondido aquí pueden pensar que este brote quizás es demasiado oportuno como para fiarse de que sea
cierto. Puede que incluso envíen a un médico para que lo
compruebe desde la ciudad.

—¿Qué haréis entonces? —le pregunto. *¿Es mi destino
darles problemas a todos aquellos a los que conozco?*, pienso.

—Los enfermos tendrán una recuperación milagrosa. —El monje ladea la cabeza con una sonrisa pícara—. Se sabe que ocurre de vez en cuando. Pero si llegamos a vernos en esas, tenemos que asegurarnos de que ya no estés aquí para que te encuentren.

Mi familia tiene contactos por toda la región; familiares, amigos y asociados, nobles que podrían extender su generosidad al vástago de una rica dinastía mercantil. Pero no puedo aprovecharme de la generosidad de ninguno de ellos, porque será en sus casas donde primero me busquen Escala y los Capuleto. Al final, no me queda otra opción más que esperar que el monasterio de Mantua acepte acogerme... y eso me deja un tanto hueco por dentro.

Me pregunto con aire taciturno si así es como se sintió Valentino cuando lo enviaron a vivir a Vicenza, sacándolo a la fuerza de su casa, sin darle ninguna opción de que pudiese decidir sobre su futuro, separándolo de todo y de todos a los que conocía. Y me pregunto si no habría sido mejor que jamás hubiese regresado a Verona... si nunca nos hubiésemos reencontrado.

Y al mismo tiempo, me duele el corazón por las ganas que tengo de volver a verlo. El recuerdo de su cuerpo, inerte y sangrando en el regazo de su hermano, es un remolino del que mi mente no logra escapar, y es una tortura. Él está en algún lugar de Verona, empeorando o mejorando, y yo no puedo ni siquiera estar a su lado. Una parte de mí desea regresar a escondidas a la ciudad, buscarlo y, al menos, verlo por última vez, sin importar las consecuencias.

Pero estoy seguro de que me atraparían y las consecuencias serían lo que terminaría por separarnos para siempre, de un modo u otro. Es un precio que no estoy dispuesto a pagar. Todavía no.

Después de satisfacer la petición de Ben de una jarra de cerveza, Fray Lorenzo insiste en que debo tomar un poco de aire que no se haya filtrado a través de mi ventana, y nos lleva fuera del claustro. Allí, cuando el sol empieza a esconderse tras las colinas por el oeste, nos ordena que disfrutemos de la luz menguante del día y que revisemos ya que estamos algunos de los arriates del jardín en busca de algún insecto hambriento. Al principio intento resistirme pero finalmente la caricia de la brisa fresca contra mi rostro y el aroma de las plantas consiguen mejorar mi estado de ánimo.

De hecho, me pierdo tanto en el trabajo tan sencillo de buscar insectos que no oigo cómo alguien se acerca por el camino de entrada al monasterio. Estoy al lado de la iglesia, agazapado entre un floreciente arbusto de tomillo, cuando escucho cómo alguien se me acerca por la espalda.

—Disculpe, estoy buscando a Fray Lorenzo —dice una voz urgente.

Cuando me vuelvo me encuentro cara a cara con Julieta Capuleto.

Por un momento solo podemos mirarnos fijamente. Y entonces caigo en la cuenta de que no he pensado en ella ni una sola vez desde que me he despertado en el interior de esa celda esta mañana, que ni siquiera me he preocupado por lo que podría estar sufriendo ella con todo esto. Teobaldo dejó caer ante una gran audiencia que era una mentirosa y una estúpida, retozando conmigo a espaldas de su padre. Me atacó bajo el pretexto de vengar su honor... y luego yo lo maté, a su propio primo, su propia sangre, y ella se ha tenido que quedar atrás para soportar la carga de las consecuencias de nuestra pelea, tanto el duelo como las falsas acusaciones, y todo ella sola.

—¡Romeo! —exclama, está claro que no se esperaba encontrarme aquí.

—Julieta. —Me sonrojo con violencia y tengo que luchar contra las ganas de dar un paso atrás—. Yo… siento muchísimo lo de Teobaldo. Lamento tu pérdida y el papel que has tenido que desempeñar en todo esto. Puede que no me creas, no te culparía si así fuera, pero es la verdad. Y si estás enfadada conmigo, también lo entiendo.

Ahora que Julieta me ha visto con sus propios ojos ya no puedo esconderme más; y mientras que la relación que tenía con su primo ciertamente no era la mejor, la muerte suele transformar los recuerdos que tenemos de una persona. Si siente que tiene que vengar la muerte de Teobaldo, por las crueles palabras que le haya dirigido o por los momentos felices que hayan compartido, podría denunciarme al príncipe, o decirles a sus padres dónde estoy.

—Nunca podré deshacer lo que he hecho —sigo diciendo, obligándome a mirarle a los ojos al decirlo—, sin importar lo mucho que me gustaría poder hacerlo por ti, y por mí, y por Teobaldo.

Y por Valentino, pienso, pero no lo digo en voz alta, porque no estoy seguro de poder decir su nombre sin desvelar todo lo que siento por él.

—Yo también lo siento. —Ella suspira con pesar, cerrando los ojos al hacerlo—. Por todo. Por la muerte de Teobaldo, por que hayas tenido que ser tú quien le asestase ese golpe final, por su beligerancia infantil, y por la desgraciada desdicha a la que su impetuosidad nos ha llevado. No encuentro las palabras para expresar cuánto lo siento. —A Julieta se le hunden los hombros, apesadumbrada, y cuando vuelve a alzar la mirada hacia el sol, que se oculta tras las colinas, me fijo en lo cansada que parece—. No hay nada en este mundo que no daría por saber cómo destejer el tiempo, por rehacer ese día de otro modo.

—¡Julieta! —Fray Lorenzo, que aparece desde detrás de la esquina de la iglesia, se acerca a la carrera hacia nosotros, con sus pies descalzos deslizándose sobre la hierba mojada—. ¿Qué estás haciendo aquí?

Suena alarmado y yo tardo un momento en darme cuenta de que, si Escala o los Capuleto han dispuesto que sus hombres sigan a cualquiera que podría llevarlos hasta mí, Julieta encabezaría esa lista gracias a Teobaldo. Por instinto, echo un vistazo a la espalda de Julieta, y Lorenzo hace lo mismo al mismo tiempo.

—Solo está mi nodriza conmigo —declara, habiéndonos leído la mente a ambos—. Y no nos han seguido, al menos no hasta aquí. Mis padres creen que estoy recluida en el convento de las Clarisas, llorando la muerte de mi primo. Nos escoltaron hasta allí esta misma tarde unos hombres bastante pendencieros que ha contratado mi padre, pero las hermanas no les dejaron cruzar las verjas de entrada al convento. En cuanto estuvimos fuera de su vista, mi nodriza y yo nos escabullimos por la parte trasera del convento y encontramos a un nuevo cochero dispuesto a traernos hasta aquí.

—Pero… ¿por qué? —Una brisa revuelve la túnica de Fray Lorenzo.

—Necesitaba verte —responde Julieta con simpleza—, y sabía que no me dejarían salir de casa si decía que venía hacia aquí. —Su rostro se contrae, anunciando tormenta—. Después de la muerte de Teobaldo y de la huida de Romeo, la furia de mis padres no tenía parangón, se enfadaron conmigo por las terribles acciones que mi primo decía que había cometido, me encerraron bajo llave en mis aposentos y mi padre ha dispuesto que me case con el conde Paris para finales de esta misma semana. —Ella también echa un vistazo sobre su hombro—. Me temo que, en cierto modo, he manipulado a Escala para que persuada a mis padres de que me permitiesen rezar por mi primo sin distracción alguna durante algo más que un triste puñado de horas.

Fray Lorenzo enarca las cejas.

—Así que… ¿te estás escondiendo en el convento?

—Algo así, supongo —repone Julieta—. Y agradezco que me hayan dado la oportunidad. De lo contrario estaría prisionera en San Zenón durante los pocos días que quedan antes de que mi padre me arroje al altar para que contraiga matrimonio como si no fuese más que un cordero al que tiene que sacrificar.

Justo al mismo tiempo que ella termina de hacer su amarga declaración, Benvolio aparece finalmente en escena, cruzando el césped a toda velocidad. Y antes de que haya siquiera a nuestro lado, grita:

—¡No importa lo que crea que esté viendo, señorita, está equivocada! ¡Ese no es Romeo Montesco!

—¿No lo es? —Julieta ladea la cabeza y se vuelve a mirarme—. ¿No lo eres?

Yo me encojo de hombros.

—Esta es la primera vez que oigo ese nombre.

—Es un impostor que he contratado para despistar a los hombres del príncipe y que no se acerquen al verdadero heredero de los Montesco —declara Ben, sin aliento, y haciendo su mejor intento por parecer sosegado—. ¡Así que no le beneficiará en absoluto informar sobre el paradero de este hombre!

Ella le observa entrecerrando los ojos.

—Pero... ¿no se supone que ese es precisamente el objetivo de contratar a un impostor? ¿El alimentar los rumores sobre dónde se supone que se encuentra la persona por la que se está haciendo pasar?

Ben se queda sin respuestas.

—Eh...

—Creo que la joven dama se está quedando contigo. —Fray Lorenzo le dedica una sonrisa, claramente aliviado—. A menos que esté equivocado, a Julieta no le interesa ver caer a Romeo.

—Pero esa fue una táctica bastante inteligente por tu parte —le digo a Ben—. Aunque quizás llegaste un tanto demasiado tarde.

—Mi primo y yo no compartíamos la mejor de las relaciones —repone Julieta, dirigiéndose a Fray Lorenzo—. Siempre estaba discutiendo cada cosa que decía, siempre estaba dispuesto a creer lo peor de mí. Pero cuando era pequeño también tenía un lado amable. Hubo una vez en la que me salvó cuando me caí en una cantera, bajó a por mí y me subió en brazos, y luego me llevó de vuelta a casa mientras yo no hacía más que sollozar. —Baja la mirada hacia sus manos al decirlo, examinando la cicatriz que tiene en el pulgar—. Sin embargo, en algún punto de nuestras vidas, sus afectos se transformaron en envidia... y su envidia le volvió tan cruel y manipulativo como necesitaba ser para conseguir todo lo que se proponía.

»No lloro la muerte de mi primo —insiste Julieta, con un resquicio de culpa tiñendo su voz—. Porque el Teobaldo cuya muerte lloro lleva mucho tiempo muerto, más que aquel chico que murió el otro día en la plaza. No importa lo estúpida que me hiciese parecer ante todos los que había allí presentes, no me sorprende nada viniendo de aquel hombre. Llevaba mucho tiempo bailando con la muerte, y ha sido su propia arrogancia la que lo ha llevado hasta la perdición.

Fray Lorenzo señala hacia la iglesia, con su fachada de piedra teñida de rojo por los últimos rayos de sol del atardecer.

—Si has venido hasta aquí en busca de consejo respecto a eso, señorita...

—No. Siempre agradezco disponer de tus consejos, por supuesto, pero... he venido hoy aquí, no por la muerte de mi primo, sino por el chico cuya vida todavía podemos salvar, al que Teobaldo apuñaló.

—¿Valentino? —Sus palabras captan mi atención tan rápidamente que me tambaleo hacia delante y, por el rabillo del ojo, veo cómo Benvolio me observa fijamente—. ¿Se sabe algo más de su estado?

—No exactamente. —Julieta duda antes de seguir hablando—. El médico que lo atiende cree que hay motivos para pensar que no se recuperará por algún tipo de infección interna, o por algún tipo de desequilibrio en su estado de ánimo. Pero yo creo que hay una causa mucho más probable y nefasta. —Se vuelve hacia Lorenzo—. Tú eres la única persona a la que se me ha ocurrido acudir en busca de ayuda.

—Admito que estoy intrigado —repone el monje, ladeando la cabeza—. Pero yo no soy ningún doctor... las dolencias de los frailes que tengo que tratar aquí son todas de lo más sencillas: dolores y sarpullidos. Mis remedios no están a la altura de deshacer la herida de un puñal.

—Pero salvaste a Fray Aiolfo el verano pasado, ¿verdad? —insiste—. Estaba gravemente herido, al borde de la muerte, ¡y tú lo trajiste de vuelta a la vida!

—Era una situación bastante distinta. —Lorenzo se muestra reticente—. El pobre Aiolfo se comió unas raíces venenosas por error y pude salvarlo con una infusión que sabía que podría contrarrestar los efectos del veneno. —Se encoge de hombros a modo de disculpa antes de seguir hablando—. Mis conocimientos acerca de las plantas venenosas y sus antídotos no servirán de nada a la hora de curar a un joven al que han apuñalado.

Es con esa última frase cuando por fin entiendo a lo que se está refiriendo Julieta, y por qué el cuerpo de Valentino sigue fallando incluso cuando la herida se está cerrando y sanando correctamente.

—Pero ¿y si el problema nunca hubiese sido la herida sino la propia daga con la que lo apuñalaron?

—Exacto. —Julieta sigue con la mirada fija en Fray Lorenzo—. Mi primo odiaba perder, pero le faltaba la disciplina necesaria como para dominar la espada. Se le daba mucho mejor atacar con la daga, pero es un arma de corto alcance, y si se tiene que enfrentar a un estoque, no le deja ningún margen de error o le permite asestar ningún golpe superficial. A menos que...

—A menos que el metal esté impregnado con un veneno tan mortal que incluso el mínimo rasguño termine siendo letal. —A penas reconozco mi propia voz por encima del rugido de mis oídos, una cacofonía de rumores que de repente recuerdo de golpe, de mi propios miedos cuando Teobaldo se enfrentó a mí por primera vez en medio del salón de baile de los Capuleto.

Fray Lorenzo se queda de piedra.

—¿Crees que eso es lo que sucede?

—*Sé* que eso es lo que sucede, ¡porque lo vi hacerlo! —exclama Julieta—. El pobre Valentino se está muriendo y lo único que hace su médico es sangrarle más y esperar que no ocurra una tragedia. Necesita a alguien que sepa sobre venenos y sus antídotos… ¡te necesita a ti!

—Yo… —A Lorenzo parece sorprenderle su petición—. Claro que estoy dispuesto a ayudarle en lo que sea posible pero, señorita… sin saber cuál es el veneno exacto al que nos enfrentamos, solo podré hacer suposiciones. —Se vuelve con inquietud en dirección a Verona—. Además, todos mis textos y materiales están aquí, en el monasterio, y no podría llevármelos todos conmigo; habría que traerme a Valentino hasta aquí.

Julieta asiente.

—En cuanto a eso último, Mercucio se encargará encantado de traértelo si le podemos convencer de que cabe la posibilidad de que pudieses…

—Déjamelo a mí —la interrumpe Ben—. Necesitará que alguien en quien confía le persuada.

—Y en cuanto a lo primero… —Julieta se retuerce las manos con nerviosismo—. No sé de qué planta salía el veneno que usaba Teobaldo, pero sí que sé que lo guardaba en un vial de cristal en alguna parte de sus aposentos de nuestra villa, donde se solía quedar bastante a menudo. —Sobre nuestras cabezas, la campana de la iglesia da la hora—. Si te lo consigo traer, ¿eso te ayudaría a descubrir el antídoto?

—Probablemente. —Fray Lorenzo suelta un suspiro frustrado antes de encogerse de hombros—. Puedo hacer algunas pruebas con el veneno para descubrir su composición, lo que nos daría un punto de partida… pero me temo que no puedo prometer nada.

—Cualquier posibilidad, por pequeña que sea, es mejor que no tener ninguna —responde Julieta con una sonrisa débil—. En cuanto el sol se haya puesto del todo y la noche se cierna sobre nosotros, regresaré a casa e intentaré encontrar el veneno.

—¿Y si te descubren? —le pregunto preocupado—. ¿Qué pasará si tu padre o alguno de sus hombres te atrapan y se dan cuenta de que no estás con las hermanas Clarisas?

—Entonces… —Julieta traga saliva con fuerza—. Entonces supongo que no volveré al monasterio si eso pasa.

—Entonces voy contigo.

—¿*Qué?* —Lorenzo me mira como si hubiese perdido la cabeza por completo.

—Romeo. —Ben me pone las manos sobre los hombros—. Piensa en lo que estás diciendo. Eres el hombre más buscado de Verona en estos momentos, ¡y no hay ningún lugar en toda la ciudad donde deseen *menos* verte que en la casa de Alboino Capuleto! Si descubren a Julieta, su padre se enfadará; pero si te descubren *a ti*, ¡te matarán!

—Si Valentino ha de enfrentarse a la muerte por haberme salvado la vida, entonces yo debería poder devolverle el favor. —Espero sonar mucho más valiente de lo que me siento—. Para lograrlo Julieta necesitará que alguien vigile o incluso que cree las distracciones que sean necesarias mientras ella busca el veneno. Y, además, ¿quién mejor para ayudarla a infiltrarse en su propia casa que alguien que ya se ha salido con la suya haciendo eso mismo antes?

—Tendrás que convencer al joven Paolo de que te vuelva a abrir la puerta de la lavandería desde dentro —me recuerda Ben con la mandíbula apretada—. ¿Cómo pretendes ponerte en contacto con él cuando no sabe leer? Alguien tendrá que leerle tu mensaje. ¿Crees que un monje sin aliento que exija una audiencia privada con uno de los pajes de Alboino no levantará sospechas?

Tardo un momento en hallar una solución a nuestro problema.

—¿Y qué tal una visita de su madre? Estoy seguro de que no les importará concederle a ella un momento a solas con su hijo.

Ben me mira fijamente.

—Estás sugiriendo que embauquemos a una pobre lavandera para que...

—¿Para que nos ayude a salvarle la vida a un joven de una de las familias más respetadas de Verona? —termino por él—. Dile que será recompensada generosamente.

—Muy bien entonces, parece que ya está decidido —repone Julieta antes de que Ben pueda decir nada—. Romeo y yo esperaremos hasta que anochezca y entonces regresaremos a Verona al amparo de la oscuridad. Buscaremos el veneno en los aposentos de Teobaldo y, si todo sale bien, volveremos aquí en nada de tiempo con el vial.

—¿Y si no sale todo bien? —repone Ben, reticente.

Julieta vuelve a tragar saliva con fuerza.

—Bueno, si se da ese caso, al menos Fray Lorenzo estará en un lugar donde poder rezar por nuestras almas.

24

Unas cuantas horas más tarde, Julieta y yo iniciamos nuestro viaje furtivo. La tensión que nos rodea enrarece el aire dentro del traqueteante carruaje hasta hacerlo casi irrespirable, los dos nos sumimos en nuestros propios pensamientos, barajando los posibles destinos a los que nos tendremos que enfrentar si nuestro plan fracasa. Hay un sinfín de maneras en las que podrían descubrirnos, numerosos retos que tendremos que superar, y me las arreglo para imaginarme todos y cada uno de esos escenarios con todo lujo de detalle antes de que las murallas de la ciudad aparezcan siquiera ante nosotros, recortando el cielo nocturno.

Para empeorar todavía más las cosas, debo imaginarme un escenario en el que yo mismo termine pereciendo disfrazado con el vestido de luto de una mujer de mediana edad.

—Vuelves a sentarte como un chico —señala Julieta, dándome una patada en el pie derecho, que se ha alejado inevitablemente de mi pie izquierdo, dejándome con una postura para nada femenina—. ¡Y deja de toquetearte el velo, cada vez que te lo levantas se te ve la cara!

—¡Si me lo dejo puesto constantemente todo se vuelve *invisible*! —Estoy cansado y tengo mucho calor. No sabía que la ropa de mujer pesase tanto—. ¿Y a quién le importa cómo me siento? Solo tú me puedes ver dentro de este carruaje.

—Te sorprendería saber cuántos hombres echan un vistazo rápido al interior de los carruajes que pasan frente a ellos si descubren que hay mujeres en su interior —escupe Julieta—. Además, si lo que quieres es hacerte pasar por mi nodriza, vas a tener que empezar a practicar. Si no logras actuar como tal cuando no corremos ningún peligro, ¿cómo puedo confiar en que te las apañarás cuando estemos de vuelta en la ciudad?

En eso lleva razón, por supuesto, pero aun así suelto un suspiro enfadado y vuelvo a juntar los talones. He de decir que este pequeño subterfugio no fue idea mía; pero era sencillo y conveniente, y no pude discutirlo. La nodriza de Julieta estuvo más que encantada de poder intercambiar sus engorrosas vestimentas por los amplios hábitos de los frailes, y de descansar en una de las celdas mientras espera nuestro regreso. Y, en realidad, las vestimentas sin forma logran ocultar por completo mi figura angulosa, y el velo esconde mi rostro, por lo que deberíamos ser capaces de internarnos en el corazón de San Zenón sin que nadie me reconozca.

—Si nos detienen, por cualquier motivo, deja que sea yo quien hable —repite Julieta por lo que debe ser la milésima vez. Las ruedas del carruaje se encuentran con una pequeña zanja y ambos nos deslizamos en nuestros asientos—. No tengo ni idea de cuántos hombres de mi padre saben que se supone que debería estar en el convento, pero les diré que hemos regresado para hacer una tarea que se nos había olvidado y regresaremos con las Clarisas al alba.

—¿Y si nos descubren en el interior de la villa?

—En ese caso espero que sepas cómo correr y luchar con falda.

Por suerte no nos topamos con ningún control en el camino y, para cuando llegamos a las murallas de la ciudad, los vigilantes de turno me ignoran por completo, ofreciéndole a Julieta alguna que otra condolencia superficial por la muerte de Teobaldo. Y entonces nos abren las puertas y así, sin más, estamos de vuelta en Verona.

De nuevo, vuelvo a estar entre los mismos muros que Valentino, y el simple hecho de saberlo hace que se me forme un nudo en la garganta. Las ganas que tengo de volverlo a ver, de mandar al infierno todas las precauciones solo por tener aunque sea una oportunidad de volver a sostenerle la mano, hace que algo muy vivo se me agite en el pecho. Me puedo imaginar la escena tan fácilmente, el velo de la nodriza manteniendo mi rostro oculto y yo sentado al lado de su cama, diciéndole todas las cosas que me da tanto miedo que nunca tenga la oportunidad de decirle.

Pero el sueño desaparece en el mismo instante en el que las ruedas de nuestro carruaje se topan con un bache, y el paisaje familiar me recuerda por qué estamos aquí. Lo que tenemos que hacer es urgente; no tenemos tiempo que perder, ni siquiera para algo tan preciado como la visita que me gustaría poder hacer, y si nos descubren, entonces la vida de Valentino correrá peligro. Y no pienso correr ese riesgo.

El carruaje nos deja en un cruce despejado en San Zenón, cerca del muro lleno de vides de los jardines de los Capuleto, el mismo que rodea el huerto de la villa, y nos encaramamos a él. Trepar resulta casi imposible con el voluminoso vestido de nodriza, que se me engancha constantemente a los pies. Pero Julieta me enseña cómo remeterme las faldas entre las piernas y a atarlas a la cintura para formar una especie de calzas improvisadas, y luego escala con rapidez por las ásperas piedras del muro delante de mí.

No me permite quitarme el velo hasta que dejamos atrás los árboles frutales y vemos la parte trasera de la villa, donde el aire está perfumado con el aroma del enebro y del romero. A estas alturas mi disfraz no engañará a nadie por mucho tiempo, pero es mejor que no tener protección alguna.

—Esos son mis aposentos —susurra Julieta, señalando hacia un balcón con vistas a las hierbas en flor—. No podría contar todas las horas que he pasado ahí arriba; durmiendo, leyendo, evitando a mis padres. Y ahora... —Se queda callada un momento—. Si mi padre se sale con la suya me convertiré en la esposa de Paris en cuanto regrese del convento. Esta ha sido mi casa toda mi vida, pero ahora voy a intercambiar una jaula dorada por otra... y me he dado cuenta de que no quiero estar encerrada en ninguna.

—Perder el sentimiento de pertenecer a alguna parte es algo extraño. —Por primera vez en mi vida me doy cuenta de que ya no tengo que responder ante mi padre, y es como si alguien me hubiese quitado un enorme peso de encima de los hombros. Ya no tengo acceso a todos los privilegios que venían con mi posición, pero ahora podré decidir mi propio futuro. Siempre y cuando siga teniendo uno.

Atravesamos los jardines completamente absortos, hasta que llegamos a las sombras que se proyectan en la parte trasera de la villa. Cuando llegamos a la puerta de la lavandería, el obediente Paolo nos está esperando, nervioso.

En cuanto reconoce a mi compañera, se queda boquiabierto.

—¿S-señorita?

—Gracias por dejarnos entrar, mi joven amigo —le dice amablemente—. Y gracias por tu discreción.

Él asiente rápidamente y, cuando Julieta pasa junto a él, me tira de la manga, con los ojos abiertos como platos.

—¿Significa esto que… que es verdad lo que dice la gente? Que vosotros dos habéis… —susurra.

—¡Calla! —Le tapo la boca con la mano, intentando contener su nerviosismo—. No te puedes creer todo lo que escuchas por ahí, chico.

—Eso tampoco quiere decir que tenga que dudar de todo lo que escucha —añade Julieta en tono meloso, y Paolo casi se desmaya.

El señor y la señora Capuleto están dormidos, pero no toda la casa duerme, y nos vemos obligados a avanzar a trompicones por la villa mientras esquivamos a los criados que ya están preparando el desayuno de mañana temprano. Cuando por fin llegamos a nuestro destino llevo tanto tiempo con el corazón en un puño y un nudo en la garganta que me cuesta respirar.

Una vez dentro de los aposentos de Teobaldo me deshago del vestido de nodriza y lo coloco como tope de la puerta entre las sombras porque no quiero saber qué podría pensar una doncella insomne si pasa por aquí y ve una vela parpadeando en el interior de los aposentos de un hombre muerto. Solo nos arriesgamos a encender un pequeño farolillo, y nos deslizamos por la sala en completo silencio, examinando cada grieta en las paredes, cada baldosa suelta del suelo, sin dejar ningún armario sin abrir, ninguna sombra sin explorar.

La habitación huele como Teobaldo, el aroma me recuerda a él y se me revuelve el estómago. En mi cabeza, vuelvo a verle morir, con sus piernas flaqueando bajo su peso y su sangre encharcándose a mis pies. La culpa me hace estremecer. En la mesilla junto a su cama hay una colección bastante extraña de objetos: un juego de dados, un pájaro de piedra que parece haber sido tallado por un niño pequeño, un lazo rasgado y una concha; y me doy cuenta de que son recuerdos. Pequeños objetos que le recordaban a momentos preciados de su vida.

Siento cómo las lágrimas se acumulan tras mis párpados y cierro los ojos con fuerza, pero una lágrima errante logra escaparse. Puede que parezca una estupidez, pero nunca pensé que Teobaldo tuviese sentimientos. Siempre era tan despiadado, buscando constantemente venganza; era muy sencillo creer que solo era un monstruo calculador, el minotauro de mi laberinto personal. Al darme cuenta de que había algo que le importaba más allá del poder, más allá del orgullo, me invade una pena inesperada.

—Lo he encontrado —susurra Julieta emocionada, me vuelvo para mirarla y me la encuentro sosteniendo una pequeña caja esmaltada con la tapa abierta. Sus ojos relucen bajo el tenue brillo del farolillo y me muestra el interior de la cajita, con un pequeño vial de cristal en su interior—. Romeo, lo conseguimos… ¡quizás podamos salvar a Valentino!

—¿Estás segura? —le pregunto, demasiado esperanzado como para fiarme de nuestra suerte—. ¿Quizás haya un segundo vial por alguna parte?

—No, es este. Lo reconozco. —Señala la caja—. Y también reconozco esta caja, siempre la llevaba encima cuando iba de su casa a la nuestra, nunca se separaba de ella. He tenido que forzar la cerradura para abrirla.

Los pelos de la nuca se me ponen de punta.

—¿Tiene alguna etiqueta?

—«Lágrimas de dragón» —lee en voz alta y entonces frunce el ceño—. Esperemos que eso le diga algo a Fray Lorenzo.

Me pasa el vial y yo lo sostengo ante la tenue luz del farol. El líquido de su interior se desliza por el cristal lentamente cuando lo giro entre los dedos. El afecto temporal que sentí al ver la colección de recuerdos de la infancia de Teobaldo se disuelve por completo al recordar que esto es lo que el niño de los Capuleto realmente apreciaba: la muerte y ser él quien la propinase.

—Lágrimas de dragón… ¿quién iba a decir que los envenenadores eran tan fantasiosos?

—Vamos, no tenemos tiempo que perder. Cuanto más estemos aquí… —Julieta apaga el farolillo y, en la oscuridad, concluye—: Ahora hay mucho más en juego.

Me llevo la mano libre a la cadera, donde tengo envainado un puñal que me prestó Ben entre los pliegues del disfraz de nodriza.

—Si esto es lo que está matando a Valentino y que Fray Lorenzo lo tenga puede ayudar a salvarle la vida, me encargaré de acabar con cualquiera que intente detenernos.

Es una declaración bastante grande, y muy sincera, pero estoy más que agradecido cuando logramos salir de la villa de los Capuleto sin que nadie se interponga en nuestro camino. Paolo nos guía de vuelta a través del laberinto que forman las dependencias del servicio y a través de la lavandería, claramente aliviado de vernos marchar y llevándonos con nosotros el peligro en el que habíamos puesto su sustento.

El carruaje nos está esperando para cuando nos marchamos y, cuando volvemos a cruzar las murallas de la ciudad, el vigilante, uno distinto al anterior, se quita el sombrero para saludarnos, pero no intenta detenernos ni nos hace ninguna pregunta. Y entonces volvemos a estar fuera de la ciudad, sin nada que nos separe del monasterio más que un paisaje estrellado y seis kilómetros de ansiosa expectación.

Julieta tiene la mirada fija en la ventana del carruaje, observando el camino al otro lado del cristal y prestando atención por si alguien nos estuviese siguiendo. Apenas ha dicho nada desde que salimos de los aposentos de Teobaldo y podemos sentir su presencia en el interior del carruaje, como si estuviese sentado a nuestro lado, como un fantasma en medio de un banquete. No puedo evitar preguntarme si el hecho de haber estado tan cerca de sus objetos privados, tocando su ropa y respirando su aire, ha cambiado los sentimientos que ella tenía respecto a su muerte.

Pero cuando por fin regresa al presente, me habla sin mirarme a los ojos.

—No puedo permanecer recluida en el convento mucho tiempo. Esperaba que eso me diese al menos una semana de margen, pero mi padre dijo que no me permitiría estar recluida más de cinco días. Cinco días para estar sola, los primeros y únicos cinco días así en toda mi vida, y en el momento en el que regrese con ellos me lavarán, pintarán y presentarán ante mi futuro marido para que me compre inmediatamente.

Yo solo logro pensar en Valentino y en lo que Fray Lorenzo podrá hacer con el vial, así que mi respuesta llega después de un largo silencio.

—¿Qué crees que vas a hacer?

—Creo que me obligarán a casarme con él —responde, con una risa triste y seca—. Ni siquiera le gusto, ¿sabes?, mucho menos me desea. Las constantes difamaciones de Teobaldo sobre mi virtud y mi carácter moral, combinadas con mi propia «obstinación», he de reconocerlo, lo han convencido de que no soy una buena mujer.

—¿Y aun así no tiene ninguna objeción con respecto al matrimonio que tu padre intenta concertar?

—¿Objeción? —Finalmente se vuelve hacia mí y me mira directamente a los ojos con expresión incrédula—. ¡No ha parado de insistir! Llegados a este punto, mi reputación está hecha pedazos y ahora que el heredero de mi padre ha muerto, el conde Paris se siente con la potestad de poner cualquier cantidad de condiciones que desee para aceptarme. —Se tira distraídamente de un mechón de pelo que se le ha soltado mientras escalábamos el muro de su jardín—. Francamente, me aterra el cómo pueda tratarme cuando ya no sea ninguna baza que deba ganarle a otro hombre, cuando sea suya por ley y estemos a puerta cerrada... cuando ya no tenga por qué fingir ser un hombre cortés.

Me vuelvo a quedar perplejo una vez más ante la realidad de Julieta: una falta de control sobre su vida que supera tanto a la mía que me resulta difícil de comprender. Incluso con mi padre controlándome como un titiritero a su marioneta, incluso con la elección de mi futura compañera en sus manos, mi futuro trabajo, aún tenía más libertad que ella.

—¿Hay algo que pueda disuadirle de contraer matrimonio en estos momentos? —Odio que tenga que sufrir tal destino, especialmente cuando ella ha hecho tanto por mí sin esperar nada a cambio, cuando ha ayudado a Valentino—. ¿Quizás podrías alentar los rumores… dejarle pensar que eres todavía más indecorosa de lo que Teobaldo dijo que eras?

—Entonces mi padre se vería obligado a quedarse conmigo, y yo con él; y teniendo en cuenta lo mucho que está aumentando su ira estos últimos días, mi situación sería bastante parecida. —Inhala profundamente—. No, me temo que solo tengo dos opciones para escaparme de tener que casarme con el conde, la primera sería que mi padre se negase a pagar mi dote. A estas alturas ese es el único motivo por el que Paris quiere casarse conmigo, y mi único atractivo que no se ha visto comprometido por las calumnias de mi primo.

—¿Qué motivos podría tener para negarse a pagar tu dote? Quizás haya alguna manera de…

—No la hay. Créeme. A menos que pueda demostrar que Paris es un traidor, o un asesino, o un bígamo, mi padre pagará lo que haga falta para que nuestras familias se unan. —Julieta se deja caer sobre el respaldo, desganada y cansada, y se vuelve para mirar fijamente la luna por la ventana—. Es gracioso, ¿no crees? Esa dote es todo lo que valgo, el único dinero que irá conmigo allá donde vaya y, sin embargo, ni una de esas monedas me pertenece. Solo pertenece y pertenecerá a mi futuro marido, y yo solo soy el cofre inútil en el que tiene que viajar toda esa riqueza.

Sus palabras me caen como un jarro de agua fría y me remuevo en mi asiento, nervioso. Hace poco tiempo que nos conocemos, pero ya sé que es una mujer valiente e inteligente, y que sin duda vale más que el acceso a una dote.

—Has dicho que solo tenías dos opciones para poder escaparte de tener que casarte con el conde Paris. ¿Cuál es la segunda opción?

—Cierto. La segunda. —Julieta se yergue en su asiento, mirándome casi tímidamente—. Es muy sencillo. Mi padre no podría entregarme en matrimonio al conde Paris en ninguna circunstancia si ya estuviese casada. Pero tiene que ser con un hombre con la suficiente alcurnia como para que sea muy difícil conseguir una anulación matrimonial, pero también alguien que no tenga nada que perder, ni ningún negocio que mi padre pudiese sabotear o ninguna reputación que pudiese destruir. Quizás alguien de quien toda Verona ya crea que estoy enamorada en secreto.

Cuando termina de decirlo ya sé a dónde quiere llegar y no sé qué decir.

—Julieta...

—Romeo. —Me lanza una mirada suplicante—. ¿Te casarías conmigo? ¿Por favor?

25

—Yo... —Busco desesperadamente qué decir, pero su propuesta me ha sorprendido tanto que parece haberme dejado sin palabras—. Tú... no hablas en serio.

—¿No? —Una pequeña sonrisa se dibuja en su rostro, tironeando de las comisuras de sus labios—. ¿Por qué no?

Yo parpadeo, incrédulo.

—Para empezar, ¡seguimos siendo poco más que dos desconocidos!

—Eso no es tan inusual. Al fin y al cabo, tampoco conozco apenas al conde Paris, y mis padres solo se habían visto una vez antes de casarse —afirma, gesticulando sin parar—. Al menos disfruto de tu compañía, que ya es más de lo que puedo decir de muchos de los hombres que mi padre ha considerado adecuados para mí, y me atrevería a decir que tú también disfrutas de la mía.

—Claro que sí —tartamudeo—, pero... ¡pero soy un fugitivo, por si se te había olvidado! Y eso dejando de lado el hecho de que tus padres se enfurecerían, de que *nuestros* padres se enfurecerían al enterarse, ¿qué clase de futuro podrías esperar tener a mi lado?

—Uno tan lejos de Verona como podamos marcharnos. —Su respuesta es demasiado contundente como para no haberlo pensado antes—. Tengo una dote bastante considerable, Romeo. Además de oro y otros bienes, también incluye tierras en Brescia, un viñedo en una antigua villa romana que todavía está en bastante buen estado. No he estado nunca allí, pero me la han descrito y parece un lugar… tranquilo.

—Julieta. —Respiro hondo, ordenando por fin mis pensamientos ahora que ha desaparecido la sorpresa inicial—. Tu padre nunca pagaría tu dote. Al menos, a mí no. Puede que consiguiésemos librarte de tener que pasar toda la vida junto al conde Paris, si es que tu padre no lograse ejercer su considerable influencia sobre la iglesia de San Zenón para exigir que anulasen nuestro matrimonio. Pero se seguiría negando a entregarme ni un solo florín —señalo, apelando a su razón—. Tendríamos que vivir en la miseria, sin ningún techo bajo el que refugiarnos ni nada a nuestro nombre.

—Si nos casásemos con propiedad, en una iglesia ante un cierto número de testigos y nos uniese en matrimonio un hombre de Dios, un fraile, por ejemplo, que nos conozca a los dos y pueda testificar a nuestro favor en caso de que mi padre exija una anulación, ni siquiera Alboino Capuleto podría comprar lo que desea con toda la riqueza del mundo, ni tampoco se lo concederían en San Zenón. —Se recuesta en su asiento y cruza las manos sobre el regazo—. Tienes razón en lo de que mi padre se negaría a pagar mi dote al principio. Pero creo que, con el tiempo, terminaría viéndose obligado a ello.

—Eso no es posible —suelto sin pensar—. *¿Cómo?*

—Solo hay un hombre en toda Verona con más influencia que incluso nuestras familias juntas, y tengo el presentimiento de que abogaría por nuestra causa y presionaría a mi padre.

—¿No te estarás refiriendo al príncipe, verdad? —Espero que me lo niegue, pero ella se limita a encogerse de hombros y yo suelto una carcajada incrédula—. ¿Es que se te ha olvidado que el motivo principal por el que me estoy escondiendo ahora mismo es porque Escala quiere dar ejemplo conmigo por la muerte de Teobaldo? Una vida llena de pobreza en el exilio sería una previsión más que *optimista* para nosotros en este caso.

—Al príncipe siempre le ha puesto de los nervios la guerra entre nuestras familias, y el conflicto no ha hecho más que agravarse desde la tragedia de la plaza. —Hay un brillo en sus ojos al hablar, como si este debate le estuviese dando fuerzas—. Te está buscando para intentar débilmente contener la ira de ambas familias, que ya sabe que no podrá contener haga lo que haga. No importa qué castigo te termine imponiendo, los Capuleto y los Montesco continuarán enfrentados hasta que la disputa acabe con toda Verona.

Enarco una ceja, escéptico.

—¿Y por ese motivo le beneficiaría que nosotros estuviésemos casados?

—¡Exacto! —Alza las manos sobre la cabeza—. Estoy segura de que te acuerdas de que lo que terminó por calmar al príncipe el otro día fue mi maravilloso discurso sobre lo frustrada que estaba por la antipatía que nos ha mantenido separados todas nuestras vidas. Dijo que nuestras familias deberían aprender con nuestro ejemplo. Si le damos otro ejemplo más, uno incluso mayor teniendo en cuenta este creciente rencor, ¿cómo se podría negar a apoyarnos? —Se inclina hacia delante en su asiento—. Nuestro matrimonio simbolizaría la unión de nuestros linajes, demostraría que es posible superar nuestros antiguos conflictos. Eso es lo que Escala lleva años pidiendo.

—Puede que tengas razón en todo lo que has dicho —repongo, todavía inquieto—. Pero, aun así, sigo siendo un fugitivo. Hablas de un futuro que solo podrá tener lugar si Valentino perece por el veneno de Teobaldo y me terminan desterrando oficialmente. Si no... —Se me forma un nudo en la garganta y tardo un momento en continuar—. Si este vial de «Lágrimas de dragón» ayuda a Fray Lorenzo a encontrar el antídoto, algo que de verdad espero... lo más probable es que me cuelguen, Julieta. Antes de que puedas siquiera decirle nada al príncipe con respecto a tu dote.

Decirlo en voz alta no es mucho mejor que pensarlo. En el mejor de los casos Valentino se curará... y yo jamás podré volverlo a ver igualmente, viéndome obligado a huir tan lejos como me sea posible, alejándome del alcance mortal de Verona y del señor Capuleto.

—Quizás —accede Julieta, impertérrita—. Y si se da ese caso, lo que perderías seguiría siendo lo mismo que perderías de todos modos si no te casas antes conmigo. —Su tono es tan sincero, tan sin medias tintas, que casi me hace reír—. Si nos casamos y mi padre se niega a entregarte mi dote, y el príncipe no puede o no quiere intervenir en nuestro caso, seguirías sin haber perdido absolutamente nada con este acuerdo, seguirías con lo mismo que tenías antes.

—Lo dices como si fuese tan sencillo... —Me froto la frente, con la fatiga y la autocompasión alcanzándome por fin—. Pero cambiaría nuestras vidas para siempre.

—Tu vida ya ha cambiado —responde—. Pero nos estoy ofreciendo a los dos la oportunidad de decidir qué pasa a continuación. Lo único que puedes hacer es huir o esconderte, y lo único que me queda a mí ahora mismo es dividir los minutos en segundos imaginándome que de ese modo consigo extender las horas que me quedan antes de que deba casarme con un hombre que me detesta. —Julieta estira las manos hacia mí y las cierra en torno a las mías, suplicante—. Sé que es algo repentino. Sé que puede parecer demasiado apresurado, pero se me acaba el tiempo y esta es nuestra mejor opción para empezar de cero cuando todo el polvo que ha levantado este revuelo de nuestras vidas se haya asentado de nuevo.

Abro los labios como si fuese a decir algo, pero no sé qué responder a eso. Hace tan solo nos días odiaba a mi padre porque había decidido elegir él mismo una esposa para mí, porque el destino que siempre había temido y siempre había sabido que llegaría, finalmente se había interpuesto en mi camino. Y ahora, por primera vez en mi vida, no tengo ni idea de qué será de mí.

Ya no habrá más telas ni casas gremiales en mi futuro, nada de banquetes importantes a los que asistir, ningún tipo de expectativas sobre con quién he de casarme o nada que esté medido por la vida de mi padre... pero tampoco sé qué *será* de mi futuro. ¿A dónde he de ir cuando me marche de Mantua? Los frailes no me pueden esconder allí para siempre, a menos que me una a su orden, y esa es una posibilidad que ya he considerado y descartado.

Por otro lado, casarme con Julieta es un asunto todavía más complicado para mí de lo que podría ser para cualquier otro joven en mi situación. Ella habla de este trato en términos prácticos, y ese es, por supuesto, el ejemplo que nuestros padres nos han dado. Una alianza táctica, en la que el afecto debe cultivarse con el tiempo y queda en un segundo plano por el pragmatismo. Sin embargo... sé que jamás podré entregarle ese tipo de afecto, sin importar lo que termine ocurriéndole a Valentino.

Se me revuelve el estómago de los nervios y necesito mucho más valor para darle una respuesta a Julieta que el que necesité para enfrentarme a Teobaldo.

—No soy quien crees que soy, Julieta. Hace unos días, cuando nos encontramos en el monasterio, te dije que hace poco había conocido a alguien de quien creía estar enamorándome.

—Sí, lo recuerdo —responde en voz baja—. Pero te aseguro, Romeo, que solo te pido tu mano, no tu corazón. Ese te lo puedes quedar y entregárselo a quien quieras.

—Me temo que no me estás entendiendo. —Sin previo aviso, empiezo a temblar, y las lágrimas que llevo toda la noche conteniendo se derraman sin remedio. Solo le he contado esto a Fray Lorenzo y me tiembla tanto la voz al confesarlo que me cuesta que me salgan las palabras—. Mi... mi corazón le pertenece a... Valentino.

Me caen más lágrimas por la cara y tengo que usar el pañuelo de la nodriza para secármelas.

Julieta me observa con expresión pensativa antes de hablar.

—Creo que *sí* que te entiendo.

—¿De verdad? —Estoy temblando, a la espera de que esté confusa por lo que acabo de confesar—. Estoy enamorado, o enamorándome, de alguien a quien no puedo tener. Y signifique lo que signifique para un hombre como Ben, que se enamora una o dos veces por semana de una chica nueva que su padre no aprobaría jamás; o para todos los hombres de Verona que exhiben a sus amantes a espaldas de sus esposas; para mí significa algo totalmente distinto.

Julieta se lleva la mano a la barbilla, pensativa.

—¿Él siente lo mismo?

—Creo... creo que sí. —Recuerdo la noche entre los perales y me invade una oleada de emociones—. Sí.

—¿Sabes, Romeo? —empieza, con mirada filosófica—. La mitad de los hombres que le pidieron mi mano a mi padre tienen amantes esperándoles en casa, mujeres a las que desean pero con las que no se pueden casar. Mujeres que, sin duda, no tienen intención alguna en dejarlos marchar y rendirse, sin importar el acuerdo al que hayan llegado por mi cuerpo o mi dote —añade lentamente—. Para algunos de nosotros, el amor y el matrimonio han de mantenerse separados, incluso en las mejores circunstancias.

—Esto es... hablo de algo muy distinto. —Siento cómo se me arden las mejillas y la nuca.

—Sí, es cierto —acepta—. Pero lo que te he dicho de que no quiero que me entregues tu corazón, Romeo, es cierto. Solo te pido tu mano, no me interpondré entre tú y el amor que puedas profesarle a Valentino... o a cualquier otro.

—¿No te incomoda saber lo que siento? —No puedo controlar la incredulidad que se filtra en mi tono—. ¿No te sorprende o consterna?

—¿Por qué habría de importarme lo que sientes hacia otra persona? —repone—. No quiero restarle importancia a lo que acabas de confesarme pero, siempre y cuando a mí no me haga ningún daño, y seas feliz con un querido amigo mío, para mí no tiene importancia.

Me recuesto en mi asiento, completamente anonadado.

—No importa lo que estés dispuesta a ceder en este momento desesperado… estoy intentando hacerte entender que nunca podré ser un marido de verdad para ti, Julieta. Jamás. Incluso si ocurre lo peor y termino perdiendo a Valentino.

—¡Entonces sé un marido falso! —exclama, alzando las manos exasperada—. Si he de ser sincera, no me interesa en absoluto que te enamores de mí, de hecho, ¡no te haces una idea de lo aliviada que me siento al saber que eso nunca sucederá!

Me quedo anonadado con sus palabras, me sigue temblando todo el cuerpo por los nervios que ha traído consigo mi confesión, e intento entender lo que me está queriendo decir.

—¿Lo dices en serio?

—El amor, al menos tal y como lo describen los bardos, es una tormenta repentina de pasión, urgente y fiera, y jamás he sentido algo parecido —repone simplemente, sin arrepentimientos—. Cuando mis amigos de la infancia empezaron a hablar de sus primeros enamoramientos, de las primeras personas a las que deseaban, pensé… bueno, al principio pensaba que formaba todo parte de un juego. Eliges un chico cualquiera, exageras el atractivo de sus rasgos y te inventas una fantasía en la que te besa la mano y te regala una joya o acaba con un dragón por ti. —Julieta se ríe ante sus palabras—. Para pasar el tiempo, era divertido, al menos por una tarde, pero entonces me di cuenta de que ese mismo pasatiempo duraba *semanas*. Cuando al final me cansé lo suficiente del juego como para quejarme y pedirles que jugásemos a otra cosa me di cuenta de que, en realidad, no era ningún juego. Al menos, no para ellos.

—Oh. —Ahora me toca a mí entender lo que me está queriendo decir y sorprenderme porque, por supuesto, yo también me identifico con esa historia. Ben fue descubriendo su gusto por las chicas gradualmente, Mercucio relataba cada una de sus hazañas con todo lujo de detalles, y la manera en la que parecía que no sabían hablar de otra cosa... era un idioma que estaban aprendiendo a hablar delante de mis narices, pero que yo no parecía poder hablar ni entender del todo.

—He intentado por todos los medios entender de qué hablaban mis amigos. Me esforcé por sacar esos mismos sentimientos de mi interior, obligarme a mirar a un chico, o a quien fuese, en realidad, y tratar de sentir algún tipo de inclinación romántica hacia él... pero no lo logré. —Se vuelve a encoger de hombros y hace una mueca—. Y no estoy segura de ser capaz de hacerlo. Sea cual sea el combustible que alimenta esa llama que arde en el interior de otros, no parece arder dentro de mí.

—¿Nada en absoluto? —No quiero que parezca que dudo de su palabra, aunque lo que describe es muy parecido a lo que Fray Lorenzo me confesó que sentía antes de unirse al monasterio. Pero me sorprende descubrir que hay muchas más personas que parece que no sienten aquello que siempre les han dicho que han de sentir, aquello más convencional e innato, y puede que lo que es en realidad innato sea mucho más complejo de lo que pensaba.

—De momento, no. —Parece que no le importa en absoluto—. Cuando era más pequeña me daba miedo. Me aterrorizaba descubrir que algo estaba mal en mi interior, porque todo el mundo parecía experimentar esta... esta *intensidad* que no lograba contener, ¡todo el mundo! Y no lograba entender por qué yo no. —Lleva la mano hacia la cortina que se mece a un lado de la ventana, con la luz de la luna iluminándole las mejillas—. Ha sido la vez en la que más sola me he sentido, y eso ya es mucho decir.

Solo logro asentir como respuesta. La soledad es una vieja amiga mía también, por supuesto, al igual que esa sensación de no estar a la altura de los demás, de ser el único que no logra encontrar el ritmo al que se está moviendo el resto del mundo.

—No fue hasta que conocí a Fray Lorenzo, hasta que reuní el valor necesario para expresar mis temores, que por fin me empecé a dar cuenta de que no estoy sola después de todo. Él me hizo ver que *estoy* completa, tal y como soy, y que no necesito sentir esa intensidad en particular para ser feliz. —Me sonríe con la mirada brillante y recuerdo cuando el consejo de Lorenzo hizo que algo en mi interior cambiase también. «¿Nunca has considerado que, quizás, estés destinado a poder experimentar ese tipo de felicidad?»—. Lo que quiero decir con todo esto es que no me quiero casar con el conde Paris ni con ninguno de los otros hombres que mi padre ha considerado. Francamente, no creo que quiera casarme en absoluto, pero esa no es una elección que pueda tomar, al igual que tú no puedes casarte con Valentino. —Julieta se vuelve hacia mí y me lanza una mirad inquisitiva—. Si tengo que ser la esposa de alguien, no me puedo imaginar ninguna opción mejor que casarme con alguien que me comprenda, alguien que no tenga ningún tipo de expectativas conmigo.

—Entiendo. —Por fin logro comprender el peso de su propuesta, ahora que ya hemos colocado los dos todas nuestras cartas sobre la mesa, y puedo empezar a examinarlas una a una.

—Tú tienes que darle a Escala un motivo para que deje de buscarte —resume—. Y necesitarás tanto un lugar como los medios para vivir. Mientras tanto, yo tengo que librarme de la obligación de casarme con el conde Paris sin perder mis medios para vivir por el camino.

El carruaje empieza a aminorar la marcha, los sicomoros que marcan la entrada al monasterio dibujan formas oscuras contra el cielo estrellado.

—Mi dote nos ofrece a ambos la oportunidad de escapar de una perdición asegurada y de caer de pie, y creo, ahora más que nunca, que somos exactamente lo que necesita el otro. Nos liberaríamos de todas las presiones y expectativas que nos han estado persiguiendo toda la vida y, mientras que yo me aseguraría de que fueses feliz con quien quisieses, confío en que tú respetarías también mi felicidad.

—Por supuesto —digo por reflejo, sorprendiéndome de estar considerando la idea de verdad. Es precipitado e impulsivo, un último intento por salvarnos en medio de todos estos desastres, pero tiene razón en todo lo que ha dicho. Y probablemente sea nuestra última y mejor oportunidad para solucionar todos nuestros problemas—. Yo... lo pensaré.

—Ya me lo esperaba. Es mucho lo que te pido, y sé que necesitarás un tiempo para considerarlo. —Sin embargo, cuando el carruaje gira y se encamina hacia el campanario, añade—. Pero, Romeo... no te tomes *demasiado* tiempo o todo estará perdido. Para los dos.

26

Al parecer, el nombre de «Lágrimas de dragón» sí que le dice algo a Fray Lorenzo. Después de que Julieta y su nodriza se marchasen al convento y Lorenzo y yo volviésemos a quedarnos a solas a la luz del brasero que ha encendido en la rectoría, hace girar el vial entre sus dedos.

—Pues claro. Esperaba que fuese algo burdo y simple, pero debería haber sabido que, con el carácter de Teobaldo y su cruel imaginación, buscaría un veneno como este en su lugar.

—¿Qué es? —Tengo los nervios a flor de piel y solo quiero poder meterme de nuevo en mi incómoda cama y esperar poder conciliar el sueño, pero nunca lo conseguiré si antes no me tranquilizan—. ¿Es algo que se pueda curar?

—Uno no «cura» un envenenamiento exactamente —murmura, eligiendo esta noche entre todas las noches para ser pedante—. Las Lágrimas de dragón son una mezcla de ingredientes, todos bastante conocidos por ser mortales, y es un veneno bastante popular entre los asesinos porque solo tienes que añadir unas gotas a una comida o una bebida para acabar con la vida de un hombre en cuestión de horas. Está prohibido por ley, por supuesto, y me encantaría saber cómo Teobaldo se hizo con un vial.

—Pero ¿qué significa eso para Valentino? —exijo saber, agarrándole del brazo y obligándolo a mirarme—. ¿Todavía puede salvarse?

Lorenzo coloca su mano libre sobre las mías, y su expresión se dulcifica.

—Tenemos una oportunidad, creo.

El alivio me invade con tanta fuerza que me hace flaquear las piernas y Lorenzo tiene que llevarme hasta un banco para que no me derrumbe en el suelo.

—¿Una oportunidad? ¿Cómo de buena? ¿Qué tenemos que hacer? ¿Y cómo de rápido?

—Bueno, la velocidad siempre es esencial. En cuanto al tratamiento, puedo empezar a preparar mañana el antídoto, en cuanto consiga los ingredientes. Tendré que investigar un poco también. Estoy acostumbrado a tratar las dolencias y enfermedades de mis hermanos porque se hayan comido la fruta equivocada o algo así, pero esto… —Vuelve a hacer girar el vial entre sus dedos—, es un problema mucho más sofisticado y requerirá un remedio mucho más sofisticado también. En cuanto al éxito que podemos esperar tener… me temo que no tendré una respuesta para esa pregunta hasta que lo trasladen aquí y pueda evaluarle yo mismo.

—Quiero ayudar. —Cierro la mandíbula con fuerza y le reto a que me niegue esto—. En lo que pueda ayudarte, te ayudaré; lavaré y llevaré el equipo que necesites, te traeré los libros que te hagan falta… lo que sea.

—Lo mejor será que me dejes la investigación a mí —responde con una tenue sonrisa—. Dudo que pueda pegar ojo hasta que haya leído algo con respecto a este veneno de todas formas, y todos los escritos están en francés. Pero recopilaré una lista de plantas que haya que cultivar y el equipo que hay que limpiar y traer, y para ello te tomo la palabra, pero empezaremos mañana.

Y, por eso, al amanecer del día siguiente, me encuentro dando tumbos por detrás de Fray Lorenzo mientras recorremos el huerto del monasterio, los dos con cestas en la mano, cuchillos y una lista de todos los ingredientes y objetos que tenemos que reunir. Hay tantas plantas que recolectar que enseguida me empiezan a doler la espalda y los hombros, pero no me quejo en ningún momento. Para ayudar a salvar a Valentino soportaré lo que sea necesario.

Trabajamos diligentemente durante horas, lado a lado, recolectando todo tipo de bayas, raíces, hojas y semillas, dejando unas a un lado para que se sequen y exprimiendo otras para extraer sus jugos. Cuando terminamos con eso y ya hemos clasificado todos los ingredientes en una sala cercana a la cocina del monasterio que Lorenzo pretende utilizar como si fuese su laboratorio personal, me entrega una segunda lista.

—Me temo que todo esto era la parte fácil —me dice como si se estuviese disculpando, pero hacía siglos que no lo veía con tanta energía—. Hay que conseguir algunos ingredientes más, probablemente los más importantes, y para conseguirlos tendremos que ir a buscarlos a las colinas.

Nos pasamos casi toda la tarde raspando cortezas de árboles y arrancando puñados de líquenes del color de la sangre. El atardecer empieza a cernirse sobre nuestras cabezas cuando por fin terminamos, y las sombras se alargan para cuando volvemos al monasterio. Cuando llegamos, con el sudor cayéndome por los párpados y el corazón lleno de esperanza, nos encontramos con un alboroto a la entrada de los claustros.

Tommaso, el novicio que nos ayudó colgando el cartel con el aviso de la plaga, sale corriendo directamente hacia Fray Lorenzo.

—Tu paciente llegó mientras estabais fuera haciendo recados. Le hemos dado la celda junto a la tuya, tal y como pediste, pero su hermano...

Pero no escucho el resto, porque dejo caer inmediatamente la cesta llena de esquejes y me abro paso a empujones entre los monjes reunidos y echo a correr al llegar al pórtico. La puerta junto a la celda de Fray Lorenzo está entreabierta, la empujo con el hombro para abrirla del todo y me detengo de golpe en el umbral cuando irrumpo en su interior. Se me corta la respiración y me tiemblan las manos.

Valentino está tumbado en el estrecho camastro contra la pared, con el cuerpo flácido y la piel tan pálida que casi se transparenta. Tiene ojeras tan moradas que parecen moratones y una capa de humedad en el rostro que hace que la cara le brille bajo la luz que se filtra por la ventana. Siento como si alguien estuviese sacándome algo del pecho a tirones, y tengo que apretar los dientes con fuerza para no soltar un gemido desesperado.

Lo único en lo que puedo pensar es en aquella noche que pasamos bajo los perales, lo cálida que era su piel, lo vivo que estaba. Su sonrisa, su deseo, sus besos... solo he estado en el mar una vez, cuando era muy pequeño, pero esa noche me recordó a la sensación de estar en lo alto de la ola: una fuerza de la naturaleza tan fuerte e impredecible que solo puedes esperar que no te arrastre consigo. Doy un paso adelante y estiro la mano hacia él, dispuesto a lavarle las manos con mis lágrimas desesperadas.

—¿Romeo?

Al oír mi nombre, doy un respingo y me giro, parpadeando por la sorpresa. Estaba tan centrado en Valentino que no me había fijado en que no estábamos solos. Pero justo allí, apoyado contra la pared frente a la cama de su hermano, con aspecto demacrado y sin afeitar, está Mercucio. Tiene los ojos inyectados en sangre y las mejillas hundidas, pero me dedica una sonrisa triste al verme y estira la mano hacia mí, agarrándome del brazo para atraerme hacia su pecho en un abrazo.

Empieza a hablar pero sus palabras terminan perdiéndose entre los sollozos. Me abraza con fuerza, como si se estuviese aferrando a mí, y llora desesperado, y solo puedo devolverle el abrazo para evitar que se derrumbe del todo. Es lo único que se me ocurre para consolarle, cuando yo también estoy al borde de ese mismo precipicio, al borde del colapso. En todos los años que hemos pasado juntos, no recuerdo ni una sola vez en la que haya necesitado mi consuelo.

—¿Qué voy a hacer? —me pregunta con la voz rota—. Si muere, Romeo, será por mi culpa. No podía dejarle hacer su vida en Vicenza en paz con mi tío, tenía que traerlo de vuelta porque *yo* lo necesitaba. Porque *yo* no era capaz de dejarlo marchar. —Sus lágrimas me empapan la camisa y se filtran hasta mojarme la piel del pecho—. Solo quería hacer las cosas bien. Lo único que quería era que viviese la vida que siempre se ha merecido.

—Eres un buen hermano, Mercucio. —Tengo un nudo tan grande en la garganta que me cuesta decir nada—. Y no pienso permitir que muera. Fray Lorenzo cree que puede que seamos capaces de elaborar un antídoto que contrarreste el veneno de Teobaldo, y le he prometido que le ayudaré. Y creo que puede hacerlo, no tienes ni idea de lo inteligente que es.

—*Teobaldo*. —Mercucio suelta el nombre como si fuese una maldición—. ¡Espero que disfrute del infierno ese bastardo! —Se le encogen los músculos de la espalda bajo mis manos—. Lo único que lamentaré hasta el fin de mis días es no haber sido yo quien le asestase el golpe mortal, pero llamaré a mi primogénito como tú en tu honor, como muestra del aprecio que siento hacia ti por haberle clavado tu espada en su cuello inútil.

—Mercucio… —La culpa cuelga sobre mi cabeza, enturbiando el ambiente y trago saliva con fuerza—. Lo siento mucho. Lo siento por lo que le está pasando a Valentino, lo siento por no haber evitado que Teobaldo le hiriese… y sobre todo lo siento porque fue la implacable enemistad de mi familia con los Capuleto la que nos llevó a estar ahora en esta situación. Porque soy *yo* quien tiene la culpa de esto.

Mercucio frunce el ceño, confuso.

—¿De qué estás hablando? Fui yo quien insistí en que había que lidiar con Teobaldo directamente, tú querías evitarle y yo te insistí en que no lo hicieses. ¡Si te hubiese escuchado, si me hubiese preocupado más por nuestra seguridad que por mi orgullo, nada de esto habría ocurrido!

—Los Capuleto nos tendieron una trampa y no me quedó otra opción que caer en ella —le recuerdo—. No había modo de evitar a Teobaldo ese día, y aunque nos las hubiésemos apañado para evitarle entonces, nos habría tendido otra trampa en cualquier otra parte y me habría terminado atrapando de todas formas. Pero fui yo quien te hice llamar, porque me aterraba tener que enfrentarme a él yo solo. Porque sabía que tenía sed de sangre y temía que fuese mi sangre la que tiñese sus manos. —Las lágrimas me nublan la vista—. Fueron mis actos los que desataron su ira, y mi llamada a las armas la que hizo que Valentino terminase al alcance de su daga.

—Si no nos hubieses hecho llamar sabes perfectamente que me habría enfurecido con tu cadáver —repone, con un toque irónico en sus palabras que finalmente me recuerda al Mercucio alegre y valiente que conozco desde siempre—. Eres nuestro amigo, Romeo. Elegimos responder a tu llamada porque tu lucha es también la nuestra, y jamás te dejaríamos que te enfrentases a Teobaldo tú solo.

—Yo solo… —Pero se me entrecorta la respiración y yo también empiezo a llorar.

Nos quedamos ahí de pie los dos, formando una lamentable maraña de lágrimas y culpa, y así es como nos encuentra Fray Lorenzo cuando entra en la celda unos minutos más tarde.

—Buenas tardes, Mercucio —dice con dulzura—. Confío en que vuestro viaje desde la ciudad hasta aquí no haya tenido imprevisto alguno.

—Sí, muchas gracias. —Mi amigo carraspea para aclararse la garganta, recobrando la compostura—. Toda Verona ya se ha enterado de lo del aviso de la peste y fue un tanto complicado encontrar un carruaje y un conductor dispuestos a traernos hasta aquí, pero me las apañé. No puedo expresar con palabras lo agradecido que te estoy por tu ayuda. Si puedes salvarle la vida a mi hermano, te pagaré lo que me pidas, sin importar lo alto que sea el coste.

—No es necesario, te lo aseguro. —Fray Lorenzo extiende las manos, haciéndole un gesto para que se calme—. Busco este antídoto porque me han bendecido con el conocimiento para hacerlo, y porque creo que debemos ayudar al prójimo sin esperar nada a cambio. Haré lo que esté en mi mano para salvar a Valentino, y rezo por lograrlo, pero... no te puedo prometer resultado alguno. Al menos, todavía no.

—Lo comprendo —repone Mercucio, volviéndose a aclarar la garganta con un carraspeo—. Romeo me ha contado que te va a ayudar en el proceso. Si hay algo que pueda hacer, ponme a trabajar a mí también.

—Aceptaré tu oferta encantado. —Lorenzo sonríe y después me coloca una mano en el hombro, empujándome suavemente hacia la puerta—. Ahora, sin embargo, tengo que pediros a los dos algo de paz y tranquilidad para poder examinar al paciente. Y, Mercucio, te sugiero que descanses un poco...

—Me quedaré con Valentino —declara mi amigo, alzando la barbilla—. Manda traer un petate aquí si lo prefieres, pero si descanso aunque sea solo un minuto, será a su lado.

—Lo que te dejará a los pies de la cama y me complicará la tarea de examinarle. —Fray Lorenzo es firme, pero nada borde—. No ayudará en nada a Valentino que tú también enfermes, ¿sabes?, y tu sufrimiento no aliviará el suyo.

—Puede que me merezca no dormir —contrataca Mercucio, retando al monje a que le contradiga—. Quizás me merezca algo peor.

—Y quizás ya te hayas castigado bastante —sugiere Fray Lorenzo.

—Si muere por esto, jamás seré capaz de expiar mi culpa por ello.

—Y si vive, Valentino necesitará que estés sano y fuerte. —Nos empuja suavemente hacia la puerta antes de añadir—. Puedes usar mi celda mientras yo esté aquí con tu hermano. Ya me he tomado la libertad de pedirle a uno de los novicios que te lleve algo para comer y una taza de té de las hierbas de nuestro jardín que te ayudará a despejar la mente. Creo que lo necesitas.

—No tengo hambre —insiste Mercucio con amargura, aunque le ruge el estómago al decirlo. Pero está cansado de pelear y me permite que le guíe hasta la celda adyacente. Tommaso aparece unos minutos después con algo de pan recién hecho, agua y una taza humeante con un líquido turbio en su interior que huele a perro mojado.

—Fray Lorenzo me ha dicho que les traerá él mismo un par de jarras de cerveza si usted, —Le dirige una mirada mordaz a Mercucio—, se termina todo lo que tiene en el plato.

—¿Te lo puedes creer? —se queja mi amigo, indignado, en cuanto Tommaso nos deja a solas—. «¡Termínate la comida o no tendrás ningún premio después!» Es exasperante, es como volver a ser un niño. —Se mete algo de pan en la boca y se lo traga casi sin molestarse en masticar—. Tiene suerte de que necesite urgentemente una buena jarra de cerveza o le habría lanzado toda esta comida a la cara.

Se mete más pan en la boca y yo lo observo comer entre fascinado y horrorizado. Es como estar viendo a un animal salvaje devorando una presa que acaba de cazar. Cuando desaparecen las últimas migas de pan por sus fauces, le empujo suavemente la taza con líquido humeante un poco más cerca.

—No te olvides de tu, eh...

—Puaj. —Mercucio hace una mueca, pero después se tapa la nariz y se bebe el líquido tan rápido como puede. Cuando la taza está vacía se estremece y suelta un eructo—. Asqueroso. Pero sí que me duele menos la cabeza. O eso creo. —Se vuelve y observa preocupado la pared que nos separa de Valentino—. ¿Crees…? ¿Crees de verdad que Fray Lorenzo puede revertir lo que quiera que ese veneno le esté haciendo?

—Si alguien puede lograrlo, ese es Fray Lorenzo. —Recuerdo la tarde que hemos pasado en los jardines y en las colinas, la forma en la que me hablaba de cada una de las plantas que íbamos recogiendo, como si lo supiese todo sobre ellas. Recuerdo a Valentino acariciándome el rostro y sonriéndome con la mirada—. En realidad, me temo que tengo demasiada esperanza pero… elijo tener fe de que puede hacerlo. Y entonces estoy seguro de que podrá.

—Yo también —susurra Mercucio. Entonces se vuelve hacia mí y niega con la cabeza, dejando caer la mirada desenfocada hacia el suelo—. O puede que no. ¡Se suponía que esa asquerosa bebida me reviviría y estoy seguro de que no ha funcionado! Estoy mareado… ¿y por qué se está moviendo la celda?

—¿Quizás deberías tumbarte? —Lo empujo suavemente sobre el colchón y, aunque opone algo de resistencia, no me cuesta tanto hacerme con el control—. Tú mismo has dicho que no has descansado mucho últimamente. Quizás es que el cansancio se ha hecho por fin con el control de tu cuerpo.

—No me pienso tumbar, pero supongo que podría sentarme —declara, dejándose caer sobre el camastro de Fray Lorenzo y cayendo inmediatamente de espaldas. Tiene la mirada brillante y fija en el techo—. Pero solo hasta que me traigan esa cerveza y la celda deje de girar en este bucle infernal.

—¿Desde hace *cuánto* tiempo no duermes, Mercucio? —Le miro preocupado, echándole un vistazo rápido a la taza vacía y a las hojas infusionadas que se han quedado pegadas en el fondo.

—No me acuerdo. —Hace un gesto aletargado y después sigue mi mirada—. Tu monje me ha engañado, ¿verdad? Esa horrible poción era para hacerme dormir.

—Eso me temo.

—Ese bastardo astuto. —Parece casi impresionado. Se frota la cara y respira hondo. Entonces se vuelve a mirarme y su expresión se torna seria—. Antes de irme... Romeo, hay algo que necesito entender. Puede que no tenga valor para preguntarlo más tarde, una vez que haya dormido y recuperado el juicio, así que tengo que hacerlo ahora.

—¿Sí? —La manera en la que lo dice, la forma en la que me mira, hace que se me ponga la piel de gallina en la nuca—. ¿Qué... qué ocurre?

—¿Por qué Valentino te llama cada vez que sale de su estupor?

Mi corazón deja de latir.

—Yo...

—Preferiría que no me mintieses —dice con firmeza, aunque sus palabras son del todo menos duras—. Lo único que no puedo tolerar es que me mientan acerca de mi hermano. Romeo... ¿cuándo os habéis vuelto tan íntimos que es tu nombre el que siempre ronda más cerca de sus labios cuando se despierta?

—Nosotros... yo... —Es como si estuviese cayendo de lleno en la oscuridad, sin saber a ciencia cierta dónde está el suelo, pero sabiendo que cuanto más tarde en aterrizar, peor será el impacto—. Hablamos en el huerto de los Capuleto, después de tener que huir del baile de máscaras. Me habló de su vida en Vicenza y... supongo que nos hicimos más amigos gracias a eso.

Es una respuesta poco adecuada y mi tono chillón solo hace que suene peor, y Mercucio frunce el ceño impaciente.

—Mi hermano me dijo más o menos lo mismo, pero se le da fatal mentir. Sé que hay algo más que ninguno de los dos me estáis contando. —Entrecierra los ojos y añade algo que hace que se me revuelva el estómago—. Valentino no estaba en su cama hace un par de noches, y no volvió a casa hasta bien pasado el amanecer al día siguiente. Intentó convencerme de que lo había soñado, como si no pudiese saber la diferencia entre cuando estoy despierto y cuando estoy dormido. ¿Estaba contigo esa noche? Y no me mientas, Romeo. No se te da mucho mejor mentir que a él.

Incluso en su estado, tumbado de espaldas y medio borracho por la infusión de Fray Lorenzo, me intimida. Yo tiemblo demasiado, me siento demasiado abrumado como para intentar inventarme un farol. Tengo la boca tan seca que parece una lija al hablar.

—Él... vino a San Pietro esa noche, sí. Dijo que no podía dormir y quería que... continuásemos hablando de lo que me contó en la villa de los Capuleto. —Esa parte es verdad, aunque en la boca me sepa amarga como si fuese mentira—. Nos pasamos casi toda la noche en el huerto que hay tras mi casa. Pero lo que quiera que estés sugir...

—Valentino no es como yo —me corta Mercucio a la defensiva, volviendo a mirar fijamente hacia la pared, llevando las manos hacia ella como, si de ese modo, pudiese atravesar los ladrillos con la mano y alcanzar a su hermano—. Eso solía molestarme: lo tranquilo que era, lo sensible que era… su reticencia a seguir mi ejemplo. Siempre he podido ver que había algo diferente en su interior. —Traga saliva con fuerza y, para mi sorpresa, se le llenan los ojos de lágrimas—. Durante una temporada pensaba que se le terminaría pasando. Después pensé que tendría que ser yo quien cambiase esa parte de él, incitándole a perseguir las aficiones e intereses adecuados, enseñándole cómo se suponía que debía actuar.

Las lágrimas se escapan de entre sus parpados y Mercucio hace un intento torpe de secárselas.

—Tuve tan poca paciencia. A la mínima de cambio me enfadaba con él, siempre me faltaba tiempo para atacarle cuando hacía algo que me disgustaba. Y entonces nuestro padre murió y a Valentino lo mandaron a vivir a Vicenza e… hizo falta que mi familia se desintegrase para que me diese cuenta de que había sido un imbécil todo ese tiempo. —Se sonroja y cierra los ojos con fuerza—. He malgastado tanto tiempo castigando a mi hermano por algo que no había hecho mal en primer lugar y después tanto tiempo sin saber si podría regresar algún día, si es que *querría* regresar siquiera. Soy un hermano horrible, Romeo. Me merecería que no quisiese saber nada de mí, jamás.

—No eres un hermano horrible. —Es lo único que se me ocurre decir—. He visto cómo te comportas al estar con él. Te he visto justo ahora.

—No soy más que un pobre pecador, intentando que me perdonen por mis pecados mientras el Día del Juicio Final se cierne sobre mi cabeza. —Vuelve a mirarme y ha perdido toda la fuerza que antes tenía—. Pero lo prometí. Le prometí a Dios, Romeo, que si permitía que Valentino regresase a

Verona, sería el hermano que se merecía, que haría las cosas bien esta vez, que le querría tal y como es, y que no intentaría convertirlo en alguien que no es. —A Mercucio le tiembla el labio inferior al hablar y arrastra las palabras—. Lo único que quiero es que esté bien. Lo único que quería era que las cosas volviesen a estar en su sitio y no dar nada por sentado esta vez.

—No se va a morir. —Ahora me toca a mí hacer promesas arriesgadas, unas que no estoy seguro de poder cumplir siquiera, pero sé que removería cielo y tierra solo para que esta promesa en concreto se cumpliese—. No lo permitiré. Tendrás mucho más tiempo a su lado, Mercucio.

—Solo dime una cosa… —No abre los ojos al hablar y me doy cuenta de que está luchando por permanecer despierto—. ¿Es… es feliz cuando está contigo, Romeo? ¿Sois felices juntos?

—Yo… —La sala se nubla a mi alrededor y tardo un momento en encontrar las palabras para responder—. Sí. Y creo que jamás he tenido tanta suerte.

—Bien. —Suspira y se le relajan los hombros, las líneas de expresión de su rostro desaparecen junto con la tensión—. Me alegro. Eso es lo único que quería.

Y, dicho eso, se queda dormido.

27

Solo unos segundos más tarde, mientras sigo ahí de pie, perplejo, invadido por unas emociones que no soy capaz de nombrar ni enumerar, Fray Lorenzo abre la puerta. El pecho de Mercucio sube y baja al ritmo del sueño, con un suave ronquido escapándose de entre sus labios. El astuto monje sonríe ante la estampa.

—Veo que mi pequeña tisana ha funcionado. Me alegro, necesita descansar.

—¿Qué le has dado? —Señalo la taza, secándome con disimulo las lágrimas—. ¿Va a estar bien?

—Es solo una mezcla de algunas hierbas calmantes y soporíferas. —Se encoge de hombros con dulzura—. Nada demasiado potente. La fatiga y la angustia ya lo tenían al borde del colapso, solo necesitaba un suave empujoncito para quedarse dormido. Con suerte no se despertará hasta mañana, cuando confío en que estará mucho más lúcido.

—Eres bastante astuto —observo, incapaz de contener una mueca de admiración—. Le dijiste que ese tónico le despejaría la cabeza, pero le engañaste en el cómo.

—Tampoco me lo preguntó. —Lorenzo es la viva imagen de la inocencia. Entonces añade—. He terminado de examinar a Valentino, tiene suerte de no haber ingerido el veneno y de que su herida sangrase tanto, gran parte de las Lágrimas de dragón salieron de su organismo mucho antes de que sus venas llevasen la sangre hasta su corazón.

—¿Qué significa eso? —imploro—. ¿Vas a poder ayudarle?

—Aunque su condición esté empeorando —comienza Fray Lorenzo—, creo que todavía no ha llegado al punto en el que sea demasiado tarde para revertir los efectos del veneno. —Eso es precisamente lo que había deseado oír y, por un momento, dudo haberle oído bien, por lo que Fray Lorenzo tiene que repetirlo—. Creo que podemos salvarle, Romeo, pero solo si actuamos con rapidez.

Las palabras me fallan. Me pesa el corazón y me late con tanta fuerza que escucho sus latidos en mis oídos justo antes de lanzarme hacia Fray Lorenzo.

—G-gracias —susurro contra su túnica, abrazándolo tan fuerte como puedo—. *Gracias*.

—No me des las gracias todavía. —Me frota la espalda amistosamente—. No podremos encontrar ningún remedio si no trabajamos duro y… Romeo, todavía existe la posibilidad de que no sea suficiente.

—Pero cabe la posibilidad de que sí lo sea. —Me limpio las nuevas lágrimas que caen por mis mejillas con la manga y me sorprendo de que a mi cuerpo todavía le queden lágrimas que derramar—. Y haré lo que me pidas, lo que sea. Dímelo y empezaré en este mismo instante.

—Más tarde. —Recoge la bandeja y se dirige hacia la puerta—. Por ahora, Mercucio necesita descansar y pensé que tal vez te gustaría poder pasar unos minutos a solas con Valentino.

—Sí. —El solo pensar en ello hace que el corazón me dé un vuelco—. Sí, mucho.

—Tan solo asegúrate de no despertarle —me advierte. Y entonces se marcha, deslizándose bajo el pórtico y desapareciendo entre los últimos rayos del sol que proyectan sendas sombras por el jardín del claustro.

Valentino tiene el mismo aspecto que antes: inerte, ceniciento y enfermizo, y el ambiente de la celda ya empieza a adquirir el sabor amargo de la enfermedad. Se me seca la garganta cuando por fin tengo algo de tiempo y privacidad para asimilar en qué se ha convertido el chico que una vez me hizo sentir invencible.

Su piel está fría al tacto cuando entrelazo mis dedos con los suyos, deseando poder sentir cómo se aferra a mi mano con fuerza como respuesta, y su suave cabello está enmarañado y sin su brillo característico. Pero puedo respirar su aroma familiar, que desata en mi interior emociones que he intentado reprimir, recuerdos demasiado felices como para soportarlos. Su sabor bajo los perales, nuestras manos encontrándose por primera vez, cuando todavía no sabía si para él ese gesto significaba lo mismo que para mí, las sonrisas solo nuestras que intercambiamos cuando nadie nos estaba mirando en esa tarde perfecta.

Recuerdo cómo sonaba su voz, entrecortada y sin aliento, cuando se tumbó a mi lado bajo las ramas de los árboles del huerto de mi familia.

«No tenía nada que decirte, solo quería que me besases un poco más, y no podía soportar tener que esperar a que mañana tuviésemos tiempo para ello».

Se me encoge el corazón al sentarme a su lado, los dos solos, solos por fin, por primera vez desde aquella noche, y tengo que enfrentarme a lo que le ha ocurrido por mi disputa con Teobaldo. Me doy cuenta de que lo que siento no se *parece* al amor, *es* amor. Mi corazón no se estaría rompiendo así si no lo fuera.

Lo amo. E incluso si él no puede amarme de vuelta, incluso si me culpa por lo que le ha ocurrido y maldice mi nombre, haré lo que tenga que hacer por que Valentino se recupere.

Cuando Fray Lorenzo viene a buscarme, no me pregunta en qué estoy pensando o me presiona para que hable. En cambio, me lleva hasta la cocina y me enseña una lista de tareas que tendré que hacer antes de que termine de elaborar el antídoto. Después de explicarme qué es lo que tengo que hacer exactamente, me deja a mi aire.

Durante las horas siguientes, a la luz de las estrellas y bajo el resplandor de los faroles y los braseros, nos dedicamos a la ciencia de la alquimia. Bajo las órdenes de Lorenzo cuelgo hierbas para que se sequen, hiervo raíces y corteza para poder destilar después su esencia, y pelo bayas para separar la piel de la pulpa y de las semillas. Etiquetamos cada uno de los frascos y vertemos brandy claro en una botella llena de un puñado de liquen rojo sangre, y el líquido adquiere un tono furioso. Vamos por la mitad de la lista cuando me dice que ya he hecho suficiente.

A la mañana siguiente, tras una noche sin sueños, regreso a la cocina. Mercucio está a mi lado en esta ocasión, trabajando diligentemente y con mucho mejor aspecto después de haber descansado. Lo que presencio a lo largo del día es fascinante: ingredientes familiares reducidos a sales, líquidos y vapores, las partes dispares combinadas de nuevo bajo unas órdenes concretas y en cantidades específicas. Gota a gota, el antídoto para las Lágrimas de dragón va cobrando forma lentamente, un líquido turbio que huele fuerte y penetrantemente a tierra.

—Ya está. —Fray Lorenzo parece agotado y revitalizado al mismo tiempo, sosteniendo la tintura a la luz—. Esto es lo que contrarrestará el veneno de Teobaldo.

—¿Así que podemos dárselo ya? —Mercucio le mira fijamente—. ¿Cuánto tardará en hacer efecto? ¿Cómo sabremos si *ha* funcionado?

La pregunta que no hace pero que está grabada en su rostro preocupado es: «¿Qué pasará si *no* funciona?».

—Está lista para que la usemos —repone Fray Lorenzo con calma—, pero no podemos acelerar el tratamiento. No es como si estuviésemos apagando un fuego con un cubo de agua, estamos mandando a un animal a que luche con otro —le explica a Mercucio—. Si se consume demasiado elixir en una sola toma podría tener efectos secundarios espantosos, por eso debe administrarse con moderación, no más de cinco gotas por toma, a intervalos de tres horas. Te mostraré cómo ha de hacerse, pero después dependerá de ti.

—Por supuesto. Sí.

—Si esto funciona, no tardaremos mucho tiempo en saberlo. —Lorenzo se levanta.

—¿Y si… y si no funciona? —logra preguntar Mercucio a duras penas.

—Bueno. —Una mirada triste cruza el rostro del monje—. Entonces tampoco tardaremos mucho en saberlo.

Resulta incómodo tener que abrirle la boca a Valentino y echarle la extraña medicina entre los labios. Su nuez se mueve al tragar, se le encogen los labios en una mueca y se le frunce el ceño. Y después vuelve a quedarse completamente en calma de nuevo y... simplemente yace sobre la cama.

—¿Es que no ha funcionado? —Mercucio se pasa las manos por el cabello, poniéndoselo de punta—. Está igual que antes, ¡no ha cambiado nada!

—Dale tiempo —le tranquiliza Fray Lorenzo—. El veneno lleva varios días en su organismo y nuestro remedio tan solo unos segundos. Podéis quedaros sentados a su lado entre las dosis, para mantenerlo vigilado, pero solo de uno en uno. Que le atosiguéis no le hará ningún bien.

—Yo haré la primera guardia —declara Mercucio, sin dar pie a discusiones. Reflexiono acerca de mi posición y después asiento con reticencia, preguntándome qué haré cuando vuelva a tener que abrirle la boca a Valentino.

—Si notáis algún cambio, mandadme llamar —dice Lorenzo—. Igualmente, me pasaré de vez en cuando para reexaminarle. Y recordad: solo cinco gotas.

—Entendido —respondemos Mercucio y yo al unísono. Y cuando la puerta vuelve a cerrarse conmigo en el lado equivocado, la noche se cierne sobre mí, filtrándose entre las columnas y llenando el pórtico, y yo no sé decir si el aire que respiro me sabe a esperanza... o a miedo.

La segunda dosis tiene el mismo efecto que la primera, y aunque parece que Valentino tiene más color en el rostro, no da ningún tipo de señal de que el antídoto esté teniendo efecto. Se le mueve la nuez al tragar, hace una mueca y después todo desaparece de nuevo, dejándolo inerte. Mercucio se niega a alejarse de su lado, por lo que me veo obligado a volver a regañadientes a mi celda.

Han pasado unas cuantas horas desde la última oración de la Liturgia de las Horas, todos los monjes están dormidos, y el jardín del claustro está iluminado por la plateada luz de la luna. Es hermoso y, por primera vez en muchos días, noto un hormigueo en los dedos por las ansias de abrir mi cuaderno de bocetos. Es el tipo de imagen que me gustaría poder compartir con Valentino y, a pesar de toda la fe que le tengo a Fray Lorenzo, de repente me aterroriza que el antídoto falle.

Cuando regreso a la celda de Valentino para darle la tercera dosis, por fin es evidente que la medicina está surtiendo efecto. Se le pegan los mechones a la frente por el sudor, tiene el rostro contraído, como si estuviese incómodo, y respira con mucha más dificultad que antes. Mercucio, de nuevo agotado por la falta de sueño, le pasa un paño húmedo por la cara a su hermano.

—¿Esto significa que está funcionando? ¿Deberíamos ir a buscar a Fray Lorenzo?

—No sé lo que significa —le respondo con sinceridad, aunque en mi opinión solo hay dos opciones: o Valentino está mejorando o… está empeorando.

Esta vez tiene fiebre y se resiste cuando intento abrirle la boca. Mercucio cuenta las gotas y después damos un paso atrás juntos, observando cómo se retuerce antes de volver a calmarse. Tiene el ceño fruncido y le gotean más gotas de sudor del pelo como si fuesen pequeñas ampollas.

—Puedes quedarte o irte, pero yo no pienso apartarme de su lado —anuncia Mercucio, dejándose caer en el suelo junto a la cama. A pesar de que Fray Lorenzo nos advirtiese de que hiciésemos guardia de uno en uno, no soporto la idea de regresar a mi celda para pasar más tiempo sin dormir mientras espero a que Valentino despierte. Así que yo también me siento, apoyándome contra la pared, esperando a las buenas o a las malas noticias.

Lo que quiera que le esté pasando a Valentino, no tendrá que pasar por ello sin mí.

Antes de que haya pasado siquiera una hora, las cosas dan un giro inesperado. Estoy medio dormido cuando Valentino suelta un suave gemido, el primer sonido que hace desde que llegó, y Mercucio y yo nos despertamos de golpe al oírlo. Está agarrando con fuerza las sábanas amontonadas a sus lados y tiene la espalda arqueada, algo que hace que los músculos de su cuello destaquen. Vuelve a gemir, estremeciéndose de dolor.

—¿Valentino? *¡Valentino!* —Mercucio rodea el rostro sudoroso de su hermano con las manos, viéndose rápidamente superado por el pánico—. ¿Q-qué está pasando? ¿Qué ocurre?

—No creo que esté despierto —digo, fijándome en el calor que desprende su piel desnuda—. Mercucio, le ha subido la fiebre…

Valentino vuelve a dejarse caer contra el colchón y después vuelve a arquear la espalda, emitiendo otro gemido de dolor, uno que rápidamente se transforma en un quejido. Su rostro enrojece y patea las sábanas con fuerza, bajándolas lo suficiente como para dejar al descubierto la herida de su pecho. Con un movimiento brusco, se coloca de lado, apartándose de mí.

—*¡Valentino!* —grita Mercucio, luchando contra él para que vuelva a apoyar la espalda en el colchón—. ¡Romeo, ve a buscar al monje! *Ahora.*

Salgo corriendo hacia la celda de al lado y se me pasa el sueño por completo al mismo tiempo que se me hiela la sangre. Si Valentino no se recupera, si esa mezcla que le hemos estado obligando a ingerir solo lo ha hecho empeorar... no puedo permitirme terminar esa frase, la cabeza me da vueltas del miedo.

Fray Lorenzo se despierta con facilidad y, cuando regresamos a la carrera a la celda de Valentino, el muchacho sigue retorciéndose entre los brazos de su hermano, agarrándose a las sábanas con fuerza y gimiendo de agonía. Mercucio se vuelve a mirarnos con el rostro surcado de lágrimas y la voz rota.

—¡Ayúdale, por favor!

Lorenzo se acerca rápidamente a la cama, examinando a Valentino con calma y de manera ordenada; le mide la fiebre, le toma el pulso, le abre los parpados, y después asiente.

—Os dije que sería como mandar a un animal para luchar contra otro. Ahora sabremos cuál de los dos sale victorioso.

—¿Qué quieres *decir* con eso? —exige saber Mercucio entre dientes—. ¡Está agonizando! ¡Puede que se esté muriendo! ¿Es que no puedes hacer nada?

—Traeré más agua fría y trapos limpios, pero él tiene que hacer el resto. —Fray Lorenzo habla con paciencia y amabilidad—. Las Lágrimas de Dragón son un veneno muy potente y el antídoto tenía que ser igual de potente para contrarrestarlo. Es probable que te angustie tener que ver a tu hermano sufriendo tanto, pero el tratamiento está haciendo lo que tiene que hacer. Mantenlo sujeto para que no se haga daño y, con el tiempo, este terrible momento pasará.

No promete nada sobre lo que vendrá después, y los dos tenemos demasiado miedo como para preguntarlo. Por lo que, en cambio, le limpio con una esponja fría el sudor de la frente a Valentino mientras Mercucio lo mantiene sujeto con los brazos temblorosos y por nuestros rostros no paran de caer lágrimas silenciosas.

Poco a poco las sacudidas de Valentino se vuelven mucho menos violentas y sus gritos disminuyen y, poco después de la hora de Maitines, vuelve a quedarse inerte. Las sábanas están empapadas en sudor, le sangra la herida que se le ha vuelto a abrir... pero su respiración se ralentiza y se vuelve más profunda, los músculos de su rostro se relajan y el rubor de su piel empieza a desaparecer.

Mercucio y yo estamos agotados, exhaustos después de pasar todas estas horas de vigilia aterrorizados, pero finalmente nos damos cuenta de que a Valentino le ha empezado a bajar la fiebre.

28

No sé qué hora es para cuando por fin sucumbo al sueño, pero para cuando me vuelvo a despertar es como si solo hubiesen pasado unos segundos, y tengo un dolor atroz. Apoyado contra la pared, estoy más retorcido que una parra, y la luz del sol, que se cuela por la ventana abierta de la celda, se filtra entre mis párpados. Me crujen los huesos del cuello cuando me intento incorporar.

Y entonces me quedo helado en mi sitio, con el corazón en la garganta cuando me fijo en la escena que tengo enfrente: Valentino, despierto en la cama, mirándome con esa misma sonrisa traviesa que me dedicó la noche que estuvo lanzándome piedras a la ventana. Está pálido y demacrado, con las ojeras mucho más profundas y oscuras que antes… *pero está vivo.*

—¿Valentino? —Prácticamente balbuceo su nombre—. ¿Estás…? ¿Estoy soñando?

—Espero de veras que no —responde, con voz débil. Me sonríe y esa es una estampa que llevo días echando de menos—. Me dolería que fuese así como me vieses en tus sueños.

—Pero eres hermoso. —Se me anegan los ojos de lágrimas, haciendo que los colores de la celda parezcan mucho más vivos, y me duele el cuerpo cuando cojeo hasta llegar a su lado—. Estás... vuelves a estar bien.

—Eso parece. —Baja la mirada hacia su cuerpo, sus brazos delgaduchos y pálidos, su herida ya empezado a volver a cerrarse después de las convulsiones que ha tenido que soportar las últimas horas—. Me gustaría poder decir que nunca he estado mejor pero... al menos puedo decir que me encuentro mucho mejor que ayer.

—Ayer estabas inconsciente —señalo, saboreando la sal de mis lágrimas al reírme.

—Cierto... me siento mucho peor que ayer. —Él también se ríe y después tose—. Es como si me hubiese pasado por encima una manada de caballos. Con unos jinetes enormes montados encima.

—No... no me puedo creer que de verdad estés bien. —Me dejo caer en el borde de la cama y coloco mi mano junto a la suya, con miedo a tocarlo, aterrado por lo frágil que parece todavía—. No te haces una idea de cuántas veces te he llorado, de cuántas veces te he dado por muerto, pensando que la daga de Teobaldo había sellado tu destino.

—Creo que me hago una idea. Antes de que te despertases, mi hermano me ha dicho que has estado bastante pendiente de mí —lo dice un tanto presumido y yo noto como el calor sonroja mis mejillas.

—¿Dónde *está* tu hermano? —pregunto.

—Espero que dormido en alguna celda. —Valentino se mesa el cabello enmarañado—. Hemos tenido una larga conversación mientras dormías hecho un ovillo en ese rincón. Tenía un aspecto realmente malo y, aunque me costó un rato, le hice prometerme que descansaría. —Vacila antes de extender la mano y entrelazar sus dedos con los míos—. También le dije que deseaba pasar algo de tiempo a solas contigo. Y aceptó.

—¿De verdad? —No se me ocurre nada más elocuente que decir, siento cómo mi sangre corre acelerada por mis venas bajo su contacto y sus dedos fríos, secos e increíblemente vivos—. ¿Y él... aceptó?

—No sé cómo explicarlo. —Abre los ojos de par en par—. No solo he salido con vida de un encuentro cercano con a muerte, sino que también mi hermano sabe lo que más temía que supiese... y me sigue queriendo.

—Lo sé. Lo he visto.

—Además, Romeo, creo que él también te quiere. —Valentino baja la mirada hacia nuestras manos entrelazadas—. Aunque quizás no del mismo modo en el que te quiero yo.

—Tú... —No puedo terminar la frase, tengo un nudo enorme en la garganta. Me llevo su mano a los labios y la beso hasta que me quedo sin aliento—. ¿Me quieres?

Un rubor rosado se extiende por las mejillas de Valentino, haciendo que las pecas que salpican su perfecta nariz destaquen más que de costumbre.

—Creo que siempre he estado un poco enamorado de ti, Romeo. Pero me daba demasiado miedo confesarlo antes. Una persona solo puede permitirse perder cierto número de cosas buenas antes de esperar que todo lo bueno de su vida le sea arrebatado tarde o temprano.

—Y, sin embargo, fuiste tú a quien casi me arrebatan. —No puedo soltarle la mano, no puedo parar de deleitarme en el modo en el que se aferra a ella con fuerza.

—Casi perdí mi oportunidad de confesártelo cuando podía. —Estira su mano libre hacia mi rostro y me acaricia las mejillas, mientras los rayos del sol destacan las pequeñas motas doradas en sus ojos—. Podría haber muerto sin haberte dicho nunca que te amo. ¿Cómo he podido ser tan idiota?

—Valentino… casi mueres por mi culpa. Esa daga iba dirigida a mi pecho, y tú te interpusiste en su camino por mí, porque yo fui demasiado descuidado como para verla venir.

—Y lo volvería a hacer.

—Yo no te dejaría. —Niego con la cabeza con vehemencia—. No te volveré a dejar ponerte en peligro por mi culpa, nunca jamás, ni ahora ni nunca.

—Pero ya lo he hecho —responde con sinceridad—. Te he dicho que te amo, he depositado mi corazón en tus manos y ahora…

Se queda en silencio, esperando a ver qué digo, con las cejas sutilmente alzadas, preocupado. Se me nubla la vista y mi corazón late acelerado en mi pecho.

—Yo también te amo, Valentino. Pues claro que te amo. Me sedujiste desde el momento en el que te vi por primera vez en la villa de los Capuleto, pero la noche que pasamos al amparo del huerto de mi familia supe que lo que sentía por ti era algo mucho más profundo… algo extraordinario.

Respiro entrecortadamente y cedo ante su contacto, agradecido por poder volver a sentirle.

—Pero no fue hasta que pensé que iba a perderte para siempre que comprendí del todo lo que sentía en realidad.

—Romeo…

—Te amo, Valentino —repito, porque las palabras saben demasiado dulces—. Te amo, y no sé qué se supone que he de hacer ahora.

—Podrías empezar por besarme —sugiere en un susurro, y yo me lanzo a cumplir lo que me ha pedido.

Tiene los labios secos por el tormento por el que ha tenido que pasar estos últimos días, pero cuando su boca se junta con la mía, la sensación sigue siendo igual de mágica que antes. Sus labios me dan la bienvenida, abriéndose levemente, y su calor se mezcla con el mío. Unas mariposas alzan el vuelo desde la boca de mi estómago, recorriéndome entero y yendo directas hacia mis pies, y haciendo que la piel en la parte baja de mi espalda me cosquillee. Sus dedos se aferran a mi nuca, y un gemido hambriento se filtra entre mis labios, un gruñido imprevisto que le excita.

Le muerdo el labio inferior, extendiendo mi mano contra su pecho, sintiendo los latidos acelerados de su corazón bajo su piel suave y caliente. Cuanto más le beso, más le necesito, más necesito que me entregue, y menos quiero detenerme. Podría pasarme días así, meses, y jamás cansarme de ello.

Pero no tenemos meses.

Después de un rato, nos separamos, sin aliento y mareados. Valentino cierra los ojos, pasándose una mano por el cabello. Tiene el rostro sonrojado de un modo que hace que me preocupe de repente por si le he pedido demasiado. Sin embargo, suspira y me dice:

—Eso ha sido... maravilloso. Pero me temo que tengo que descansar un poco antes de que lo volvamos a hacer.

Sonrío aunque sé que hay una pregunta que se cierne sobre nuestras cabezas, una nube negra que no puedo ignorar, y que oscurece la luz que arde con fuerza en mi interior.

Antes de que pueda formularla, alguien llama a la puerta, y Fray Lorenzo entra con una bandeja llena de comida mucho más apetecible que cualquiera de los platos que me han servido desde mi llegada.

—¡Oh, genial, estáis los dos despiertos! Quería ver qué tal está mi paciente, ahora que ha regresado de entre los muertos, y Romeo, me alegro de no tener que pasar por encima de tu triste cuerpo mientras lo hago.

—Oh, ja, ja, ja. —Pongo los ojos en blanco pero la sonrisa de Valentino se ensancha—. Os haré saber a los dos que tendré el cuello doblado para siempre después de esa noche de sueño tan espantosa.

—Tendremos que ponerte a trabajar iluminando manuscritos, entonces. —Fray Lorenzo no pierde ni un ápice de su alegría—. Te doblará el cuello hacia el otro lado en un santiamén.

—Espero que no me hayas traído toda esa comida a mí. —Valentino enarca las cejas, observando toda la comida que ha dispuesto Lorenzo en la bandeja: caldo humeante, pan recién hecho, fruta, queso, higos secos, e incluso unos huevos cocidos con hierbas aromáticas—. Me temo que no tengo demasiado apetito.

—Yo sí —repongo, estirando la mano hacia la bandeja para tomar uno de los higos.

Fray Lorenzo me da un manotazo.

—Tienes que comer para reponer fuerzas —le dice el monje a Valentino con dulzura—. Empieza con algo sencillo, el pan o el caldo valdrán, y así vemos cómo te cae.

Me ruge el estómago.

—Mientras él disfruta de algo sencillo, quizás debería ser yo quien aparte esos platos más complejos del camino de la tentación.

—Puedes comerte lo que Valentino no se coma, pero él tiene que elegir primero, y que coma lo que pueda. —Lorenzo deja la bandeja junto a la cama y se lleva las manos a las caderas—. Lleva días con el estómago vacío, no pienso dejar que muera por una simple fiebre cuando acabamos de conseguir que se libre del agarre mortal de las Lágrimas de dragón.

Observa atentamente mientras Valentino se prepara un modesto desayuno, comiendo hasta que insiste en que ya no puede más. Después de un rato, la nube oscura aumenta de tamaño, robando todo el aire de la sala. Para cuando Fray Lorenzo me ofrece las generosas sobras de la comida, ya no tengo mucho apetito.

—¿Cuánto tiempo tardará Valentino en estar lo bastante bien como para... para regresar a casa? —pregunto, con la voz tan vacía como mi estómago, y observo cómo sus expresiones cambian tras mi pregunta.

—Bueno. —Fray Lorenzo se queda callado, bajando la mirada hacia la bandeja—. No hay forma de saberlo con exactitud. Tendremos que observar sus progresos día a día, y ver...

—Pero no harán falta semanas —le interrumpo, diciendo lo que él no está dispuesto a decir, lo que probablemente ya se haya dado cuenta que quiero decir con mi pregunta—. Y como su estado es de particular interés para Verona, vendrán en busca de informes en cualquier momento.

Lorenzo duda, dirigiéndole una mirada preocupada a Valentino, que traga con fuerza y susurra:

—Mercucio me ha explicado lo que ocurre con la injusta decisión del príncipe. Es... ni siquiera puedo expresar lo injusto que es todo.

—Es una crueldad innecesaria —repone el monje con un pesado suspiro—. Y sí, supongo que vendrán en busca de un informe más pronto que tarde.

—¿Qué les vas a decir? —Ni siquiera puedo mirarle al preguntarlo.

—Yo… no lo sé. —Se deja caer en el borde de la cama, masajeándose la frente—. Nos estamos quedando demasiado rápido sin tiempo para engañarlos. Si digo que se ha recuperado del veneno, te condenarán a muerte *ipso facto*. Pero si digo que su estado no ha mejorado, entonces esperarán que mande de vuelta su cadáver.

—Pero hay gente que está enferma durante años, sin cambio alguno —protesta Valentino—. En Vicenza había una mujer que pasó meses en cama. Cada vez que alguien creía que había mejorado, empeoraba; y cuando creyeron que estaba a las puertas de la muerte, sus síntomas desaparecían de repente.

—Que una enfermedad persista no es algo tan fuera de lo común, pero eso no satisfará al príncipe, y tampoco a los Capuleto o a los Montesco. —Lorenzo niega con la cabeza—. Ahora mismo, que haya corrido la noticia de que la peste asola estos pasillos es lo único que nos otorga unos cuantos días más protegidos y alejados del escrutinio de invitados inesperados. Pero dudo que pueda mantenerlos alejados mucho más tiempo con mis respuestas inconcluyentes; en cuanto puedan es probable que envíen a alguien a examinarte personalmente.

—Y entonces mi destino estará sellado. —El cacho de pan que intento comerme se me queda trabado en la garganta—. Lo que significa que tendré que marcharme a Mantua cuanto antes y esperar no tener que toparme con ninguna patrulla por el camino dispuesta a atraparme.

—¡No! —Valentino me mira fijamente, claramente afectado—. ¡No puedes *marcharte*! No es necesario, todavía no.

Fray Lorenzo ha dicho que aún nos quedan días antes de que manden a alguien a evaluar mi estado e, incluso entonces, podría fingir estar muriéndome por el veneno.

—Eso solo les daría más tiempo a los Capuleto para impacientarse y organizarse más —le digo de mal humor—. Ya han contratado a un grupo de mercenarios para que me busquen. No me cabe ninguna duda de que dentro de poco ofrecerán una recompensa para aquellos que sepan darles algo de información con respecto a mi ubicación. Cuanto más tiempo me quede cerca de ellos y su oro, más peligro correré.

—Tiene razón. —Fray Lorenzo no suena mucho más alegre que yo—. La verdad es que incluso puede que Mantua esté demasiado cerca. Los Capuleto tienen contactos e influencia por toda la región, y Romeo no puede esconderse en un monasterio para siempre.

Recuerdo la propuesta desesperada de Julieta, un plan que también requiere que tome una decisión cuanto antes, sin importar el éxito que podamos tener. Si lo que prevé se hace realidad, eso podría significar el fin del miedo a las represalias, pero no me acercaría al chico que amo.

—Pero… —Una lágrima cae por la mejilla de Valentino y a mí se me encoge el corazón como si me hubiesen golpeado—. Nuestro tiempo juntos no ha hecho más que empezar. ¿Cómo es posible que te vayan a apartar de mi lado tan pronto otra vez? ¿Cómo pueden arrebatarme otra cosa tan preciada cuando no me queda apenas nada?

Se me rompe la voz.

—Valentino…

—¿Por qué no puedes decirles simplemente que me he muerto? —le pregunta a Fray Lorenzo, con el rostro sonrojado de nuevo—. Si es lo que tienen que oír para perdonarle la vida a Romeo, ¡entonces eso es de lo que hay que informar! Eso haría que todo esto acabase de una vez por todas.

Sus palabras me sorprenden casi demasiado como para pensar en una respuesta razonable.

—Eso no arreglaría nada. No podemos decir que has muerto y que con eso se acabe todo.

—Por desgracia, tiene razón —suspira Fray Lorenzo—. Dada la naturaleza de la decisión del príncipe, esperará que devolvamos tu cadáver a Verona como prueba, y los Montesco probablemente querrán hacer un espectáculo de tu entierro, un gran recordatorio para todos y cada uno de los ciudadanos de Verona del crimen que ha cometido Teobaldo frente al destierro oficial de Romeo.

—¡Entonces diles que he muerto por la peste! —Me cuesta observar la desesperación en el rostro de Valentino—. Ya creen que el monasterio está en cuarentena, no te debería costar demasiado convencerles. No serán capaces de negar que un entierro precipitado aquí era lo más conveniente, y no exigirán de vuelta cadáver alguno.

—Aunque eso fuese cierto, no sería suficiente para salvarle el cuello a Romeo. —Lorenzo junta las manos—. La decisión de Escala depende de si tú falleces por la herida infligida por la daga de Teobaldo. Si digo que has muerto por culpa de la enfermedad, los Capuleto insistirán entonces en la inocencia de Teobaldo en términos prácticos en cuanto a tu muerte y, entonces, Romeo será culpable de asesinato.

—Y no es una pequeña mentirijilla, Valentino. —Estiro mi mano hacia las suyas de nuevo pero, esta vez, las aparta—. No sería una mentira fácil de sostener o que la gente pudiese ignorar si alguna vez se descubriese la verdad. Si

Fray Lorenzo le dice al príncipe que has muerto, ¡no podrías regresar a casa jamás!

—Verona lleva sin ser mi hogar desde hace tres años —espeta, con la voz llena de rabia—. ¿Por qué habría de importarme regresar? ¿Crees que sería capaz de dormir por la noche en el suelo del dormitorio de mi hermano en nuestra casa infestada de ratas sabiendo que a ti te colgarían porque yo pude volver a respirar?

—Pero… es tu vida. Es a donde perteneces…

—¡No sabes a dónde pertenezco! —exclama—. *Yo* no sé a dónde pertenezco, y no pienso intercambiar mi vida por la tuya, ¡me niego! Es… monstruoso, y si me amases tanto como dices que me amas, no me pedirías que tomase esta decisión tan horrible y egoísta.

Fray Lorenzo le coloca una mano en la rodilla, tratando de consolarlo.

—Por favor, intenta mantener la calma. Sé que estamos ante una encrucijada horrible, pero sigues débil, y no te hará ningún…

—No me digas cómo he de sentirme ante la idea de que Romeo se tenga que enfrentar a la muerte solo porque yo me he recuperado. —Valentino le dirige al monje una mirada resentida y brillante—. No me digas que he de aceptar de buen grado que se marche de Verona para siempre cuando acabo de lograr confesar lo mucho que significa para mí.

—Tu dolor está justificado, eso no lo discuto. —Fray Lorenzo se mantiene optimista—. Pero no todo está perdido. Ya hemos engañado a la muerte una vez; quizás podamos hacerlo una segunda vez. Incluso aunque Romeo tenga que huir ahora, quizás con el tiempo los Capuleto se terminen olvidando del tema y dejen a un lado su venganza personal.

—Jamás. —De eso no me cabe ninguna duda. No conoce a los Capuleto tanto como yo ni tampoco comprende lo antigua y profunda que es la animosidad que se profesan nuestras familias.

—La única solución es que yo muera y que vuelva a la vida después de alguna manera. —Valentino moquea, abatido—. El príncipe dictará la sentencia de Romeo, los Montesco tendrán el espectáculo público que desean... y después podré ir allá donde quiera. —Se vuelve a mirarme con un sueño triste reflejado en su mirada—. Quizás pueda irme a Mantua.

—No podrías seguirme. —Aunque sea lo que más deseo en el mundo, no podría permitirlo—. ¿Qué hay de tu hermano? ¿De tu madre y tus hermanas?

—Los echaría de menos, por supuesto, sobre todo a Mercucio, pero ya me he acostumbrado a vivir echándolos de menos. —Parece mucho mayor de lo que es en realidad cuando se deja caer contra la pared, con las mejillas hundidas—. Mis hermanas apenas me escribían cuando estaba en Vicenza, y nuestra madre no ha sido la misma desde que nuestro padre murió... dudo siquiera que se percatasen de que me he vuelto a marchar.

Tardo un momento en darme cuenta de que no está simplemente fantaseando en voz alta, que algo sincero y resignado en su expresión.

—Lo... lo dices en serio. De verdad lo crees.

—Ya te dije una vez que me marcharía de Verona encantado si eso significaba que pudiese ver el mundo. —Me dedica una pequeña sonrisa, limpiándose las lágrimas que se le han escapado—. ¿Por qué no empezar ahora, por Mantua?

—¿Y si nuestro amor no dura para siempre? —replico, a mí también se me está nublando la vista por las lágrimas acumuladas—. ¿Y si terminas cansándote de mí?

—Entonces me iré hacia el barco más cercano que encuentre y navegaré por altamar —responde, encogiéndose de hombros y restándole importancia—. Pero si nuestro amor solo aumenta y *sí* que dura para siempre, ¡piensa en todas las aventuras que podríamos vivir juntos! Si tan solo pudiésemos desnudar a un santo para vestir a otro.

—Si eso fuese posible, me encantaría. Quiero tantos días a tu lado como el tiempo me permita pasar. —Vuelvo a estirar la mano hacia él y, esta vez, no se aparta y me deja aferrarme a sus manos. Una brisa surca la celda, trayendo consigo algunos de los pétalos de los árboles frutales del huerto del monasterio. Ya se nos está acabando el tiempo, pero de momento el sol brilla y todavía tengo muchas oportunidades para besarle antes de que sea demasiado tarde, antes de que nos separen para siempre.

Entonces Fray Lorenzo se remueve en su sitio, y nos dirige una mirada cautelosa a los dos, una con cierto toque de recelo.

—Si de verdad va en serio lo que dices, Valentino... creo que tengo algo en mi biblioteca que podría ser la solución que buscamos.

29

—Uno de los secretos arcanos que descubrí en el taller de mi padre fue la receta de un elixir capaz de sumir a una persona en un estado parecido a la muerte. —Fray Lorenzo junta las manos, pensativo—. Sus efectos solo duran unas cuarenta y dos horas, más o menos, tiempo suficiente para inhumar un cadáver, momento en el cual aquel que lo beba puede volver a despertarse y es como si hubiese estado sumido en un sueño muy profundo.

—¿Volver a despertarse? —repito, toda la sangre abandona mi rostro—. Pero… ¿se alza de entre *la tierra*?

—O en el interior de una cripta. —Lorenzo señala con la cabeza a Valentino—. Como la que tiene su familia en los terrenos del antiguo cementerio, al sur de las murallas de la ciudad.

—Es un lugar húmedo y helado, incluso en verano, pero está cerrado con una puerta con candado, es mejor que estar a dos metros bajo tierra —repone Valentino, observando al monje con renovado interés—. Es donde enterramos a mi padre hace tres años. Si… si me quedase atrapado en el interior por algún motivo, solo haría falta una llave para dejarme salir de nuevo.

—Y el sol volvería a salir, anunciando la llegada de un nuevo día, uno en el que nadie se entere de tu ausencia —termina Fray Lorenzo en voz baja y con cautela—. Pero seguiríamos corriendo un riesgo enorme y, si funcionase, tendrías que vivir con las consecuencias de su éxito, pero... te podría conceder aquello que deseas.

—¿Qué quieres decir con que seguiríamos corriendo un «riesgo enorme»? —Se me revuelve el estómago solo al pensar en correr más peligro. Todo esto está ocurriendo demasiado rápido, nuestras fortunas están cambiando tan deprisa como cambian las cartas en manos de un corredor de apuestas—. Valentino ya ha estado al borde de la muerte una vez. No podría soportar tener que verle sufrir eso de nuevo.

—El tónico es bastante potente, por supuesto, y para que parezca que de verdad está muerto requiere una serie de ingredientes que podrían ser mortales si no se administran en la dosis adecuada —lo dice como si estuviese hablando de la receta de un plato—. Pero lo más importante, para despertarle, para contrarrestar los efectos de la poción, tendría que tomarse un segundo elixir. Y debe administrarse antes de que hayan pasado las cuarenta y dos horas... o será demasiado tarde, y la falsa muerte se volverá realidad.

Se me hiela la sangre.

—No. Es demasiado imprevisible, demasiado peligroso.

Pero al mismo tiempo Valentino repone:

—Lo haré.

—¡No! —Le dedico una mirada horrorizada—. Te acabas de empezar a recuperar de haber estado envenenado, ¡y por muy poco! ¿Y si algo sale mal? ¿Y si no despiertas?

—Se suponía que no debería haberme despertado ya en esta ocasión, ¿no? Y, sin embargo, aquí estoy. —Alza la barbilla—. Ayudaste a Fray Lorenzo a salvarme a pesar de saber que eso pondría en peligro tu propia vida; y ahora quiero ser yo quien te salve, a pesar del riesgo en el que podría estar poniendo a mi vida. Eso no puedes discutírmelo.

—¡Pues claro que puedo! —La frustración me sonroja el rostro—. Especialmente si lo haces por mí. ¿De qué habrá servido todo este esfuerzo, robar las Lágrimas de dragón y elaborar un antídoto, curarte para que recuperes la salud, si a la mínima de cambio vas a darte la vuelta y a lanzarte de nuevo a los brazos de la muerte con la esperanza de que no te atrape? —Con gesto decidido anuncio—: ¡Lo prohíbo!

—No puedes prohibirlo. —Valentino mantiene una calma exasperante—. Si hubiese podido votar, te habría dicho que te marchases lejos de Verona y que no mirases atrás tras la muerte de Teobaldo. Sin duda, no habría aprobado tu estúpida aventura con Julieta para conseguir el veneno, aunque fuese por mi bien, pero era tu decisión, y esta es la mía.

—¿Y qué pasa con tu hermano? —Intento a continuación, señalando furioso hacia el jardín del claustro—. No puedes pretender convencerlo, así como sabes que no se quedará de pie sin hacer nada mientras tú vuelves a tentar a la suerte embarcándote en el mismo camino del que acabas de escapar por los pelos.

—Mercucio no tiene que quedarse de pie sin hacer nada; puede sentarse, si lo prefiere. —Valentino se cruza de brazos sobre el pecho—. Ya he tomado mi decisión.

—Pero… —Lucho contra el miedo que me llena el pecho. Por mucho que haya soñado con un futuro perfecto en el que, de alguna manera, pudiese mantener a Valentino a mi lado, la idea de perderlo es aún peor que la de abandonarlo. Me vuelvo hacia Fray Lorenzo—. ¡Seguro que no está en condiciones de tomarse ninguna poción de muerte en estos momentos!

—Evaluaremos la recuperación de Valentino día a día y veremos lo rápido que puede recobrar las fuerzas. —Fray Lorenzo se pone de pie—. En realidad, creo que no tendremos que esperar mucho tiempo, sospecho que tendremos que tomar una decisión antes de que acabe la semana. Si no está listo para enfrentarse a los riesgos en los que le pondría el tónico para entonces, el problema se nos escapará de las manos.

—Gracias —dice Valentino seriamente, incluso cuando la desesperación me hiere el corazón.

—El antídoto para las Lágrimas de dragón ha ayudado a corregir una injusticia, y creo que este plan podría hacer lo mismo. —Lorenzo nos dedica una mirada de afecto—. Le dije a Romeo una vez que tenía que permitirse ser feliz… y tengo fe de que siga teniendo esa oportunidad en un futuro.

Dicho eso, se disculpa y se marcha, dejándonos a solas en la celda.

Los próximos días transcurren en una especie de paz forzada, ya que evitamos por todos los medios volver a plantear la cuestión, y nuestro silencio al respecto es más fuerte que los truenos que sacuden intermitentemente el cielo primaveral. Mercucio montó en cólera cuando se enteró del complot que Lorenzo había sugerido, por supuesto, pero ni siquiera sus más rotundos desplantes lograron mellar la determinación de su hermano. Poco a poco, la salud de Valentino va mejorando, hasta que Fray Lorenzo me permite acompañarle a dar pequeños paseos por el jardín del monasterio.

En una de esas ocasiones, con el sol calentándome la espalda y el chico al que amo sosteniéndose de mi brazo, me armo de valor para abordar un tema distinto al que me ha estado agobiando últimamente.

—Valentino, ¿qué opinas del matrimonio?

—Yo… no sé muy bien qué responder a eso. —Una risa sorprendida recalca su afirmación—. No es algo que me haya interesado especialmente nunca, por motivos obvios, y las únicas parejas casadas que he podido observar de cerca no se casaron por amor, sino por poder político. Para bien o para mal. —Se encoge de hombros—. Algunos tienen éxito, algunos no, y pocos me han parecido verdaderamente felices.

—¿Y si se tratase de un matrimonio para sobrevivir? —pregunto, unos nervios inexplicables me retuercen la lengua. Lo llevo hasta un banco cerca de un parterre floreciente y le explico el plan de Julieta: un acuerdo matrimonial que me libraría de la amenaza de la venganza de los Capuleto y a ella de convertirse en el trofeo personal del conde Paris—. No sé qué es exactamente lo que te estoy pidiendo que entiendas pero… quiero saber qué piensas al respecto, Valentino. —Me arde la cara—. El matrimonio es algo que llevo años temiendo, por los mismos motivos que has descrito antes, y ahora creo que me es muy difícil negarme a ello. Y, sin embargo…

Él aguarda a que continue hablando, pero no termino la frase, por lo que me incita a ello con dulzura.

—¿Y, sin embargo?

—Y, sin embargo, si pudiese elegir con quién pasar mi futuro, sería… sería contigo. —Me obligo a alzar la mirada hacia sus dulces ojos marrones, a pesar de lo vulnerable que me pueda dejar el gesto—. Sé que no es posible vivir del modo en el que desearíamos poder vivir, pero sigo sintiendo que no te estoy siendo fiel de alguna manera solo por estar considerando el plan de Julieta. No sé qué es lo que nos deparará el futuro, y cada minuto que hemos compartido desde que despertaste es como si se lo hubiésemos robado a la suerte. ¿Qué he de hacer?

—Yo tampoco sé la respuesta —repone en un susurro después de unos minutos de silencio—. En este futuro, en el que tú sigues vivo y eres libre de tomar tus propias decisiones, solo quiero que seas feliz. —Ladea la cabeza y su sonrisa triste me recuerda de alguna manera a aquella primera noche bajo el limonero, cuando parecía melancólicamente poético—. No siempre podemos elegir nuestro futuro, a veces este simplemente ocurre, y solo nos queda elegir cómo seguiremos adelante con las cartas que nos han otorgado. Todos nuestros sueños más descabellados deben controlarse con estrategias, Romeo.

—Yo… —Me revuelvo un poco en mi asiento y carraspeo—. Eso es un tanto críptico, ¿no crees? No sé a dónde se supone que tiene que guiarme ese consejo.

—Bueno, parece un plan bastante incierto. Quizás incluso un tanto peligroso —reflexiona, con tono abstraído—. Hay muchos riesgos a los que enfrentarse al precipitarse al matrimonio con Julieta Capuleto sin saber cómo acabará. ¿Y si su padre no paga la dote? ¿Estáis dispuestos a vivir juntos en la pobreza para siempre?

El calor me sube por el cuello y me quedo inmóvil.

—Bueno, yo…

—¿Y si no sois compatibles en absoluto? —insiste—. Julieta puede ser bastante testaruda, ¿sabes? Imagínate vivir en la indigencia y tener que estar peleando todos los días por cualquier cosa, grande o pequeña. ¿Sabe ella que te muerdes las uñas cuando estás nervioso?

Me saco el pulgar de entre los dientes y balbuceo:

—Seguro que no es tan poco razonable…

—¿Y si un joven de Verona devastadoramente apuesto dado por muerto regresase misteriosamente y llamase tu atención? ¿Podrías soportar la tentación de serle fiel a tu esposa?

Alzo la mirada hacia a él justo a tiempo para captar la sonrisa que se dibuja en su rostro devastadoramente apuesto y resoplo.

—Ajá. Ya veo lo que estás haciendo.

—No tengo ni idea de a qué te refieres —repone, recostándose en su asiento con una sonrisa inocente—. Solo estoy recalcando que el plan que me ha descrito tiene tantos riesgos como recompensas, y que tendrás que vivir con las consecuencias de su éxito. Eso es todo.

—Estás tratando de hacerme sentir como un hipócrita por desear no volver a verte envenenado una segunda vez, y no va a funcionar —le informo, entrecerrando los ojos.

—¿No? —Se vuelve hacia mí y la brisa le revuelve los rizos, le besa las pecas que le recorren la nariz—. A mí me parece que lo que queremos está justo al alcance de nuestras manos, pero solo si nos arriesgamos a conseguirlo. La alternativa es que yo regrese a Verona y tú te conviertas en un mendigo y en un fugitivo, y que jamás nos podamos volver a ver.

Eleva la mano hacia mi rostro y me acaricia la mejilla, y su caricia me hace contener el aliento.

—Lo que quiero es que nuestros sueños más descabellados se hagan realidad. Y si tú me apoyas en los míos, yo te apoyaré en los tuyos. Siempre.

Al día siguiente, más tarde, una figura solitaria aparece por los campos tras el monasterio. La descubre Tommaso cuando está dando las campanadas para las Vísperas. Camina a través de las altas hierbas, vestida con una pesada capa con la capucha levantada, y es imposible discernir su identidad. Entablamos una tensa conversación, sugiriendo quién podría acudir al monasterio a través de un camino tan poco convencional; al final Lorenzo, Guillaume y Aiolfo salen a interceptar al recién llegado.

Que resulta ser Julieta.

—Mi padre se está impacientando más a cada día que pasa —me informa cuando se sienta en la capilla, sin aliento y sudorosa por el viaje—. Ya quiere que regrese a casa, que cese con mi reclusión, para que vuelva a Verona a casarme con el conde Paris. Ha contratado a más hombres para que encuentren a Romeo y patrullen el camino que pasa por aquí.

Fray Lorenzo aprieta los labios, formando una fina línea.

—Eso me temía.

—He tenido que dejar a mi nodriza atrás con los caballos, a unos cinco kilómetros de distancia, y venir andando por el prado para evitar que me descubriesen. No sé si sospecha que Romeo está aquí escondido, pero me he enterado de que está poniendo en duda vuestra cuarentena.

—Lleva días enviando un emisario diario para pedir noticias sobre el estado de Valentino y para informarse del estado de nuestro supuesto brote. —Fray Lorenzo enciende un candil, las sombras de la iglesia se profundizan a medida que el sol se pone—. Se me están acabando las maneras con las que disuadirle y mis hermanos se están inquietando por las regulares interrupciones de nuestros servicios. Pronto tendremos que informar de muertes o recuperaciones, y reabrir nuestras puertas al público.

Me duele el estómago, ahora perpetuamente revuelto. Los últimos días me han dejado casi todo el tiempo que he querido para sentarme junto a Valentino, para leerle, para pasear con él por los jardines, pero cada minuto que pasamos juntos es un grano de arena menos en nuestro reloj de arena, y ambos pasamos de puntillas sobre lo que ocurrirá cuando esa arena se haya agotado.

—¿Cómo *está* Valentino? —pregunta Julieta a mi espalda, y escucho cómo Mercucio se revuelve en su asiento. Fiel a su palabra, no ha salido del monasterio desde que llegó con su hermano, y se muestra más reacio que nadie a hablar de lo inevitable.

—Pregúntale al emisario de tu padre —espeta malhumorado—. Fray Lorenzo ya ha compartido con él la información más relevante para los oídos de los Capuleto.

—Podemos confiar en ella, Mercucio. —Le coloco una mano en el hombro, instándole a que se calme—. No es nuestra enemiga.

—Lo pregunto solo como la amiga de la infancia de Valentino. —Julieta le dirige una mirada dolida—. Si me apeteciese compartir cualquier noticia con mi padre, ya sería la esposa del conde Paris para estas alturas. Y es justo por eso por lo que he hecho este difícil viaje hasta aquí de nuevo.

Su mirada se dirige entonces hacia mí y me doy cuenta de que ha llegado la hora de que tome esta difícil decisión. Me armo de valor y me pongo en pie.

—Hay algo que la dama y yo tenemos que discutir en privado. —Le ofrezco mi brazo y le pregunto—: ¿Puedo acompañarla al jardín?

—Por favor. —Me sonríe, pero la sonrisa no le borra el cansancio de su mirada.

—No voy a preguntarte qué ha ocurrido después de que registrásemos los aposentos de Teobaldo —dice cuando salimos de la iglesia hacia el claustro, con los pájaros cazando insectos en el jardín a nuestro alrededor—. Incluso aunque creo que tengo derecho a saberlo. —Lo dice con ligereza pero con el tono afiado, como mi estoque, sin mala intención—. Sin embargo, no puedo culpar a Mercucio por dudar de mis motivos, dado lo que mi familia le ha hecho pasar.

—Le gusta fingir que es demasiado rudo y pendenciero para algo tan delicado como las emociones, pero tiene un corazón generoso. —Recuerdo algunas de las cosas que dijo mientras estaba bajo los efectos de la desesperación y de las hierbas somníferas—. Siente las cosas muy profundamente. Y el doble cuando se trata de su hermano.

La verdad es que Valentino ha ido mejorando a rachas desde aquella última noche en la que le suministramos el antídoto. Vuelve a tener apetito y, aunque duerme a ratos, sus fuerzas también aumentan a cada día que pasa. Incluso ha empezado a bromear sobre que está demasiado sano para su propio bien.

Julieta no dice nada hasta que entramos en el jardín amurallado, donde podemos hablar sin que nadie nos vea. Con el sol tiñendo el cielo de un tono anaranjado sobre nuestras cabezas, dice:

—Como probablemente ya hayas adivinado, estoy aquí para que me des una respuesta a mi propuesta. Espero haberte dado tiempo más que suficiente para que la considerases pero...

—El tiempo y la suerte son dos lujos que jamás hemos tenido. —Le dedico una sonrisa triste antes de tranquilizarme—. Es cierto que, entre nosotros, nos quedan pocas horas para poder ignorar el futuro y hacer lo que nos plazca. Pero ya ha pasado tiempo más que suficiente para que haya tomado una decisión.

—¿Sí? —Se queda helada y creo que contiene el aliento.

—Tenías razón con respecto a lo que nos espera si no tomamos las riendas de nuestros propios destinos —comienzo, de repente demasiado nervioso a pesar de haber estado practicando este mismo discurso en innumerables ocasiones—. Y... me has convencido. Un matrimonio estratégico nos ofrecería a ambos la mejor opción para crear la vida que este mundo no nos ha garantizado. Y si nuestra estratagema no tiene éxito, bueno... peor sería si no lo hubiésemos intentado.

Julieta suspira con pesar, deslizando los pies inquieta, y se deja caer en el banco más cercano. Alza la mirada hacia mí, con el alivio visible en su expresión.

—¿Estás diciendo entonces que aceptas? —pregunta.

Me rasco la nunca, ha llegado la hora de la verdad.

—Sí... pero con una condición.

—Dímela. Si me salvas del conde Paris te daré lo que me pidas.

—Dijiste que no te interpondrías entre Valentino y yo, entre nuestra felicidad, que te alegrabas de que nos hubiésemos encontrado el uno al otro —le recuerdo, nervioso—. Tengo que saber si todavía piensas así.

Se encoge de hombros, desconcertada.

—Pues claro que sí.

—Entonces esta es mi condición: me casaré contigo, y esperaremos lo que haga falta hasta que tu padre pague tu dote. Y entonces nos iremos a Brescia, o a cualquier otro lugar al que nos permita llegar esa fortuna... pero solo si Valentino viene con nosotros.

Julieta parpadea, abre la boca y después vuelve a cerrarla. Después de pensarlo por un momento, dice:

—Por respeto a Mercucio, no haré demasiadas de las preguntas obvias que esa afirmación exige que haga; pero sería negligente por mi parte no señalar que, si Valentino vive, te convertirás oficialmente en un asesino a la fuga... al menos en lo que respecta a Verona. Nadie podría obligar a mi padre en ese caso a pagar la dote.

—Si pudiésemos persuadir a Verona de que Valentino está muerto cuando en realidad no lo está —empiezo a decir con cuidado, sin saber cuánta información puedo darle, cuánta culpabilidad sería demasiado como para compartirla, si es que nuestros planes saliesen mal—, ¿te opondrías a que huyese con nosotros? ¿A que se uniese a nosotros, allá donde fuésemos, y viviésemos del dinero que pudiésemos conseguir entre los tres?

Julieta vuelve a levantarse, intrigada, pero no confusa.

—Si Valentino pudiese vivir y yo pudiese aun así escaparme de tener que casarme con el conde Paris, entonces hay pocas cosas en las que no estaría de acuerdo. Es un buen amigo mío y siempre lo ha sido. Me haría increíblemente feliz tenerlo con nosotros.

Respiro más hondo que en mucho tiempo, como si me acabase de quitar un peso de encima.

—Gracias.

—No voy a preguntarte cómo pensáis conseguirlo, pero agradezco que hayáis encontrado un modo. —Julieta me ofrece su brazo, pero cuando nos dirigimos de vuelta a la iglesia, vacila—. En cuanto a nuestras nupcias, he estado pensando... y espero que no te tomes a mal lo que te voy a decir. —Enarco una ceja y ella continúa—. Cuando estemos casados y haya pasado un tiempo respetable, yo... estaba pensando que estaría bien que murieses.

Parpadeo sorprendido por sus palabras y le digo:

—¿Es que hay alguna manera de tomarse eso a bien?

—No me estaba refiriendo a eso, claro —se apresura a añadir, sonrojada—. Solo quería decir que... bueno, si pudiésemos convencer a Verona de que tú también has muerto, se resolverían muchos problemas. Si te perdieses en el fondo del Lago di Garda, por ejemplo, ni siquiera haría falta un cadáver. Y ya no tendrías por qué preocuparte por las represalias de Escala o de Alboino Capuleto, ni de nadie más; y yo me convertiría en una joven viuda feliz que controla su propia fortuna, tal y como sugeriste una vez. —Julieta suelta un suspiro melancólico—. Te recompensaría generosamente por tu muerte, por supuesto.

—Por supuesto. —No puedo evitar reírme de cómo lo dice... pero tampoco puedo evitar considerar sus argumentos. Libre del apellido Montesco podría ser quien quisiese, *ir* a donde quisiese, incluso podría cumplir los sueños de Valentino de visitar Francia, Bizancio y Cataluña.

Y, después de todo, si él puede morir y volver a la vida por mí, ¿acaso una buena acción no conlleva otra después?

Le respondo a Julieta asintiendo rápidamente.

—No se me ocurre ningún motivo por el que no aceptar esa petición. Es gracias a ti que tendré aquello que más deseo, un nuevo comienzo, y tú también te lo mereces.

—Un hombre dispuesto a morir por mí. Mi madre se desmayaría encantada —recalca con una carcajada. Sin embargo, cuando llegamos de vuelta al pórtico, se vuelve hacia

mí y la preocupación le arruga la frente—. Y, ¿Romeo? Creo…
que no deberíamos esperar mucho tiempo más para compartir
las felices nuevas con nuestros amigos.

No hay mejor momento que el presente, y Julieta y yo
nos casamos en la capilla del monasterio esa misma tarde. Es
una ceremonia extraña y sencilla, oficiada por Fray Lorenzo
y con Guillaume, Mercucio y Valentino como testigos, este
último insiste en mostrarse ante Julieta una vez que se entera
de que ella ha aceptado mis condiciones.

El suelo no tiembla bajo nuestros pies, el ambiente no
cambia, mi alma tampoco; simplemente, en un momento
estoy soltero y, al siguiente, estoy casado, mi vida completamente alterada en un parpadeo. Y, cuando las campanas
comienzan a repicar en el campanario, un trío de palomas
alzan el vuelo desde el tejado, volando sobre nuestras cabezas y formando tirabuzones en el cielo a través de las puertas abiertas del atrio.

—Un buen augurio —dice Fray Lorenzo con optimismo.

—Esperemos que así sea. —Julieta vuelve a atarse la
capa bajo la barbilla, colocándose la capucha—. He de regresar al convento, pero estaré esperando noticias vuestras.

Y entonces se marcha tal y como llegó, desapareciendo
por el campo tras el monasterio, con su figura difuminándo-
se en la oscuridad hasta que desaparece por completo.

30

Al día siguiente, mientras Fray Lorenzo les está escribiendo una carta a sus amigos de Mantua, aparece otro grupo de hombres a las puertas de la iglesia, exigiendo que les dejen entrar para poder buscar a un fugitivo. En esta ocasión, sin embargo, van acompañados de un médico que ha contratado el señor Capuleto, uno al que no le da miedo el supuesto brote de peste.

—Si me acompaña hasta sus celdas, me encargaré de examinar a los pacientes yo mismo —anuncia, haciendo a un lado al monje junto a la puerta. La intrusión me pilla por sorpresa y me escondo entre las sombras de dos columnas, apenas oculto a la vista y arrastro a Valentino conmigo—. A todos los pacientes, quiero decir. Estoy seguro de que habréis hecho todo lo que hayáis podido en esta enfermería de pacotilla, pero también estoy seguro de que necesitarán a un hombre con conocimiento de medicina.

—Poco se puede hacer por las víctimas de la peste, salvo esperar que la enfermedad siga su curso. —Fray Lorenzo mantiene un tono despreocupado—. Como estoy seguro de que usted ya sabrá. Y ya tuvimos que retirar a uno de los pacientes de los inadecuados cuidados de un médico veronés... me temo que su hermano no le permitirá examinarle.

—¿Es que le parece que estamos esperando a que un vulgar golfillo acepte permitirnos hacer lo que se nos ha encargado? —repone una segunda voz; no es uno de los dos hombres que visitaron el monasterio hace unos días, pero está claro que ha aprendido las mismas tácticas.

Apretados el uno contra el otro, tratando de no hacer demasiado ruido al respirar para no revelar nuestro escondite, Valentino y yo mantenemos una conversación desesperada y silenciosa con la mirada. ¿Qué haremos si estos hombres deciden entrar por la fuerza? No hay ningún sitio donde esconderse, y yo no tengo a dónde huir.

—Lo único que quiero decir es que es bastante hábil con la espada, y aunque estoy seguro de que los cuatro juntos podrían abatirlo, no creo que el príncipe Escala lo aprobase. —Fray Lorenzo sigue tranquilo, pero su tono es tan frío como el hielo—. Asesinar a un hombre inocente en una casa de culto, solo porque estorba, no es un crimen que perdonaría fácilmente.

Se hace un silencio incómodo, y entonces el primer hombre vuelve a intentarlo, con el doble de fanfarronería tiñendo su voz que antes.

—Por muy nobles que sean sus intenciones al tratar a este joven, no es usted médico, ni tampoco está cualificado para atenderle. Pero yo sí lo soy, ¡y ni usted ni ningún hermano insolente me impedirán ocuparme de lo que he venido a hacer!

Me caen gotas de sudor por la frente y hasta los párpados, desvío la mirada hacia el transepto sur, donde una puerta conduce a la sacristía. Allí hay una ventana, pequeña, pero lo bastante amplia como para que quepa por ella, si pudiese llegar a tiempo. Miro fijamente los ojos miel de Valentino, deseando que comprenda con solo una mirada en qué estoy pensando, y así es. Con una mirada inquieta, niega rotundamente con la cabeza. En cambio, entrelaza sus dedos con los míos, apretándolos con fuerza, y atrayéndome hacia él. Puedo sentir el latido de su corazón en la palma de su mano, en la palma de mi mano, y me quedo inmóvil.

Es extraño pensar que hace tan solo un rato ese mismo gesto casi me hizo pedazos y ahora parece ser lo único que logra mantenerme entero.

—Y si tuviesen algo que hacer aquí, les guiaría con mucho gusto a donde hubiesen de ir —repone Lorenzo—. Levantaremos nuestra cuarentena en los próximos días, entonces serán bienvenidos para hacer lo que les plazca. En cuanto al joven Valentino, avisaremos al príncipe cuando se produzca un cambio significativo en su estado. Pero hasta entonces, aunque apreciamos su disposición a ayudarnos y su oferta, no es necesario. Buenos días, caballeros.

Hay unas cuantas amenazas más sin importancia y alguna que otra protesta más, pero en cuanto se vuelven a cerrar las puertas, los hombres se marchan.

Valentino y yo seguimos al amparo de nuestro escondite, todavía respirando entrecortadamente y mirándonos a los ojos, cuando Fray Lorenzo rodea la columna con expresión seria.

—Se nos ha acabado el tiempo.

Pasan otras veinticuatro horas más y entonces, por la mañana, justo antes de Laudes, cuando el cielo está pasando lentamente del negro al gris, Valentino me pide que me acerque a su lecho. Estoy vestido para cabalgar, con botas y un hábito pesado que me pica, y tengo un nudo en la garganta del que no consigo deshacerme.

—Estás muy guapo —dice, y su rostro se ilumina cuando me abro paso en su habitación. Está sentado en la cama, apoyado contra un montón de almohadones, y vuelve a tener el pecho al descubierto, al igual que cuando llegó, al igual que como estará cuando se marche, y yo me sonrojo al verlo.

—Tú eres el guapo de los dos —respondo, incómodamente tímido. Pero es cierto; su piel ha recobrado su tono saludable, ya no tiene el rostro demacrado y su mirada prácticamente reluce—. ¿Cómo es que no tienes miedo? Yo soy un manojo de nervios ahora mismo, ¡y no soy yo el que va a tener que volverse a enfrentar a la muerte por segunda vez! ¿Es que no tienes ninguna duda?

Él se encoje de hombros, como si también estuviese algo desconcertado por su falta de miedo.

—No sé por qué exactamente, pero lo que siento es sobre todo… emoción. Puede que se deba a que, por primera vez, estoy eligiendo vivir la vida que deseo. Estoy eligiendo qué hacer a continuación, y por qué, y con quién, en vez de esperar a que alguien me lo diga. —Tira de mí hacia la cama, a su lado—. Me emociona la perspectiva de poder pasar muchos días más amándote, Romeo. De poder pasar muchos más días siéndome sincero a mí y a quién soy, viviendo por mí y sin temer la perspectiva de un futuro vacío.

—Eso es muy bonito —murmuro, mucho más consciente que nunca de la suerte que tengo de conocer a alguien tan bueno como Valentino, de que me ame—. Será un honor quererte tanto tiempo como pueda… pero mientras tanto, ojalá tuviese tan solo una décima parte de tu valor.

—Te he visto luchar, dos veces en realidad; no me puedes decir que no tienes valor alguno. —Me acaricia las mejillas y el gesto me hace sonreír—. Estamos a punto de lograr lo imposible, de engañar al mundo y tener nuestro final feliz. ¡Es imposible que no estés ni un poco emocionado!

—Creo que me estoy guardando mi emoción para más tarde, cuando ya no estemos bailando con la muerte. Pero cuanto más me hablas del futuro, más se me asienta el estómago. —Le acaricio el dorso de la mano con el pulgar, vuelve a tener la piel cálida cuando hace tan poco tiempo estaba helada—. No puedo soportar el imaginarte tumbado en una tumba en alguna parte, esperándome.

—En una cripta —me corrige, con una sonrisa socarrona—. Aunque sea fría y tétrica, es sorprendentemente espaciosa. Aunque, en realidad, es algo en lo que no pienso demasiado tampoco. Tan solo me alegro de que no estaré consciente durante el proceso.

Me asaltan cientos de pesadillas, recordándome todos los posibles desastres en los que podría acabar esto, pero hago oídos sordos. Por el bien de Valentino he de centrarme en lo que podemos lograr si este plan salvaje y diabólicamente audaz que hemos previsto funciona.

—Puede que sean las cuarenta y dos horas más largas de mi vida, pero… cada minuto que pase será un minuto más cerca del día en el que podré volver a estrecharte entre mis brazos —le digo, inhalando su aroma, imaginándome cómo sería un viñedo en Brescia—. Sin secretos que guardar, sin dobles vidas, sin expectativas públicas o dinastías que mantener… solo nosotros dos. Y la luz del sol en las colinas, y tantos besos como podamos darnos en toda una vida.

—Solo nosotros y los besos, y la vida que nosotros hayamos elegido vivir. —Valentino desliza su mano por mi pecho hasta posarla sobre mi corazón, que late con más fuerza bajo su contacto—. Pero esa vida empieza con un poquito de muerte. Y, a mí, que ya casi morí una vez, me resulta difícil sentirme intimidado por un reto tan nimio.

—Solo nosotros, los besos… y Julieta —le recuerdo.

—Bueno. —Me sonríe de oreja a oreja—. Al menos no nos sentiremos solos nunca.

Y le beso, porque sus labios me estaban suplicando que lo hiciera, y porque el cielo se está iluminando cada vez más al otro lado de la ventana, y la luz de las velas besa las paredes, y las estrellas dan vueltas lentamente sobre nuestras cabezas… separándose lentamente, o eso esperamos.

Un golpe en la puerta nos avisa justo a tiempo para que nos podamos separar antes de que entre Fray Lorenzo, seguido de un cohibido Mercucio.

—Siento tener que interrumpir. No quiero robaros tiempo juntos, pero Romeo todavía tiene un largo viaje por delante y… bueno, tú también.

—Lo sé. —Valentino se deja caer contra los almohadones, despreocupado, seguro de que todavía nos queda mucho tiempo por delante que compartir.

—Una vez lo logremos, notificaremos a Verona su muerte y, al mismo tiempo, desvelaremos todos los detalles sobre tu matrimonio con Julieta. —Fray Lorenzo me dedica una mirada seria—. Lo mejor sería si, para cuando se desvelen todas estas noticias, ya estás en Mantua y lejos del alcance de las garras de palacio.

—Tienes mi palabra. —Rara vez espero con ansias el emprender un viaje antes del amanecer, porque suelen ser los viajes más peligrosos y este es especialmente angustioso. El horizonte está lleno de espías de los Capuleto y tendré que cambiar al menos una vez de montura por el camino para ir lo más rápido posible—. Iré directo a los alojamientos que me has conseguido y me limitaré a permanecer escondido hasta que llegue el momento de... de administrar el segundo elixir.

Se percata de la tensión que tiñe mi voz y me da un suave apretón reconfortante.

—Julieta ya se ha mudado a la casa de campo que os han preparado. Está en un terreno que pertenece a un granjero que está encantado de hacer una buena obra para los Frailes Menores y que no hará ninguna pregunta. —Entonces vacila—. En cuanto toda Verona descubra que sois marido y mujer, se armará un gran revuelo, e imagino que vuestros padres se pondrán agresivos a la hora de encontrar respuestas. Pero dentro de dos días, cuando tu sentencia se reduzca oficialmente al exilio, ya no importará. Os libraréis de la disputa interminable de vuestras familias para siempre y seréis libres para vivir la vida que siempre habéis deseado.

—Gracias. —Es una respuesta simple y débil, y no abarca del todo lo agradecido que estoy en realidad—. Gracias por todo lo que has hecho por mí, por nosotros. No sé si habríamos podido conseguirlo sin ti.

—Para bien o para mal, jamás tendrás que preguntarte qué habrías hecho sin mi ayuda. —La alegría hace que le brille la mirada—. Mi fe exige que ayude a aquellos que necesiten mi ayuda, y que anteponga mi servicio al prójimo a mi ego. En ocasiones resulta sorprendentemente difícil distinguir entre ambas cosas, pero espero de todo corazón que lo que he hecho por vosotros sea digno de vuestra gratitud.

—¿Estás seguro de que nada puede salir mal con... esta poción mágica tuya? —gruñe Mercucio, observando el vial de cristal que hay sobre la mesilla junto a la cama de Valentino con un resentimiento evidente. Es comprensible que no le entusiasme en absoluto nuestro plan, pero su hermano le ha logrado convencer para que lo apoye de todos modos—. No le hará ningún daño, ¿verdad?

—No es magia, es alquimia. O medicina, si prefieres ese término —replica Lorenzo, y yo noto el peso del segundo vial en el interior del saquito que llevo colgado al cinturón—. Me he pasado gran parte de mi vida aprendiendo cómo poder usar las plantas, minerales y metales para curar, y cómo, si las modificamos en las proporciones adecuadas, también pueden ser útiles de otras formas.

Mercucio frunce el ceño, receloso.

—Eso no responde a mi pregunta.

—Valentino no sufrirá ningún daño. —Fray Lorenzo le mira fijamente a los ojos—. La poción simula los efectos de la muerte; es normal que te resulten aterradores, y también es natural que tengas dudas. Pero mientras Romeo tenga el tónico para reanimarle y tengamos la llave de la cripta, tu hermano volverá a la vida, sano y salvo, en dos días. Lo prometo.

Mercucio se estremece, triste.

—Y yo jamás volveré a verlo igualmente.

—Eso no es cierto —protesta Valentino—. Brescia está a solo dos días de viaje desde Verona, a uno si cambias de montura. Y podrás venir a vernos siempre que quieras. —Mercucio no responde, bajando la mirada a sus pues, enfurruñado—. Por favor, no estés triste. Estamos a punto de corregir un terrible error, y de salvar la vida de Romeo. Sé que te entristece que me vuelva a marchar de Verona, pero... es algo que he de hacer.

—En ningún momento he dicho que me entristeciese que te marchases —resopla Mercucio, cuadrando los hombros, pero su hermano puede ver a través de su fachada.

—Pero *te entristece* igualmente —responde Valentino, regodeándose—. Lo sé.

—¡Que no estoy triste! En todo caso, estoy aliviado —replica Mercucio, mesándose el cabello—. Ya no tendré que preocuparme más por ti mientras intento cortejar a una chica atractiva. Además, roncas por la noche y no me dejas dormir.

—¡Yo no ronco!

—Ronca —dice Mercucio volviéndose hacia mí, y yo me fijo en el brillo de su mirada—. Romeo, te lo digo ahora para que más tarde no puedas decir que no te lo advertí: ronca *como una morsa*. Como si vertieses un saco de grava en el interior de un molino. Es un milagro que no le hayan echado de la ciudad toda...

—¡Menuda sarta de mentiras! —Valentino se está riendo con tantas ganas que apenas puede protestar—. Sobre todo la parte de las chicas atractivas. Las únicas mujeres de Verona susceptibles a los encantos de mi hermano están o medio muertas o medio borrachas.

—O ambas —señalo.

—Oh, ¡iros a la mierda, los dos! —exclama Mercucio, pero por fin hay una sonrisa dibujada en su rostro—. Solo espero que Valentino no empiece a roncar mientras esté en la cripta, porque si no, puede que sus ronquidos agrieten los cimientos y hagan que toda la cripta se derrumbe sobre su cabeza. —Se ríe de su propia broma, pero entonces le empieza a temblar la barbilla y se vuelve para ocultar su rostro de la vista, intentando que no le veamos llorar—. Oh, a la mierda, sí que *estoy* triste. Te quiero, ¿lo sabes verdad? Eres mi único hermano y ahora tengo que dejarte marchar por segunda vez.

—Ya nos reunimos una vez, podremos volver a encontrarnos de nuevo. —Valentino se frota los ojos, retirándose sus propias lágrimas—. Al fin y al cabo, Brescia también necesita carpinteros, como cualquier otra ciudad. Quizás algún día te apetezca mudarte allí, vivir cerca de nosotros.

—Quizás. —Mercucio se las apaña para dedicarnos una sonrisa débil, pero yo no estoy tan convencido. Me cuesta imaginarme Verona sin Mercucio, o a él sin Verona. Estaría perdido en cualquier otra parte.

—Yo también te quiero, Mercucio —dice Valentino, ignorándonos al resto—. Y no pienso decirte adiós, porque volveremos a encontrarnos pronto.

Mercucio asiente, tiene el rostro enrojecido y cierra la boca con fuerza, tratando de contener sus propias emociones, que amenazan con derrumbarle. Cuando está claro que ya no queda nada más que decir, Fray Lorenzo se acerca a nosotros.

—Pronto amanecerá. Creo que lo mejor sería que nos pusiésemos en marcha ya.

No hay fanfarrias ni discursos. Valentino descorcha el vial y se bebe el líquido de un trago, haciendo una mueca.

—Sabe a… regaliz.

—Sí, es engañosamente agradable —comenta Fray Lorenzo.

—Odio el regaliz. —Valentino se recuesta en las almohadas—. La próxima vez, a ver si puedes hacer uno que sepa a higos.

—Yo… no creo que haya de otros sabores. —Lorenzo sonríe—. Y espero sinceramente que esta sea la única vez que tenga que elaborar este brebaje en particular.

Pero Valentino no responde.

Una parte de mí desea quedarse a su lado mientras el corazón de Valentino se ralentiza hasta que sus latidos sean imperceptibles, hasta que su respiración parezca detenerse y su cuerpo se enfríe. Hasta que lo laven y lo preparen, como a cualquier otro cadáver, para su regreso a Verona, para que pueda ser enterrado y dispuesto para su descanso eterno.

Me paso la capa sobre los hombros y salgo de los claustros a toda prisa, corriendo por los jardines en dirección al mismo campo por el que desapareció Julieta hace tan solo unos días. Trato de distraerme pensando en cómo manejaré la montura que me está esperando a unos kilómetros de aquí, qué medidas puedo tomar para evitar que me descubran mientras cabalgo hacia Mantua, qué sentiré dentro de tres días cuando esto haya terminado y el recuerdo se desvanezca de mi memoria.

Pero lo único que logro sentir es miedo, me duele el pecho con el cruel recuerdo de la última vez que tuve que dejar a Valentino atrás mientras él yacía moribundo. Solo estoy huyendo para que él pueda volver a vivir, para que *ambos* podamos volver a vivir, lo sé.

Pero el vial que llevo en el saquito me golpea la cintura a cada paso que doy, recordándome lo que está en juego.

Lo único en lo que puedo pensar es en el chico al que amo, frío y solo, hasta que se me anegan los ojos de lágrimas y todo lo que tengo enfrente se emborrona tras las lágrimas.

31

El viaje a Mantua se me pasa volando y me duelen las manos de agarrar con fuerza las riendas. Mantengo la vista fija en el camino, aunque también estoy pendiente de lo que ocurre a mi espalda, vigilando no toparme con ningún lobo, bandoleros, patrullas… no sé qué sería peor. Me cruzo cuatro veces con otros viajeros madrugadores, agacho la cabeza y aliento a mi caballo a que galope, convencido de que forman parte de la red de mercenarios de los Capuleto.

Pero nadie da la voz de alarma y ninguno me persigue; y, de alguna manera, termino llegando a las afueras de Mantua justo después de la hora del desayuno.

La cabaña donde me voy a esconder es un edificio rústico y sin decoraciones, con paredes hechas de piedra y un tejado de paja, escondida al fondo del prado de un ovejero. Veo cómo se deslizan las cortinas en una de las ventanas al acercarme y, cuando estoy lo bastante cerca como para desmontar, la puerta se abre de golpe.

—Romeo. —Julieta está pálida, y agarra la puerta con tanta fuerza que tiene los nudillos blanquecinos—. Gracias a

Dios que por fin has llegado. Pensaba que… bueno, lo mejor será que no siga pensando en ello. Pero creo que no he dormido más de veinte minutos en las últimas veinte horas.

—Y yo creo que he envejecido veinte años en ese mismo tiempo. —Estoy temblando por los nervios y el hambre, pero ella se acerca a mí y me envuelve en un abrazo cariñoso antes de guiarme hacia el interior.

La cabaña solo tiene una habitación, con un hogar abierto y una chimenea encima. El espacio es cálido y acogedor, y Julieta me ha dejado un modesto plato sobre la tosca mesa de madera que hay junto a la ventana. Me dejo caer frente a la comida y me atiborro a pan recién hecho, queso de oveja y frutos secos. También hay una botella de vino especiado y bebo hasta que noto cómo se me adormece la lengua.

—No tengo noticias de casa —dice Julieta, paseando con torpeza, como un animal enjaulado, por el reducido espacio—. No tengo *ninguna* noticia de nada. Después de marcharme ayer del convento vine directa aquí, y no he tenido más compañía que el granjero y su mujer, que son muy amables, pero parecen convencidos de que soy la amante del Papa o una concubina fugitiva.

—Supongo que la única noticia de verdad que tengo para contarte se estará difundiendo en estos momentos. —El aire que respiramos parece permanentemente perfumado por años de humo de la chimenea—. Solo han pasado unas dos horas desde que el monasterio avisó a la ciudad de Verona.

—Si pudiese ser un fantasma el tiempo suficiente para volver a casa y escuchar a escondidas la conversación que estarán teniendo mis padres en estos momentos, lo haría. —Se le escapa una risita inoportuna y repentina—. Estarán indignados. Y la conversación que tendrán que mantener mi padre y el conde Paris… ¡oh, se me pone la carne de gallina!

Yo también me río, demasiado mareado por el cansancio y el vino como para soportar el peso de mis preocupaciones en estos momentos. Solo hay una cama en la habitación, y ningún otro mueble más allá de la mesa y las dos sillas de madera con el respaldo rígido.

—¿Te resulta extraño que estemos casados? A mí me resulta muy extraño.

—Se me sigue olvidando que es real —admite, sacudiendo la cabeza—. Se me sigue olvidando que, si todo sale según el plan, esta será nuestra vida de aquí en adelante. —Sigue mi mirada y echa un vistazo a nuestro alrededor—. Nunca he tenido una habitación tan pequeña como esta, mucho menos una casa así de pequeña, y mucho menos he tenido que compartir el espacio con otra persona. ¿Es que los maridos y las esposas no tienen intimidad alguna?

Echo un vistazo a través de la ventana, hacia el campo, un mar de verde que se termina al toparse con un bosque en el horizonte.

—En cuanto podamos marcharnos, si todo sale según el plan, creo que podremos tomar nuestras propias decisiones sobre lo que pueden y no pueden hacer los maridos y las esposas.

Compartimos unas cuantas historias durante un rato, describiendo cómo hemos pasado esta última semana, y soñando despiertos con las vidas que pretendemos vivir en Brescia. Le hablo sobre Valentino y ella me cuenta cómo fue despedirse de su nodriza, una mujer que llevaba a su lado, día sí y día también, desde que era niña. Al hablar, empieza a sollozar, y me doy cuenta de cuántos sacrificios ha tenido que hacer para poder escapar.

—En cuanto nos asentemos en Brescia, quizás podamos pedirle que se venga a vivir con nosotros —sugiero—. Yo no sé muy bien cómo gestionar una casa, y quizá te guste tener cerca a alguien que no sea tan inútil como yo en lo que se refiere a asuntos femeninos.

—Gracias. —Se suena la nariz con su pañuelo—. Eso me encantaría. Gracias por pensarlo.

Al caer la noche, nuestra conversación se vuelve cada vez más abstracta, y empezamos a hablar de cualquier cosa que se nos pase por la cabeza. Pero no puedo evitar catalogar cada hora que pasa, midiendo el tiempo que ha transcurrido desde la última vez que Valentino estuvo consciente, sentado en la cama, y el tiempo que falta para que vuelva a despertarlo.

Dejo el vial con el segundo tónico en un estante; y después, temiendo que pueda caerse, lo empiezo a llevar en la mano a todas partes; entonces, temiendo que se me caiga, lo vuelvo a meter en el saquito; luego, temiendo chocar contra algo y hacerlo añicos, lo vuelvo a poner en el estante. No había ingredientes suficientes como para preparar una segunda dosis, así que, por lo que a mí respecta, este líquido es más valioso que cualquier montaña de oro, seda o especias que pueda dar la tierra.

Cuando ninguno de los dos logra mantener los ojos abiertos ni un minuto más, me ofrezco a dormir en el suelo, pero Julieta se niega siquiera a oír hablar de ello.

—Estás siendo absurdo. Somos amigos, ¿no? Si podemos conciliar el sueño, seguro que podemos hacerlo respetuosamente cerca del otro.

Y así terminamos compartiendo cama en nuestra primera noche como marido y mujer, los dos muy despiertos y mirando fijamente la pared. Al cabo de un rato, Julieta empieza a reírse de lo absurdo de la situación y yo no puedo evitar unirme a sus carcajadas.

Cuando el sol vuelve a salir por el horizonte, apenas hemos dormido, pero salimos de entre las sábanas igualmente, y reanudamos nuestros nerviosos paseos por la habitación.

Me duele el estómago de la preocupación, el sol avanza letárgico por el cielo, la tarde va pasando hasta que creo que voy a perder el sentido. En cuanto empieza a anochecer, me apresuro a ensillar mi montura... y descubro que Julieta se me ha adelantado. Ambos caballos han bebido, los han acicalado y están listos para cabalgar.

Me vuelvo hacia ella un tanto confuso.

—¿Es que vienes conmigo?

—¡Pues claro que sí! —Exhala una respiración nerviosa—. ¿Es que creías que podría soportar otra noche sola en esta casa ruinosa sin nada que hacer más que preocuparme y preguntarme qué estará pasando? Me volvería loca.

La gratitud me invade, pero aun así dudo.

—Será peligroso... además de todos los peligros normales a los que te puedes enfrentar en los caminos al anochecer normalmente, no se sabe cómo reaccionará tu padre cuando el príncipe declare que, después de todo, no me colgarán por la muerte de Teobaldo.

—Sí, lo sé —contesta con un bufido—. Le pondrá un precio a tu cabeza, porque es vengativo y corto de miras. Así que necesitarás otro par de ojos y oídos en el camino de vuelta a su territorio, y tampoco te vendría nada mal tener a su hija a tu lado para que se interponga entre ti y cualquier hombre con ansias de sangre que haya comprado con el oro de los Capuleto. Puede que a mi padre ya no le sea de mucha utilidad, pero ningún asesino pondrá en riesgo su recompensa poniéndome en peligro por hacerse con tu cabeza.

—¿De veras harías algo así? —Siento cómo se me forma un nudo en la garganta de nuevo, y me alegraré cuando todo esto haya acabado por fin, ya que estoy bastante cansado de estar llorando constantemente—. ¿Por mí?

—Por ti y por Valentino. —Julieta sonríe, aunque la sonrisa no consigue ocultar su nerviosismo—. Y por Mercucio, y por la justicia… y por mí también. Estamos juntos en esto, Romeo. Somos compañeros, aunque no estemos casados de verdad. Y pienso ser fiel a mi parte del trato.

Incapaces de quedarnos quietos, deambulamos por el prado hasta que el sol por fin empieza a ponerse en el horizonte. Cuando los últimos rayos desaparecen, nos subimos a nuestras monturas y giramos a nuestros caballos hacia el norte, hacia Verona.

Oscurece bastante rápido y nos obligamos a mantenernos erguidos y a seguir cabalgando a un ritmo constante y sin prisas, tanto para mantener a nuestros corceles alejados de baches inesperados como para poder oír si alguien se nos acerca por el camino. Enredo los dedos en las riendas y estoy constantemente comprobando que el vial de Fray Lorenzo siga intacto, con mis pensamientos tan turbios como una ciénaga.

¿Y si la poción de la muerte no se preparó correctamente?, me pregunto. ¿Y si se le pasa el efecto y Valentino se despierta

solo, congelándose sobre un bloque de piedra junto a los restos podridos de su padre? *¿Y si no logro despertarlo?* Julieta apenas habla mientras cabalgamos, pero por la forma en la que aprieta la mandíbula, con los labios tan apretados entre sí que han perdido todo su color, sé que está tan nerviosa como yo.

Al final, nuestra cautela nos sirve de algo. En varias ocasiones logramos desviar nuestras monturas justo a tiempo antes de cruzarnos con otros jinetes, escondiéndonos entre los árboles mientras ellos pasan al galope junto a nosotros. Pero cuanto más nos acercamos a la ciudad, más complicado nos resulta escondernos. Cuando estamos a unos nueve kilómetros de nuestro destino, y el hedor de las curtidurías de Verona apenas empieza a agriar el aire a nuestro alrededor, un hombre que creíamos que estaba bastante lejos de nosotros se vuelve hacia atrás repentinamente, sorprendiéndonos en una curva.

Los dos nos quedamos helados, nuestras manos se deslizan por instinto a las armas que llevamos escondidas bajo nuestras capas, pero el jinete está bastante nervioso como para fijarse en nuestros gestos. Abre los ojos de par en par y se le queda el rostro pálido al decir:

—Si os dirigís a Verona, quizá queráis tomar otro camino.

Julieta es la primera en volver a encontrar su voz.

—¿Por qué?

—Hay un grupo de hombres bloqueando el camino un poco más adelante. —El hombre echa un vistazo a su espalda—. Dicen que están buscando alguien, pero no dicen a quién, o bajo la autoridad de quién actúan. —Se cruza de brazos y pronuncia una silenciosa oración de agradecimiento al cielo—. Está claro que son bandidos, y he tenido suerte de darme cuenta a tiempo. Les he dicho que no llevaba nada de dinero encima y que iba de camino a Verona para pedirle dinero a un prestamista. Era mentira, pero deben de haberme creído porque me han dejado marchar.

Julieta y yo intercambiamos una mirada inquieta, un sudor frío se abre paso a través del polvo y la suciedad que ahora se adhieren a cada centímetro de mi piel. No importa quienes sean —bandidos, asesinos o incluso los mismísimos guardias del príncipe de incógnito—, no nos podemos arriesgar. Los primeros nos robarían y después nos asesinarían; los segundos nos asesinarían y luego nos robarían; y los terceros me arrestarían por haber violado mi exilio.

Cuando el hombre se ha alejado lo suficiente como para que ya no nos pueda escuchar, Julieta rompe el silencio.

—Tendremos que dejar atrás los caballos y seguir a pie. Si están vigilando este camino, estarán vigilando todos.

—¿De verdad tiene tanto dinero tu padre como para gastarlo de este modo?

—Y mucho más —dice—. Pero te sorprendería el poco dinero que hace falta para contratar a ciertos hombres para que asesinen a alguien por ti.

Dejamos nuestras monturas en un claro cercano, atadas a un par de árboles jóvenes, aunque con los troncos lo bastante gruesos como para resistir los tirones de los caballos, pero lo bastante flexibles como para que puedan romperlos si no regresamos y los animales terminan desesperándose. No es algo en lo que pueda pensar felizmente, y relego ese pensamiento al mismo lugar oscuro al que relegué todos los horrores en los que he pensado desde anoche, provocados por mi imaginación escabrosa.

Atravesamos los campos agazapados, tratando de no contar todos los preciosos minutos que se nos están escapando. Ahora vamos mucho más despacio y el tónico de Fray Lorenzo me golpea con urgencia contra la cadera, recordándome que las cuarenta y dos horas de Valentino se acercan a su fin. El sudor, caliente y frío a la vez, se desliza por debajo de mi capa.

Nos arrastramos por la maleza junto a un camino, nos cruzamos con otro bloqueo improvisado: un carro volcado que está siendo atendido por un trío de hombres corpulentos con espadas envainadas a la cintura. Contengo el aliento, cada brizna de hierba que roza mi capa suena tan fuerte en mis oídos como una tormenta eléctrica. Solo exhalo cuando por fin los dejamos atrás, cuando por fin logramos vislumbrar por primera vez la luz titilante de las antorchas que hay repartidas a lo largo de las fortificaciones de la ciudad.

—La vista es impresionante desde aquí. —Julieta se limpia la cara, y tiene el cabello despeinado—. Nunca me había fijado. O tal vez nunca había apreciado lo complicado que es entrar en Verona yendo en contra de los caprichos del príncipe. Toda esa piedra, todos esos hombres… y tan pocas entradas.

—Tenemos suerte de que confíen en que los muertos estén seguros a *este* otro lado de las almenas —murmuro, atreviéndome a ponerme en pie por primera vez desde hace media hora, el cementerio se extiende por fin al otro lado del camino—. Lo único que tenemos que hacer es rodear esta muralla fronteriza, es como el muro que escalamos el otro día, y después solo nos quedará sortear a un puñado de vigilantes al acecho de cualquier ladrón de tumbas que pueda atreverse a entrar en el cementerio.

—Que es *exactamente* lo que somos nosotros en estos momentos —murmura como respuesta—. Al menos técnicamente hablando.

—Solo vamos a hacernos con aquello que no pertenece a este lugar.

Julieta suelta una suave carcajada.

—Ese sería un magnífico epitafio.

—*¡Alto!* ¿Quién anda ahí?

La voz, afilada y aguda, proviene de algún lugar de la oscuridad que tenemos justo delante, y Julieta y yo todavía estamos buscando nuestras armas cuando dos hombres armados con espadas irrumpen a nuestra espalda desde detrás de unos enebros a escasos cinco metros de distancia. No es hasta que por fin tengo mi estoque en la mano que me doy cuenta de que no nos están atacando... se están *riendo* de nosotros.

—¡Menuda cara habéis puesto! —Benvolio se carcajea tan fuerte que casi no puede respirar, abre los ojos como platos y finge asustarse como un niño pequeño, un gesto que estoy bastante seguro de que pretende ser una imitación mía—. Ojalá pudiese conservar este momento en el interior de un ámbar, de ese modo podría revivirlo durante décadas.

—Parecía que estuvieses a punto de mearte encima en los pantalones —añade Mercucio, pasándole el brazo alrededor de los hombros a Ben. Y entonces, mucho más respetuosamente, se vuelve hacia Julieta—. Y usted en sus faldas, señorita.

—Vete. A. La. Mierda. —Julieta entrecierra los ojos, pero está claro que está aliviada. Sin embargo, su réplica hace que estallen de nuevo en carcajada limpia y tenemos que esperar a que acaben de reírse antes de volver a hablar.

—Me alegro de que hayas llegado hasta aquí sin morirte de miedo, primo. —Ben me da un golpe en la espalda a modo de saludo, pero después me dedica una sonrisa genuina—. Me alegro de verte.

—El sentimiento es mutuo —le respondo con sinceridad, aunque si no nos estuviésemos quedando sin tiempo, quizás le daría un puñetazo en la cara—. No sabía que vendrías con nosotros.

—¡Tienes que estar de broma! —se burla—. ¿Un plan imprudente y temerario que implica pociones mágicas y muertes fingidas y tener que abrir una cripta bajo la luz de la luna llena? ¡En todo caso estoy profundamente ofendido de que no me hayáis incluido en esta ridícula aventura desde el principio!

—¿Tienes la llave de la cripta? —le pregunta Julieta a Mercucio, con la mano todavía apoyada en la empuñadura de su espada corta, oteando el camino de acceso en ambas direcciones. Por regla general, a las chicas de Verona no se las entrena en ningún arte de combate, así que no puedo saber a ciencia cierta lo hábil que es con la espada, pero ya he aprendido que no he de subestimarla jamás.

—No. He venido hasta aquí, con la firme intención de liberar a mi hermano y traerlo de entre los muertos y me la he dejado en la otra bolsa. —Mercucio señala la bolsa de cuero que lleva colgada a la cintura—. ¡Sí, pues claro que la tengo!

—Bueno, entonces no sigamos perdiendo el tiempo. —Julieta se gira sobre sus talones, poniéndose en marcha y recorriendo el cementerio—. Ya nos estamos quedando sin tiempo.

Escalar el muro es una tarea sencilla y angustiosa al mismo tiempo. Nunca en mi vida imaginé que tendría que colarme en un cementerio a la luz de la luna, abrir una cripta y sacar un cadáver, y el miedo a que me descubran, junto con todas las supersticiones que rodean a lo que estoy haciendo en primer lugar, es más que suficiente para volverme torpe.

Soy el último en bajar del muro que delimita el cementerio, y el último en deslizarme entre las lápidas, entre la espesa niebla del Adigio que se desliza a nuestro alrededor y se adhiere a la tierra. Los grillos y los sapos anuncian nuestra llegada, y un búho ulula siniestramente desde lo alto de un árbol nudoso que se arquea sobre nuestras cabezas recortando el cielo nocturno.

—Es una noche encantadora, ¿no te parece? —sisea Benvolio directamente en mi oído izquierdo, y casi pego un salto al oírle. Él se ríe al verme—. ¡Esa cara ha sido mucho mejor que la primera!

Me late con tanta fuerza el corazón que puedo sentir sus latidos en las yemas de los dedos, y lo fulmino con la mirada.

—He decidido que no te voy a echar nada de menos cuando esté en Brescia.

—Sí que me vas a echar de menos. —Me propina un suave codazo en las costillas y me dedica una sonrisa enorme, con dientes y todo. De cerca, bajo la luz de la luna, por fin me fijo en las cicatrices que tiene en los dorsos de las manos, y en otra que tiene en la mandíbula, esta última todavía hinchada y enrojecida, y con un trazado que me resulta sospechosamente familiar.

Entrecierro los ojos al mirarle y le pregunto:

—¿Es que has adoptado un gato en lo que yo he estado fuera?

—Bueno, alguien tenía que cuidar de Hécate mientras tú estabas por ahí retozando por el campo con una manada de monjes descalzos, ¿no te parece? —Se sonroja y frunce el ceño—. Estaba totalmente hundida tras tu huida, te lo aseguro. ¡La encontré llorando en tu dormitorio y prácticamente tuve que arrastrarla fuera tirando de ella por la cola!

Me parece que Ben habla más de él que de una gata que solo me toleraba, y eso me conmueve.

—Ya veo que no ha sabido apreciar tus esfuerzos.

—Tenías razón al decir que es la emisaria del mismísimo diablo —resopla Ben, sacudiendo la cabeza—. Se pone panza arriba y maúlla lastimosamente para que le rasque la barriga, pero si soy yo quien se acerca a ella se convierte en un furioso remolino de dientes y garras, ¡y así es como me paga el haberle conseguido pescado y leche todos los días!

Le doy una palmadita en el hombro y le digo:

—Bueno, me alegra saber que ha encontrado un nuevo hogar. Serás un cuidador maravilloso, primo.

—¡Oh, no, de eso nada! Se va con vosotros tres a Brescia, incluso aunque tenga que arrastrarla hasta allí yo mismo —declara Ben con rotundidad, exhalando un suspiro, antes de añadir—. Por cierto, ¡no me puedo creer que te hayas casado con Julieta Capuleto! Puedo admitir que la noticia me pilló por sorpresa, sobre todo después de todo lo que te quejaste cuando te obligué a asistir a ese baile de máscaras y a bailar con todas esas jóvenes. —Se ríe, pero después se queda sospechosamente callado, con expresión pensativa—. Primo… hay algo que quería preguntarte.

Estoy tan sumamente distraído, tan preocupado por la hora que es, que no me fijo en la seriedad de su tono.

—¿Qué ocurre?

—Yo… —duda, tratando de mirar a cualquier parte menos hacia mí—. Como ya sabes, me he frustrado de vez en cuando por tu timidez en lo que se refiere a las relaciones románticas…

—¿«*De vez en cuando*»? —repito sin poder creérmelo.

—… pero solo quería lo mejor para ti y… estoy empezando a pensar que quizás he sido un tanto injusto contigo. —Se rasca la nuca—. Cuando fui a verte al monasterio me fijé en… lo preocupado que estabas por Valentino. Y ahora Mercucio dice que se irá contigo a Brescia, aunque se niega a decirme nada más al respecto, lo que es…

—Pues claro que estaba preocupado por él. —Tengo el rostro tan caliente que podría disipar toda esta niebla solo con él—. ¡Recibió un golpe que era para mí y casi muere por ello! Y claro que debe venir conmigo a Brescia, no puede quedarse aquí después de volver de entre los muertos.

—Era más que solo culpa, Romeo —dice con dulzura—. Sé que piensas que no soy capaz de centrarme en nada más que en las mujeres, pero me fijé en la manera en la que mirabas a Valentino ese día en la plaza. Lo que ocurre es que no lograba comprenderlo hasta… bueno, hasta hace poco.

—Has dicho que tenías algo que preguntarme —logro decir a duras penas. Me tiembla todo el cuerpo por el pánico incipiente—. Pero aún no me has hecho ninguna pregunta.

—Soy consciente de que hay hombres que, simplemente, no desean mantener una relación romántica con una mujer, aunque yo personalmente no puedo ni imaginarme cómo eso es posible, pero sí que he oído que puede pasar. —Está intentando bromear al respecto, pero no le está saliendo del todo. Y, finalmente, pregunta lo que quiere preguntar—. ¿Tú estás entre ese tipo de hombres, Romeo?

—Digamos que así es. —Me tiemblan las manos a los costados—. ¿No lo aprobarías?

Para mi sorpresa, Ben suelta una carcajada.

—Creo que no he vivido el tipo de vida que me permita tomarme el privilegio de juzgar a ningún hombre por sus intereses románticos. Aunque —se apresura a añadir— me veo obligado a recordarte que los servicios que he prestado a las mujeres infelizmente casadas de Verona han salvado a más de un matrimonio de acabar en catástrofe. Deberían bautizar un día en mi nombre.

—O a un gran número de niños misteriosamente pelirrojos —bromeo—. Pero no has respondido a mi pregunta.

—Me gustaría señalar que tú tampoco has respondido exactamente a la mía —suspira—. Pero sí, Romeo, lo aprobaría. Creo que todavía no lo entiendo del todo… pero quizás eso no tenga importancia. Me conmovió profundamente cuando me dijiste que, para ti, yo era más un hermano que un primo, porque yo siempre he sentido lo mismo.

Por fin, Ben se vuelve a mirarme, y puedo ver lo mucho que significa esto para él. Siempre ha sido rápido al reírse y rápido al enfadarse, pero jamás se le ha dado bien expresar lo que siente de verdad.

—Si tú significas para Valentino lo mismo que él está claro que significa para ti, entonces tan solo me alegro de saber que eres feliz.

El búho vuelve a ulular y la niebla se retuerce bajo la luz de la luna mientras una brisa surca las lápidas, pero no es el espeso vapor de agua lo que hace que, de repente, el cementerio se difumine a mi alrededor. Se me encoge el corazón al darme cuenta de que esta es la forma que ha elegido Ben de despedirse de mí.

—Además, estoy bastante enfadado contigo por todo el tiempo y energía que he malgastado intentando concertarte citas con todas y cada una de esas chicas —añade, apoyándose contra mi costado y chasqueando la lengua—. Al menos tuve el sentido común de reservarme a las más guapas para mí y de darte a ti los restos.

Me está tomando el pelo y se merece una pulla como respuesta, pero estoy demasiado abrumado como para hablar. Así que lo único que puedo hacer es soltar una risita triste.

—La cripta está justo delante —informa Mercucio con la voz tensa cuando nos reunimos con Julieta y con él. Están agazapados detrás de una ancha estatua de piedra, observando el humo con mirada cautelosa—. Pero hay alguien ahí fuera. Lo acabamos de ver, justo *ahí*.

Aparece entonces una luz titilante, cuyo resplandor se difumina con la niebla. Es espeluznante y hermosa, y me hace pensar que, si sobrevivo a esta noche desgarradora, tendré que aprender a apreciarla en retrospectiva.

Ben entrecierra los ojos.

—No puedo ver una mierda ahí fuera, pero tiene que ser alguno de los vigilantes… ningún saqueador de tumbas que se precie se arriesgaría a llevar consigo un farol.

Un escalofrío se abre paso desde mis entrañas hasta mi pecho, aprieto la mandíbula con fuerza y me aferro al vial de cristal como si mi vida dependiera de ello. La ansiedad ha distorsionado mi sentido del tiempo y no tengo ni idea de cuánto tiempo nos queda antes de que sea demasiado tarde, antes de que no podamos revivir a Valentino.

—También podría ser una plañidera. —Aunque es Julieta quien lo sugiere, no suena del todo convencida—. Alguien que no haya podido venir durante el día.

—Las únicas personas que se me ocurren que entren dentro de esa categoría, al menos en el caso de mi hermano, están presentes ahora mismo y las puedo contar con los dedos de una mano —susurra Mercucio—. Y Valentino es la primera persona que han enterrado en esta zona del cementerio en lo que podrían ser meses.

—Entonces tiene que ser un vigilante. —Ben aprieta la mandíbula—. Se aseguran de tener bien vigilados los enterramientos recientes, ya que son los objetivos más apetecibles para los saqueadores. —Inclinándose, sin un ápice de vergüenza, recoge un ramillete de flores medio marchitas de la base de la estatua que tenemos ante nosotros—. Y ahora, creo, es cuando por fin puedo ser útil. ¡No me esperéis, rescatad a Valentino, poneos a salvo y nos veremos todos en un futuro mejor!

Y, dicho eso, rodea la estatua y desaparece entre la neblina en un instante. Pero solo han de pasar unos segundos antes de que le oigamos gritar:

—¡Eh, tú, el de la luz!

—¿Quién anda ahí? —responde el hombre con tono alarmado—. Quédate quieto donde estás. ¿Qué te trae por aquí en mitad de la noche sin un farol?

—Solo he venido a presentar mis respetos a mi querida y difunta madre —responde Benvolio, exagerando un poco el patetismo, creo—. Mira, le he traído hasta un ramo de sus flores favoritas. Mm… violetas.

—Eso parecen lilas.

—Bueno. Tampoco es que vaya a poder diferenciarlas —prosigue despreocupado—. En cualquier caso, se me cayó el farol y me temo que me he perdido… llevo media hora vagando entre las lápidas buscando su nombre. Estaba a punto de perder la esperanza por completo cuando te vi. —Ben miente con facilidad—. Eres vigilante, ¿verdad? Debes conocerte los terrenos de este lugar como la palma de tu mano.

—Sí, eso soy, y eso sé —gruñe el hombre.

—¿Te importaría ayudarme a encontrar la tumba de mi madre? —Ben suena tan inocente que bien podría ser un huérfano pidiendo limosna—. No tengo más que un puñado de monedas encima, pero te pagaré encantado lo que pueda por las molestias.

—Oh, está bien. —El hombre suena considerablemente menos irritado—. ¿Cómo se llama?

—María. María Alberti.

—¿*Qué*? —Está claro que vuelve a estar molesto—. ¡Debe haber una docena de mujeres enterradas en este cementerio con ese nombre, probablemente incluso más!

Ben suspira con melancolía.

—Puede que tuviese un nombre común, pero era una mujer ciertamente extraordinaria. Murió al salvarme de las llamas de un incendio cuando solo era un infante, y vengo aquí cada año en el aniversario de esa fatídica noche desde entonces, en la misma hora en la que respiró su último aliento. Es el único momento en el que la siento junto a mí.

El hombre suelta una maldición por lo bajini, pero el farol vuelve a moverse, alejándose de la cripta de la familia de Mercucio e internándose un poco más en la neblina.

—Bueno, ¿y a qué estás esperando? ¡Sígueme o tardaremos toda la noche!

Ben sale corriendo tras él, dándole las gracias profusamente. En cuanto dejamos de escucharlos, Julieta se vuelve hacia mí con los ojos abiertos como platos.

—Eso ha sido…

—¿Extraordinario? —sugiere Mercucio.

—¿Exagerado? —respondo, un poco más crítico.

—*Impresionante* —concluye—. Ha robado un ramillete de la tumba de un desconocido y después ha mentido sobre la muerte de su madre… ¿es que no le da miedo tentar al destino?

—Pero su madre *sí* que está muerta. —Mercucio sacude la mano en el aire—. Quizás no murió de la misma forma en la que ha descrito, pero el dolor juega malas pasadas con nuestros recuerdos.

—Sí. Tanto que hasta se le ha olvidado hasta su verdadero nombre —repongo con sequedad, pero me impresiona lo rápido que mi primo piensa sobre la marcha—. Estarán buscando a María Alberti, quienquiera que sea o haya sido, hasta el amanecer.

—Y nosotros nos habremos ido en una hora. —Mercucio se levanta y rodea la estatua para internarse en la neblina, y Julieta y yo le seguimos rápidamente.

Al igual que las criptas más antiguas de Verona, la que pertenece a la familia de Mercucio es sorprendentemente modesta: una cámara rectangular de piedra gris, oscurecida por los años y cuyos detalles se han visto erosionados con el tiempo. Pero, a pesar de todo, sigue siendo grandiosa, y sus dimensiones rezuman importancia. No hay duda de que alberga los muertos de un linaje destacado.

Mercucio se vuelve hacia Julieta mientras saca una llave de la bolsa de cuero que lleva a la cintura.

—Mantente alerta, y si ves venir a alguien, haznos la señal —le susurra.

—¿Y cuál se supone que es la señal? —Le dedica una mirada incrédula—. ¿Doy una palmada? ¿Ladro como un perro? Si tenemos compañía lo bastante cerca como para que nos vean a través de todo esto, —Hace un gesto hacia la nublada penumbra—, seguro que me oyen si grito: «¡Salid de esa tumba, que viene alguien!».

386

—Muy buena observación. —Dos manchas rojas aparecen entonces en sus mejillas—. Procura no decir eso en particular, ni de que te descubran, en general, y seré feliz. —Se miran como si fuesen un par de basiliscos hasta que Julieta, finalmente, se retira hacia las sombras, ocultándose tras una serie de arbustos que hay frente a la cripta. Mercucio tira de mí hacia el otro lado y me conduce hasta la puerta cerrada refunfuñando—. Es una mujer imposible. No me puedo creer de verdad que te casases con ella.

—Tú fuiste quien nos presentó —señalo, divertido por su antagonismo.

—Sí. Y después de todas las tonterías que he hecho, de todas mis transgresiones indiscretas, ¿quién iba a imaginar que ese resultaría ser mi peor error? —Al meter la llave en la cerradura le tiemblan tanto las manos que tiene que intentarlo tres veces, y luego parece que no gira—. Esto es magia negra, lo sé; no es posible que me haya equivocado de llave, la usamos para abrir la cripta hace dos días. ¡El destino está intentando darme una lección!

Nunca lo he escuchado tan agitado y le coloco una mano en el brazo.

—Déjame intentarlo. El destino ya me ha dado bastantes lecciones. Estoy seguro de que ya se ha aburrido de jugar conmigo.

En realidad no estoy mucho más calmado que él, mis miedos se arremolinan a mi alrededor como una nube de tormenta, y también me tiemblan los dedos. Si la llave no funciona...

Ajusto la fuerza de mi agarre y empujo la llave con cuidado para que encuentre su sitio entre los mecanismos invisibles de la cerradura... y lucho por seguir respirando. En algún lugar de la oscuridad que hay más allá de esta puerta me está esperando Valentino, acercándose poco a poco al punto de no retorno. Llegamos tarde, lo noto en los huesos, y me aterra la idea de encontrarme con su cadáver en el interior de la cripta, fuera del alcance del tónico que llevo colgado del cinturón.

O tal vez lleve muerto desde el mismo instante en el que se tomó la poción de Lorenzo, y esté a punto de encontrármelo dos días demasiado tarde como para traerlo de vuelta al mundo de los vivos.

Se oye un suave clic cuando la llave encaja en su sitio, el mecanismo gira y el pestillo se abre. Y entonces me doy cuenta de que la luz ha cambiado, una luz cálida irrumpe entre los plateados rayos de luz de luna que iluminan la cripta, y me pongo en tensión incluso antes de oír la voz a nuestras espaldas.

—Vaya, vaya, vaya. Qué espectáculo tan acogedor: dos saqueadores de tumbas atrapados in fraganti, y uno de ellos es un fugitivo de la justicia.

Me giro despacio, con el miedo subiéndome desde la planta de los pies hasta hacerme cosquillas en la nuca. Rodeado por la niebla, el conde Paris nos observa con siniestra satisfacción, con un farolillo que oscila en su mano y que proyecta sombras macabras en su rostro. Le acompaña un sirviente corpulento que nunca había visto antes, mucho más alto que Mercucio y más robusto que la puerta de la cripta que acabamos de abrir.

—¿Me estás llamando saqueador de tumbas por venir al lugar donde descansa mi único hermano? —El tono de Mercucio está lleno de veneno, y me sorprende que no se me queme la piel con él—. Menuda insinuación, sobre todo viniendo de alguien como tú.

—Solo he dicho lo que veo. —Paris se acerca, todavía con cara de satisfacción—. Abrir una cripta a medianoche, con un hombre buscado por la ley a tu lado… ¿Cómo vas a explicárselo al príncipe?

Por fin encuentro de nuevo mi voz y escupo:

—No soy ningún fugitivo. Teobaldo era un asesino que mató a *tu* primo, y su muerte fue bien merecida.

—Pero te han desterrado, ¿no es así? —me desafía Paris—. Y, sin embargo, aquí estás.

—Y allí está Verona. —Mercucio alza el brazo en dirección a las murallas de la ciudad, que se perfilan en la distancia, con la luz de las antorchas titilando a lo largo de los muros de piedra, por encima de la niebla—. Romeo no ha entrado en la ciudad y, por lo tanto, no ha violado el edicto del príncipe.

—Está lo bastante cerca. —Paris entrecierra los ojos—. Estos terrenos sagrados le pertenecen al buen pueblo de Verona, tanto la plaza como la Arena, y Romeo se encuentra en ellos, burlándose del castigo que sus acciones le han conseguido.

—¿Y qué haces tú aquí, Paris? —Mercucio da un paso hacia su primo, cerrando las manos en puños—. Y no se te ocurra decirme que es para presentarle tus respetos a mi hermano, porque si fuese así se los habrías presentado cuando todavía estaba vivo. ¡Ni siquiera has asistido a su funeral!

—¿Cómo podría, cuando sabía que tu madre y tú estaríais allí? Mis más codiciosos y avariciosos parientes, siempre recurriendo a mí en busca de una solución a vuestra vergonzosa pobreza. —Suelta un bufido torvo—. A pesar de tu fanfarronería, no representas la sangre que compartimos. El único motivo por el que he esperado hasta tan tarde para hacer esta triste visita es para minimizar al máximo las posibilidades de encontrarme contigo de nuevo después de lo tu penosa actuación en la plaza el otro día ante el príncipe. Valentino, al menos, tuvo el sentido común de mantenerse cabizbajo y con la boca cerrada, y sí, le presentaré mis respetos.

—¡Márchate ahora mismo! —Mercucio se lanza hacia delante y Paris retrocede un paso, su criado lleva la mano instintivamente a la espada que tiene envainada en la cadera—. Cuando mi padre falleció y Valentino necesitaba tu ayuda, tú se la negaste; cuando Teobaldo mintió delante del príncipe, pusiste en duda *nuestro* honor; y ahora que Teobaldo ha asesinado al chico que dices respetar, ¿pretendes apresar a aquel que vengó su muerte? —Tiene el rostro rojo de rabia y señala con el dedo hacia las colinas oscuras—. ¡Fuera! No tienes ningún derecho a pronunciar su nombre, mucho menos a visitar su tumba, ¡no eres mi familia!

—La muerte de Valentino es una tragedia terrible. —Paris aprieta la mandíbula, sin dejarse amedrentar—. También fue un accidente. Si no hubiese interferido, entonces sería Romeo el que yaciese en esa tumba, tal y como se merece. —Le brillan los ojos cuando vuelve toda su ira hacia mí—. Este bastardo traidor se abalanzó sobre Julieta, atrayéndola al pecado, y no solo me robó una esposa, sino una *fortuna*.

—¿Y has elegido venir a quejarte aquí, de entre todos los lugares del mundo? —Mercucio niega con la cabeza, disgustado—. Ya tienes una fortuna enorme, tienes la gloria y el respeto y, aun así, no te es suficiente. ¿Estás defendiendo el nombre de un despreciable asesino, *el asesino de mi hermano*, porque culpas a Romeo de haberte costado la oportunidad de ser un poco más rico?

—No tengo por qué justificarme ante ti —sisea Paris—. Tu hermano era la última esperanza que tu triste y pequeña familia tenía de recuperar el gran respeto que tu padre se llevó consigo a la tumba y, en lo que a mí respecta, es culpa de Romeo que Valentino esté muerto. No de Teobaldo. —Desenvaina su propia espada y dirige la punta hacia mí—. Y yo me encargaré de que se haga justicia esta noche.

Mercucio desenvaina su propia espada.

—Entonces tendrás que acabar conmigo primero.

—Si es lo que quieres, haré lo que sea necesario. —Paris asiente en silencio hacia su sirviente, que desenvaina su propia espada, dejándome sin otra opción más que hacer lo mismo. El pánico se apodera de mí y todo se escapa de mi control tan rápida e irrevocablemente.

Ya he tenido suficiente violencia y derramamiento de sangre, *demasiado* para bastarme por toda una vida; lo único que quiero es algo de paz, es reunirme con el chico al que amo y desaparecer de la vista de Paris para siempre, dejar atrás la enemistad eterna de los Capuleto y los Montesco que ya ha se ha encargado de destruir mi vida pasada. La cripta está abierta, la arena de nuestro reloj se está agotando con rapidez, y estoy a solo unos pasos de distancia de Valentino, y ahora, mientras el conde y su sirviente se acercan a nosotros enarbolando sus espadas en alto, cabe la posibilidad de que no logre salvarle.

París viene directo hacia mí, y antes de que pueda interponerse entre nosotros, a Mercucio le intercepta el sirviente de su primo, que lo observa con el ceño fruncido. El hombre es realmente formidable, con el cuello grueso y los hombros anchos, que tensan la tela de su camisa, y ataca con fuerza bruta. Mercucio retrocede de un salto, desapareciendo entre la niebla, y el hombre sale corriendo tras él, y así, sin más, me encuentro a solas frente a otro villano vengativo y sanguinario que me hace personalmente responsable de todas sus desgracias.

—Me robaste lo que me habían prometido a mí, tú, mocoso consentido, y ahora yo voy a terminar con gusto lo que Teobaldo empezó. —Paris finta hacia mí y entonces alza la espada, directa hacia mí y tan rápida como un látigo. La punta de su estoque casi me rasga la piel de la mejilla antes de que la desvíe y me haga a un lado, alejándome de la cripta.

—No te robé nada que tuvieses derecho a reclamar como tuyo —le digo con sinceridad, comprobando el peso de mi espada y tratando de usar su propia rabia en su contra—. Julieta y tú todavía no habíais anunciado vuestro compromiso. No eras más que otro lamentable y avaro pretendiente para ella, suplicando la aprobación de su padre, y ella se rio de ti a tus espaldas.

—¡Pero yo seré quien se ría el último esta noche! —declara con ferocidad, y entonces se lanza directo contra mí, y su espada se mueve tan rápido en la oscuridad que casi no puedo verla venir. La esquivo dos veces, el acero de nuestras armas entrechocando con un estruendo, y entonces, para mi sorpresa, siento el aguijón de su estoque en mi oreja.

La sangre me cae por el cuello, caliente y resbaladiza, y me obliga a volver a centrarme. Es mucho mejor espadachín de lo que esperaba, y no me puedo permitir distraerme tanto, seguir pensando en lo cerca que estoy de reunirme con Valentino. Me muevo más rápido, tratando de usar la niebla y las sombras a mi favor, para no darle nada de ventaja, pero él la aprovecha igualmente, de alguna manera.

En cuestión de segundos me tiene a la defensiva; en un minuto estoy retrocediendo a cada paso que da, apenas logrando mantenerme fuera del alcance de su espada, con el vial meciéndose de un lado al otro en el saquito. Paris golpea con la precisión mortal de una serpiente, demostrando tener un instinto infalible para saber en qué dirección voy a moverme a continuación y dónde están mis puntos débiles. Logra rasgarme la piel de la mejilla y después ensarta la tela de mi manga con su estoque mientras que yo, todavía, no he conseguido asestar ni un solo golpe.

Y entonces, cuando estoy tambaleándome hacia atrás por otra de sus repentinas estocadas, me tropiezo con una lápida rota y caigo al suelo. El impacto me roba el aire de los pulmones, el vial se me clava en el muslo y el tiempo parece ralentizarse a mi alrededor. Paris se lanza contra mí, con los dientes resplandeciendo bajo la luz de la luna, y yo me doy cuenta de que, en esta ocasión, no podré esquivar su ataque.

Pero el ataque nunca llega. Para mi sorpresa, Paris simplemente... se queda helado. Tiene la espada extendida hacia mí, con la punta a escasos centímetros de mi corazón, pero se detiene y se queda completamente inmóvil. Me quedo unos minutos mirándolo estupefacto, respirando con dificultad y parpadeando para tratar de retirarme el sudor que me cae por los ojos, antes de darme cuenta de qué está ocurriendo realmente.

La punta de una espada corta, que ha aparecido de entre las sombras que proyectan una serie de espesos arbustos justo junto a la cripta de la familia de Mercucio, ha ido directa hacia el cuello de Paris, justo debajo de su barbilla. Este intenta hablar, pero la hoja se desliza hacia arriba, con la fuerza suficiente como para derramar una gota de sangre. El hombre vuelve a cerrar la boca de golpe cuando Julieta aparece bajo la luz de la luna.

—Suelte el arma, conde Paris, o este cementerio se cobrará otro muerto más esta noche.

Paris respira temblorosamente por la nariz, calculando sus posibilidades antes de desviar la mirada hacia Julieta.

—No sabe lo que está haciendo, señorita…

—Estoy protegiendo a mi marido —responde con frialdad, la sangre de Paris recorre el filo de su espada—. ¿Qué clase de mujer sería si no lo hiciera?

Paris traga saliva con dificultad, con los ojos clavados en mí.

—Asesinó a tu primo.

—Teobaldo asesinó a Valentino, y después pagó por ello con su vida tal y como dicta la ley. —Julieta ladea la cabeza—. Usted no le conocía bien, pero siempre iba buscando pelea, y siempre había estado destinado a morir por la espada. Pero dígame… ¿su destino también es morir por la espada?

El hombre se pasa la lengua por los labios, pensando, sin rendirse todavía, con la punta de su arma todavía demasiado cerca de mi pecho.

—Está claro que estás demasiado abrumada, Julieta, no estás pensando con claridad. Pero todavía no es demasiado tarde como para que recuperes lo que has tirado por la borda por el bien de este… de este engañoso y cobarde muchacho. No me cabe duda de que tu padre entenderá que no eras tú misma cuando caíste en sus mentiras y te perdonará…

—¿Es que nunca te cansas de oírte hablar? —Julieta finalmente parece acalorada, la ira enrojeciéndole el rostro—. ¿Es que nunca te cansas de tus obsequios sin sentido ni de tu cháchara manipuladora? —Presiona la hoja con más fuerza contra su cuello, arrancándole un leve gemido mientras su sangre corre con más intensidad por el filo de su espada—. No te he oído pronunciar ni una sola declaración sincera en todo el tiempo que llevas en Verona. Cada palabra que sale de entre tus labios está medida al milímetro y es mentira, ¡y me asombra el éxito que tienes con tus innumerables mentiras!

—Julieta...

—Calladito —le ordena, temblando de ira—. No viniste a esta ciudad para cortejarme ni para ganarte mi mano, viniste para *conseguirme*. Para añadirme a tu cámara del tesoro como si solo fuese un objeto de valor más que añadir a tu colección. Pero si de verdad crees que mi padre podría perdonar mi desobediencia bajo cualquier tipo de circunstancia es que tampoco lo conoces a él. Y si encima crees que me importa algo su perdón, eso demuestra lo poco que me conoces a mí también.

—Pero no ha considerado su posición, señorita. —Hace una mueca, pero mantiene la voz neutra a pesar del acero que se le clava en el cuello—. La han excluido de la sociedad. Ya no tiene ni las riquezas ni los privilegios que le concedía su apellido. Y como su... *marido* está exiliado, no puede ofrecerle nada, y solo aumentará las pérdidas que ya ha sufrido.

—Qué típico, que incluso con tu cuello en el extremo final de mi arma lo único en lo que puedes pensar es en ganancias y pérdidas. Pero ya *he* considerado mi posición, y prefiero convertirme en una vagabunda indigente que en tu miserable esposa. —Se lleva la mano libre al estómago, es un gesto sutil, pero uno en el que Paris claramente se fija—. Además, ¿cómo me juzgaría la historia si eligiese la riqueza y la comodidad antes que proteger a mi familia?

Paris abre los ojos de par en par y se queda pálido como una estatua, con una tormenta de emociones contradictorias haciéndose con el control de su expresión.

—Estás… tú… no puedes haber sido tan *tonta*…

—Por última vez, suelta el arma y llama a tu criado, o te demostraré lo que es capaz de hacer una mujer cuando está «abrumada». —Le brillan los ojos y usa su espada para obligarle a alzar la barbilla hasta que él finalmente suelta su estoque con las manos temblorosas. Sin perder más tiempo, Julieta se vuelve hacia mí—. Vete —me dice—, y llévate su arma contigo. Hay algunas cosas que me gustaría decirle que serían incómodas como para decírselas con público.

No lo dudo ni por un momento. Me pongo en pie, envaino mi espada y recojo el estoque de Paris de la hierba cubierta de rocío a sus pies, antes de salir corriendo de vuelta a la cripta. En la niebla resuenan los sonidos del duelo de Mercucio y la voz del conde pidiéndole a su criado que se rinda, pero los ignoro todos. Tengo el cuello bañado en sudor frío y nervioso, y me tiemblan las manos con fuerza cuando abro la puerta de la cripta de un tirón y me lanzo al interior. Han pasado más de las cuarenta y dos horas que Fray Lorenzo dijo que nos daría de tregua el elixir, y se me queda la mente en blanco por el miedo.

Agarro una antorcha de la pared del interior de la cripta, la enciendo rápidamente y me apresuro a bajar los escalones de piedra que conducen a la cámara funeraria a la carrera. El aire del interior es húmedo y fétido, apesta a moho, podredumbre y perpetua humedad; se me pega a la piel, me llena los pulmones al respirar y tengo que luchar contra el impulso de vomitar cuando la bóveda subterránea por fin se abre ante mis ojos.

Las losas de piedra se alinean por las paredes, con figuras humanas extendidas sobre ellas, envueltas en sudarios manchados y raídos. Las telas están hechas jirones, encostradas por el paso del tiempo y de absorber una humedad indescriptible, sugiriendo horrores todavía peores de los que probablemente esconden. Pero no logro evitar la idea de que todos están durmiendo, aguardando a que llegue alguien para despertarlos, esperando tener una oportunidad de resucitar, al igual que espero que haga al menos uno de ellos.

El féretro de Valentino es bastante fácil de identificar, su mortaja sigue impecable. Se me forma un nudo en la garganta al acercarme, saco el vial de mi saquito con movimientos bruscos. Sigue intacto, sellado y entero. Contengo el aliento, me tiemblan tanto las manos que logro a duras penas colocar la antorcha en su soporte, me dejo caer de rodillas junto a él... y entonces agarro su mortaja y la echo a un lado.

Su rostro queda al descubierto, pálido y sin marcas, con un colorido imposible de descifrar bajo el anaranjado y tembloroso resplandor de la antorcha. Esta proyecta sombras sobre su pecho y sus hombros, y yo tengo que contener la respiración. Se me anegan los ojos de lágrimas al recordar la noche en la que nos conocimos, la noche en la que todo empezó, cuando él iba vestido como un fauno bañado por la luz de la luna.

Destapo el vial y le abro la boca a la fuerza, echo su contenido en el interior de los labios partidos y pálidos de Valentino tan lentamente como puedo.

Cuando termino, sigue inmóvil, le tomo la mano —está fría e inerte—, apoyada en la losa junto a su cadera; le doy un suave apretón y la llevo hacia mi mejilla. Llorando demasia-

do como para hablar, solo puedo soltar una plegaria silenciosa, pidiendo a Dios que interceda por él, que tenga
misericordia… rezando por un final feliz para un chico que
nunca hizo nada malo pero a quien, sin embargo, terminaron
castigando.

Incluso en mis peores imaginaciones, jamás me permití
pensar en lo que haría si llegaba hasta aquí solo para encontrarme con un cadáver esperándome. Cómo me daría la vuelta y saldría de la cripta, cómo dejaría Verona atrás, cómo
empezaría de nuevo en otro lugar, sabiendo todo lo que Valentino ha sacrificado por mí. A pesar de todas las veces en las
que imaginé el peor desenlace posible para esta historia, jamás me planteé qué ocurriría si su historia terminaba y la mía
continuase.

Estoy tan perdido en mi desesperación que ni siquiera
me doy cuenta de que su mano se estremece bajo la mía, de
que sus labios vuelven a entreabrirse y un suspiro surge de
sus pulmones. Tiembla al respirar, sus ojos se mueven de un
lado a otro tras sus párpados… para después abrirse con lenta resistencia. Tardo un momento en darme cuenta, en aceptar que lo que veo es real, y entonces tose.

—¿R-Romeo?

—¡*Valentino!* —grito su nombre, mi miedo se choca contra
un muro de alivio y el impacto me destroza. Estiro la mano
hacia él, sin saber si me estoy riendo o llorando, o quizás las
dos a la vez, le acaricio las mejillas, las cejas, sus suaves rizos.
Está tan frío… pero tan vivo.

Está vivo.

—Estás… estás sangrando —dice con la voz débil y temblorosa, pero frunce el ceño preocupado por mí—. ¿Qué ha
pasado?

—Yo… —Niego con la cabeza, con las lágrimas recorriéndome el rostro, y empiezo a reírme descontrolado—. No
es nada, solo es un arañazo. No tardará mucho tiempo en
curarse. —Y al decir esa palabra, «tiempo», por fin me doy
cuenta de cuánto tiempo nos queda, de cuánta suerte acabamos de robarle al destino. He pasado dos días sin permitirme pensar en el futuro, temiendo toparme con la peor de las
decepciones. Pero, ahora mismo, parece que sí que tenemos
un futuro en el que pensar—. No importa. Nada importa salvo que estás despierto y que estamos juntos.

—Estoy despierto. —Parece darse cuenta en ese mismo
instante de ello por primera vez y la sorpresa queda reflejada
en su rostro. Sus labios se estiran, formando una sonrisa que
temí no volver a ver nunca más—. ¿Ha funcionado?

—Sí. —Me llevo el dorso de su mano a los labios, cierro
los ojos y disfruto de su cercanía. Nunca sabrá lo cerca que
estuve de perderle, porque no creo que nunca tenga las
fuerzas necesarias para confesárselo—. Funcionó. El príncipe te cree muerto y a mí me han desterrado oficialmente…
y somos libres, Valentino. Ahora nuestras vidas nos pertenecen. Solo nosotros controlamos nuestro destino, y nadie
podrá separarnos jamás siempre que nos elijamos el uno al
otro.

—Y yo te elijo. —Su sonrisa se ensancha, le brillan los
ojos bajo la luz de la llama de la antorcha y se acerca a mí.
Presiona su mano sobre mi corazón—. Te elijo a ti, Romeo.
Te amo, y estoy deseando seguir amándote.

Me inclino hacia él y apoyo mi frente suavemente contra
la suya.

—Las antorchas brillarán tomando nuestro ejemplo —susurro.

Y entonces le beso, y mi corazón late acelerado mientras las sombras que proyecta la antorcha nos rodean. La noche todavía no ha acabado, pero fuera de este instante, nada parece tener importancia. En este momento, nada puede alcanzarnos.

Su boca es dulce y su piel reluce, y yo me dejo absorber por él, por una felicidad que, después de todo, sí que era para mí.

TAN ILIMITADA
COMO EL MAR

El sol en Brescia parece brillar con más fuerza que en cualquier otro lugar donde haya estado, aunque es probable que no esté siendo objetivo. Pero cada día me levanto con el canto de los pájaros, con la luz cálida del sol iluminando las colinas llenas de vides que se ven desde la terraza, con sus uvas oscureciéndose y llenándose a medida que el verano se despide de nosotros. He aprendido más cosas de las que creía posible sobre cómo hacer vino, y siempre espero con ansias mis paseos diarios por el viñedo, el tiempo que paso con los pies descalzos, con la tierra y las hojas verdes haciéndome cosquillas entre los dedos.

La casa está un tanto deteriorada, y en nuestras primeras semanas aquí, Julieta hizo un recorrido exhaustivo de la propiedad, recopilando una lista de reparaciones que tendríamos que hacer. Era una lista larga, pero empezamos con las más importantes: reparar un agujero en el tejado y sustituir los escalones agrietados y ruinosos que bajan al sótano, y desde entonces se ha ido reduciendo la lista. Ben y Mercucio ya han venido dos veces a visitarnos, y Julieta, ni corta ni perezosa, los ha puesto a trabajar con nosotros en las dos ocasiones.

Valentino ha empezado a cultivar su propio jardín. Es pequeño, algo perfecto para empezar, pero tiene planes ambiciosos para él, aunque nada que pueda ser rival de los jardines con los que nos criamos Julieta y yo, o incluso del que su tío tenía en Vicenza, pero quizás sí uno que nos pueda alimentar en un futuro. Por fin está viviendo la vida que siempre había soñado y está devolviendo a la vida un terreno que antes estaba baldío, e incluso ha empezado a probar nuevas recetas en la cocina. De momento, todos los platos que se ha inventado han sido un desastre pero, con cada uno de ellos, creo que me he enamorado un poquito más de él si cabe.

La noche en la que salimos de la cripta apenas era capaz de caminar por sí solo, le temblaban tanto las piernas como a un potro recién nacido. Julieta nos estaba esperando junto a Mercucio, que parecía bastante desmejorado tras tener que librar una batalla campal y agotadora contra su gigantesco oponente, pero el conde Paris no estaba por ninguna parte.

—Le he dejado marchar —dijo Julieta, volviéndose a mirar hacia las gigantescas y sombrías murallas de Verona—. He tenido que persuadirle, pero al final he conseguido que le ordenase a su criado que se apartase y se rindiese. Y, a cambio, les hemos dejado marchar.

—¿Ha sido sensato por vuestra parte? —La niebla sigue acariciando el suelo, fundiendo las sombras entre sí y ocultando lo que quiera que esté a solo unos metros de distancia en cualquier dirección, Paris podría haber tenido innumerables ocasiones para tomar represalias.

—Ya lo descubriremos. —Julieta no parece compartir mis preocupaciones—. Ahora están desarmados, y están en inferioridad numérica, así que no creo que intenten volver a atacar hasta que hayan logrado encontrar nuevas armas y refuerzos.

—*Calculo que tenemos una hora larga antes de que eso ocurra.*

—*Mercucio estaba ensangrentado, con la camisa rasgada y el rostro herido, pero tenía los ojos empañados al mirar a su hermano.*

—*Con suerte el conde Paris morderá el anzuelo que le he tendido y empezará a esparcir el rumor por toda Verona de que estoy embarazada* —añadió Julieta sonriendo macabramente—. *Creo que ese será el impulso exacto que necesita el príncipe Escala para exigirle a mi padre que te entregue mi dote en su totalidad.*

Y, al parecer, tenía razón. Y aunque nos la entregó junto con una carta furiosa, desheredándola a ella y a cualquier descendencia que pudiese tener, no trajo consigo nada más que alivio. Julieta también era libre para vivir como quisiese y con la compañía de quienes ella misma eligiese. De momento parece estar disfrutando de encontrarles alguna solución a los problemas que nos da nuestro envejecido hogar, y vendiendo las botellas de vino que producimos en el mercado de la ciudad. Le da un propósito, algo que dice que jamás ha tenido antes, y también tiene nuevos amigos.

En cuanto a mí, sigo pasándome los días besando a Valentino siempre que puedo, consciente del poco tiempo que tenemos en esta vida. De la suerte que tenemos al poder estar creando la vida que queremos. Él sigue planeando vivir su gran aventura conmigo, sigue soñando con ver el mundo algún día pero, de momento, parece ser feliz en Brescia. Nos sentamos juntos en el crepúsculo, fuera, en nuestro jardín, bajo la pérgola llena de hiedra que Julieta planea reparar, y yo me siento a dibujar las viñas salpicadas de luciérnagas, el cielo nocturno que se extiende tras las colinas del norte y las flores nocturnas que se aferran al muro del antiguo jardín.

Hécate se une a nosotros, por supuesto, haciéndose un ovillo a nuestros pies y ronroneando tan alto que asusta a los grillos. Fiel a su palabra, Ben terminó trayéndonosla, y ella se enamoró perdidamente de Valentino a primera vista. No puedo culparla, aunque a veces admito que me da un poco de envidia que solo le deje a él rascarle la barriga.

Por primera vez desde que tengo uso de razón, no tengo ni idea de lo que me deparará el futuro, porque todavía no lo he decidido. En su lugar, elijo flotar en esta felicidad e imaginar todas las posibilidades que tengo frente a mí, porque son tan ilimitadas como el mar.

Nota del autor

Como actor en recuperación y antiguo estudiante de teatro con más de unas cuantas obras de Shakespeare en su haber (incluida *Romeo y Julieta*, en la que iba a interpretar a Paris en una producción condenada al fracaso en mi último año de instituto), pensé que escribir esta novela no sería más que un paseo.

Me equivocaba.

Resulta que escribir una novela de ficción histórica ambientada en el siglo XIV, incluso si está basada en otra obra de ficción histórica que solo era vagamente fiel a una idea del pasado, es extremadamente complicado. Tuve que investigar desde la flora autóctona del norte de Italia hasta los pasos de bailes medievales, pasando por la etimología de un centenar o más de frases comunes. (Os encantará saber que la expresión «*wild goose chase*» en inglés, que se traduciría como «una búsqueda inútil», no proviene del siglo XIV, como yo pensaba, sino de una obra escrita doscientos años más tarde, titulada… *Romeo y Julieta*).

Ah, y otra cosa que debo mencionar: la obra original de Shakespeare no es un romance destinado a los jóvenes lectores; es una advertencia urgente dirigida a los adultos. Contiene algunas de las reflexiones más bellas y líricas del bardo sobre el amor... pero, en el fondo, es la historia de dos jóvenes tan desatendidos y manipulados por sus egoístas y egocéntricos padres que sus vidas acaban en una tragedia sin sentido y totalmente evitable. Es una llamada de atención para que recordemos que la vida es corta y el amor es demasiado precioso, y que, al no respetar las decisiones de nuestros hijos, ponemos en peligro su seguridad, así como nuestra propia felicidad y bienestar moral. Es un mensaje del que creo que la sociedad actual podría beneficiarse.

Pero ya se han escrito bastantes tragedias *queer*, incluidas las basadas en *Romeo y Julieta*, y yo no quería ni acercarme a ese terreno. Quería aportar algo un poco más esperanzador. En este momento de la historia, echando la mirada atrás, hacia el origen de nuestra comunidad y hacia el mío, como adolescente asustado que se sentía inseguro e incomprendido, quería escribir *Romeo y Julieta* como si hubiese estado dirigida desde un principio al público joven. Como si, en lugar de una horrible lección sobre dos jóvenes impulsivos a los que una generación mayor ha fallado, fuese una historia de resiliencia. Una historia sobre la familia que encontramos, la confianza que forjamos y el amor que ganamos y que perdura en el tiempo.

Una historia sobre personas *queer* que roban su felicidad de las fauces de un mundo que ha sido creado en su contra. Una historia tan antigua como el mismísimo tiempo.

Mientras las sombras se hacen cada vez más profundas y la antigua fealdad se despierta para sacudir su repugnante cabeza contra la paz por la que llevamos tanto tiempo luchando, recuerda esto: No se nos puede corregir ni contener. Somos tan ilimitados como el mar y las antorchas tomarán nuestro ejemplo para brillar.

AGRADECIMIENTOS

Este viaje de (casi) cien mil palabras comienza con un solo paso y, en este caso, es gracias a mi editora, Emily Settle. Fue Emily quien me ofreció esta increíble oportunidad, quien me escuchó hablar de todos mis pensamientos y preocupaciones, y quien me orientó de manera crítica a la hora de dar forma al libro que ahora tienes en tus manos. También fue Emily quien se aseguró de que la gata Hécate tuviese un final feliz y, por ese motivo (entre muchos otros más), le estoy eternamente agradecido.

Tendría que dar una fiesta al más estilo de los Capuleto, con pavos reales alquilados y todo, para poder expresar mi gratitud al resto de los integrantes de los equipos de Feiwel y Macmillan que ayudaron a que este libro viese la luz. A Samira Iravani, Ilana Worrell, Celeste Cass, Brittany Pearlman, Morgan Rath, Brittany Groves, Melissa Zar, Gaby Salpeter, Kristen Luby y Elysse Villalobos: Gracias, desde el fondo de mi corazón. Y a Jean Feiwel y Liz Szabla, gracias también, de todo corazón.

No hay nada como sentir que tus personajes cobran vida a través de los ojos de otra persona, y Julie Dillon me ha dejado sin aliento con la increíble portada para este libro. Muchas gracias por tu impresionante trabajo, y por darles a Romeo y Valentino un momento tan perfecto y romántico.

Sin mi agente, Rosemary Stimola, mis objetivos literarios serían —tal y como diría el mismismo Shakespeare— «producto sino de un sueño». Gracias, de nuevo, por ayudar a que mis palabras encontrasen sus alas, ¡y por tus consejos cuando más los necesitaba!

Escribí la mayor parte de esta historia aislado, sin ver ni hablar con nadie más que con mi marido. Hasta que llegaron las vacaciones y me convertí en el peor anfitrión del mundo para nuestros familiares y amigos: encerrado en mi casa, sin ver ni hablar con nadie mientras me afanaba por cumplir los plazos de entrega. Muchas, muchas gracias a mis padres; a mis hermanas, Jamie y Ann; a mis hermanos, Dan y Dave; a Nick y Mars y Jennifer; a mis numerosos sobrinos y sobrinas, que no cesan de impresionarme más a cada día que pasa; a mi suegra, Māra y, por supuesto, a Todd; y quiero dar las gracias especialmente a Lelde Gilman, que me abrió su corazón y su casa, que estuvo ahí cuando le di al botón de «enviar» con el primer borrador de este libro.

Es difícil dar las gracias a alguien que ya no está aquí, pero tengo que intentarlo. Gracias, Debie, por enseñarme (por las malas) a ser fiel a lo que creo y por enseñarme (por las buenas) la alegría de compartir el consuelo con alguien. Gracias, mamá, por toda una vida llena de historias divertidísimas, por ser un personaje con mayúsculas y por hacerme saber, de formas grandes y pequeñas (y reconfortantes y molestas), que tu amor siempre fue ilimitado e incondicional. Os echo de menos a las dos.

Y, por último, es el Oriente, y en su interior, el sol. Uldis, no hay nadie con quien preferiría sobrevivir a una pandemia, estar encerrado en un país extranjero o quedarme varado en la frontera antes que contigo. Gracias por hacer que me sea tan fácil escribir sobre estar enamorado. Es tevi mīlu, Ulditi.

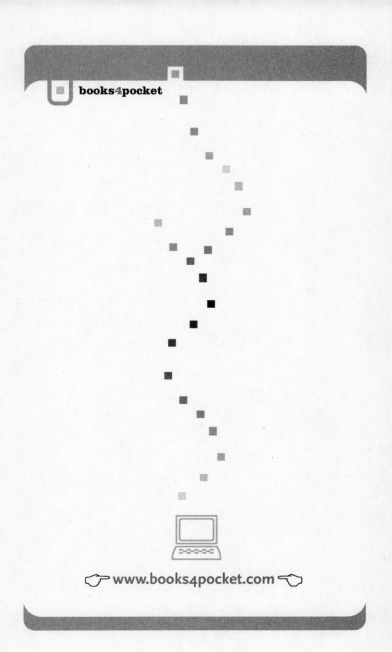

books4pocket

www.books4pocket.com